W0202264

SARINA BOWEN

True North

Ein Moment für immer

SARINA BOWEN

True North

EIN MOMENT FÜR IMMER

Roman

Ins Deutsche übertragen von
Wanda Martin

LYX

LYX in der Bastei Lübbe AG
Dieser Titel ist auch als E-Book erschienen.

MIX
Papier aus verantwortungsvollen Quellen
FSC® C019821
FSC
www.fsc.org

Die Originalausgabe erschien 2018 unter dem Titel »Speakeasy«.

Textredaktion: Nicola Härms
Umschlaggestaltung: © Zero Werbeagentur, München
unter Verwendung von Motiven von © FinePic/Shutterstock
Satz: Greiner & Reichel, Köln
Gesetzt aus der New Caledonia
Druck und Verarbeitung: C.H.Beck, Nördlingen
Printed in Germany
ISBN 978-3-7363-0985-2

1 3 5 7 6 4 2

Sie finden uns im Internet unter www.lyx-verlag.de
Bitte beachten Sie auch: www.luebbe.de und www.lesejury.de

1

Alec

»Was meinst du, welches Bier sollte ich als Erstes probieren?«, fragt mich die attraktive Frau, die sich auf meinen Bartresen lehnt. »Das Goldenpour oder das Barclay Stout?« Sie ist hübsch. Anfang zwanzig wahrscheinlich. Enger Pulli und noch engere Jeans. Ich habe sie noch nie hier gesehen, aber sie lächelt mich breit an.

Dann dreht sie sich ein Stück zur Seite und klimpert in Richtung meines Barkeepers Smitty mit den Wimpern.

Neben mir grinst Smitty belustigt. Denn dieses Mädel muss sich nicht nur zwischen zwei Sorten Bier entscheiden. Sie ist das, was Smitty und ich »Typ Unentschlossen« nennen – sie grübelt auch noch, welchen Barkeeper sie will.

»Also«, sagt Smitty und stützt dabei einen Arm auf den Tresen. »Goldenpour schmeckt spritzig und hefig – nach Aromen von Birne und Zitrusfrüchten.« Er krempelt absichtlich die Ärmel hoch, um mit den bunten Tattoos auf seinen Unterarmen anzugeben, der Arsch.

»Das Barclay Stout dagegen«, mische ich mich ein, »hat Kakao- und Vanillenoten, einen sanften Abgang, einen langen Nachklang und eine schön *steife* Krone.« Ich lasse tatsächlich meine Brustmuskeln spielen, während ich das sage, und Smitty versucht, nicht loszuprusten.

»Wow.« Sie schaut zwischen uns beiden hin und her. »Schwere Entscheidung.«

Um die Frauen zu buhlen ist unser kleines Spielchen. Ich kriege die ab, die auf den Typ sportlich und glatt rasiert stehen, und Smitty die, die was für die gefährlichen, tätowierten Jungs übrighaben.

Wir bekommen jede Menge Aufmerksamkeit von Frauen. Wir machen uns einfach einen kleinen Spaß aus diesem Quatsch.

»Hmm«, macht das Mädchen. »Ich glaube, ich probier zuerst das Goldenpour.«

»Ah, na dann«, sage ich sofort, während Smitty schnaubend lacht. »Das kann er dir zapfen.« Smitty grinst mich an und greift nach einem Glas. Sie geht am Bartresen entlang zu ihm, um auf ihr Bier zu warten.

»Kannst sie nicht alle kriegen«, sagt Hamish – mein bester Kunde – auf dem Barhocker direkt vor mir.

»Stimmt.«

»Der Abend ist allerdings noch jung. Genauso wie du, Grünschnabel.« Hamish ist Tischler. Seine Werkstatt liegt hundert Meter die Straße runter. Tatsächlich gehört uns dieses zusammenhängende Ensemble von Backsteingebäuden am Winooski River, wo wir beide einen Großteil des Tages damit zubringen, uns um unser jeweiliges Gewerbe zu kümmern.

Seines sind hochwertige Schreinerarbeiten, während sich meines um die größte Errungenschaft der Menschheit dreht: Craft-Bier.

»Andere Mütter haben auch schöne Töchter«, stimme ich ihm zu. Und im Moment geht es mir mehr darum, all diese Töchter zu bedienen, als sie ins Bett zu kriegen. Es ist Donnerstagabend. Der Wochenend-Ansturm geht los, und ich bin mehr oder weniger bereit dafür.

Heute Abend bedient Becky an den Tischen, was bedeutet, dass Ed Sheeran auf der Anlage läuft. Wir haben eine Regel: Die Kellnerin bestimmt die Playlist. Sie dreht gerade eine Runde durch die Bar und bleibt an jedem Tisch stehen, um die Kerze darauf anzuzünden. Die Getränkekühlschränke sind aufgefüllt. Die leeren Tische sind sauber.

Es ist November, heute Abend werden wir also keine Besucherrekorde erzielen. In der *Gin Mill* ist in der Skisaison und während des Indian Summer am meisten los. Auch im Sommer läuft's ziemlich gut. Aber den November über herrscht Flaute, bis dann die Skigebiete aufmachen.

Heute Abend werden wir zwei Sorten Gäste haben: einheimische und die sogenannten Schaumnasen. Eine Schaumnase ist ein Biertourist, ein Verrückter, der Hunderte – oder sogar Tausende – von Meilen hergereist ist, um Vermonter Craft-Bier-Raritäten zu probieren.

Dieses Jahr sind sie alle scharf aufs Goldenpour von der *Giltmaker*-Brauerei. Mit einer 99-Punkte-Bewertung bei *Beer Advisor* ist es das neue Heady Topper – fantastisch, aber nicht zu bekommen. Man kann Pint um Pint hier in der *Gin Mill* trinken oder dienstagsmorgens zwei Stunden lang vor der Brauerei in Waterbury Schlange stehen. Da verkaufen sie einem dann genau zwei Sixpacks.

Zu meinem Glück und dem der Schaumnasen schenke ich das Goldenpour sechs Tage die Woche aus, genauso wie ein Dutzend weiterer seltener Vermonter Craft-Biere. Um das bekannt zu machen, habe ich das letzte Jahr damit zugebracht, jeden Bier-Blog und jede Reisewebsite zu kontaktieren, die es nur gibt, damit auch alle erfahren, dass die *Gin Mill* die Anlaufstelle schlechthin ist, wenn man die besten Sorten Craft-Bier probieren will.

Langsam zahlt sich das aus. Meine Bar ist an den Wochenenden abends immer voll, oft sogar unter der Woche.

Ich habe eine Bar eröffnet, weil ich wollte, dass in meinem Leben sieben Tage die Woche Party ist. Wie sich rausgestellt hat, kommt es einem allerdings nie so richtig wie Party vor, wenn man einen Laden besitzt. Trotzdem liebe ich es.

»Soll ich nachschenken?«, frage ich Hamish.

»Nee, ich hab noch«, sagt der Tischler. »Danke, Junge.«

»Also, welches Bier willst du auf deiner Feier servieren?«, frage ich. Er geht in den Ruhestand, und wir planen deswegen für nächsten Monat eine ordentliche Party.

»Goldenpour, wenn du das deichseln kannst. Wenn nicht, ist es aber auch okay.«

»Ich werd mal fragen. Wenn sie Nein sagen, bring ich was anderes Gutes mit.«

»Weiß ich doch.«

Als die Eingangstür aufgeht, gucke ich aus Gewohnheit rüber. Siebzig Prozent meines Umsatzes mache ich von Donnerstag bis Sonntag. Wenn ich auch noch Essen anbieten könnte, würde sich das etwas anpassen.

Schön wär's.

Der Neuankömmling ist allerdings gar kein Gast. Es ist Chelsea von NorthCop, meinem Bierlieferanten. »Schönen Donnerstag, Hottie«, sagt sie. »Ich hab dir ein neues Lagerbier, ein IPL, mitgebracht.«

»Ja? Super.« Ich beuge mich über den Tresen, ziehe Chelsea in eine einarmige Umarmung und drücke ihr einen Kuss auf die Wange. Chelsea ist toll. Sie versorgt die *Gin Mill* nicht nur fortwährend mit ausgezeichneten Bieren, sie kommt danach auch noch richtig gern mit zu mir. Sie ist meine BMGV. Meine Bierlieferantin mit gewissen Vorzügen.

Ist mein Leben ein Traum, oder was?

»Chelsea – Hamish und ich möchten dich einladen.« Ich schnappe mir eine Karte von dem Stapel auf dem Tresen.

»Ach, willst du das?« Sie wirft mir einen aufreizenden Blick zu.

Hamish lacht laut los.

»Zu einer *Feier*. Hier.« Ich gebe ihr die Karte.

»Oh, cool.« Sie lächelt Hamish an. »Sie sind der Schreiner, richtig?«

»Genau«, sagt er. »Ich gehe in den Ruhestand. Na ja, sozusagen. Kann mir nicht vorstellen, komplett aufzuhören. Aber ich trete kürzer, damit ich auf Reisen gehen kann. Alec hilft mir, eine Ausstellung und eine Feier zu veranstalten.«

»Klingt gut«, sagt sie und steckt die Karte ein.

»Ich brauche diese Woche noch ein Fass mehr«, erkläre ich ihr. »Hamish wollte Goldenpour. Würdest du mal checken, ob wir eins zusätzlich kriegen können?«

»Klar!«, sagt sie munter, so wie es eben ihre Art ist. Chelsea und ich sind uns ziemlich ähnlich. Immer auf die nächste Party aus. »Hast du nachher Zeit?«, fragt sie und wackelt dabei zu Ed Sheerans »Shape of you«, dem nächsten Titel auf Beckys Playlist, mit dem Hintern.

»Selbstverständlich.« Für Chelsea habe ich immer Zeit. »Heute bin ich allerdings derjenige, der den Laden zusperrt.« Das bedeutet, dass ich hier nicht vor eins fertig sein werde, und manchmal passt es ihr nicht, meinetwegen so lange aufzubleiben.

»Hey – ich kann für dich zusperren«, bietet Smitty sich freiwillig an, während er noch ein Pint Goldenpour zapft.

»Klasse!« Chelsea strahlt. »Danke, Smitty!« Sie springt los, um ihrem Fahrer die Hintertür aufzumachen.

Hamish guckt zu, wie sie verschwindet. »Du wurdest gerade von deinem Barkeeper ausgenommen«, stellt er klar.

»Ist mir auch aufgefallen.« Ich sollte Smitty keine Überstunden bezahlen, nur damit ich mit meiner Bierlieferantin ins Bett springen kann. Aber Smitty weiß, dass ich nicht gerne Nein zu Chelsea sage.

Smitty ist ein anständiger Barkeeper. Meistens. Manchmal ist er allerdings aufdringlich und etwas durchgeknallt. Zu seinem Glück hab ich viel Verständnis für die Spinner dieser Welt. Und hey, es ist sowieso schon beschlossene Sache. Also belasse ich es dabei. »Dann hole ich wohl am besten so viel wie möglich aus dem Abend raus.«

»Oh, ich bin mir sicher, das wirst du.« Hamish leert sein Bier. »Ich mach die Fliege. Was hab ich auf dem Deckel?«

»Es gibt keinen«, teile ich ihm mit. »Heute Abend gehen deine Drinks aufs Haus.« Hamish ist original der Einzige, der regelmäßig von mir eingeladen wird. Als ich den Laden hier gekauft habe, war er mir eine große Hilfe. Er ist einfach eines Tages hier aufgetaucht, als ich gerade die Bruchbude inspizierte, die ich gekauft hatte, und Panik schob. Ich bin kein besonders guter Geschäftsmann. Aber Hamish hat mir haufenweise Tipps gegeben und mir geholfen, für die Renovierung gute Angebote von den Handwerkern einzuholen.

»Nacht, Mann!«, rufe ich ihm nach. »Danke, dass du mir beim Aufsperren Gesellschaft geleistet hast.«

»Danke, dass dir nie das Bier ausgeht«, sagt er mit einem Lächeln in den Augen.

Hinter mir taucht Chelsea wieder auf, und im Hintergrund lauert ihr Fahrer. »Alec, das Fass hier musst du sofort anstechen, okay? Ich habe dem Braumeister versprochen, dass du's mal ausprobierst und Werbung dafür machst.«

Ach, hast du das? »Ich wechsele es nachher aus«, sage ich, obwohl das Umstände macht. »Stell's irgendwo ab, Kevin.«

Lächelnd tanzt Chelsea zu Ed Sheeran und duckt sich dann wieder unter dem Tresen durch. »Den Song liebst du, oder, Alec?« Sie zieht mich nur auf, sie weiß nämlich, dass ich nicht auf schnulzige Musik stehe.

»So was von«, lüge ich, nur um den Spaß mitzumachen. »Die Nummer kriegt drei Schnipser in Form eines Z.« Ich schnippe mit den Fingern und schwinge die Hüften. Das mache ich manchmal, so als kleine Parodie auf *In Living Color*, diese Sketch-Comedy-Sendung aus den Neunzigern. Chelsea ist zu jung, um die Anspielung zu verstehen, aber das ist ihr egal. Sie schenkt mir ein kehliges Lachen, das andeutet, dass wir später eine gute Zeit miteinander haben werden. »Jetzt lass mich mal meine Vorbereitungen beenden, damit ich mich dir zuliebe hier früh verabschieden kann.«

»Kann's kaum erwarten«, sagt sie und wirft dabei ihr Haar nach hinten. »Hier unterschreiben, und schon geh ich dir aus der Bahn.«

Ich nehme das Klemmbrett und zeichne die Lieferung gegen. »Bis später, Hottie.«

»Bis später!« Sie geht.

Am anderen Ende des Tresens ist Smitty bereits in ein Gespräch mit einem weiteren weiblichen Gast vertieft. Er zeigt auf die Bierkarte und untermalt seine Erklärungen mit ziemlich vielen Gesten, womit er nur seine Tattoos in Szene setzen will.

Work hard, play hard. So läuft das bei uns in der *Gin Mill*.

Eine halbe Stunde später tanze ich allerdings nicht mehr. Als sich die Tische mit der Happy-Hour-Schar füllen, zapfe ich in Höchstgeschwindigkeit Getränke und versuche nur noch, der Nachfrage hinterherzukommen.

Der Job eines Barkeepers ist ziemlich simpel – Alk verkaufen und alle bei Laune halten. Der Job eines Bar*besitzers* dagegen ist stressiger. In letzter Zeit ist die »Party machen vs.

sich Sorgen machen«-Quote schlechter, als mir lieb ist. Das Geschäft läuft gut, und die Bar ist voller Leute. Aber meine Gewinnspanne ist dünn, und ich hab nicht genug Geld, um ins Geschäft zu reinvestieren.

An den meisten Abenden verbringe ich ziemlich viel Zeit damit, die Menge zu beobachten und mir zu überlegen, welche Veränderungen den entscheidenden Unterschied ausmachen würden. Würde es was bringen oder eher schaden, wenn ich die Billardtische rausnehme und eine kleine Bühne für Bands aufbaue? Verlange ich zu viel für die Premiumbiere? Oder zu wenig?

Doch keine dieser Fragen werde ich heute Abend klären. Als ich die Gesichter in der Menge durchgehe, bleibt mein Blick an einem Paar in der Nische ganz hinten in der Ecke hängen. Es sind zwei Frauen, die einander tief in die Augen blicken. Sie waren letzte Woche auch schon da.

Eine der beiden kommt mir bekannt vor, aber mir fällt nicht ein, woher. Dabei vergisst ein guter Barkeeper niemals ein Gesicht. Das wird mich also die zweite Woche in Folge wurmen.

Ich mixe zwei Margaritas und schenke ein halbes Dutzend Biere ein. Nach jedem gucke ich noch mal in die Ecke. Die hübsche dunkelhaarige Frau hängt der kleineren an den Lippen. Die hat grau melierte, raspelkurze Haare, und ich habe sie bis letzte Woche noch nie gesehen. Die Dunkelhaarige kommt mir wie gesagt bekannt vor. Zu beobachten, wie sie der anderen Frau schöne Augen macht, stört mich irgendwie. Es fühlt sich falsch an.

Jepp, das macht mich verrückt.

»Alec«, sagt Smitty.

»Hm?«

Er starrt mich finster an, sodass sich sein gepiercter Nasenflügel bläht. »Zum dritten Mal: An welchen Zapfhahn soll ich das neue Lagerbier anschließen? Das IPL?«

»Ähm …« Ich seufze. »Wir haben ein neues IPL?«

Smitty zieht die Augenbrauen hoch. »Chelsea hat's mitgebracht? Schon gut. Ich such einfach selbst einen aus. Ich werd eine ähnliche Sorte aussortieren. Dann müssen die Pfennigfuchser das gute Zeug trinken.«

Das wird wahrscheinlich zu einigen Beschwerden führen, aber jetzt gerade ist mir das egal. Ich bin schon wieder von dem Paar abgelenkt, weil die sich jetzt doch tatsächlich küssen.

»Hey – fährst du etwa auf die zwei Lesben ab?«, fragt Smitty. »Für so was gibt's doch Pornos.«

»Oh, scheiße«, sage ich langsam. »Mir ist grad eingefallen, wer das ist.« Und tja, das sind keine guten Neuigkeiten.

»Ein Pornostar?«, fragt Smitty.

»Nein, du Depp. Ihr Name ist Daniela. Sie ist mit jemandem zusammen, den ich kenne. Sie wohnen zusammen.« Jedenfalls ist das mein letzter Stand. Genau solches Zeug kann ich mir gut merken – Namen und Klatsch. Ich war dazu bestimmt, Barkeeper zu werden.

»Oh, oh«, sagt Smitty.

»Ohne Witz.« Ich gucke noch einen Augenblick länger hin, nur um sicherzugehen, dass ich es mir nicht bloß einbilde. Aber ich kann ihre Zungen selbst von hier aus sehen.

»Sie betrügt ihren Kerl mit einer Frau?« Smitty kippt einen Eimer frisches Eis in den Behälter. »Ziemlich blöd, schließlich leben wir in einer Kleinstadt.«

»Sie betrügt eine *Frau* mit einer anderen Frau«, stelle ich klar. »Du kennst doch May Shipley?«

Smitty richtet sich auf und zeigt auf den Zapfhahn mit dem Shipley-Cider. »Wie die Shipleys hier?«

»Ja, genau. May ist Griffins Schwester.«

»Wirst du's ihr sagen? Wozu? Ist ja nicht so, als wärst du ein Riesenfan der Shipleys.«

Er hat recht. Ich sollte es auf sich beruhen lassen.

Noch ein Haufen durstiger Leute schneit in die Bar herein, und ich verbringe die nächsten zehn Minuten damit, jede Menge Getränke auszuschenken. Jemand möchte einen Snake Bite – Hälfte Bier, Hälfte Cider –, also fülle ich ein halbes Pintglas mit Shipley-Cider. Der herbe Geruch nach Apfel erinnert mich an Highschoolzeiten, als ich den Shipleys gegen Ende der Saison immer dabei geholfen habe, ihre restliche Ernte einzulagern. Zehn Tacken die Stunde. Damals kam einem das wie ein Vermögen vor.

Dann schmiss August Shipley meinen Vater raus, und unser Leben wurde die reinste Hölle.

Schöne Zeiten.

Während ich wie auf Autopilot Getränke ausschenke und lächle, überlege ich, was ich wegen Mays untreuer Freundin machen soll. Vielleicht haben sie sich getrennt, und ich mache mir umsonst Gedanken?

Allerdings hat Smitty schon recht: Die Stadt ist klein. Von einer Trennung hätte ich wahrscheinlich gehört. Wenn es irgendwelchen größeren Aufruhr bei den Shipleys gegeben hätte, hätte meine Schwester das erwähnt.

Gott, ich hasse Leute, die fremdgehen. Soll ich May anrufen? Soll ich es ihrem Bruder gegenüber erwähnen, wenn ich ihn das nächste Mal sehe?

Nee, bei ihm nicht. Griffin würde mich wahrscheinlich nur für ein Klatschmaul halten. Wir sind nicht dicke miteinander. Schon zu Highschoolzeiten nicht, da waren wir erbitterte Konkurrenten. Und in letzter Zeit, seit er meiner Schwester das Herz gebrochen hat, erst recht nicht.

Komisch, über was man sich so alles Gedanken machen kann, während man Getränke ausschenkt.

Diese Frau, die da an Danielas Gesicht klebt – ich frage mich, wer sie ist. Und wie dämlich Daniela überhaupt ist?

»Du glotzt schon wieder.« Smitty lacht in sich hinein. »Aber es ist echt ziemlich scharf.«

»Darum geht's nicht«, brumme ich. »Keine Ahnung, was ich machen soll.« Die Sache regt mich so richtig auf. Mein Hass auf Leute, die fremdgehen, ist noch größer als meine Abneigung gegenüber den Shipleys.

Außerdem ist May die Netteste von denen. Ein liebes Mädchen. Zurückhaltend. Nicht so selbstgefällig wie ihr großer Bruder.

»Kannst eh nicht viel machen. Und wer fremdgeht, wird sowieso immer erwischt.«

Während ich den Tresen abwische, denke ich darüber nach. Einerseits hat er recht, andererseits auch nicht. Manchmal kann ein Mensch etwas lange Zeit bewusst verdrängen. Meine Mom zum Beispiel. Wahrscheinlich hat sie immer gewusst, dass mein Dad durch alle Betten sprang. Aber obwohl er es nicht verdiente, hat sie es mit ihm ausgehalten.

»Das wird dich die ganze Zeit wurmen, oder?«

»Joah«, murmele ich.

»Gib mir mal dein Handy.«

»Wieso? Letztes Mal, als du's hattest, hast du ein Foto von deinem Arsch auf meinem Instagram-Account gepostet.«

»Ist ein hübscher Arsch. Aber deswegen will ich es nicht haben, okay? Entsperr es einfach, und gib's her.«

Wider besseres Wissen mache ich mit.

Smitty nimmt sich einen Lappen und geht langsam durch den großen Raum. In den Nischen der Backsteinwände flackern Kerzen. Leute unterhalten sich und lachen, während im Hintergrund Musik läuft. Der Laden sieht toll aus. Eine Bar aufzumachen ist nicht gerade das Gleiche wie Krebs zu heilen. Aber ich bin trotzdem stolz auf den Laden.

Als Smitty im hinteren Teil des Raums angelangt ist, wischt er mit der linken Hand einen Tisch ab und macht mit der rechten unauffällig ein Foto von Daniela und ihrer Affäre.

»Das war echt raffiniert«, sage ich, als er mir mein Handy zurückbringt.

Er zuckt mit den Schultern. »Raffiniert wäre, wenn ich auch noch ein Foto von meinem Arsch machen könnte, ohne dass du's mitkriegst.«

Ich stopfe mein Handy in die Hosentasche, als sich eine Gruppe von vier Kerlen der Bar nähert. »Was darf's sein, Gentlemen?«

Und mir nichts, dir nichts läuft der Wochenendbetrieb wieder auf Hochtouren. Zuerst sind alle Hocker an der Bar besetzt, dann alle Tische. Smitty macht die Getränkebestellungen so schnell fertig, wie sie unsere Kellnerin an die Tische bringen kann. Und ich tue, was eben so getan werden muss. Wenn du einen Laden hast, sieht dein Tag genau so aus.

Ich vergesse Daniela für eine Weile. Ich zapfe Bier, tausche Fässer aus und überrede meine Gäste, gute Vermonter Craft-Biere anstatt der Plörre zu nehmen, die sie trinken würden, wenn ich nicht so genial wäre. Die Ed-Sheeran-Mucke ist von einem alten Santana-Album abgelöst worden, und mir gefällt mein Leben wieder.

Bis ich sehe, wie die Eingangstür aufgeht und May Shipley auftaucht.

Mein erster Gedanke ist: *Ach du Scheiße.* Soweit ich mich erinnere, ist May bis jetzt erst ein einziges Mal in der Bar gewesen – bei der Eröffnungsfeier. Doch da steht sie, mit von der kalten Herbstluft geröteten Wangen.

Mein zweiter Gedanke ist: *Seit wann sieht May Shipley denn so heiß aus?* Sie trägt einen weichen Pulli, und ihre endlos langen Beine stecken in einer schwarzen Hose. Große Mädchen törnen mich echt an. Andererseits tun das viele Frauen.

»Hey Alec!«, sagt sie und winkt.

Ich reiße mich schnell zusammen. »Wow, May! Hab dich ja seit dem Sommer nicht mehr gesehen.«

Sie lächelt mich freundlich an, fängt dann aber an, sich in der Bar umzusehen.

»May«, sage ich in scharfem Ton. Ich hab gar keinen Plan, nur dass ich sie davon abhalten will, zu dem Verkehrsunfall hinten in der Ecke zu sehen. Das hat keiner verdient.

Aber es ist zu spät. Ich kann fast die Bremsen quietschen hören, als ihr Blick in der hintersten Ecke des Raums hängen bleibt. Sie versteift sich, als sie Daniela entdeckt. Und dann ballt sie die Fäuste. Sie beugt sich leicht vor, als würde sich vielleicht ein anderes Bild ergeben, wenn sie zehn Zentimeter näher dran ist.

»May«, versuche ich es noch einmal, als könnte ich irgendetwas sagen, was den Augenblick weniger schlimm machen würde.

Sie hört mich gar nicht. Stattdessen stampft sie los, schlängelt sich auf dem Weg zu der Sitznische durch die Menge.

Und jetzt setze ich mich ebenfalls in Gang, ducke mich unter dem Tresen durch und folge ihr, während ich mich frage, was gleich passieren wird. Ich habe May immer für die Ausgeglichene unter den Shipleys gehalten, doch jetzt sieht sie aus wie eine Wärmesuchrakete, die auf ein Ziel ausgerichtet ist.

»Du hinterhältige *Schlampe*!«, schreit sie, noch bevor sie überhaupt den Tisch erreicht hat.

Du liebe Güte. Ich bin gleichzeitig beeindruckt und alarmiert. Prügeleien kommen in der *Gin Mill* selten vor, aber jetzt gleich könnte alles Mögliche passieren.

Daniela erstarrt und reißt die Augen weit auf. Die andere Frau hat sie allerdings quasi im Schwitzkasten und probiert immer noch, Danielas Gesicht zu verschlingen. Diese versucht sich loszumachen. Allerdings kommt sie damit nicht weit, denn ihre Gespielin behält ihren Kopf in einem besitzergreifenden Manöver eingeklemmt.

»Lass mich los, Trace«, sagt Daniela, während May wutschäumend vor ihnen stehen bleibt.

»Nein«, knurrt die Fremde. »Scheiße, darum geht's doch, oder? Ich will dich nicht loslassen. Du hast zuerst zu mir gehört. Du wirst immer zu mir gehören.«

Oh verdammt. Das Unglück lässt sich nicht aufhalten.

»Das ist ja so was von *rührend*«, spuckt May aus. »*Bloß:* Ich bin Danielas Partnerin und wohne mit ihr zusammen, mir hätte also jemand Bescheid sagen sollen.« May fasst nach unten und dreht Danielas Kinn, damit ihre zukünftige Ex sie wenigstens anguckt. »*Pro-bono*-Arbeit, hm? Jeden Donnerstag? Du bist erbärmlich!«

»Hey! Pass auf, was du sagst«, keift die Fremde. Sie hat eine Stimme wie unser uralter Margarita-Mixer – laut und knirschend. »Pfoten weg von meiner Freundin.« Daraufhin packt sie doch tatsächlich Mays Handgelenk und verdreht es heftig.

»Au!«, schreit May auf. »Du … Drecksfotze!«

Mir klappt die Kinnlade herunter, während May ihre Hand wegreißt und sie offensichtlich unter Schmerzen an sich drückt. Ich sehe Tränen in ihren Augen. Aber sie blinzelt sie schnell weg. Und dann …

Irgendwie ahne ich Mays Attacke voraus. Als sie losstürzt, tue ich es auch. Meine Arme sind länger als ihre, und ehe sie

Danielas Affäre packen kann, nehme ich May schützend in die Arme. Oder besser gesagt, in eine menschliche Zwangsjacke. Sucht es euch aus. Ich ziehe May zurück, bevor sie etwas tun kann, was sie später bereuen wird.

May versteift sich in meiner Umarmung und guckt verwirrt über ihre Schulter nach hinten. Sobald sie erkennt, wer sie da geschnappt hat, stößt sie gefrustet die Luft aus. »Lass los«, krächzt sie.

»Die ganze Nummer ist richtig scheiße«, sage ich leise in ihr Ohr. »Aber wenn du dich prügelst und jemand die Cops ruft, könntest du festgenommen werden. Und das kommt bei Anwälten nicht gut, oder?« May hat nicht nur an der Boston University studiert, sie ist auch noch Anwältin.

Und, na gut, ich hab echt keine Lust darauf, dass jemand die Cops in meinen Laden ruft. Das ist nie gut.

Sie blinzelt einmal und scheint sich dann in meinen Armen zu entspannen. »Okay«, sagt sie leise.

Als ich sie loslasse, atmet sie wütend einmal tief durch. Dann dreht sie sich zu ihrer Freundin um. (Oder Ex-Freundin?) »Komm mir heute ja nicht nach Hause«, blafft sie in Danielas ungefähre Richtung.

»Wird sie nicht«, sagt die Bitch in der Sitznische. »Daniela sagt, du bist sowieso mies im Bett.«

Offenbar sind meine Ninja-Fähigkeiten doch nicht so gut, wie ich dachte, denn diesmal stürzt May los, bevor ich schalte. Die Ohrfeige, die sie der Fremden verpasst, schallt laut und deutlich durch den Raum. Falls irgendeiner meiner Gäste das Geräusch noch überhört haben sollte, entgeht bestimmt keinem das wütende Gebrüll der Fremden oder das Gewitter aus Beschimpfungen und Drohungen, das gleich darauf folgt.

Sie springt auf die Sitzbank der Nische, um an May heranzukommen, aber Daniela ist ihr im Weg, wodurch mir zwei, drei wertvolle Sekunden bleiben, um den Dritten Weltkrieg zu verhindern.

Das mache ich, indem ich May hochhebe – ihre ganzen ungefähr eins zweiundachtzig – und sie unter vollem Körpereinsatz zur Tür trage.

Die Shipleys sind alle groß. Zum Glück sind es die Rossis ebenfalls. Sie wehrt sich, aber nur kurz. Und ich bringe sie so schnell nach draußen, dass wir schon einen Augenblick später in der kühlen Novembernacht stehen und einander niederstarren.

»Heilige Scheiße! Das war …« May lässt den Satz offen.

»Kacke?«, schlage ich vor.

»J…ja«, keucht sie. »Scheiße. Ich bin so was von blöd. Ich hätte es schon längst merken müssen.«

»Ähm …« Sie ist definitiv nicht blöd. Diese Frau ist *wild*. Gerade weiß ich jedoch nicht so recht, wie ich ihr helfen soll. »Willst du mit hochkommen, und wir besaufen uns? Es kann manchmal ganz praktisch sein, eine Bar zu besitzen.«

»Verdammt.« May schluckt. »Das klingt gerade echt verlockend. Ich fürchte nur, meine Mentorin von den *Anonymen Alkoholikern* würde das nicht gutheißen.«

Anonyme Alkoholiker? »Verdammte *Scheiße*«, stammele ich. Habe ich gerade einer trockenen Alkoholikerin angeboten, sich zu betrinken? »Tut mir leid. Kacke. Ich …«

Sie hebt eine Hand. »Kein Grund zur Panik. Mir wird ständig Alkohol angeboten. Aber inzwischen lehne ich den ab.«

»Es tut mir leid«, stammele ich trotzdem noch einmal. *Verdammt.* Was bin ich nur für ein Arschloch.

»Für die meisten Leute wäre das kein lebensverändernder Vorschlag.« Sie blickt mich aus ihren hellbraunen Augen an. »Aber für mich ist es schlecht.«

»Okay.« Ich versuche mich wieder zu sammeln. »Kann ich dich dann irgendwohin fahren?«

May schließt die Augen und lehnt den Kopf gegen die Backsteinmauer meines Ladens. »Ich will sie nie wieder sehen.«

»Das glaub ich gern. Die Frau war eine fiese Bitch.«

»Ich meine Daniela«, sagt May und macht die Augen auf.

Ich habe auch Daniela gemeint. Aber ich bin klug genug, das jetzt nicht zu sagen. »Ihr zwei wohnt zusammen, oder? Brauchst du was zum Übernachten?«

May seufzt. »Ich *habe* was zum Übernachten. Meine Familie schmeißt 'ne Party, wenn ich Daniela verlasse und wieder zu Hause einziehe. Sie werden *begeistert* sein.« Dann glänzen Tränen in ihren Augen. »Scheiße.«

»Ooh.« *Mayday!* Wenn Frauen weinen, werde ich schwach. Also ziehe ich May in eine Umarmung. »Sag mir, wie ich helfen kann.«

Sie atmet einmal tief durch. »Du hast doch einen Pick-up, stimmt's? Ich muss ausziehen. Kann ich mir deine vier Räder leihen?«

»Klar«, sage ich sofort. Aber ich kann eine weinerliche Frau nicht ganz allein aus ihrer Wohnung ausziehen lassen. Selbst wenn es sich um eine Shipley handelt. »Ich komme mit. Dann geht's schneller. Hast du viele Möbel?«

»Nein.« Sie tritt einen Schritt zurück. »Die ganzen Möbel gehören ihr. Ich habe bloß Klamotten und Bücher.«

»Okay. Dann wird das ja ein Klacks.« Sie riecht nach Zitrone. Ich verpasse mir gedanklich eine dafür, dass mir das auffällt. Jetzt ist nicht der richtige Zeitpunkt, um sich an May Shipley ranzumachen. »Gehen wir. Ich fahre.«

»Alec, das brauchst du wirklich nicht. Du müsstest jetzt doch bestimmt eigentlich hinterm Tresen stehen. Außerdem könnte ich meine Brüder anrufen.« Sofern das überhaupt möglich ist, sieht sie noch niedergeschlagener aus, als sie das sagt. »Die werden sich ihre Freude nicht verkneifen können.«

»Lass sie doch aus dem Spiel«, sage ich schnell. »Na komm.« Ich nehme ihre Hand und ziehe sie von der Mauer weg. »Du bist ja überhaupt nicht in der Verfassung zu fahren.«

Sie hat natürlich recht. Eigentlich müsste ich mit Smitty Getränke ausschenken. Er kommt da drinnen wahrscheinlich gar nicht mehr hinterher. Während May mir zum Pickup folgt, hole ich mein Handy heraus, und richtig, ich habe schon eine Nachricht von Smitty. *WTF? Wo steckst du?*

Mit einem Piepton entriegele ich den Wagen und überlege. »Spring rein. Ich muss nur noch mal kurz telefonieren.«

Während May sich anschnallt, schaue ich hoch zu den hell erleuchteten Fenstern der Wohnung meines Bruders Benito. Da er zu Hause ist, rufe ich seine Nummer auf und wähle. »Hey«, sage ich, als er rangeht. »Ich hab heute Abend eigentlich Thekendienst, muss jetzt aber einer Freundin in einer dringenden Angelegenheit aushelfen.« Ich würde es ja erklären, aber das dauert zu lange. Außerdem weiß ich selbst nicht mal, warum ich May Shipley aus der Patsche helfe. »Könntest du gleich mal nach Smitty sehen? Gucken, ob er alle Hände voll zu tun hat?«

»Klar«, sagt Benito. »Wenn ich aufgegessen habe.«

»Danke. Ich schulde dir was.«

Wir legen auf, und ich texte schnell noch einem meiner anderen Barkeeper, um ihn zu fragen, ob er heute Abend eine Extraschicht übernehmen will. Dann lasse ich den Pickup an und biege auf die zweispurige Landstraße nach Süden ein. »Du wohnst in Randolph, stimmt's?«

May schreckt aus ihrer Benommenheit hoch. »Ja, tue ich. Nein … *habe* ich. Ich kann nicht fassen, dass es so endet.« Wieder steigen ihr Tränen in die Augen.

»Es tut mir wirklich leid. Fremdgehen ist das Übelste.« Mein Vater war der König der Fremdgeher. Ich habe miterlebt, wie er allmählich jede Selbstachtung meiner Mutter zerstört hat, bis er dann schließlich endgültig verschwand, als ich fünfzehn war.

»Alec, ich verstehe gar nicht, warum du mir hilfst.« Sie wischt sich über die Augen.

Ich zucke nur mit den Schultern, weil ich es auch nicht so richtig verstehe. »So machen Freunde das doch, nicht wahr?« Wobei May und ich nicht wirklich befreundet sind. Sie ist vier oder fünf Jahre jünger als ich. Wir waren nicht zur selben Zeit auf der Highschool, auch wenn ich damals mehr als genug von ihrem Bruder mitgekriegt habe.

May streckt eine Hand aus und legt sie auf meinen Unterarm. »Also … Ich bin dir wirklich dankbar. Wenn ich wieder etwas klarer im Kopf bin, backe ich dir als Dankeschön einen Apfelkuchen.«

»Siehst du? Ich wusste doch, dass ich dem richtigen Menschen helfe.«

Sie lächelt, doch das Lächeln erreicht ihre Augen nicht.

2

May

Während ich so auf dem Beifahrersitz von Alec Rossis Pick-up sitze, habe ich Probleme, zu begreifen, was eben gerade passiert ist. Zu sehen, wie Daniela eine andere küsst? Das hat *unheimlich* wehgetan.

Ich fühle mich, als hätte jemand einen Eimer eiskalten Matsch genommen und über mein ganzes Leben gekippt. Es ist gleichzeitig ernüchternd und … schmutzig. Und es kann auch nicht sein, dass die Sache heute Abend ein seltsamer Ausrutscher war. Daniela ist schon seit Wochen distanziert gewesen. Ich hatte mir schon gedacht, dass sie mir etwas verschweigt, nur nicht gewusst, was.

Außerdem hat mich meine Kampf-oder-Flucht-Reaktion fast genauso erschreckt wie der Moment, als ich Daniela beim Fremdknutschen erwischt habe. Heiße Wut brodelte in meinen Adern, als ich auf ihren Tisch zustürmte. Und als meine Hand Tracys Gesicht traf, gab das ein lautes, klatschendes Geräusch.

Mir ist peinlich, wie gut sich das angefühlt hat und dass es mir gerade überhaupt nicht leidtut. Genau genommen ist mir so einiges peinlich. Wie naiv ich Daniela mein Herz geschenkt habe, obwohl sie so ein schlechtes Benehmen hat. Wie anfällig ich mich für diese Art von Verletzung gemacht habe.

Und ausgerechnet vor Alec Rossi hat sich das abgespielt. Mit dreizehn war ich tierisch in ihn verknallt. Ich saß bei den

Footballspielen meines Bruders immer ganz oben auf der Tribüne und beobachtete, wie Alec sich vor den Mädchen seines Alters aufspielte. Sie warfen die Haare nach hinten, drückten die Brüste raus und lachten, taten alles, um kurz seine Aufmerksamkeit zu gewinnen.

Ich kann nicht fassen, dass Alec Rossi gerade mitbekommen hat, wie mein Leben mir um die Ohren geflogen ist. Das ist wie das Sahnehäubchen auf einer Torte aus lauter Scheußlichkeiten. Als ich mir vorstelle, wie das für ihn ausgesehen haben muss, entfährt mir ein leises Stöhnen.

»Alles okay bei dir?«, fragt er von seinem Platz hinterm Steuer.

»Klar. Versuche bloß, den Schock zu überwinden.«

»Kann ich mir vorstellen. Sie sind mir eine halbe Stunde, bevor du reinkamst, aufgefallen. Wusste nicht, was ich davon halten sollte.«

»Echt? Du hast Daniela erkannt?« Ich bin ein bisschen erstaunt, dass er weiß, wer meine Freundin ist.

War. Verdammt.

»Ja. Ein guter Barkeeper vergisst niemals ein Gesicht. Leider muss ich sagen, dass sie letzte Woche auch schon in der Bar waren. Ich war mir nicht hundertprozentig sicher, ob ihr zwei noch zusammen seid. Aber heute hab ich ein Foto gemacht, weil ich es in Erfahrung bringen und dir vielleicht davon erzählen wollte.« Er fährt rechts ran, nimmt sein Handy aus dem Getränkehalter und entsperrt es. Dann gibt er es mir.

Und da sind sie. Es ist ein sehr gutes Foto von Daniela, wie sie Tracy küsst, ihre Ex. Und nun fällt mir noch ein fieses Detail auf. Daniela trägt einen sehr schönen schwarzen Angorapullover mit V-Ausschnitt. Jetzt geht es mir sogar noch schlechter.

»Igitt.« Ich gebe es ihm zurück. »Sie hatte den *Pulli* an. Fuck.«

»Was soll das heißen?«, fragt Alec. Er fährt zurück auf die Straße, und wir setzen unsere Fahrt fort.

»Den Pulli, den sie heute Abend anhatte, habe ich *gestrickt*.«

»Den hast du selbst gestrickt?«, fragt er. »Wow. Das nenn ich mal Dankbarkeit dir gegenüber.«

Ich seufze nur.

»Kommst du denn klar?«

Das ist eine gute Frage. »Das *werde* ich.« *Sobald sich die wütende Gewitterwolke über meinem Kopf verzogen hat.*

»Muss heftig gewesen sein, das zu sehen«, sagt er leise. »Ein Schock, oder? Der Liebeskummer kommt später.«

»Das ist es ja gerade …« Ich räuspere mich. »Ich weiß gar nicht, ob der kommen wird.« Als ich mich das gestehen höre, merke ich, dass es sogar stimmen könnte.

Alec wartet stumm darauf, dass ich weiterspreche. Während ich meine Gefühle zu sortieren versuche, betrachte ich, wie er mit seinen großen Händen das Lenkrad umfasst hält. »Das mit uns hat nicht funktioniert. Als Paar.« *So.* Ich habe es laut ausgesprochen. »Aber ich habe es *gehofft*. Ich wollte, dass es funktioniert. Und am Anfang war es schön mit Daniela.«

»Was ist dann passiert?«, fragt er.

»Na ja …« Über den Teil zu reden ist schwer. »Als wir zusammengekommen sind, mussten wir beide noch über jemand anderen hinwegkommen. Danielas Ex hast du gerade kennengelernt – Tracy. Bis heute Abend hatte ich sie noch nie persönlich gesehen. Aber Daniela hat mir direkt gesagt, dass Tracy ihr das Herz gebrochen hat.«

Alec lässt ein ungeduldiges kehliges Schnalzen hören.

»Ich kann mir nicht vorstellen, dass sich jemand bis über beide Ohren in diese Sch…« Er verkneift sich den Rest des Satzes. »Sie ist jemand, den ich lieber nicht kennengelernt hätte.«

»Ich auch nicht«, grummele ich. Aber vielleicht war es notwendig, sie auf diese Weise kennenzulernen. »Das Ding ist: *Ich* wollte wirklich nach vorn schauen. Aber ich glaube nicht, dass auch Daniela *wirklich* über Tracy hinwegkommen wollte. Deshalb hat es mit uns nicht funktioniert. Ich war bereit, mich in jemand Neuen zu verlieben, sie aber nicht. Nicht dass sie das besonders gut verpackt hätte. Sie war gemein zu mir, obwohl ich gar nicht das Problem war.«

»Autsch.«

»Ja.« Sie hat mich mehr als oft scheiße behandelt, und ich habe es einfach ignoriert. Zum ersten Mal richtig aus dem Ruder gelaufen ist es letzten Sommer, als sich Daniela auf der Hochzeit meines Bruders betrunken hat. Da hat sie meiner Familie und meinen Freunden gesagt, mit mir könnte man keinen Spaß haben.

Jetzt, wo ich so daran denke, fällt mir ein, dass Alec mich an dem Abend um einen Tanz gebeten hatte. Der ging zwar nur ein paar Minuten, aber trotzdem fühlte ich mich geschmeichelt.

Jetzt frage ich mich, ob ich ihm leidgetan habe.

»Ich habe es viel zu lange mit ihr ausgehalten«, sage ich. »Aber ich dachte, ich könnte auf sie warten – dass sie sich daran erinnern würde, wie viel Spaß wir am Anfang miteinander hatten, und dass ihr dann aufgehen würde, dass wir eine gemeinsame Zukunft haben könnten.«

»Alter«, sagt er. »Den Fehler machen viele – zu hoffen, dass es einfach so besser wird.«

»Vielleicht.«

»Meine Mom hat fünfzehn Jahre lang darauf gehofft.« Er biegt von der Landstraße ab.

»Bieg hinter dem zweiten Stoppschild rechts ab.«

Und da wird es mir klar. Heute werde ich wahrscheinlich zum allerletzten Mal das Haus betreten, in dem wir zusammen gewohnt haben. Wie kann das denn sein? Heute Morgen auf dem Weg zur Arbeit dachte ich noch, meine größten Sorgen wären mein langweiliger Job und die Frage, ob Daniela wohl daran denken würde, den Geschirrspüler anzuschalten, wenn sie ihre Müslischale reingestellt hat.

»Ich weiß gar nicht, wie ich das in den Kopf kriegen soll«, murmele ich. »Ich wollte heute Abend für uns kochen.«

»Tut mir leid, Süße«, flüstert Alec.

Als er in unsere Straße einbiegt, kann ich die düsteren Gedanken nicht zurückhalten. Meine Beziehung mit Daniela war zum Scheitern verurteilt, aber ich wollte es nicht sehen. Ich denke, sie hat den passiv-aggressiven Weg eingeschlagen – versucht, mich mit ihrem Mist wegzuekeln, damit sie nicht an der Trennung schuld wäre.

Solches Verhalten ist feige, und ich nehme sie nicht in Schutz dafür. Aber ich wünschte, ich hätte den Wink schon viel früher verstanden.

»Ist es hier?«, fragt Alec und stellt den Motor ab.

»Ja.« Gott, ich will nicht aus dem Auto aussteigen. Ich will mich nur im Fernsehzimmer meiner Familie unter einer Decke einkuscheln und verstecken. Am liebsten noch mit einem Krug Wein.

Aber man kriegt eben nicht immer, was man will. Und Alec wartet, ein besorgter Ausdruck liegt in seinen braunen Augen.

Also steige ich aus, setze einen Fuß vor den anderen, bis ich auf unserer kleinen Holzveranda stehe. Ich schließe auf und drücke dann den Daumennagel zwischen den Schlüsselring, um den Schlüssel abzumachen und hierzulassen.

»Bist du sicher, dass du nicht noch mal hermusst?«, fragt Alec mich. »Wegen der Post? Oder weil du irgendwas vergessen hast?«

Ich zögere. Er hat recht. Also behalte ich den Schlüssel.

»Stehst du im Mietvertrag?«, will er wissen. »Laufen irgendwelche Nebenkosten über dich?«

Ich schüttele den Kopf. Daniela hat schon hier im Haus gewohnt, bevor ich mit eingezogen bin.

»Gut. Dann ist der Teil unkompliziert.« Er streicht mir eine Haarsträhne aus dem Gesicht und lächelt mich an. »Na, dann komm, sehen wir mal, wie schnell wir dein Leben ändern können. Hast du eine Reisetasche? Wenn die voll ist, gibt es immer noch das klassische Gepäck für eine niveauvolle Flucht aus einer Beziehung.«

»Und das wäre?«

»Müllbeutel.«

»Oh, Alec.« Ich schniefe, und dann lache ich.

Ich bin sechsundzwanzig Jahre alt, habe so eben mal Arbeit und bin kurz davor, meine Habseligkeiten aus dem Haus meiner Ex zu schleppen. In Müllbeuteln. Denn ich habe nur einen Koffer, und der wird schnell voll mit Jura-Lehrbüchern sein.

Alec drückt fest meine Schulter. »Lass uns loslegen. Zu viel drüber nachzudenken bringt jetzt nichts. Zeig mir, wo deine Bücher stehen. Du übernimmst die Klamotten.«

Wir machen uns an die Arbeit.

Wenn ich ein Dutzend Leute hätte aufzählen müssen, die mir vielleicht eines Tages dabei helfen würden, aus Danielas Haus auszuziehen, wäre Alec Rossi niemals mit auf dieser Liste gewesen. Aber ich verdränge, dass das der seltsamste

Abend meines Lebens ist, und tue genau das, was er sagt. Ich packe meine Klamotten und Schuhe ein, während er meine Bücher in leere Kisten räumt, die ich in der Garage aufgestöbert habe.

Es geht schneller als gedacht, mein Leben von Danielas zu trennen.

Alec schleppt erst meine Bücher raus und dann meine Kleidung. Wir haben schnell meinen Wäschekorb, mehrere Einkaufstaschen und – klar – Müllbeutel gefüllt mit meinen Klamotten sowie einer Decke, die meine Mutter für mich gemacht hat.

Das Bett wirkt jetzt nackt. Ich hatte so einige schöne Stunden in diesem Bett, in denen ich meine bisexuelle Seite auslebte. Doch offensichtlich hatte Daniela auch so einige schöne Stunden in einem anderen Bett. Kein Wunder, dass sie schon seit einer Weile nicht mehr mit mir geschlafen hat.

Eine Minute lang stehe ich bloß da, starre auf die zerwühlten Laken und lasse den Schmerz durchsacken. Letzte Nacht habe ich mich eng an sie gekuschelt, als sie ins Bett kam. Aber Daniela drehte sich von mir weg, sodass ihre knochige Schulter wie eine Wand zwischen uns aufragte.

Als sie mich letztes Frühjahr gefragt hat, ob ich bei ihr einziehe, war ich so was von *glücklich*. Ich dachte, ich hätte endlich jemanden gefunden, der für immer zu mir gehören würde.

Bäh. Ich drehe dem blöden Bett den Rücken zu. »Gehen wir«, sage ich.

»Nicht so schnell«, sagt er und legt mir seine Hände auf die Schultern. »Zimmer für Zimmer, okay? Hast du irgendwelche Sachen im Bad?«

Er hat recht. In meiner Eile habe ich meine Kosmetiksachen vergessen. Ich bin nicht kleinlich – die neue Packung

Tampons, die wir gerade gekauft haben, und das Shampoo lasse ich da. Ich nehme meine teure Feuchtigkeitscreme, meine Zahnbürste und meinen Föhn.

Daniela kann ihre Haare an der Luft trocknen lassen, verdammt.

»Was ist da drin?« Alec zeigt auf das zweite Schlafzimmer.

»Nicht viel.« Ich gehe rüber und mache die Tür auf, obwohl ich mir doof dabei vorkomme. Ich hatte mir ausgemalt, wir würden es irgendwann mal als Kinderzimmer brauchen. Ich wollte, dass wir ein kleines Mädchen aus China adoptieren. Wenn ich in letzter Zeit davon angefangen habe, hat Daniela das Thema gewechselt.

Ich habe jeden verdammten Wink von ihr übersehen.

Mein Blick huscht durch das größtenteils leere Zimmer, und gerade als ich die Tür schließen will, sehe ich meinen Strickkorb in einer Ecke. Er hat schon Staub angesetzt.

»Der gehört mir«, sage ich und hole ihn. Es stecken Wolle und Stricknadeln im Wert von mindestens zweihundert Dollar darin, aber ich habe seit Ewigkeiten nichts mehr gestrickt. Daniela hat mehr als einmal Witze über mein Alte-Oma-Hobby gerissen.

Verflucht sei sie. Warum hab ich überhaupt auf irgendwas gehört, was sie gesagt hat?

Weil du einsam warst, ruft mir mein Unterbewusstsein in Erinnerung.

Ach ja. Deswegen.

Alec nimmt mir den Strickkorb ab. »Dafür brauchen wir keinen Koffer«, sagt er. »Den stell ich auf den Rücksitz. Siehst du in der Küche nach?«

Auch dort muss ich ein paar Sachen einsammeln. Eine Kuchenform aus Keramik, die meiner Großmutter gehört hat.

Einige Tassen, ein Nudelholz, das ich mit in die Beziehung gebracht habe. Das alles passt in eine Papiertüte.

Ich lasse ein ganzes aufgetautes Hähnchen im Kühlschrank. Heute wollte ich es uns zum Abendessen braten, aber jetzt wird es wahrscheinlich einfach vergammeln, jede Wette. Daniela hat nicht ein einziges Mal so für mich gekocht wie ich für sie. Sie hat sich nicht die Mühe gemacht, Mahlzeiten zu planen oder mich zu fragen, was sie mir beim Einkaufen noch mitbringen soll.

Das Hähnchen mitzunehmen wäre verrückt, oder? Wer nimmt ein aufgetautes Hähnchen aus dem Kühlschrank, wenn er auszieht?

Aber es ist bio. Es hat sechs Dollar das Pfund gekostet.

Das sind meine irren Gedanken, als ich Danielas neues iPhone auf der Arbeitsplatte liegen sehe. Sie muss es schon wieder vergessen haben, das kommt oft vor. Zu ihrer Verteidigung: Das Netz in Vermont ist so lückenhaft, dass Smartphones hier nicht so praktisch sind wie anderswo auf der Welt.

Ich nehme das Handy und entsperre es – mein Daumenabdruck ist abgespeichert, damit ich Musik aussuchen kann, wenn wir zusammen Auto fahren. Zum ersten Mal in elf Monaten Beziehung öffne ich den Messenger. Ich bin keine, die herumschnüffelt. Ich vertraue. Doch jetzt, wo mein Vertrauen zunichtegemacht worden ist, bin ich neugierig, wie lange ihre Affäre schon läuft.

Tatsächlich – direkt unter dem Chat mit mir ist einer mit »Trax«, wie Danielas Ex sich selbst nennt. (Ich weiß viel zu viel über diese Frau, was heißt, dass es am Ende so kommen musste.)

Ich lese nur die letzten paar Nachrichten, und schon wird mir schlecht.

Trax: Kann morgen gar nicht erwarten, Süße. Ich bin so scharf auf dich. Werde dich wieder zum Schreien bringen.

Igitt! Ich scrolle hastig nach oben, um mir zu bestätigen, dass die Nachrichten schon seit Wochen hin und her gehen. Doch ich scrolle zu weit, denn ich entdecke ein Foto von Daniela nackt auf unserem Bett. Sie hat die Beine gespreizt, berührt mit den Fingerspitzen leicht ihre …

Ich gebe einen entsetzten Laut von mir.

»Zeit zu gehen«, sagt Alec leise von seinem Platz an der Tür aus, wo er gegen den Rahmen gelehnt dasteht. Er sagt es nicht, aber ich weiß, dass er Wache schiebt. Er versucht, mich vor einer weiteren üblen Konfrontation zu beschützen.

Und das ist ein guter Anstoß. Ich bin hier fertig. Wirklich *fertig*. Mit einem Tastendruck schalte ich das Handydisplay aus. Doch das reicht mir noch nicht. Also mache ich die Spülmaschine auf, die Daniela vergessen hat anzustellen. Ich werfe das Handy in den oberen Korb, knalle die Tür zu und drücke auf START.

»Okay«, sage ich, als drinnen hörbar das Wasser zu rauschen beginnt. »Ich bin startklar.«

Alec steht wie festgefroren im Türrahmen und starrt mich an. Langsam gehen seine Mundwinkel nach oben. Dann entfaltet sich ein breites Lächeln auf seinem Gesicht. »Du bist saucool, May Shipley. Ich hab ein bisschen Ehrfurcht vor dir.«

Ich komme mir nicht saucool vor, als wir in Richtung der Farm meiner Familie in Tuxbury rollen. Ich komme mir nur vor wie eine Versagerin.

»Alles okay da drüben?«

»Ja. Sorry.« Ich bin eine schreckliche Gesprächspartnerin. »Versuche nur, alles im Kopf zu ordnen. Meine Familie wird mich nicht mit Samthandschuhen anpacken.«

»Was? Doch, bestimmt. Sie werden sich freuen, dich zu sehen.« Alec sagt es in einem beruhigenden Tonfall – so, wie man mit einer Verrückten spricht.

»Mag sein. Aber ich hab inzwischen so ziemlich den Ruf als die Verkorkste in der Familie weg. Wenn ich heute Abend in deinem Pick-up beladen mit meinen Sachen aufkreuze und wieder in mein altes Zimmer ziehe …« Ich stöhne, als ich mir nur vorstelle, was sie für Gesichter machen werden. »Es wird jede Menge mit den Händen gerungen werden, und sie werden wachsam beobachten, ob ich Anzeichen von Stress zeige. Ich bin die einzige Chaos-Queen in der Familie.«

Alec lacht in sich hinein. »Nein, du bist die einzige *Anwältin* der Familie, oder? Wenn du eine Chaos-Queen sein willst, musst du dir schon mehr Mühe geben.«

Das bringt mich zum Lächeln, denn mir gefällt Alecs Sicht der Dinge besser als meine. Leider liegt er falsch. Ich mag zwar eine der wenigen Shipleys mit Uni-Abschluss sein, aber ich bin auch die einzige Alkoholikerin. Manchmal behandeln sie mich, als hätte ich eine neuartige, potenziell tödliche Krankheit.

Ich schätze, sie haben recht damit.

»Es wird peinlich werden.« Ich seufze und stelle mir die ganzen mitfühlenden Blicke vor, die ich gleich ernten werde. *Arme May. Sie hat sich schon wieder verrannt.* »Weißt du, ich glaube, ich hab mich vor allem deshalb voreilig drauf eingelassen, mit Daniela zusammenzuziehen, weil ich nicht mehr von denen unter die Lupe genommen werden wollte.« Meine Familie kann schwer zu ertragen sein.

»Dann kommst du jetzt wieder unter die Lupe?«

»Ja.«

»Sieh's mal positiv.« Er streckt den Arm aus und stupst mich mit seiner warmen Hand an. »Kostenlos wohnen und essen!«

Da sagt er was. Auf der Shipley-Farm musste noch keiner hungern.

Während die dunklen Meilen so vorüberziehen, kann ich jedoch nicht anders, als den fiesen Vorfall in Alecs Bar noch mal durchzugehen. »Es klingt vielleicht seltsam, dass ich mich so darauf einschieße«, grummele ich, »aber ich kann nicht fassen, dass sie diesen Pulli anhatte. Wenn du dich mit der ›Anderen‹ treffen würdest, würdest du dann einen Pulli tragen, den deine Freundin gestrickt hat, mit der du zusammenlebst? Ich hab hundert Stunden in das Teil gesteckt – und mindestens zweihundert Mäuse. Er ist aus Angora!«

»Gut, dass es kein Kaschmir war.«

»Ja, nicht wahr? Gott! Das wäre Garn im Wert von vierhundert Dollar gewesen.«

»Echt?«

»Absolut. Einen Pulli zu stricken kostet eigentlich mehr, als einen zu kaufen.«

Alec dreht den Kopf, um mir kurz einen Blick zuzuwerfen. »Wieso dann einen stricken? Mal ganz im Ernst.«

»Weil man ihn dann so gestalten kann, wie man will. Und auch aus Liebe. Selbst gemacht ist besser als gekauft.«

»Nicht immer«, wirft Alec ein. »Wenn du was probieren würdest, was ich gekocht habe, wärst du wahrscheinlich anderer Meinung.«

»Na gut.« Ich lächle sein attraktives Profil an. »Das wird sich jetzt blöd anhören …«

»Schieß los. Ich sag ständig blöde Sachen.«

»Es gibt da diese Altweibermär, dass man dem Mann seines Lebens keinen Pullover stricken soll. Es heißt, wenn man ihm einen strickt, wird er einen niemals heiraten.«

»Autsch.« Alec verzieht sein hübsches Gesicht. »Ich hoffe, das glaubst du nicht. Die ganze Sache war nicht deine Schuld.«

»Es hat nicht an dem Pulli gelegen«, sage ich schnell. »Natürlich nicht. Der Witz ist, dass sich der Aberglaube auf einen Mann bezieht. Ich hab noch gescherzt, dass es nichts ausmacht, wenn ich Daniela einen Pullover schenke, weil Altweibergeschwätz nicht für Lesben gilt.«

Alec lacht, und der warmherzige, fröhliche Laut erfüllt die ganze Fahrerkabine. Mein Leben ist gerade ein Scherbenhaufen, aber mit Alec lässt sich trotzdem ganz entspannt reden. Das muss ein Talent von Barkeepern sein. So wie bei Priestern. Bei ihm am Tresen zu sitzen und mit ihm zu quatschen ist bestimmt nett.

Zu schade, dass ich nicht mehr in Bars gehe.

Noch ehe ich bereit bin, fahren wir die Auffahrt zum Farmhaus meiner Familie entlang. Da fällt mir auf, dass lauter Autos am Weg parken. »Oh Mist.«

»Viel Besuch da heute Abend?«

»Heute ist das Donnerstagsabendessen.« Das ist ein wöchentlicher Familientermin. Er findet nicht immer bei uns zu Hause statt. Aber heute Abend? Natürlich schon. Und heute Mittag hab ich meiner Mom noch gesagt, dass Daniela und ich nicht kommen würden.

Ich stöhne erneut. Laut. Denn erst jetzt wird mir etwas klar.

»Was ist los?«

»Ich bin doof. Daniela ist wegen ihrer Pro-bono-Arbeit nicht mit mir zu den Abendessen gekommen. Aber es gab donnerstagsabends nie irgendwelche Arbeitsmeetings. Sie hat sich nur deshalb diesen Abend für ihre Treffen ausgesucht, weil sie es so vermeiden konnte, mit zu meiner Familie zu kommen.«

Dämlich, dämlich, dämlich.

»Wer würde denn nicht mit dir zu Abend essen wollen?«, fragt er sanft.

»Na, sie offensichtlich.« Sein netter Tonfall ist gerade ein bisschen schwer zu ertragen. Und Gott, ich will einen Drink. Unbedingt. Aber das behalte ich für mich, weil ich mir schon erbärmlich genug vorkomme.

Alec stellt den Motor ab. »Wie lautet jetzt der Plan? Willst du dein Zeug draußen auf der Veranda abstellen und später wiederkommen?« Er schielt zum Farmhaus, wo man durch die Spitzengardinen hindurch ein Dutzend Leute im Esszimmer sehen kann.

»Nein, ist schon gut. Ich werde einfach reingehen und es hinter mich bringen.« Alec hat mir schon genug seiner Zeit geschenkt. »Ich schleppe meine Sachen einfach durch die Küche rein und schmeiße sie ins Fernsehzimmer.« Auf die Art muss ich wenigstens nicht die Treppe hoch- und runtertrampeln, während meine Familie zu Abend isst.

Das wird furchtbar.

Wenigstens krieg ich ein Stück von dem Apfelkuchen meiner Mutter ab.

3

Alec

May und ich befördern klammheimlich zwei Ladungen ihrer Sachen durch die Küchentür ins Innere des Farmhauses.

Beim dritten Mal werden wir jedoch von ihrem Opa erwischt, der sich gerade an der Spüle ein Glas Wasser auffüllt. »Na, so was«, ruft der alte Mann. Entweder ist er schwerhörig, oder er hört sich selbst gern reden. »Sieh an, wer sich da reinschleicht wie ein Dieb.«

»Diebe tragen Sachen *raus*«, grummelt May. »Das hier ist das Gegenteil.«

»Hast du endlich deine Xanthippe von Freundin verlassen?«, donnert Grandpa Shipley.

May schließt die Augen, als würde er ihr körperliche Schmerzen zufügen. »Geht's noch lauter, Grandpa? Ich bin mir nicht sicher, ob man dich in Rutland schon gehört hat.«

Schluss also mit der Heimlichtuerei.

»Was ist los?« Ruth Shipley – Mays Mutter – kommt mit einem leeren Wasserkrug in den Raum. »Du hast Daniela verlassen?« Ihr klappt die Kinnlade praktisch auf den Fußboden.

Arme May.

»Können wir das später bereden?«, fragt sie, während noch mehr neugierige Gesichter im Türrahmen erscheinen. »Setzt euch alle wieder hin, okay? Hier gibt's nichts zu sehen.«

Einen Augenblick lang herrscht unangenehmes Schweigen, dann fällt Ruth wieder ein, warum sie hier ist. Sie geht mit dem Krug zur Spüle und füllt ihn auf. »Ich nehme an, ihr habt noch nichts gegessen. May, Liebes, hole zwei Teller. Alec, du bleibst zum Essen.«

»Ja, Ma'am«, sage ich, denn Ruth Shipleys Ton ist Respekt einflößender als der aller befehlshabenden Offiziere, die ich während meiner kurzen Zeit beim Militär erlebt habe.

»Sorry«, flüstert May.

Ich sollte wahrscheinlich zurück in die *Gin Mill*, aber immerhin habe ich eine Nachricht von Connor bekommen, dass er rübergefahren ist, um meine Schicht zu übernehmen. In der Bar läuft es also.

Und ich komme mir ein bisschen komisch dabei vor, May mit ihrem Zeug hier nur abzusetzen und dann wieder abzuhauen. Und außerdem riecht das Essen köstlich. Ruth ist bekannt dafür, ein ordentliches Festmahl aufzutischen, und ich bin noch nie im Farmhaus gewesen. Die Shipleys haben die Jugendlichen, die beim Obstpflücken auf ihrer Farm aushalfen, zwar immer verpflegt, aber sie hielten uns aus dem Haus raus wie Gesindel – was wir auch waren.

Unwillkürlich werde ich neugierig. »Ich mache nur noch eben die Türen des Pick-ups zu.«

»Lass mich …«, sagt May, aber ich lege ihr eine Hand auf die Schulter.

»Schon gut, ich mach das.«

Als ich zwei Minuten später den Kopf zur Esszimmertür hereinstecke, fühlt es sich ein bisschen an, als würde ich feindliches Gebiet betreten. Mein alter »Freund« Griffin sitzt an einer der langen Seiten des Tischs in der Mitte und wirkt wie ein König umgeben von seiner Frau und der Familie.

Ich kenne die Shipleys schon mein ganzes Leben lang. Sie sind eine richtige Bilderbuchfamilie – zwei Jungs und zwei Mädchen –, alle lächeln ständig, tragen selbst gestrickte Pullover und singen zusammen Lagerfeuerlieder.

Wahrscheinlich ist es wirklich so.

Der Rossi-Clan dagegen ist derber, die Proleten-Version der Shipleys, mit vier Jungs und einem Mädchen. Wir sind lauter und – zum Missfallen meiner lieben Mutter – ein bisschen vulgärer. Wir haben Tattoos und tragen Punkrock-T-Shirts statt Strickpullovern. Wir lächeln auch, aber meistens kloppen wir uns dabei.

»Hier rüber, Blödie«, ruft jemand.

Ich drehe mich zu dem Platz, zu dem mich meine Schwester winkt. Zara sitzt auf einer Bank und hat meine kleine Nichte Nicole auf dem Schoß.

»Ach, hallo, ihr Mäuse«, sage ich. »Mensch, dass ich euch hier treffe.«

Ehrlich gesagt ist es *echt* etwas seltsam. Zara ist noch so ein Grund, warum ich Griffin Shipley nicht besonders mag. Sie war in der Highschool in ihn verliebt, aber er hat sie keines Blickes gewürdigt.

Vor ein paar Jahren dann aber doch. Sie hatten was miteinander, und als es vorbei war, hat er Zara erneut das Herz gebrochen.

Allerdings ist das jetzt längst Geschichte, Zara hat einen anderen Mann und ein Kind. Sie ist wahrscheinlich das glücklichste von uns fünf Rossi-Geschwistern. Trotzdem verstehe ich immer noch nicht, warum sie mit den Shipleys inzwischen so dicke ist. Sie und Griffs Ehefrau sind beste Freundinnen und Geschäftspartnerinnen.

Ich bin stellvertretend für Zara immer noch sauer auf Griffin. Aber meiner Schwester geht es prima. Sie und Audrey betreiben ein gut gehendes Café auf meinem Grundstück, neben der *Gin Mill*. Sie haben den Laden von mir gemietet, mehr habe ich mit ihrem Geschäft aber nicht zu tun.

Ich setze mich neben sie und lege mir die Stoffserviette auf den Schoß. Mom wäre stolz.

»Ack«, sagt Nicole, denn meine Nichte ist mein kleiner Liebling, auch wenn sie »Alec« noch nicht aussprechen kann. Die Kleine und ich haben viel Zeit miteinander verbracht, solange Zara noch in der Wohnung unter meiner wohnte. Aber jetzt gehört Zara ein altes Haus im Zentrum von Colebury.

Nicole versucht, auf meinen Schoß zu klettern, aber Zara hält sie an ihrem Popo fest. »Lass Ack essen, ja? Du kannst später auf ihm rumturnen.«

Jemand reicht mir einen Korb Brötchen, und ich nehme mir eins.

»Du bist der Kerl, dem diese neue Kneipe gehört!«, ruft Grandpa Shipley.

»Es ist eine Bar, Grandpa«, sagt Griffin. »n'Abend, Alec.« Er langt über den Tisch und lädt eine Scheibe Schinken auf meinen Teller. Dann tut er seiner Schwester eine auf. »Also …« Er räuspert sich und reicht mir eine Schüssel mit Kartoffelpüree. »Wie kommt's, dass du May heute Abend nach Hause gefahren hast?«

Sein argwöhnischer Blick ärgert mich. Griff ist generell ein ziemlicher Muffel. Er guckt jeden schief an.

May beantwortet die Frage. »Alec war bloß zur falschen Zeit am richtigen Ort«, sagt sie und löffelt dabei Apfelsoße neben den Schinken auf ihrem Teller. »Und da hat er angeboten, mich nach Hause zu fahren.«

»Und besagter Ort war …?« Griffin wartet.

»Meine Bar«, sage ich zwischen zwei Bissen. Und wow – Mrs Shipleys Schinken ist der Hammer. Ich glaube, sie räuchert ihn selbst. Wahrscheinlich macht sie bei diesen Wettbewerben auf dem Herbstmarkt in Turnbridge mit, wo blaue Schleifen für den besten Kuchen und die beste Apfelsoße verliehen werden.

Wenn wir Rossis auf den Herbstmarkt gehen, dann nur zum Achterbahnfahren und wegen der frittierten Gewürzgurken.

Wieder entsteht ein unangenehmes Schweigen. Ich blicke mich am Tisch um, sehe die verblüfften Gesichter und überlege, was hier nicht stimmt. Es sind auch ziemlich viele Gesichter. Der jüngere Bruder Dylan ist da, seine Zwillingsschwester aber nicht, sie geht aufs College. Und da sind die Abrahams, die die Straße runter wohnen. Außerdem Jude Nickel mit seiner Frau Sophie.

Sie alle sehen May besorgt an. Da dämmert mir, dass May die Szene in der Bar wahrscheinlich hätte vermeiden können, wenn ich ihr schon vor einer Woche von Danielas Fremdknutscherei erzählt hätte. Dann hätte sie auch den besten Moment abpassen können, um es ihrer Familie zu erzählen.

May wirft mir von gegenüber einen Blick zu. *Siehst du?*, sagt ihre Miene. *Ich hab's dir doch gesagt.*

Dieses unangenehme Schweigen ist allein meine Schuld.

Dann beendet May es. »Da war ich also, schlendere in Alecs Bar und bestelle mir eine Flasche Whiskey«, sagt sie laut.

Ihre Mutter schnappt nach Luft.

»War nur'n Scherz.« May legt ihre Gabel ab. »Heute Nachmittag hab ich einen Immobilienverkauf in Waterbury abgewickelt. Deshalb kam ich auf dem Nachhauseweg an der *Gin Mill* vorbei. Und da hab ich Danielas Auto auf dem Parkplatz stehen sehen.«

»Oh«, sagt Ruth und wirkt erleichtert.

Griffin nickt. »Der Wagen ist nicht zu übersehen. Bei den ganzen Aufklebern am Kofferraum. Ziemlich militant.«

May verdreht die Augen. »Wie dem auch sei, ich bin bloß in die Bar gegangen, um kurz Hallo zu sagen. Daniela hatte angeblich heute eine Besprechung, wie immer donnerstags.« May schluckt schwer. »Ich fand es noch nicht mal komisch, dass ihr Auto dort stand, sondern dachte mir, vielleicht gehen sie danach immer noch was trinken, aber sie war so lieb, mir nichts davon zu sagen – weil ich ja nie einen trinken gehe.«

Da endet die Schilderung kurz, während May einmal tief durchatmet. Unterdessen sind alle still, sogar meine kleine Nichte.

»Aber … dann habe ich Daniela in einer der Sitznischen entdeckt. Mit ihrer Ex-Freundin. Und sie waren, na ja, ineinander verschlungen.« Sie guckt auf ihren Teller.

»Oh verdammt«, sagt Griffin. »Ich bringe sie um.«

»Liebes«, sagt Ruth leise. »Bist du dir sicher, dass du da auch nichts falsch aufgefasst hast?«

»Ganz sicher«, werfe ich ein.

Mitleid steigt wie Nebel im Raum auf, und ich kann über den Tisch hinweg spüren, wie peinlich May das Ganze ist.

»Hast du sie zur Rede gestellt?«, fragt Griffin.

»So könnte man es nennen.« May schaut hoch, ihr Blick findet meinen, und ihre Wangen färben sich rosa.

»Oh, oh!«, sagt Zara. »Hat es geknallt?«

»Nee«, sage ich zur selben Zeit, als May sagt: »Leider.«

Das Stichwort für erneutes gespanntes Schweigen.

»Na gut«, gestehe ich ein. »May hat rumgeschrien. Aber wer würde das nicht tun?«

»Ich hab eventuell ziemlich krasse Schimpfwörter benutzt«, murmelt May.

»Oh Liebes«, sagt ihre Mutter. Vielleicht dürfen die Shipley-Frauen nicht fluchen.

»Ich nannte sie …«, May macht schnell den Mund zu, als ihr klar wird, dass sie »Drecksfotze« nicht vor meiner Nichte sagen will.

Ein kurzes Lachen bricht aus mir heraus, und für den Bruchteil einer Sekunde sehen wir uns beide stumm belustigt an.

»Tja.« Ruth seufzt. »Das tut mir sehr leid. Ich schätze, es ist besser, dass du jetzt Bescheid weißt, was sie gemacht hat.«

»Wohl wahr.« May greift nach ihrer Gabel und stochert in dem Essen auf ihrem Teller herum. »Wie dem auch sei: Jetzt bin ich hier. Alec hat mich zum Haus gefahren und mir geholfen, einen schnellen Abgang zu machen.«

»Sie war untreu?«, poltert Grandpa Shipley. »Dir? Was für eine Drecksau!«

»Grandpa«, sagen mehrere Shipleys gleichzeitig.

»Eine Sau ist ein weibliches Schwein«, Grandpa schnaubt, »und kein Schimpfwort.«

»Wenn man *Dreck* davorsetzt …«, fängt Dylan an.

»Sei still, Junge«, knurrt Grandpa. »Ich bin ziemlich aufgebracht. Ich glaube, ein Stück Kuchen würde mich beruhigen.«

»Ihre Denkweise gefällt mir«, sage ich und schiebe mir noch ein Stück Schinken in den Mund, damit ich nicht hinzufüge: *»In Sachen Kuchen genauso wie in Sachen Daniela.«*

»Ich setze mal Kaffee auf«, verkündet Audrey Shipley und hievt ihren Babybauch vom Stuhl hoch.

»Ich mach schon!«, sagen drei Leute gleichzeitig. Das kleine Wettrennen darum, Audrey den Weg in die Küche zu ersparen, gewinnt Zara. »Wir müssen uns sowieso mal bewegen«, behauptet sie und setzt dabei Nicole ab.

»Wow.« Audrey lässt sich wieder auf den Stuhl sinken. »Ich hätte schon früher schwanger werden sollen.«

»So wie ihr zwei euch ins Zeug legt, ist es ein Wunder, dass du's erst jetzt bist«, murmelt Grandpa in sein Wasserglas.

Wer hätte gedacht, dass diese Abendessen donnerstags bei den Shipleys so unterhaltsam sind? Grandpa finde ich am besten. Er hat nicht so einen Stock im Arsch wie Griffin. Vielleicht überspringt das gelegentlich mal eine Generation.

Ich schaufele mir noch mehr von dem hervorragenden Essen rein und hoffe, dass sie May jetzt in Ruhe lassen. Vielleicht kann ich ja auch für einen Themenwechsel sorgen. »Du, Audrey? Wie läuft's denn mit eurem neuen Angestellten?«

»Oh!« Sie tätschelt sich den runden Bauch und bekommt einen ganz weichen Gesichtsausdruck. »Er ist ein Traum.«

Griff neben ihr schnaubt. »Erzähl ihm, wieso.«

»Ich kann jetzt meistens ausschlafen! Er macht das Café an vier Tagen in der Woche auf. Und er hat angefangen, neben dem Gebäck, das wir schon vorher gebacken haben, auch Brot zu machen. Das steigert nicht nur den Gewinn, das Café duftet auch noch himmlisch, wenn ich morgens gegen zehn reinkomme.«

»Das ist *echt* ein Traum«, sagt May nun etwas munterer. »Außerdem ist mir aufgefallen, dass er ganz nett anzusehen ist.«

Alle inklusive mir lachen.

»Was denn? Habt ihr den Mann gesehen?«, sagt sie und lächelt dabei zum ersten Mal seit einer Stunde. »Diese Unterarme. Das muss an dem vielen *Kneten* liegen.«

Es wird noch mehr gelacht. »Besorg dir seine Nummer!«, krächzt Grandpa.

Aber Audrey schüttelt den Kopf. »Ich bin mir ziemlich sicher, dass er vom anderen Ufer ist. Immer wenn Griffin im

Café auftaucht, ist es nicht mein Hinterteil, das bewundert wird.«

»Was soll ich sagen?« Griff zuckt mit seinen breiten Schultern. »Ich hab eben einen sehr hübschen Arsch.«

»Nicht solche Ausdrücke«, sagt Ruth Shipley.

»Dann eben nicht Arsch, sondern Schinken«, flötet Grandpa. »Der Junge hat aufgegessen.« Er zeigt auf meinen Teller. »Ist es jetzt nicht Zeit für den Kuchen?«

»Wieso nicht?«, sagt Ruth mit einem Seufzen. »Ich hab wohl schon vor langer Zeit die Oberhand über dieses Abendessen verloren.« Sie schaut zu ihrer Tochter. »Schön, dich zu Hause zu haben, Schatz. Wir haben dein Zimmer noch nicht in einen Fitnessraum umgebaut oder so was.«

»Freut mich zu hören«, murmelt May.

Doch sie hört sich nicht froh an.

»Wie laufen die Geschäfte so in der *Gin Mill*?«, fragt mich Griffin bei Kaffee und Kuchen.

»Super«, sage ich sofort. Denn vor Mr Perfect werde ich mich ganz bestimmt nicht beschweren. »Ich dachte, der November würde übel, aber die Einnahmen sind gar nicht so sehr eingebrochen wie befürchtet. An den Wochenenden ist es immer noch ziemlich voll.« Wäre meine Gewinnspanne nur besser. »Ich werde weiter so über die Runden kommen, bis ich meine Einnahmequellen ausweiten kann.«

»Verstehe.« Griff streicht sich mit einer Hand den Bart glatt. »Wir haben Cider, Obst und Milch. Eine breite Palette ist immens wichtig.«

Das habe ich schon auf die harte Tour herausfinden müssen. »Ich glaube, der logische nächste Schritt wäre, auch Essen anzubieten, aber so eine Restaurantküche kostet fünfzig Riesen, und außerdem hätte ich dann noch mehr Leute auf der Gehaltsliste.«

»Die Gehaltsliste zu verlängern macht Angst«, wirft Audrey ein. »Das kann ich dir sagen.«

Griffin fasst hinüber und streichelt seiner Frau über den schwangeren Bauch. »Was hast du noch so für Ideen?«, fragt er mich.

»Bier brauen«, gestehe ich. Griff ist ein gestandener Cider-Produzent, er wird also verstehen, warum mich das reizt. Im Moment ist es jedoch bloß ein Wunschtraum, mein Selbstgebrautes schmeckt zwar, nur habe ich keine Anlage, um professionell Bier zu brauen. »Aber mir fehlt auch die Kohle, um in diese Idee zu investieren.«

»Du kannst klein anfangen«, erklärt er, als wüsste ich das nicht selbst. »Zumindest bei Ale. Für Lager braucht man mehr Gerätschaften.«

»Stimmt.« Ich hab schon hundertmal darüber nachgedacht. Mein Onkel Otto hat einen Gärtank, den er nur etwa neunzig Tage im Jahr benutzt. Auf den habe ich so was von ein Auge geworfen.

»Wer möchte noch mehr Kuchen?«, ruft Ruth Shipley, und fast alle heben daraufhin die Hand.

Außer May, die traurig die Krümel auf ihrem Teller hin und her schiebt.

Ich versteh's nicht. Wirklich nicht. May ist klug, loyal und verdammt heiß. Sie ist ganz offensichtlich die Aufgewecksteste der ganzen Shipley-Geschwister. Wer würde sie denn betrügen?

Obwohl ich May heute Abend davon abgehalten habe, sich mit Daniela oder der anderen Frau zu prügeln, findet ein Teil von mir, dass sie es verdient hätten.

Während ich noch ein Stück von dem hervorragenden Kuchen esse, bin ich mir sicher, dass Daniela keine Ahnung hatte, was ihr da entgeht.

4

May

Als ich fünf Tage später ins *Busy Bean* komme, steht Zara hinter der Kasse.

»Was duftet hier denn so herrlich?«, frage ich anstelle einer richtigen Begrüßung.

»Hausgemachte warme Brezeln«, sagte sie. »Roderick hat sie gerade aus dem Ofen geholt.«

»Kriege ich eine?« Ich sabbere praktisch schon.

»Na klar. Caffè Latte dazu? Ich habe gerade einen für Lark gemacht.«

Als ich mich umdrehe, sehe ich meine Freundin in einem Samtsessel vor einem kleinen Marmortisch sitzen. Ihr glänzendes schwarzes Haar und die gebräunte Haut geben ihr den lässigen Glamour eines Filmstars. Sie schaut aus dem Fenster, und ein Lächeln umspielt ihren perfekten Mund.

Ich brauche einen Moment, bis mir wieder einfällt, dass ich gerade am Bestellen war. Doch dann räuspert Zara sich.

»Ja!«, sage ich schnell. »Ein Caffè Latte wäre super. Danke!«

Ich zahle an der Kasse und trinke einen Schluck von meinem Kaffee, bevor ich den Raum durchquere, um meiner besten Freundin zu erzählen, wie schlimm ich mein Leben diesmal wieder verkorkst habe.

»Und was ist dann passiert?«

Lark beugt sich auf ihrem Sessel vor, sie macht ein gespanntes Gesicht und große Augen, während ich die dramatische Geschichte meiner Trennung von Daniela zum Besten gebe.

»Na ja, ich habe Tracy geschlagen.«

»Oh mein Gott!«, kreischt Lark mit leuchtenden Augen.

»Aber ich konnte keinen großen Schaden anrichten, weil Alec Rossi mich rausbefördert hat.«

»Echt?«

»Ungelogen.« Wenn überhaupt, spiele ich die Sache in meiner Nacherzählung herunter. Alec hat mich nicht bloß weggezogen. Wegen des Schocks hab ich den genauen Ablauf schon nur noch verschwommen vor Augen, aber ich bin mir ziemlich sicher, dass er mich kurzerhand hochgehoben hat. »Dann hat Alec mich nach Hause gefahren und mir geholfen, meine Sachen aus dem Haus zu schaffen. Seitdem war ich nicht mehr dort.«

»Da wäre ich wirklich gern dabei gewesen«, sagt Zara, als sie mit einem Tablett voller leerer Tassen an unserem Tisch vorbeigeht. »Ich mag anständige Kneipenschlägereien.« Sie zwinkert und verschwindet dann in der Küche.

»Es war keine Schlägerei!«, rufe ich ihr über die Schulter nach, obwohl ich weiß, dass sie nur Spaß gemacht hat.

»Eins verstehe ich nicht«, sagt Lark und rührt dabei ihren Caffè Latte um. »Warum erfahre ich das alles erst nach fünf Tagen?«

»Tja.« Ich beuge mich vor und hole mein Strickzeug aus meiner auf dem Boden stehenden Tasche. »Ich wollte euer romantisches Wochenende in Florida nicht mit meiner traurigen Geschichte stören. Und du musst schon zugeben, dass sie sich besser persönlich erzählen lässt.«

»Stimmt.« Lark lächelt mich an. »Aber wie geht's dir denn *jetzt* – mit ganzen fünf Tagen Abstand?«

»Na ja, ganz okay. Mir ist es aber peinlich.« Ich studiere den Schal, den ich für meine Schwester Daphne zu stricken begonnen habe. »Mist ist, dass ich Daniela nächste Woche auf einem Ehemaligentreffen sehe. Ich wappne mich also schon mal. Die meiste Zeit fühle ich mich aber, als wäre ich aus einem Albtraum aufgewacht. Das mit ihr und mir hat nicht funktioniert. Ich werd schon wieder.«

Wieder untertreibe ich. Es waren fünf lange, miese Tage. Aber ich möchte nicht, dass Lark sich Sorgen um mich macht. Sie und ich schleppen schon genug Gepäck mit uns rum.

»Hmm«, macht sie und schaut mich aus ihren braunen Augen an. »Da musst du für mich schon ein bisschen mehr ins Detail gehen. Vermisst du sie? Ist es komisch, wieder zu Hause zu wohnen?«

»Na sicher.« Ich seufze. »Alles ist ein bisschen trostlos, aber nicht, weil ich Liebeskummer habe. Die Trennung von Daniela ist fast schon eine Erleichterung, die war eh unausweichlich. Das Problem ist vielmehr, dass mich meine Familie behandelt wie eine tickende Zeitbombe.«

»Wieso?«

»Weil sie jede Menge darüber gelesen haben, wie man alkoholabhängige Familienmitglieder unterstützt. Ich glaube, sie warten darauf, dass ich austicke und einen Rückfall kriege.«

»Ah.« Sie schaut stirnrunzelnd in ihren Kaffee. »Das ist echt ätzend.«

»Ja. Ich setze die meiste Zeit über ein fröhliches Gesicht auf. Etwa so …« Als ich die Zähne für ein albernes, gekünsteltes Lächeln zusammenpresse, lacht Lark plötzlich los, tief und kehlig.

Und *bämm*. Da ist es – wie immer, wenn sie mich anlächelt, trifft es mich wie der Blitz. Ich bin mein Verlangen nach ihr schon so gewohnt, dass ich es inzwischen gut verbergen kann. Seit dem ersten Jahr am College kämpfe ich dagegen an. Ich verbringe schon zehn Jahre damit, Larks leuchtende Augen und die gesunde Farbe auf ihren weit auseinanderstehenden Wangenknochen möglichst zu ignorieren.

Sie ist so verdammt schön, dass es mir ein wenig die Brust zusammenschnürt.

Ein Geheimnis ist es allerdings nicht. Lark weiß es. Die Katze ist seit einem Jahr aus dem Sack. Wir reden nur nie darüber, denn das will ich nicht. Ich weiß, dass diese Sehnsucht niemals weggehen wird. Das ist das Päckchen, das ich zu tragen habe.

Wenn ich mir vorstelle, ich hätte Daniela nur halb so sehr geliebt wie Lark, wäre meine Trennung eine absolute Katastrophe.

»Hat sie dich angerufen?«, fragt Lark, als hätte sie meine Gedanken gelesen.

»Ein Mal.« Ich seufze wieder. »Ich habe an dem Abend eine tränenreiche Nachricht bekommen, von einer unbekannten Nummer aus gesendet. Aber seitdem nichts mehr.«

Lark runzelt die Stirn. Vielleicht fragt sie sich, warum Daniela mich nicht stündlich anruft. Aber vielleicht ist Daniela auch erleichtert. Außerdem könnte ihre spärliche Kommunikation auch damit zu tun haben, dass ich ihr Smartphone kaputt gemacht habe. Diese kleinliche Zerstörungstat ist mir peinlich, deshalb erzähle ich Lark nichts davon.

Eigentlich bin ich froh, nichts von Daniela zu hören. Ich bin wirklich *durch* mit ihr. Ich hätte sie schon vor Monaten verlassen sollen – gleich als ihr unmögliches Benehmen losging. Wir waren noch keine sechs Monate zusammen, da fing sie an, mich ständig runterzumachen. Erst nur unter uns, dann auch vor anderen.

»Na ja«, sagt Lark langsam. »Schätze, es ist ganz gut so, dass du gerade nicht allzu hin und her gerissen bist.«

»Ja, ist es«, stimme ich ihr zu. »Wenigstens etwas. Und danke, dass du als Einzige sogar schon …«, ich sehe auf meine Uhr, »eine Viertelstunde durchgehalten hast, ohne ›Gott sei Dank‹ und ›Was hast du dir nur dabei gedacht?‹ zu sagen.«

Meine beste Freundin zuckt zusammen. »Das werde ich nicht sagen.«

»Obwohl du es denkst«, necke ich sie.

Sie lächelt. »Ich sage nur so viel: Ich wünschte, ich wäre in der Bar gewesen, als es passiert ist, dann hätte ich ihr persönlich eine dafür reinhauen können, dass sie dir wehgetan hat.«

»Danke.«

»Und ich habe weiß Gott selber unzählige Male den Falschen gedatet.« Sie verdreht die Augen. »Machen wir doch alle.«

»Jetzt aber nicht mehr«, sage ich und lege das Strickzeug in den Schoß. »Ich hab genug davon, jemanden zu daten, der mich gar nicht verdient hat. Und du bist jetzt mit jemandem zusammen, der dich vergöttert. Das war's also, oder? Keine schwerwiegenden Fehltritte unsererseits mehr.«

»Genau!« Lark nimmt ihre Kaffeetasse hoch, um mir zuzuprosten. »Cheers.«

Ich trinke einen Schluck und beschließe, dass ich nicht mehr über meinen Kummer reden will. »Also – Florida! Wie war's? Erzähl mir alles.«

»Oh, es war toll.« Sie trinkt einen großen Schluck Kaffee und guckt weg.

Es ist ein kaum merkliches Ausweichen. Aber ich kenne Lark seit fast zehn Jahren, und jeder ihrer Gesichtsausdrücke hat sich mir eingeprägt. »Was ist?«

»Hmm?«

»Erzähl's mir. Was auch immer es ist, das du mir nicht erzählen willst. Ist alles in Ordnung?« Besorgt richte ich mich ein wenig auf.

Sie stellt den Kaffee ab und verschränkt die Hände. »Alles gut. Wirklich. Florida war schön.« Jetzt erscheinen rosa Flecken auf ihren Wangen.

»Schön«, wiederhole ich langsam. Mir entgeht hier etwas. »Und?«

»Und was?«

»Ich *weiß* nicht, was. Sag du's mir.«

Lark beißt sich auf die Unterlippe. »Das Timing ist mies.«

»Mies, wieso?«

»*Deinet*wegen.« Sie schaut mit ihren braunen Augen hoch und redet endlich offen mit mir. »Zach hat mir einen Heiratsantrag gemacht, und ich habe Ja gesagt.«

Oh.

Oh wow.

Eine lange Sekunde verstreicht, während ich versuche, das zu verarbeiten. Mein Hirn produziert ein Bild der Zukunft – Lark in einem weißen Kleid, ihre olivfarbene Haut hebt sich schimmernd von der weißen Seide ab. Sie blickt hoch in Zachariahs Augen, als sie ihm ewige Treue schwört.

Und ich stehe gleich hinter ihr, halte einen Blumenstrauß umklammert und wünsche mir verzweifelt eine ganze Flasche Wodka.

Als ich vorspule, wird es auch nicht leichter. Als Nächstes kommen Babys. Ich werde die Babyparty für Lark ausrichten. Und wenn das Baby dann da ist, werde ich Tante May sein, die Larks erstes Kind im Krankenhauszimmer an sich drückt.

Oh wow. Der Schmerz, der mich überkommt, ist überraschend heftig. Ich habe mir all das schon zuvor vorgestellt. Es sollte mich kein bisschen überraschen. Ich möchte, dass meine Freunde glücklich miteinander sind.

Warum also kriege ich keine Luft?

Lark wartet darauf, dass ich etwas sage. Mein Gesicht ist heiß und mein Herz kalt, und es kostet enorm viel Kraft zu schlucken. »Hey«, würge ich hervor. »Das ist ja großartig! Herzlichen Glückwunsch!« Dieses fürchterliche aufgesetzte Lächeln klebt wieder in meinem Gesicht, und meine Augen brennen. »Du musst tierisch aufgeregt sein«, krächze ich.

Genau in dem Moment geht Zara Rossi erneut an uns vorbei. Sie räumt die Kaffeetassen anderer Gäste von einem Tisch ab. Als ich zu ihr schaue, sieht sie geradewegs zu mir und macht ein erschrockenes Gesicht.

Was bedeutet, dass ich furchtbar schlecht verberge, wie fertig ich mich gerade fühle.

Scheiße.

Ich hole Luft und sehe meiner besten Freundin in die Augen. »Tut mir leid, damit hatte ich einfach nicht gerechnet.«

Ihr steigen Tränen in die Augen. »Ich hab ja gesagt, dass das Timing mies ist.«

»Nein.« Ich schüttele den Kopf und atme dann einmal tief durch. »Das Timing ist perfekt. Ihr zwei habt es verdient. Das wird toll. Soll ich dir bei der Hochzeitsplanung helfen? Habt ihr schon ein Datum festgelegt?«

So. Das hat sich jetzt halbwegs normal angehört. »Will deine Mom eine große Feier in Beacon Hill? Willst du eine?«

Lark sieht mich mit glänzenden Augen an. »Glaubst du mir, dass ich es meinen Eltern noch gar nicht gesagt habe?«

»Echt nicht?« Ich lache und muss dann schwer schlucken. »Worauf wartest du denn?«

Und dann wird es mir klar. Ich weiß *genau*, worauf Lark noch gewartet hat. Sie hat sich ohne einen Verlobungsring am Finger an diesen Tisch gesetzt. Sie trägt ihn noch nicht. Sie hat es ihrer Mutter noch nicht erzählt, weil sie es noch *niemandem* erzählt hat. Keiner Menschenseele.

Meinetwegen.

Lark wollte es mir zuerst sagen, damit ich mein albern tapferes Gesicht aufsetzen und mich schon mal einen Moment lang an den Gedanken gewöhnen kann, bevor ich mit anderen Leuten darüber reden muss.

Du liebe Güte. Wie ist es so weit gekommen? Ich wollte nie so ein zartes Pflänzchen sein, um das alle vorsichtig herumschleichen müssen.

Ich hasse mein Leben gerade.

»Hör zu«, keuche ich. »Du bist die beste Freundin, die man sich vorstellen kann. Und ich freue mich sehr für dich.« Auch ich habe feuchte Augen, ignoriere das jedoch. »Gibt es einen Ring? Ich will ihn sehen. Wo hat er dir den Antrag gemacht? Am Strand? Halt mich jetzt ja nicht hin.« Die erste Träne läuft über meine Wange, und ich umklammere mein Strickzeug mit schwitzigen Händen.

Lark zögert noch einen Moment. Wir stecken beide in einer fürchterlichen Situation. *Komm schon*, flehe ich sie stumm an. *Hilf mir hier durch, ohne dass ich einen verheerenden Teil meiner Würde verliere.*

Sie greift in ihre Handtasche und holt eine perfekte kleine Samtschachtel heraus. Als sie sie aufklappt, liegt darin ein

Ring aus Rotgold mit einem einzelnen glänzenden Diamanten.

»Ooh!«, hauche ich trotz meiner Panik. »Steck ihn an. Er ist perfekt.«

Das macht sie, und er ist es wirklich. »Es gibt keine große Geschichte zu dem Antrag, sorry. Er hat mich gefragt, als wir morgens im Hotel aufgewacht sind«, flüstert sie. »Wir lagen bloß da und haben dem Rauschen der Wellen gelauscht. Einfach so.«

»Oh.« Ich seufze ehrlich anerkennend. Natürlich hat er es so gemacht. Weil Zach wusste, dass es der richtige Moment war, um sie zu fragen. Er brauchte weder einen spektakulären Sonnenuntergang noch einen Flashmob-Tanz zu ihrem Lieblingslied oder einen Tisch in einem Nobelrestaurant. Zach und Lark sind das einzig Wahre.

Wenn die beiden vor dem Traualtar stehen und einander alles versprechen, werden sie es auch so meinen.

Ich wische mir die Tränen weg. »Also, das ist einfach perfekt. Danke, dass ich die Erste war, der du es erzählt hast. Ich fühle mich geehrt. Jetzt kann ich dich beruhigen, wenn du es deiner Mutter erzählst und sie versucht, einen Ballsaal in irgend so einem Palast in Beacon Hill zu mieten.«

Lark lacht mit glänzenden Augen. »Okay, gut.«

Ich lächle so glaubwürdig zurück, wie ich nur kann.

»Tut mir wirklich leid wegen des miesen Timings.«

»Muss es nicht«, sage ich kopfschüttelnd. »Wenn ich dir helfe, deine Hochzeit zu planen statt den Mord an Daniela, hat das sein Gutes.«

Lark blickt auf den Ring an ihrer Hand. »Was hältst du von einer Hochzeit im *Woodstock Inn*? Es ist schick genug, um meinen Eltern zu gefallen, aber immer noch Vermont.«

»Super Idee«, sage ich sofort. »Es ist auf Vermonter Art

schick, wenn du verstehst, was ich meine. Es dürfte ihnen gefallen, ist aber trotzdem noch gemütlich. Und es gibt einen Golfplatz. Damit lässt sich dein Dad vielleicht überzeugen.«

»Gute Idee. Den Golfplatz erwähne ich zuerst.« Als sie lächelt, lächle ich zurück. Diesmal aufrichtig. Ich liebe Lark genug, um mir das für sie zu wünschen. Auch wenn es wehtut.

Und zwar sehr.

Der Rest des Tages verschwimmt in Bedeutungslosigkeit. Meine frisch aufgemachte Anwaltskanzlei brummt nicht gerade, aber heute ist das ein Segen. Denn so brauche ich nicht wirklich nachzudenken.

Ich muss heute Nachmittag einige Grundbücher im Rathaus von Tuxbury einsehen, das nur wenige Meilen von der Farm meiner Familie entfernt ist. Es dauert allerdings nicht sehr lange, die benötigten Kopien anzufertigen. Um halb fünf bin ich fertig, also mache ich früh Feierabend.

Als ich zu Hause in die Küche komme, ist mein Bruder Griffin da, lehnt an der Arbeitsplatte und ist in ein Gespräch mit Larks Verlobtem Zachariah vertieft. Zwischen ihnen steht ein Teller mit Keksen.

Verlobter. Ich habe das Wort vorhin schon im Kopf geübt, um mich an den Gedanken zu gewöhnen. Sie unterbrechen ihr Gespräch in dem Moment, als sie mich bemerken. Beide schauen mich wachsam an.

Scheiße. Ich habe diesen Blick so satt. Den *Arme-May*-Blick. Und mir dämmert, dass jetzt, wo Zach und Lark ihre Hochzeit planen, niemand aufhören wird, mich so *anzusehen. Monatelang* nicht.

Ich möchte schreien. Doch ich kann nicht. »Hallo Leute!«, sage ich stattdessen. Das künstliche Lächeln angeknipst. Ich ziehe nicht mal meinen Mantel aus. Ich marschiere direkt auf Zachariah zu und drücke ihm einen Kuss auf die Wange. »Herzlichen Glückwunsch. Ich freue mich so für euch.«

»Danke«, sagt er leise.

»Gut ausgewählt, der Ring«, sage ich, indem ich weiter tapfer bleibe. »Er ist wunderschön.« Dann stibitze ich mir einen Keks von dem Teller, winke den beiden zu und gehe aus der Küche.

Eine Minute später bin ich oben in meinem Zimmer, noch immer in Mantel und Schuhen. Ich schließe die Tür und werfe den Keks sofort in den Papierkorb. Dann sinke ich aufs Bett. Meine Augen brennen, und hinter meinen Schläfen kündigen sich Kopfschmerzen an.

Heute war ein ewig langer Tag in einer ewig langen Woche. Alle, die mich lieben, behandeln mich wie eine emotional Aussätzige. Ich habe rein gar nichts, worauf ich mich freuen kann.

Und ich möchte ganz *dringend* einen Drink.

Der Gedanke legt sich über mich wie eine Wolldecke – warm, aber kratzig. Ich möchte ein Glas Wein, rot und satt. Ich möchte den Duft von Tanninen in der Nase haben, während ich einen herzhaften Schluck trinke. Und noch einen. Und noch einen. Bis eine angenehme Taubheit meine Sinne überkommt und die scharfen Kanten meines Lebens angenehm verwischen.

Ich will es unbedingt. Wenn ich nur ein bisschen was trinken könnte, das würde helfen. *Nur noch ein Mal*, flüstert meine Sucht. *Niemand braucht es zu erfahren.*

Meine Sucht ist so ein Arschloch.

In zwei Stunden werde ich von diesem Bett aufstehen und zu einem Meeting der *Anonymen Alkoholiker* fahren. Ich werde in dem schäbigen Gemeinderaum einer Kirche sitzen und zuhören, während Fremde berichten, wie hart sie darum gekämpft haben, trocken zu werden, und dann werde ich mich ein bisschen weniger allein fühlen.

Ein bisschen.

Wenn ich zu einem Meeting fahre, hat das außerdem den Vorteil, dass ich aus diesem Zimmer hier rauskomme. Lark hat mich heute gefragt, wie es mir geht, aber ich habe ihr nicht ehrlich geantwortet. Ich habe niemandem die Wahrheit gesagt, weil sie sich dann nur Sorgen machen.

Mein Verlangen ist heftig, so dringend habe ich mir schon seit ziemlich langer Zeit keinen Alkohol mehr gewünscht.

Dass ich zu Hause wohne, ist Teil des Problems. Meine schlimmsten Momente als Alkoholikerin habe ich hier in diesem Zimmer durchlebt. Das war vor anderthalb Jahren, als Lark im Ausland entführt worden war. Sie arbeitete damals für eine landwirtschaftliche Non-Profit-Organisation. Die hat sie nach Zentralamerika geschickt, wo sie von der Straße weggeschnappt wurde. Sie wurde wochenlang vermisst, und ich war mir sicher, dass sie tot ist.

Da habe ich mich an die Flasche gehängt und vergessen, wie man sie wieder loslässt. Ich hörte auf, was für mein Jurastudium zu tun, und war am Ende jeden Abend betrunken und weinerlich. Ich war so kaputt, dass mir sogar egal war, ob alle meinen Zusammenbruch mitbekamen. Jahrelang hatte ich mein liebstes Laster verheimlicht, aber als Lark vermisst wurde, war mir nicht mehr wichtig, wer es merkte.

Meine Familie war erstaunt über mein Verhalten. Sie hatten bis dahin nicht gemerkt, dass Alkohol mir Halt gab, weil sie dieses Verlangen selbst nicht kannten. Die Woche, bevor Lark gerettet wurde, war megadramatisch, denn da habe ich endlich zugegeben, dass ich Hilfe brauche. Meine Mutter fuhr mich zu meinem ersten Gruppentreffen der *Ano-*

nymen Alkoholiker, wo ich die ganze Zeit geheult habe wie ein Schlosshund.

Ach, was waren das doch für Zeiten.

Viele Leute würden sagen, dass ich Glück habe. Meine Sucht hat mich nicht um meine Familie gebracht. Sie hat mich nicht um meine Arbeit gebracht, und ich musste auch nicht erst jemanden totfahren oder viele Menschen enttäuschen, bevor ich mich meinem Problem gestellt habe.

Ich bin seit sechzehn Monaten trocken.

Aber ich mache gerade eine schwere Zeit durch. Ich stecke wieder in diesem Haus fest. Denke wieder an Lark. Und frage mich, wie ich es geschafft habe, mit Daniela alles komplett zu vermasseln.

Für jemanden, der angeblich auf dem Weg der Besserung sein soll, komme ich mir echt verloren vor.

Mein Handy plingt, als eine Nachricht ankommt, und ich zerre es aus der Manteltasche, weil ich jetzt eine Ablenkung brauche. Unbekannte Nummer. Aber als ich die Nachricht antippe, erkenne ich das *Gin-Mill*-Logo als Profilbild. Es ist Alec Rossi.

Wie geht's dir?, fragt er.

Die Frage stellen mir alle. Doch aus irgendeinem Grund macht sie mir bei Alec nichts aus. Er ist nur ein Bekannter, nicht jemand, der damit rechnet, dass ich unter dem Gewicht der jüngsten Enttäuschungen selbstzerstörerisch werde.

Außerdem ist er megasüß.

Ich hatte schon bessere Wochen, antworte ich.

Alec: Willst du einen Witz hören?

May: Ich mag gute Witze.

Alec: Ich hab nicht gesagt, dass es ein GUTER Witz ist.

May: Ich lass es drauf ankommen.

Alec: Kommt ein Zombie in eine Bar. Der Barkeeper sagt:

»Hey, wir haben einen Cocktail, der nach Ihnen benannt ist!«

Alec: Der Zombie antwortet: »Sie haben einen Cocktail namens Murray?«

May: Ist es erbärmlich, dass ich gerade geLOLt habe?

Alec: Nö, ich liebe diesen Witz. Wenn du richtig Glück hast, erzähle ich dir irgendwann den von dem Pilz, der in eine Bar kommt. Aber den muss man persönlich erzählen.

May: Das Warten wird nicht leicht, aber ich werd's versuchen.

Alec: Mal ganz im Ernst, kann ich dir irgendwie helfen? Außer damit, dir alle meine Barwitze zu erzählen?

Ich bin kurz davor, mit Nein zu antworten, als mir etwas einfällt. Wahrscheinlich sollte ich Alec nicht noch mal um einen Gefallen bitten. Aber wenn er Ja sagt, würde mir das sehr helfen. Außerdem kann ich mich vielleicht irgendwie bei ihm revanchieren …

May: Es gäbe da eine Kleinigkeit …

5

Alec

Ich stehe wieder hinter der Bar, und Smitty kommt zu spät zur Arbeit. Das kommt oft vor, leider. Und heute Abend ist es ein echtes Problem, denn ich habe nicht vor, diese Schicht zu übernehmen.

Als mein Handy klingelt, fische ich es aus der Hosentasche, in der Hoffnung, dass es nicht Smitty ist, der sich für heute entschuldigt. Ich ziehe es ganz hervor und nehme den Anruf an. »Hallo?«

»Alec?« Die Stimme klingt schwach und fremd. »Hier ist Hamish.«

»Hamish! Was ist los?« Ich habe einen Anfall von Sorge. Der alte Tischler ruft mich nie an, er kommt stattdessen einfach zur Tür hereinspaziert.

»Ich hab ein kleines Problem«, sagt er. »Ich werde ein paar Tage flachliegen. Kannst du die Werkstatt abschließen und meine Katze füttern?«

»Na klar«, sage ich langsam. »Kein Problem, Mann. Aber geht's dir denn gut? Wo bist du?«

Hamishs Glucksen klingt verlegen. »Im Krankenhaus von Montpelier. Ist aber keine große Sache. War bloß ein Schreck.«

»Tut mir leid, das zu hören. Ich geh in zwanzig Minuten bei dir nachsehen, okay? Dann kann ich hier weg.«

»Danke, Junge.«

»Dafür nicht.«

Ich lege auf und stecke das Handy wieder hinten in die Hosentasche.

»Gibt's ein Problem?«, fragt meine Schwester Zara direkt neben mir. Sie schenkt heute Abend in meiner Bar aus.

»Ich hoffe nicht. Du kennst doch unseren Nachbarn, Hamish?«

»Er ist einer meiner besten Kunden. Der Mann mag Zitronen-Mohn-Muffins.«

»Er sagte, er sei im Krankenhaus, mehr nicht.«

Meine Schwester macht große Augen. »Oh, scheiße.«

»Er hat's heruntergespielt, aber er hörte sich nicht gut an.« Außerdem habe ich vor einer Stunde einen Krankenwagen vorbeifahren sehen, als ich den Müll rausbrachte. Vielleicht war das kein Zufall?

Ich behalte diese Sorge für mich. »Wo zum Teufel ist Smitty?«

»Wen juckt's?« Zara schneidet eine Grimasse. »Ich brauche seine Hilfe nicht.«

Aha. Okay. »Also … Hab ich dir schon von dem neuen IPA der Hill-Farmstead-Brauerei erzählt? Außerdem haben wir ein neues Ale. Es wird aus Gerstenmalz gebraut. Ungefiltert.«

»Coole Sache, Bruder«, sagt Zara und nippt an einem Glas Sodawasser. »Ich kann die Karte aber schon allein lesen, wie ein großes Mädchen.« Sie deutet mit dem Daumen hinter sich auf die Bierliste an der Tafel.

»Aber *hast* du sie auch gelesen?«

Zara verdreht die Augen. »Hase, ich habe um einiges länger hinter dem Tresen gestanden als du. Ich könnte den Laden mit einer Hand schmeißen.« Sie führt es vor, indem sie eine Hand auf den Rücken legt und mich angrinst. »Wahrscheinlich würde ich es sogar mit *beiden* Händen auf dem Rücken schaffen, aber mit den Brüsten Getränke zu zapfen, stelle ich mir umständlich vor. Dann gäb's allerdings gutes Trinkgeld.«

»Du nervst.«

»Nee. Die Wahrheit tut nur weh, Alec.«

Okay, stimmt. Ich hab ein bisschen Probleme damit, meiner verrückten kleinen Schwester die Zügel zu überlassen. Die ganze Familie ist erstaunt darüber, dass aus Zara eine verantwortungsbewusste Erwachsene und eine tolle Mama geworden ist.

Nicht dass ich das laut sagen würde. Dafür sind mir meine Eier zu lieb.

Außerdem hasse ich es zuzugeben, dass Zara recht hat. Sie ist vielleicht wirklich eine bessere Barkeeperin als ich. Schlimmer noch: Sie hat vielleicht generell mehr Geschäftssinn als ich. Ihr Café läuft bestens, während ich noch zu kämpfen habe.

Erfolg ist mir noch nie in den Schoß gefallen. Ich war das Kind, das in der Schule Probleme hatte – das Kind, das zwar seine Hausaufgaben gemacht hat, aber trotzdem nur Dreien bekam. »Nicht die hellste Kerze auf der Torte«, hat mein Onkel Otto immer über mich gesagt.

Niemand hat mich je clever genannt. Es hieß nur, dass ich die besten Partys schmeiße. Deshalb ist es so ein Knaller, dass ich einen eigenen Laden habe. Die *Gin Mill* ist das Erste in meinem Leben mit einer reellen Chance, dass etwas daraus werden könnte.

Gleich nach der Highschool habe ich es bei der Navy versucht. Aber die Rossis machen sich nicht gut beim Militär. Ich habe keine zwei Jahre durchgehalten, dann haben sie mich aus gesundheitlichen Gründen entlassen. Ein Knochensplitter in der Schulter machte mich dienstuntauglich. Und nachdem ich ihn hatte operieren lassen, war ich bereits ausgemustert worden.

Daraufhin habe ich bei dem Snowboard-Reiseveranstalter eines Freundes angefangen. Er ging bankrott. Danach habe ich als Manager in einem Skigebiet gearbeitet, das – dreimal dürft ihr raten – geschlossen wurde.

Ich habe allerdings immer sparsam gelebt. Deshalb hatte ich ein bisschen Geld auf der hohen Kante, als die alte Mühle versteigert wurde. Der Kaufpreis war niedrig, weil sie einige Jahre leer gestanden hatte, nachdem das Untergeschoss bei dem Hurrikan Irene überflutet worden war. Ich habe hier drinnen einiges mit eigenen Händen wiederaufgebaut. Und als ich Kapital brauchte, habe ich eine der darüberliegenden Wohnungen an meinen Bruder Benito verkauft.

Benito hatte ich eigentlich gebeten, heute auszuhelfen, denn er muss nur die Treppe runterkommen. Aber Ben meinte, er würde lieber auf meine Nichte aufpassen, als Getränke zu zapfen. Also kümmert sich Zara jetzt zum ersten Mal, seit ich das Gebäude gekauft habe, um die Bar.

»Ich möchte eine Belohnung dafür, dass ich dir diesen Gefallen tue«, sagt sie und zeigt dabei auf die Zapfhähne. »Wie wär's mit einem Viererpack Heady Topper? Weil Dave uns doch nächste Woche besuchen kommt.«

Aus reiner Sturheit will ich zuerst Nein sagen. »Na gut.« Ich seufze. »Lass dich nur nicht dabei erwischen, wie du es rausträgst.« Es ist mir gesetzlich verboten, Bier zum Mitnehmen zu verkaufen.

»Hältst du mich etwa für eine Amateurin?«, spottet Zara. »Was hatten wir denn gerade besprochen?« Sie dreht sich zu mir und fängt mit Schattenboxen an.

»Ganz ruhig, du Killer.« Ich greife ihre Fäuste und gebe

ihr einen Kuss auf die Stirn. »Du kriegst deine Belohnung. Obwohl es gerade bei dieser Sorte nicht so leicht ist, sie immer vorrätig zu haben.«

»Stopp.« Sie verpasst mir einen kleinen Schubs. »Ich will nichts darüber wissen, wie du dich dafür prostituierst.«

Wir lachen beide, denn in jedem guten Witz steckt ein Funken Wahrheit. In meiner Bar gehen die begehrten Craft-Biere nie aus, weil die Tochter des Bierlieferanten findet, dass ich gut im Bett bin.

Wobei – an dem Abend, als ich May geholfen habe, bei Daniela auszuziehen, gab es ein ziemliches Durcheinander. Ich war zum Abendessen bei den Shipleys und habe die arme Chelsea ganz vergessen. Das werde ich demnächst bei ihr wiedergutmachen.

Aber nicht heute.

»Was hast du heute Abend überhaupt vor?«, fragt mich Zara und gibt einen Limettenspalt in ihr Getränk. »Ein heißes Date?«

»Nope. Ich gehe mit May Shipley zu einer Veranstaltung an der juristischen Fakultät.«

Zara blinzelt. »Was, echt? *Du?* Mr Partyboy bei den Rechtswissenschaftlern?«

»Hey«, beschwere ich mich. »Ich hab mich ordentlich zurechtgemacht. Findest du nicht?« Ich fahre mit den Händen über mein Button-down-Hemd, zu dem ich eine schwarze Hose trage. Ich bin vorzeigbar. Allerdings hat Zara recht – ich bin nicht dafür bekannt, distinguiert zu sein. Oder seriös. Man kann den Kerl aus der Bar holen, aber nicht die Bar aus dem Kerl.

»Du siehst gut aus. Aber du und May Shipley? Was hat es denn damit auf sich? Du magst die Shipleys doch nicht. Null Komma gar nicht.«

»May ist in Ordnung. Ich hatte nachgefragt, wie's ihr geht, und da meinte sie, sie habe da diese Veranstaltung, zu der sie nicht allein gehen will.«

»Sie macht gerade eine schwere Zeit durch«, sagt Zara, während sie Zitronen in Spalten schneidet, wobei sie doppelt so schnell ist wie ich. »Diese Trennung ist ein echter Scheiß. Noch dazu heiratet ihre beste Freundin.« Zara schüttelt den Kopf. »Der Armen bleibt auch nichts erspart. Sei nett zu ihr, okay? Sie ist schwach.«

»Zuerst mal ist May nicht so schwach, wie du denkst.«

Zara zieht eine Augenbraue hoch. »Und woher willst du das wissen?«

»Na ja ... das sagt mir einfach mein Gefühl.« Die Art, wie sie sich gewehrt hat, als die Affäre ihrer Ex gemein wurde. Dazu braucht man Mumm. May hat etwas Toughes an sich, was mir Herzklopfen verursacht. »Sie wirkt stabil«, sage ich vorsichtig.

Zara kneift die Augen zusammen. »Du kannst *nicht* mit ihr vögeln.«

Da beschließt Smitty, uns mit seiner Anwesenheit zu beehren. Er kommt aus dem Hinterzimmer. »Wer vögelt hier wen?«, fragt er und bindet sich eine Schürze um.

»Alec wird May Shipley auf keinen Fall ausziehen«, sagt meine Schwester.

»Scheiß auf diesen Rat«, wendet Smitty sofort ein. »May Shipley ist heiß. Außerdem würde das ihrem Bruder auf den Sack gehen. Alec hat mit Griffin noch eine Rechnung offen, weil der was mit *dir* hatte.«

Herrje.

3 ... 2 ... 1

Zara geht in die Luft. »Oh Gott, du bist so ein verschissener Neandertaler.« Sie nimmt sich noch eine Zitrone und knallt sie auf das Schneidebrett. »Lassen wir heute Abend während meiner Schicht diesen Höhlenmenschen-Schwachsinn sein.«

»*Deiner* Schicht?«, sagt Smitty, und seine Stimme wird dabei schrill. »Wer arbeitet hier wohl fünf Abende die Woche?«

»Es ist *eure* Schicht«, sage ich und komme mir dabei vor wie ein Erzieher. »Zurück in eure Ecken.«

Ich hatte vergessen, dass Zara Smitty hasst. Sie nennt ihn »den Schwachmaten, den du eingestellt hast«. Wenn Smitty heute Abend auf stur schaltet und sich wie ein Arsch verhält, wird sie nie wieder für mich einspringen.

Ich warte ab, bis Smitty in die Vorratskammer geht, um eine Kiste Bier zu holen, dann räuspere ich mich. »Smitty reagiert ein bisschen gereizt, wenn du von oben herab mit ihm sprichst.«

»Soll ich etwa so tun, als würde ich zu ihm aufschauen?« Sie schnaubt.

»Stell einfach keine Hackordnung auf. Auch wenn wir beide wissen, dass du Vermonts beste Barkeeperin aller Zeiten bist, will er es nicht hören. Er ist *schwach*.«

Sie schaut grinsend zu mir hoch. »Guter Schachzug.«

»Danke. Schreib mir, falls es irgendwelche Probleme gibt.«

»Wird es nicht«, sagt sie, und ich bezweifle das nicht. Meine Schwester lässt sich nicht so schnell aus der Fassung bringen. »Konzentrier dich einfach auf May, okay? Frag sie nach ihrem Schlachtplan. Frauen haben immer einen.« Zara greift nach der letzten Zitrone und legt sie aufs Schneidebrett.

»Schlachtplan?«

»Wenn du ihr Date spielen sollst, will sie bestimmt ein gewisses Bild von sich vermitteln. Will sie, dass du *du* bist, oder sollst du dich an die Anwälte anpassen, Vetter Winnie?«

»Na, na. Ich bin hübscher als Joe Pesci.«

Sie kichert. »Sei einfach ein anständiger Kerl. Versuch nicht, May an die Wäsche zu gehen.«

»Werd ich nicht!« Verdammt. *So* schlecht ist mein Ruf nun auch wieder nicht.

Oder vielleicht doch. Ich komme jedoch nicht dazu, das auszudiskutieren, denn die Tür geht auf, und May erscheint. Und dann habe ich Schwierigkeiten, nicht meine Zunge zu verschlucken. Sie trägt ein glitzerndes Oberteil mit tiefem V-Ausschnitt, der ein bisschen Dekolleté freigibt, dazu einen kurzen Rock und schwarze Overknee-Stiefel. May ist groß, deshalb sieht man ein paar Zentimeter cremeweißer Haut zwischen den Stiefeln und dem Rocksaum. Dadurch sehen ihre Beine megalang aus. Lang genug, um sie um mich zu schlingen, während wir …

Vögeln.

Ach du Schande. *Nee.*

Ich reiße den Blick los, richte ihn wieder auf ihr Gesicht und lächle. »Oha, sexy Lady. Du wirst deine Ex wahnsinnig machen.«

May bleibt vor mir stehen und bedeckt ihren Ausschnitt mit den Händen. »Findest du, es ist zu viel?«

»Das findet er *nicht*«, meint Zara kichernd neben mir.

»Halt du die Klappe«, sage ich aus Gewohnheit.

»Hi, Z«, sagt May. »Arbeitest du heute Abend hier?«

»Und ob! Es ist schön, mal unter Erwachsenen zu sein. Normalerweise bin ich um die Uhrzeit mit der Kleinen zu Hause.« Sie wischt sich die Hände an ihrer Schürze ab. »Geht schon, Kinder. Viel Spaß dabei, die werten Anwältinnen eifersüchtig zu machen.«

»Oh, das werden wir!«, versichere ich ihr. Ich nehme meine Jacke vom Garderobenhaken und komme hinter der Theke vor, um May richtig zu begrüßen – mit einer keuschen

Umarmung. »Gehen wir's an. Können wir meinen Pick-up nehmen?«

»Klar«, sagt May und knöpft ihren Mantel zu. *Zu schade.* Ich habe den Anblick genossen. »Es ist echt nett von dir, mit mir zu dieser Veranstaltung zu gehen.«

»Es ist nicht ganz uneigennützig«, sage ich, während ich mit ihr hinausgehe und ihr die Autotür aufhalte. »Du hattest billigen Wein und Käsewürfel mit Crackern erwähnt. Dafür hab ich eine Schwäche.«

»Möchte ich wetten.« Sie schnaubt.

Erwischt. Mir ist diese Party scheißegal. Meine *neue* Schwäche ist May in diesem kurzen Rock. Ich habe angeboten zu fahren, damit ich sie nicht den ganzen Weg über anstarre.

Als ich auf den Fahrersitz steige, kann ich ihr Parfum riechen. Und mir fällt auf, dass sie ihre Augen irgendwie so geschminkt hat, dass sie riesengroß aussehen.

»Wie läuft's zu Hause?«, frage ich, als ich rückwärts aus der Parklücke setze. *Blick auf die Straße, Kumpel.*

»Oh, bestens, schätze ich. Nur dass ich wieder ganz von vorn anfange, weißt du? Im Elternhaus wohnen. Mein Studiendarlehen abzahlen und Science-Fiction-Filme mit meinen Brüdern gucken. So sah mein Leben schon aus, als ich sechzehn war.«

»Tja, wenn es dir hilft: Ich hänge jeden Abend in derselben Bar ab, und ich bin zweiunddreißig.«

»Du wirst dafür bezahlt.«

»Das hilft.« Ich fahre nur gut hundert Meter und biege dann von der Straße ab. »Es dauert nur einen Moment. Mein Nachbar hat mich gebeten, seine Katze zu füttern und für ihn abzuschließen.«

»Brauchst du Hilfe?«, fragt May und lächelt mich dabei an.

Gooott, dieses Lächeln. Genau richtig zum Küssen. Aber ich werde standhaft bleiben. »Bleib du einfach hier sitzen und sieh umwerfend aus. Bin gleich wieder da.« Ich springe aus dem Pick-up und jogge zu Hamishs großer Flügeltür. Als ich einen der Flügel aufmache, quietscht es laut. Ich liebe alte Gebäude, und dieses hier ist echt schön. Der gewölbeartige Raum wird von alten Brauseflaschen-Lampen an der Decke erhellt. Es gibt riesige Bleiglasfenster und grobe breite Dielen.

Das Gebäude hat wirklich Atmosphäre. Und eines Tages wird es mir gehören. Hamish und ich haben die Übereinkunft, dass ich ihm das Grundstück abkaufe, wenn er einmal bereit dazu ist. Dann wird mir das ganze Stück Flussufer gehören, und niemand kann es zerstören, indem er ein Einkaufszentrum, einen Lagerkomplex oder irgendeinen anderen Schandfleck draufsetzt.

Aber dieser Tag liegt noch in weiter Ferne. »Miez, miez, hier!«, rufe ich.

Ich höre es in einer dunklen Ecke der Werkstatt rascheln. Aber die Katze taucht nicht auf.

»Okay, na gut. Dann lasse ich dir was zu fressen da.« Ein Stapel Futterdosen steht am Rand einer der Werktische, also mache ich eine davon auf und lasse das Futter in eine Schüssel auf dem Boden plumpsen. Es riecht widerlich. Weil ich die Dose nicht in Hamishs Mülleimer lassen will, gehe ich damit nach draußen und werfe sie in die Tonne.

Eine Minute später gehe ich, nachdem ich das große Vorhängeschloss an der Eingangstür habe einrasten lassen.

»Sorry dafür«, sage ich zu May, als ich wieder in den Pick-up einsteige. Ich lenke ihn in Richtung juristische Fakultät und schalte dann die Anlage an. Die Fahrerkabine wird von einem lässigen Black-Keys-Song erfüllt.

»Hör zu«, sagt May nach ein paar Meilen. Sie legt mir eine Hand auf den Arm. Ihre Berührung lenkt mich von ihren nächsten Worten ab, aber das Wesentliche bekomme ich mit. »Du brauchtest wirklich nicht mitzukommen. Ich weiß auch nicht, warum ich dich *schon wieder* um einen Gefallen gebeten habe. Wenn das so weitergeht, werde ich dir jahrelang was schuldig sein.«

»Alles gut«, sage ich. May hat keine Ahnung, wie schuldig ich mich fühle, weil ich ihr nicht schon eine Woche früher von Danielas Seitensprung erzählt habe. »Du kannst mir was schuldig bleiben, aber ich berechne Zinsen. Nächstes Jahr um die Zeit schuldest du mir dann vier Gefallen.«

»Wenn der heutige Abend eine Katastrophe wird, könnten die Zinsen schnell steigen.«

»Nee.« Als ich zu ihr schaue, sehe ich Sorgenfalten auf ihrer Stirn. »Was kann denn schon passieren? Wenn Daniela sich wie ein Arsch benimmt, macht sie sich nur selbst lächerlich und nicht dich.«

»Mag sein«, räumt May ein. »Aber wenn Tracy versucht, mich aus der Reserve zu locken, wird es ihr wahrscheinlich gelingen.«

»Pfft. Dann trage ich dich einfach wieder raus. Das kriegt gar keiner mit.«

May lacht. »Bitte sag mir, dass es keinen Videobeweis von dem Abend gibt. Gibt es in deiner Bar Überwachungskameras?«

»Nur eine an der Kasse«, verspreche ich. »Und nach Zaras Beinahe-Unfall hat Benito noch eine draußen auf dem Parkplatz angebracht.«

»Gute Idee.«

Wir verfallen wieder in Schweigen. Doch als wir uns der Fakultät nähern, muss ich dann doch fragen: »Also – wie sieht der Plan aus? Wie eifersüchtig darf ich Daniela denn machen?«

May dreht sich zu mir und betrachtet mich. »So habe ich mir das eigentlich gar nicht vorgestellt. Ich wollte wirklich nur jemanden an meiner Seite haben.«

»Okay, dann bin ich also dein schmuckes Anhängsel. Sehr lustig.«

Sie lacht. »Mit dir kann man echt Pferde stehlen. Aber ich schwöre dir, allein deine Anwesenheit wird Daniela nerven. Du bist ein Mann, das wird ihr bereits die Laune verderben.«

»Ja? Du Rebellin. Mit einem Mann aufzukreuzen.«

»Das hört sich lächerlich an, ich weiß.«

»Früher bist du doch aber auch mit Männern ausgegangen, oder?«

»Sicher. Und sie hat das *verabscheut*. Sie hat es mir vorgeworfen.«

»Wieso? Männer sind doch klasse.«

»Hat dir schon mal jemand gesagt, dass du ein überaus gesundes Selbstbewusstsein hast?«

»Das braucht man mir nicht zu sagen, ich weiß es auch so. Jetzt bin ich aber neugierig. Wieso flippt Daniela aus, wenn du mit einem Mann auftauchst?«

»Sie ist …« May schüttelt den Kopf. »Sie glaubt, Bisexualität gibt es nicht. Dass ich bloß nicht Mannweib genug bin, das L-Wort auszusprechen, wenn ich sage, ich sei bi.«

»Hmm. In dem Outfit siehst du nicht gerade wie ein Mannweib aus, Süße.«

»Vielen Dank. Das glaube ich auch.«

»Also fand sie, dass du keine richtige Lesbe bist? Oder dass du nicht bereit warst, dich Lesbe zu *nennen*? Da ist ja ein Unterschied.«

May überlegt. »Ersteres. Sie hat mir vorgeworfen, im Bett nicht lesbisch genug zu sein.«

»Was?« Ich lache. »Es kann doch nicht so schwer sein, in den Klub aufgenommen zu werden. Ich würde sagen, wenn du mit ihrer Muschi schmust, gehörst du dazu.«

May prustet los, was schön ist, denn jetzt habe ich sie zum Lachen gebracht. Der Klang geht mir geradewegs in die Eier. »Bist du *jemals* ernst?«, fragt sie schließlich.

»Scheiße, nein. Aber erklär das doch mal bitte, ja? Verrat mir, welche Sexpraktik Daniela davon überzeugt hätte, dass du eine echte Lesbe bist. Du kannst gerne so richtig ins Detail gehen.«

May boxt mir gegen den Arm. »Du willst dich bloß an zwei Lesben aufgeilen. Wie jeder Mann. Du weißt aber schon, dass es dafür Pornos gibt, oder?«

»Waaas?«

Sie lacht wieder.

»Mal ehrlich – es kommt mir irgendwie falsch vor, seiner Freundin vorzuschreiben, was sie zu einer richtigen Lesbe macht.«

»Das war nicht in Ordnung, aber ich bin eher sauer auf mich selbst, weil ich es zugelassen habe. Ihr hat nicht gefallen, was mir gefällt, das ist okay. Aber sie wollte auch nicht, dass es mir gefällt.«

Jetzt sterbe ich vor Neugier. Was könnte May Shipley im Bett gefallen, das Daniela falsch fand? »Stehst du auf Bondage?« *Nee.* Bondage hat Daniela wahrscheinlich höchstselbst erfunden. »Hast du einen Fußfetisch? Sind's verbundene Augen? Wenn du's mir nicht sagst, rate ich die ganze Zeit weiter.«

»Damit du dich dran aufgeilen kannst.«

»Ich bin gerade total zufrieden. Du sitzt da drüben, zeigst

ein bisschen Dekolleté und redest über mein Lieblingsthema.«

»Sex-Shaming?«, fragt sie trocken.

Ich halte an einem Stoppschild an und sehe zu ihr. »May, ich schwöre bei Gott – es tut mir leid, dass sie scheiße zu dir war. Ich blödele zwar gerade mit dir rum, aber es ist nicht in Ordnung, dass sie dafür gesorgt hat, dass du dich schlecht fühlst, um dich dann zu betrügen. Das hast du nicht verdient.«

»Danke.« Sie bekommt rote Augen und dreht sich weg, damit ich es nicht sehe.

»Nicht weinen, Babe. Dann verläuft nur dein superscharfes Make-up. Mit Waschbäraugen kannst du diese Bitch nicht eifersüchtig machen. Es sei denn, sie steht auf Waschbären … Grrr.«

May lacht und betupft sich vorsichtig die Augen. »Du machst mich fertig, Alec. Danke, dass du so ein guter Kumpel bist.«

Das ist ziemlich einfach. Sie zum Lachen zu bringen fühlt sich wie ein Sieg an.

»Du kennst doch so Frauen, die behaupten, sie wären keine Heulsusen?«

»Ja, denke schon. Ist das ein Thema?«

»Ja. Ich dagegen bin voll die Heulsuse. Ich heule, wenn wir die Rinder in die ewigen Tiefkühlgründe schicken und wenn Mom ein Huhn schlachtet. Ich heule wegen Babys und über diese schmalzigen Super-Bowl-Werbespots mit Hundewelpen und Pferden.«

»Kaufst immer Vorräte an Taschentüchern?«, schlage ich vor. »Es gibt schlimmere Angewohnheiten.«

»Sicher. Aber auf dem College hatte ich einen Freund, der das gehasst hat. Immer wenn ich weinte, wurde ihm echt unbehaglich. Auch deshalb habe ich aufgehört, Männer zu daten. Ich dachte, mit einer Frau zusammen zu sein, wäre schlicht einfacher – dass sie mich auf eine Weise verstehen würde, wie es kein Mann kann.«

»Und?«

»Daniela konnte Weinen auch nicht ausstehen.« May holt ein Taschentuch aus ihrer Handtasche und putzt sich die Nase. »Nächstes Mal suche ich mir keine Megaschlampe, dann funktioniert es vielleicht.«

»Guter Plan, Babe.« Ich halte eine Hand hoch, und sie schlägt ein.

6

May

Ein verschwörerisches Lächeln liegt auf Alec Rossis attraktivem Gesicht, als wir den mit Walnussholzpaneelen verkleideten Vorraum des Brookner-Saals in der juristischen Fakultät betreten. »Dürfte Ihr schmuckes Anhängsel Ihnen den Mantel abnehmen, Miss Shipley?« Er zwinkert mir gewollt kitschig zu.

»Aber selbstverständlich.« Ich lasse den Mantel von den Schultern rutschen und gebe ihn ihm. Es macht Spaß, Alec zu beobachten, und das nicht nur wegen seines attraktiven kantigen Gesichts. Er ist mir ein Rätsel, denn er scheint sich total wohl in seiner Haut zu fühlen. Er ist großspurig, aber auf eine lustige Art. Als ginge der Witz immer auch auf seine Kosten.

»Oha«, zischelt er, als ich meine Schultern entblöße. »Die Aussicht wird ja immer besser.« Dann pfeift er leise.

Er trägt ein bisschen dick auf, aber das stört mich überhaupt nicht. Seine Schmeicheleien sind eine wunderbare Abwechslung. Aus den Augenwinkeln kann ich Danielas dunkles welliges Haar sehen. Und wenn ich mich nicht irre, ist ihre Bulldogge von Ex-Freundin bei ihr – in derselben Bikerjacke aus Leder, die sie auch schon in der Bar anhatte.

Hätte ich doch einen ordentlichen Treffer gelandet …

»Hey«, sagt Alec und schnippt mit den Fingern. »Augen hierher.« Er lächelt mich an und hängt meinen Mantel dann über einen Garderobenständer. »Bleib locker, ja?« Er legt mir eine Hand auf die Stelle, wo der Nacken in die Schultern übergeht. Die Wärme seiner Handfläche holt mich wieder in die Gegenwart zurück. Ich blicke hoch in warme braune Augen. »Gut so«, sagt er leise. »Jetzt verrat mir mal – wie geht es weiter?«

Wenn ich das nur wüsste. Mein Hirn schaltet kurz ab, während ich das wohlige Gefühl seiner Berührung auf meiner nackten Haut verarbeite. »Ähm … Es gibt eine kleine Zeremonie. Die Absolventen vom letzten Jahr überreichen den Neuen Rosen. Die Dekanin hält eine megalangweilige Rede. Dann kannst du billigen Wein trinken, während ich Wasser trinke und so tue, als wäre ich nicht neidisch.«

»Neidisch auf mich und meinen Wein oder auf die, deren Name nicht genannt werden darf?«

»Ersteres.«

Er lächelt und beugt sich dann vor, um mir einen Kuss auf die Schläfe zu geben. Und als ich seine Lippen auf meiner Haut spüre, bekomme ich Gänsehaut.

Verdammt noch mal! *Schluss jetzt, Körper.*

»Apropos neidisch«, flüstert er. »Wie weit soll ich gehen? Guck jetzt nicht hin, aber sie glotzt voll rüber.«

Wir stehen so dicht beisammen, dass ich die goldenen Sprenkel in seinen braunen Augen sehen kann. »Ich finde, du machst das schon ziemlich gut«, flüstere ich zurück. »Lass uns improvisieren.«

Er grinst wie ein satter, zufriedener Kater. »Okay. Du führst. Ich folge.« Er schiebt seine Hand in meine und drückt sie.

Ladys und Gentlemen: Alec Rossi. Der hat Schauspieltalent, was?

Ich komme mir vage selbstbewusst vor, als ich mit ihm zur

Dekanin der Fakultät gehe, Leslie Harper – oder Dekanin Harpyie für alle, die sich bei ihr unbeliebt gemacht haben –, und ihn als »meinen Freund Alec« vorstelle. Dieses Theater muss nicht noch überzeugender werden.

»Schön, Sie kennenzulernen«, sagt die Dekanin. »Wir fangen dann jetzt an, sollen wir?«

Die juristische Fakultät ist sehr klein. Jeder Jahrgang umfasst nur hundert Studenten, deshalb hat die Zeremonie etwas Intimes. Zwei Sitzreihen sind für die Absolventen reserviert, und ich führe Alec ganz nach vorn, wo ich mich ans Ende der Reihe setze, damit ich garantiert nicht auf Daniela gucken muss.

Die Dekanin betritt das Podium und heißt alle zur diesjährigen Rosenzeremonie willkommen. Die folgende Rede ist genauso langweilig, wie ich es angekündigt hatte. Vielleicht bin ich aber auch nur von Alecs warmer Hand in meiner abgelenkt. Unsere verschränkten Hände liegen auf seinem Knie, und er streicht gelegentlich mit dem Daumen über meine Handfläche. Und jedes Mal, wenn er das macht, kann ich mich nicht mehr konzentrieren.

Es ist … schön. Ein bisschen menschlicher Kontakt, nichts weiter. Statt mich während dieser Veranstaltung hier die ganze Zeit innerlich zu winden, genieße ich Alecs leicht unangebrachtes Schauspiel. Ihm gefällt die Nummer eindeutig. Immer wenn ich zu ihm schaue, lächelt er mich aus seinen warmen braunen Augen an.

Der Mann sollte einen Oscar kriegen. Und ich habe ihm immer noch nicht den Kuchen gebacken, den ich ihm als Belohnung für seine Hilfe beim Umzug versprochen hatte. Jetzt schulde ich ihm mindestens noch einen zweiten.

Als die Rede vorbei ist, fängt Dekanin Harper an, die Namen der Absolventen aufzurufen. Da nicht alle in der Nähe leben, sind nur zwei Dutzend von uns da, und jeder bekommt drei bis vier Rosen zum Überreichen.

Dem Alphabet sei Dank wird Daniela als Erste aufgerufen. Ich mache ein unbeteiligtes Gesicht, als sie mit einem breiten Lächeln im Gesicht über die Bühne stolziert.

Ich frage mich, ob sie sich heute Abend auch so unsicher fühlt wie ich. Letztes Mal, als wir uns zusammen in einem Raum mit all diesen bekannten Gesichtern befanden, waren wir ein Paar. Fragen sich die Leute wohl, warum wir getrennt gekommen sind?

Vielleicht kümmert es auch keinen, oder es fällt überhaupt niemandem auf. Doch ich fühle mich wieder wie eine Siebtklässlerin, die sich fragt, ob alle sie anstarren.

Oh Mann, wie gern hätte ich jetzt einen Drink. Nicht dass ich etwas trinken werde. Seit ich wieder zu Hause eingezogen bin, war ich fast jeden Tag bei einem AA-Meeting. Einerseits, um meine mich besorgt beäugende Familie zu beruhigen, und andererseits, weil mir klar ist, dass Umbrüche – wie etwa die Trennung von einer nichtsnutzigen, untreuen Frau – bei Alkoholabhängigen häufig einen Rückfall verursachen.

Aber mir wird das nicht passieren. Daniela kann mir ihre Liebe entziehen. Sie kann mir unser Zuhause und unsere gemeinsame Zukunft wegnehmen. Aber ich werde nicht zulassen, dass sie mich um meine Abstinenz bringt.

Als Alec meine Hand loslässt, merke ich, dass ich aufgerufen wurde. Ich stehe auf und lächle, als die Dekanin dem Publikum mitteilt, dass ich meine eigene Kanzlei in Montpelier eröffnet habe.

Die Leute klatschen, während ich die Treppe zu der kleinen Bühne hochsteige, denn sie ahnen nicht, dass meine Kanzlei nur ein Schreibtisch in einem winzigen Büro ist, das ich mir mit meiner Freundin Rita teile. Und dass ich bislang noch kaum Klienten habe.

Das Dramatischste, was sich auf der Arbeit ereignet, ist ein Papierstau im Drucker.

Doch mein künstliches Lächeln ist fest ins Gesicht gepappt, als ich der Dekanin vier Rosen abnehme und sie vier brandneuen Jura-Erstsemestern überreiche.

Ich war einmal wie sie – bereit, die Welt zu verändern. Als ich vor vier Jahren auf dieser Bühne eine Rose entgegennahm, schien es bergauf zu gehen. Der Tod meines Vaters war eine Weile her und die Wunde nicht mehr so frisch. Ich stand am Beginn meiner beruflichen Laufbahn und fühlte mich optimistisch.

Das war, bevor ich herausfand, dass Alkohol meine Schwachstelle ist. Vor Larks traumatischem Erlebnis und vor dem peinlichen Moment, als meine beste Freundin die Wahrheit erfuhr – dass ich schon seit Jahren ein bisschen in sie verliebt war. Und es war vor jenem schwierigen Herbst, als sich Lark schließlich in einen Mann verliebte, wie ich es schon immer befürchtet hatte.

Diese Sache mit dem Erwachsenwerden war viel schwieriger als gedacht.

Ich spüre Danielas Blick im Rücken und frage mich, ob sie mich überhaupt vermisst.

Nach der Zeremonie gehen wir zum Cocktailempfang nach draußen in die Lobby. Alecs Hand liegt in meinem Kreuz, als wir der Menge in den Bereich mit der extra für diesen Abend aufgebauten Bar folgen.

Plötzlich wird mir klar, dass wir diesen Teil einfach auslassen könnten. Wir könnten uns durch die Flügeltür hinausschleichen, und ich könnte Alec als Dankeschön für seine

Begleitung irgendwo auf einen Burger einladen. Ich könnte mir jede weitere Unannehmlichkeit ersparen.

»Oh, auf *gar keinen* Fall!«, sagt er, als ich ihm das vorschlage. »Der Barkeeper – Connor – arbeitet dienstags und sonntags bei mir! Was dagegen, wenn ich kurz Hallo sage?«

»Überhaupt nicht.«

Wir drängeln uns zwischen den Leuten zur Bar hindurch, wo Alec einem rothaarigen Typen auf den Rücken klopft. »Sieh an, wer da noch einen Nebenjob hat!«

»Man kann's nich' Nebenjob nennen, wenn du mich nur dienstags und sonntags inner Spätschicht arbeiten lässt«, beschwert sich der Junge in irgendeinem Dialekt. Irisch? Nein – schottisch.

»Ich verarsch dich doch nur«, stellt Alec klar.

»Wie wär's, wenn du dann 'n Ale nimmst und die Klappe hältst?« Connor gibt Alec ein Bier.

»Was hast du Alkoholfreies da?«, fragt Alec.

»Wozu 'n das?«

Alec haut ihm auf den Arm. »Sei nett. Die Lady trinkt nichts.«

»Nett, dich kennenzulernen«, sagt er und hält mir die Hand hin. »Ich bin Connor.«

»May.«

»Hübscher Name!«

»Ich hasse ihn«, sage ich ehrlich.

»Wieso?«, fragt Alec.

»Er ist so langweilig. Und platt.«

»Lass mich raten – du hast im Mai Geburtstag?«, fragt Connor.

»Richtig. Mein großer Bruder heißt August, er wird aber bei seinem zweiten Namen gerufen – Griffin. Und nach mir kamen Zwillinge. Die konnten sie nicht beide ›Juli‹ nennen, also gaben sie ihnen stattdessen hübsche normale Namen.«

Als Alec und Connor lachen, nutze ich den unbeobachteten Moment, um Alecs attraktives Gesicht anzugucken. Wenn er spricht oder lacht, bewegen sich seine Schultern mit, so als wäre das Leben schlicht zu unterhaltsam, um stillzuhalten. Und immer wenn er sich unterhält, glitzern seine braunen Augen.

Der Barkeeper gießt einem anderen Paar zwei Gläser Wein ein, bevor er wieder zu uns kommt. »Ey, Alec – May kann doch nich' dein Date sein. Sie is' viel zu hübsch für dich!«

Alec grummelt etwas davon, dass er ihm wohl das Gehalt kürzen sollte.

Doch wir wissen alle, dass Alec jede Frau in der Stadt haben könnte, wenn er eine Freundin wollte. Er ist genauso charmant wie sexy. Frauen wie Männer scheinen sich um ihn zu scharen.

Mit ungefähr eins neunzig ist er ein großer Mann. Das macht bei mir viel aus, denn ich bin über eins achtzig. Ohne Schuhe. Aber obwohl ich kleine Absätze trage, ist Alec größer als ich. Ich muss hochschauen, um in sein attraktives Gesicht und seine schillernden braunen Augen zu sehen. Und diese Wimpern – so dicht, dass sie schon verdächtig dunkel wirken, als hätte er sie getuscht.

Jetzt glotze ich ihn an, verdammt.

»Wir haben Limo und Wasser da«, sagt der Barkeeper gerade.

»Komm schon«, gibt Alec nicht nach. »Das kannst du doch besser. Mix der Lady doch einen alkoholfreien Cocktail. Hast du Ginger Beer da?«

»Ähm …« Connor lacht in sich hinein. »Wart mal.« Er legt einen Wischlappen weg und trottet in die Küche.

Als Alec grinst, werde ich plötzlich ganz unsicher und weiß nicht mehr, wo ich hingucken soll. Zu Daniela kann ich nicht rübersehen, denn da lauert der Abgrund. Alec kann ich auch nicht angaffen, ich will schließlich nicht komisch rüberkommen.

Ich schaue nicht auf die ganzen offenen Weinflaschen. Obwohl sie mich anlachen.

»Also«, sagt Alec leise. »Du hast mir immer noch nicht erzählt, warum Daniela findet, du seist nicht Frau genug für sie.«

»Vielleicht ist das zu persönlich«, flüstere ich.

»Vielleicht.« Er zuckt mit den Schultern. »Andererseits hört es sich nach einer lustigen Geschichte an. Außerdem wird sie merken, dass wir über sie reden. Für so was hat man ein Gespür. Und sie hat's irgendwie verdient.«

»Das hat sie«, stimme ich ihm zu. »Trotzdem ist es in einem Raum voller Menschen kein geeignetes Gesprächsthema.«

»Echt.« Sein Blick lodert auf. »Das macht mich nur noch neugieriger. Wie kannst du ihr nicht lesbisch genug gewesen sein?«

»So was macht dich echt an, oder?«, ziehe ich ihn auf. »Lesbischer Sextalk?«

Er zuckt spielerisch noch einmal mit den Schultern. »Es gibt schlechtere Themen. Außerdem dachte ich immer, Frauen wären bei so was nicht so eigenartig. Also – Kerle machen doch immer Schwanzvergleiche. Klär mich auf, sind Frauen da etwa gar nicht besser? Oder hat sie heimlich Busenvergleiche gemacht und sich unzulänglich gefühlt?« Er lässt seinen Blick kurz zu meinem Ausschnitt wandern und sieht mir dann wieder ins Gesicht.

Es ist wenig subtil. Plötzlich stelle ich mir lauter Lesben vor, die Busenvergleiche anstellen, und kichere doch tatsächlich los wie ein Schulmädchen. »Nein, oh Mann. Brüste sind immer schön, *egal* welche Form und Größe sie haben.«

»Da sagst du was.« Alec leckt sich über die Lippen. »Welchen Schaden hat sie dann?«

»Es geht nicht um den Körper«, flüstere ich. »Okay – doch *schon*. Sie findet es nicht in Ordnung, dass man darauf steht …«, ich unterbreche mich selbst.

»Was?«, flüstert er zurück. »Verhauen zu werden? Oder gewürgt?«

»Nein! Penetriert zu werden«, zischele ich. »Sie hat sich von meinem Vibrator bedroht gefühlt. Als würde ich nicht dazugehören, wenn ich den brauche.«

Alec klappt die Kinnlade herunter. »*Nein.* Du *wilde* Frau, du.«

Da muss ich wirklich lachen und er auch. »Laut ausgesprochen hört es sich lächerlich an«, gestehe ich leise. Und ich kann nicht fassen, dass ich ihm gerade so ein seltsames, intimes Detail erzählt habe. Andererseits ist ein Vibrator nichts Ausgefallenes, wie er gerade klargemacht hat.

Außerdem hat Alec etwas echt Lockeres an sich. Ich habe das Gefühl, nichts, was ich tue oder sage, kann ihn schocken. Obwohl es schon Spaß macht, es zu versuchen.

»Pass auf.« Alec schüttelt den Kopf. »Ich bin nicht so blöd, dir lesbischen Sex erklären zu wollen.«

»*Ha!* Gut zu wissen.«

»Aber wer hat denn das Recht, dem anderen vorzuschreiben, was er sexy finden darf? Ich glaube, ich habe gerade etwas über Daniela begriffen. Und über Menschen im Allgemeinen.«

»Was denn?«

Mit seinen braunen Augen funkelt er mich aus nächster Nähe an. »Man braucht keinen Penis zu haben, um ein Schlappschwanz zu sein.«

»Ogottogott.« Da kann ich erneut nicht mehr an mich halten. Ich muss mir eine Hand vor den Mund halten, um mir das Lachen zu verkneifen. Denn er hat vollkommen recht.

Der Barkeeper kommt mit den Händen voller Zutaten zurück. »Los geht's, Schätzchen«, sagt er. »Dann wollen wir mal.«

Ich beruhige mich, während Alec und Connor zu diskutieren anfangen, was in den alkoholfreien Cocktail kommt. Offenbar sind dafür Eiswürfel und Minzblätter erforderlich. Als ich es wage, mich im Raum umzusehen, bemerke ich, dass Daniela und Tracy langsam näher gerückt sind, verdammt.

Wenn ich Knoblauch hätte, um sie abzuwehren, würde ich ihn jetzt verwenden.

Es sind noch andere Menschen hier, denen ich Hallo sagen sollte. Aber mir ist einfach nicht danach, mich unter die Leute zu mischen. Falls mich jemand fragen sollte, warum Daniela und ich nicht mehr zusammen sind, wüsste ich gar nicht, was ich antworten soll.

Mit Kollegen plaudern kann ich ein andermal. Alec, sein Sinn für Humor und sein schottischer Barkeeper sind heute Abend eher mein Ding. Ich bin müde und emotional ausgelaugt.

»Okay, versuchen wir's«, sagt der Barmann. Er reicht mir ein Glas mit einer goldenen Flüssigkeit, Minzblättern und Eiswürfeln darin.

»Danke! Du hättest dir doch nicht solche Mühe zu machen brauchen.« Ich nehme das Glas.

»Ist mein Job.« Er zwinkert.

Ich probiere einen Schluck, und der ist fantastisch. Ich schmecke Limette, ein bisschen Honig und die Schärfe vom

Ingwer. »Wow.« Ich trinke noch einen Schluck. Es schmeckt toll, doch ich spüre wieder Blicke im Rücken.

Danielas Ex ist an die Bar gekommen. »Habt ihr Kurze?«, fragt sie. »Ich brauche einen. Dringend.«

»Nein, meine Liebe«, sagt der Barkeeper. »Nur Wein und die Biere hier.«

»Echt? Und was trinkt die kleine Miss Glitzeroberteil dann?« Sie stößt das Kinn in meine Richtung.

Mein Blutdruck verdoppelt sich sofort, denn der spöttische Unterton in Tracys Stimme ist nicht zu überhören.

Alec legt mir beruhigend eine Hand aufs Kreuz. *Ganz locker*, mahnt die Geste.

»Sie trinkt einen alkoholfreien Cocktail, den ich nur für sie kreiert habe«, sagt der Barkeeper. »Da kann man sich keinen ansaufen mit.«

»Wie schmeckt er?«, fragt Alec mich, als wäre Danielas Ex überhaupt nicht da.

Als ich mich zu ihm drehe, erwartet mich ein sexy Lächeln. *»Toll«*, sage ich und meine ihn damit ebenso wie den Cocktail. »Minzig.« Ich nehme noch einen Schluck. »Vielen Dank.«

»Kann ich mal probieren?«

»Na klar!« Ich halte ihm das Glas hin.

»Super«, sagt er. Doch er nimmt das Glas nicht. Er streckt eine Hand aus und legt sie in meinen Nacken. Dann beugt er sich vor.

Ich rechne nicht mit dem Kuss. Doch einen Sekundenbruchteil später liegen seine Lippen auf meinen. Mein Körper ist schlagartig durcheinander, als Alec anfängt, mich zu küssen. Das Gefühl ist so ungewohnt – Stoppeln reiben über mein Kinn. Ich muss das Kinn recken, um an ihn heranzukommen. Aber ich schätze, es ist wie Fahrradfahren –

man verlernt es nicht –, denn ich neige den Kopf und mache unsere Vereinigung perfekt. Er schmeckt nach Bier und Spaß.

Und nach *Mann*.

Gott, es ist eine Weile her, dass ich das erlebt habe. Es kitzelt, als mein Busen seine harte Brust streift. Er gibt einen tiefen sexy Laut von sich, der das ärgerliche Schnauben irgendwo hinter mir übertönt. Denke ich.

Eigentlich denke ich *gar nicht*. Mein müdes Hirn schaltet ab, und für einen langen Augenblick küsse ich Alec Rossi nur heftig.

Doch jeder Augenblick geht mal vorüber. Als er sich wieder löst, sehen wir einander blinzelnd an. »Lecker«, flüstert er.

Es dauert noch drei wummernde Herzschläge, bis mir wieder einfällt, dass er nur einen Witz macht. Und dass das Ganze nur ein lustiges Spielchen ist, um Daniela zu ärgern.

Oder?

Ich wage es nicht, mich umzudrehen und nachzusehen, ob sie guckt.

Der Barkeeper räuspert sich. »Nehmt euch ein Zimmer!«

Es müsste mir peinlich sein, und das wird es letztendlich bestimmt auch. Aber ich trinke noch einen Schluck von meinem fabelhaften Cocktail und beschließe, mir später Gedanken darüber zu machen. Ich habe die Veranstaltung hinter mich gebracht, wegen der ich mir die ganze Woche Gedanken gemacht habe. Die juristische Fakultät war zwar einmal alles für mich, doch sie ist es nicht mehr.

Sollen sie doch reden. Ich haue hier gleich ab. Ich trinke einen großen Schluck von meinem alkoholfreien Cocktail, dann noch einen. »Austrinken, Alec. Ich habe meine Pflicht getan und keine Lust, mich unter die Leute zu mischen.«

»Die Lady hat das Sagen«, meint er und stellt seine Bierflasche auf dem Tresen ab. »Bis dann, Kumpel. Sehen wir uns Sonntagabend?«

»Aye, aye«, erwidert Connor und salutiert Alec. »War nett, dich kennenzulernen, Miss.« Er zwinkert mir zu.

Ich bedanke mich bei ihm für den Hammer-Cocktail. Dann nimmt Alec mich bei der Hand und holt meinen Mantel. Als er ihn über meine Schultern legt, kitzelt sein Atem meinen Hals, und ich spüre, wie ich innerlich erstarre.

Dieser Kuss! Er war wie eine Medizin, von der ich nicht wusste, dass ich sie brauchte. Ich habe mich schon immer sowohl zu Männern als auch zu Frauen hingezogen gefühlt. Aber ich hatte schon lange keinen Sex mehr mit einem Mann. Wollte keinen. In letzter Zeit machen mich Frauen an.

Oder?

Alec führt mich hinaus, und ich folge ihm wie ein braver Welpe. Gentlemanlike macht er mir die Autotür auf und bietet mir eine Hand an, um mir hochzuhelfen. »Ich kann allein in einen Pick-up einsteigen, weißt du«, höre ich mich sagen. »Mache ich schon mein ganzes Leben.«

»Das stimmt sicherlich«, sagt er, obwohl ich die mir angebotene Hand nehme. Sie ist warm. »Aber wenn eine Lady einen kurzen Rock trägt, biete ich es immer an. Macht es härter.«

»Macht *was* härter?«, murmele ich, woraufhin er lacht.

»Mit dir kann man echt Spaß haben, Shipley«, sagt er, bevor er die Autotür zumacht.

Es ist still und dunkel auf dem verlassenen Parkplatz. Das einzige Geräusch sind Alecs Schritte, als er um den Wagen herumgeht, um sich hinters Steuer zu setzen. Er steigt ein, startet den Motor und lässt ihn warmlaufen.

»Das war gar nicht so schlecht, oder?«, sagt er. »Zum

Schluss habe ich sie ordentlich verschreckt. Hoffe, du nimmst mir meine Methoden nicht übel.«

»Hat voll gut funktioniert!«, stimme ich ihm etwas zu schnell zu. Ich muss mich selbst daran erinnern, dass der Kuss nur ein Scherz war.

»Es war ein spontaner Spielzug. Da gerade kein Vibrator griffbereit war, musste ich sie mit was anderem verschrecken.« Er lacht.

»Ja, oder?«, stimme ich ihm zu. Doch dann stoße ich einen Fluch aus, weil mir etwas einfällt.

»Was ist los?«

»Ich habe meinen Vibrator bei Daniela vergessen. Er liegt in der Nachttischschublade.«

»Hast du immer noch die Schlüssel?« Alec reibt sich die Hände. »Wir könnten ihn dir zurückholen. Der große Vibratorraub. Hört sich gut an.«

Einen kurzen Moment lässt sich die alte May blicken und fordert mich heraus, es zu machen. Früher war ich ein wildes Mädchen, immer zu Streichen aufgelegt.

Aber nein. Es ist zwar albern und lustig, aber auch eine blöde Idee. »Bei meinem Glück würden wir dabei erwischt, und sie würden die Polizei rufen. Warst du nicht derjenige, der mir neulich noch erklärt hat, dass ich es vermeiden sollte, festgenommen zu werden, wenn ich Anwältin bleiben will?« Alec hat keine Ahnung, dass ich dieses Privileg schon mal um Haaresbreite verloren hätte. Wenn ein Polizist nicht furchtbar nett gewesen wäre, hätte man mir gar nicht erst die Zulassung erteilt.

»Gutes Argument.« Er schenkt mir ein umwerfendes Lächeln, zieht dann sein Handy aus der Hosentasche und schaut darauf, während ich seine Lippen anstarre. Unser Kuss hallt immer noch in meinem Körper nach. »Meine Schwester sprengt mein Handy, weil sie sich übers Arbeiten mit Smitty beschwert. Anscheinend macht er zu viele Pausen.« Alec wirft das Handy in den Getränkehalter.

»Hmmm?« Ich glotze schon wieder. Er ist aber auch attraktiv. Außerdem hat er den Ruf, ein Aufreißer zu sein. Früher, als die beiden noch besser aufeinander zu sprechen waren, habe ich meinen Bruder immer Witze darüber machen hören.

Ich frage mich, wie es wohl wäre, eine Nummer mit Alec zu schieben – seine ganze Aufmerksamkeit zu haben und seine Hände auf meinem Körper. Ich erschauere schon bei der Vorstellung. »Alec?«

»Ja?« Er sieht mich wieder mit diesen dunklen Augen an.

»Ich möchte was ausprobieren. Mach einfach mit, okay?« Die wilde May gibt heute Abend noch nicht ganz Ruhe. Sie ist neugierig, wieso dieser Kuss ihr Hirn dermaßen durcheinandergebracht hat.

»Okay?«

Ich rutsche auf der Sitzbank zu ihm rüber. Dann lege ich eine Hand mitten auf seine Brust. Für den Bruchteil einer Sekunde rührt er sich nicht. Doch dann dreht er sein herrlich männliches Kinn langsam zu mir.

»Also …«, sage ich leise.

Wir sehen einander in die Augen. Ich zögere jedoch.

»Jetzt küss mich schon, verdammt noch mal«, flüstert er. »Wenn's das ist, was du vorhattest.«

Also tue ich es.

7

Alec

In der Sekunde, als Mays Mund meinen berührt, bin ich verloren.

Meine Libido war schon den ganzen Abend über wach, seit May ihren Mantel abgelegt und endlose Zentimeter elfenbeinfarbener Haut präsentiert hatte. Ich habe den Abend damit zugebracht, mir zu wünschen, ich könnte mit den Händen über ihre glatten Arme streichen.

Aber das hier ist noch besser. Mays Kuss ist nicht zögerlich. Sie neigt den Kopf und legt ihren Mund begierig auf meinen.

Und ich kann nicht anders – ich knabbere sanft an ihrer vollen Unterlippe. Überrascht hält sie die Luft an.

»Das gefällt dir, oder?«, raune ich.

Sie stöhnt in unseren nächsten Kuss hinein.

»Ja?«, frage ich an ihrem Mund. »Dann wirst du das hier lieben.« Ich setze noch einen drauf, indem ich sie näher an mich ziehe und den Kuss vertiefe.

Denn genau das ist meine Rolle im Leben – wenn ein Lied spielt, stelle ich lauter. Wenn es eine Party gibt, heize ich die Stimmung an. Wenn ich eine hübsche Frau in den Armen halte, die meine Zunge in ihrem Mund will, gebe ich sie ihr.

Sie stößt einen tiefen begierigen Laut aus, während wir voneinander probieren.

Ja, raunt es in meinem Körper. Ich mache langsamer, koste sie aus. Ich bin gut darin, den Moment zu genießen, und dieser hier soll nicht enden. Wir schlingen unsere Zungen umeinander. Ich fahre mit einer Hand unter ihren Mantel, lege sie auf ihre Taille. Sie hat einen langen straffen Körper, der schon den ganzen Abend über eine Folter für mich war. Jetzt schiebe ich ihr glitzerndes Top hoch, bis mein Daumen auf ihrer seidigen Haut landet.

May erschauert in meinen Armen. Sie saugt an meiner Zunge und stöhnt auf.

Der Laut fährt mir geradewegs in meinen Schwanz, der sowieso schon hart ist. »Komm her«, brumme ich.

May zögert nur eine Sekunde. Dann rührt sie sich. Sie klettert kurz rüber, dann landet sie auf meinem Schoß.

Das Lenkrad ist im Weg, deshalb greife ich nach dem Hebel, mit dem sich der Sitz verstellen lässt, und zerre grob daran, bis der Sitz nach hinten rutscht. Und als er ruckartig einrastet, sitzt May rittlings auf mir – ihr Dekolleté direkt vor meinem Gesicht.

Ich lege den Kopf in den Nacken, und für einen langen Augenblick starren wir einander bloß in der Dunkelheit an. Jetzt ist der Moment, wo uns das Ganze ein bisschen albern vorkommen müsste. Zwei große Menschen ungelenk zusammengequetscht in einen Nissan Frontier.

May wirkt leicht schockiert. Aber ihr Blick glüht.

»Du bist unfassbar schön«, flüstere ich. »Das ist dir gar nicht bewusst, oder?«

Sie macht große Augen. »Du bist auch gar nicht so übel.«

Ich hebe eine Hand an ihr Kinn. Dann ziehe ich sie wieder zu mir herunter. Als wir uns küssen, spüre ich erneut diesen Funken zwischen uns überspringen. Aus einem Kuss werden zwei. Aus zweien noch zehn weitere. Ich lasse meine Zunge gegen ihre gleiten, denn ich möchte niemals wieder aufhören. Mit einer Hand fahre ich vorn an ihrem schlanken

Körper hinab und halte inne, als ich die nackte Haut an ihrem Bauch berühre.

Da drückt sie die Beine zusammen und nimmt meinen Körper in die Zange. »Verdammt«, stöhnt sie in meinen Mund. Als sie sich an mir reibt, gebe ich Laute von mir wie ein geiler Stier auf der Weide.

Heilige Scheiße. May Shipley hat eine wilde Seite. Wer hätte das gedacht?

Na, da ist sie bei mir an der richtigen Adresse. Ich schiebe ihr den Mantel von den Schultern, damit ich diesen seidigen Hals küssen kann, den ich den ganzen Abend lang bewundert habe. Und als sie den Mantel ganz abstreift, lockt mich noch mehr Haut. Begierig streiche ich an ihren weichen Armen hinab, dann über ihre nackten Oberschenkel, denn ihr Rock ist hochgerutscht.

»Ja«, flüstert sie, während sie die Hände an meinen Brustmuskeln hinabwandern lässt.

»Ja, was?«, keuche ich.

»Einfach ja.«

Ja ist mein neues Lieblingswort. Ich komme mir jetzt verrückt vor. So lüstern. Als ich erneut ihren Mund in Beschlag nehme, klammert sich May förmlich an mich und drängt mich, weiterzumachen. Ich lege die Hände auf ihren Po und knete ihn unanständig.

Sie drückt sich daraufhin noch heftiger gegen meinen pulsierenden Schwanz. Und dann – halleluja – knöpft sie kühn meine Hose auf.

Wer hätte gedacht, dass man mit May Shipley solchen Spaß haben kann? Sie zieht den Reißverschluss ein Stück auf, bis sie keinen Platz mehr hat, um weiterzumachen.

Doch mir gefällt ihre Idee, also setze ich noch mal einen drauf und schiebe eine Hand unter ihren Rock und den

Bund ihres Höschens. Als ich entlang der Rundung ihres süßen Hinterns hinabtauche, gibt sie einen freudig überraschten Laut von sich.

Ich spiele mit ihr, streiche hauchzart über jeden Zentimeter ihrer Haut und massiere ihre perfekten Pobacken. Unsere Münder verschmelzen unter lauter heißen Küssen. Schließlich schlüpft meine unartige Hand unter ihrem Höschensteg hindurch, und sofort sind meine Finger in Honig getaucht.

Sie umklammert mit beiden Händen meine Schultern und schnappt nach Luft.

Ja, verdammt. Jetzt halte ich es nicht mehr aus. Meine Stimme zittert doch tatsächlich, als ich sage: »Shipley, im Handschuhfach liegt ein Kondom.«

»Echt?«, fragt sie und küsst mich dann wieder. »Hast du oft Sex in deinem Auto?«

»*Oft* würde ich jetzt nicht sagen.« Als ich ihre Klitoris streichle, spannt sie die Schenkel an. »Möchtest du jetzt drüber quatschen oder dich auf meinen Schwanz setzen?«

»Ich …«

Streichel.

Sie stöhnt. »Wenn du das machst, kann ich nicht denken.«

»Denken wird total überbewertet.« Widerstrebend ziehe ich meine Hand weg. Dann greife ich an ihr vorbei zum Handschuhfach und klappe es auf. Ich finde, wonach ich suche, und halte es ihr hin. »Im Notfall Verpackung aufreißen.«

Dann ziehe ich sie an mich und küsse sie wieder. Ich will nicht aufhören.

»Ungh«, macht sie eine Minute später, als wir beide nach Luft ringen. »Wirst du weniger von mir halten, wenn wir es machen?«

»Hältst du weniger von mir, wenn ich dich anbettele?«

»Halt das mal«, sagt sie und gibt mir das Kondom. Dann macht sie sich mit zitternden Händen noch mal an meinem Reißverschluss zu schaffen. Weil nicht viel Platz ist, hat sie Mühe damit.

Ich muss mit anpacken und ihr helfen. »Halt *das* mal«, sage ich, als ich meine Erektion aus der Enge meiner Boxershorts befreie.

May lacht schallend über meinen Witz. Gefolgt von einem Kichern.

»Ruhe jetzt«, flüstere ich im Scherz. Aber der Klang ihres Lachens stellt etwas Schönes mit meinem Innersten an. Ich rolle mir das Kondom über und fange ihr Lächeln dann mit meinen Lippen ein.

Sie lacht in meinen Mund. Doch als ich ihren Rock hochhebe und die Fingerspitzen leicht über ihre zarte Haut gleiten lasse, hört sie auf zu lachen und stöhnt. »Scheiße. Mit dir kann man auch richtig Spaß haben, Rossi.«

»Ohne Ende.« Ich ziehe ihr Höschen beiseite. Es ist eins aus einem stretchigen Material. Ich brauche es nicht zu zerreißen. Sie drückt sich hoch, und ich ziehe sie enger an mich. »Genau so, Süße«, wispere ich.

Ich höre, wie May nach Luft schnappt. Dann lässt sie sich sinken und umfängt mich mit ihrer feuchten Wärme.

»Oh fuck«, flüstere ich in die Stille hinein. »Ahhhh … Du fühlst dich verdammt gut an. Atme, Baby.«

Sie stößt die Luft aus, ihre Lippen an meiner Wange. Ich lege die Arme um sie und drücke sie. Eine schnelle Nummer im Auto scheint sonst nicht ihr Stil zu sein, deshalb rührt mich ihre Abenteuerlust. Der Kuss, den ich auf ihren Mundwinkel pflanze, ist zärtlich.

Als eine Windböe am Wagen rüttelt, komme ich mir vor, als wären wir zwei die einzigen Menschen auf der Welt. Unser schneller Atem und der Wind – das sind die einzigen Geräusche, die ich höre.

Es ist wunderschön.

Während ich ihren Hals küsse, schiebe ich die Hüften vor und vertiefe unsere Verbindung. Ich muss mich bewegen.

»Oh«, keucht sie. »Ja.« Sie drückt die Finger in meine Schultern, als sie anfängt, sich vor und zurück zu wiegen.

»Gut so«, feuere ich sie an. »Genau so. Leg los. Fick mich.« Beim Sex labere ich ohne Ende. Ich kann einfach nicht die Klappe halten.

May nimmt mein Gesicht zwischen die Hände und drückt ihren Mund auf meinen, verschlingt mich mit ihrem Kuss. Die Hüften lässt sie kreisen und presst sie gegen mich.

Eigentlich müsste uns kalt sein, doch mir bricht der Schweiß aus. Ich möchte sie auf ein Bett werfen und sie ordentlich durchvögeln. Ich möchte mich auf einem Teppich herumwälzen und jeden Zentimeter von ihr küssen. Ich möchte alles Mögliche, und zwar jetzt sofort.

Doch ich klemme hier in der Fahrerkabine des Pick-ups, und die eingeschränkte Bewegungsfreiheit ist die reinste süße Qual. Nach einigen schönen Minuten taste ich blind nach dem Haltegriff am Dach, und als ich ihn gefunden habe, ziehe ich mich daran hoch, drücke mein Becken durch und vollführe den erotischsten einarmigen Klimmzug überhaupt.

»Oh«, stöhnt May in meinen Mund. Sie hält sich an der Kopfstütze hinter mir fest.

Es ist eine versaute, schnelle Nummer. Ich kann nicht langsamer machen, nicht bei den Lauten, die sie von sich gibt.

»Oh fuck«, keucht sie. »Ah! Ohhhh …«

»Gib's mir«, keuche ich. »Lass mich hören, wie du kommst.«

Ihr Atem wird schneller. Oder vielleicht ist es auch meiner. Ich bin leicht verwirrt und voll in Fahrt. Wenn ich nicht aufpasse, kommt es ganz schnell zu einem heftigen Ende.

Doch da fasst May in meine Haare und schmiegt ihr Gesicht an meinen Hals. Sie stöhnt aus tiefstem Herzen. Ihr Körper erbebt, während sie meinen Namen wimmert.

Das war's. Ich kann nicht mehr. Ich drücke die Hüften noch ein letztes Mal vom Sitz hoch, als der Orgasmus mich überkommt. Sie klammert sich an mir fest, während ich in ihr pulsiere.

Doch mit dem Küssen bin ich noch nicht fertig. Als ich wieder runterkomme, findet mein Mund ihren, und ich erkunde ihn langsam. Die sexuelle Befriedigung klingt in meinem Körper nach, und ich wünsche mir, dieser Moment würde die ganze Nacht andauern.

Aber irgendwann brauche ich Sauerstoff. Ich drehe den Kopf zur Seite und schnappe nach Luft. »Alter Schwede«, seufze ich. »Das war …«, ich ringe noch mal um Atem, »… die aufregendste Jura-Party, zu der ich je gekommen bin. Sozusagen.«

Im ersten Moment reagiert sie nicht. Sie senkt den Kopf und verbirgt das Gesicht irgendwo an meinem Hals. »Ich weiß echt nicht, was ich jetzt sagen soll.«

»Ich finde, ›Oh Gott, Alec!‹ hat schon alles gesagt.«

Sie stöhnt leise auf und verbirgt ihr Gesicht weiter.

»Hey.« Ich streiche ihr übers Haar. »Fang nicht jetzt schon an, das hier mit mir zu bereuen. Die meisten Frauen warten damit wenigstens einen Tag.«

Sie kichert an meinem Körper.

Wir sind immer noch miteinander verbunden, und ich habe keine Eile, sie wegzuschieben. Gott, fühle ich mich gut. Ich bin so was von entspannt. Die Bitch der Familie, wie meine Brüder zu sagen pflegen. Anders als May finde ich spontanen Autosex nicht wirklich peinlich.

»Es ist nur … ich mache so was eigentlich nicht«, sagt May.

»Über diese Regel solltest du noch mal nachdenken«, schlage ich vor. »Nur so ein Gedanke.«

Sie hebt den Kopf und lächelt mich an. »Bist du immer so?«

»Billig zu haben? Meistens schon.«

»Unerschütterlich, meinte ich.«

»Ich erschüttere so einige.« Ich gebe ihr einen Kuss auf die Nase.

Ihrer Miene nach zu urteilen, bin ich ein ziemlich lustiger Geselle. Sie schüttelt den Kopf und löst sich dann von mir. Ich stöhne auf, als mein hypersensibler Schwanz herausrutscht.

Im nächsten Moment klettert sie wieder auf die Beifahrerseite und lässt mich in der Kälte allein.

Und schon vermisse ich sie.

8

May

»Wie war's?«, fragt Griffin, als ich vierzig Minuten später zur Küchentür hereinkomme. Er sitzt auf einem Hocker am Küchentisch, blättert einen Pflanzensamen-Katalog durch und gönnt sich ein großes Glas Cider.

»Gut.« Ich kann hören, wie angespannt meine Stimme angesichts der Lüge klingt. *Sorry, Alec.*

Er war so viel besser als *gut*. Aber wie verrückt bin ich denn bitte? Über Alec herzufallen war irre. Ich führe mich genauso beknackt auf, wie meine Familie es von mir erwartet.

Auf mehr Details wartend, starrt mein Bruder mich an. Und da merke ich, dass ich mein Hirn in Alecs Pick-up gelassen habe – genauso wie meine Würde.

»Ähm …« Worüber hatten wir noch gleich geredet? »Die Dekanin hat eine sehr langweilige Rede gehalten.«

»War die Bitch auch da?« Das ist Griffs Bezeichnung für Daniela. Keiner lässt sich eine Chance entgehen, sie runterzumachen. So etwas haben sie sonst immer nur hinter meinem Rücken gesagt, aber jetzt machen sie keinen Hehl mehr aus ihrer Abneigung.

Was sie nicht verstehen, ist, dass ich mir jedes Mal, wenn sie das machen, noch blöder vorkomme.

»Daniela war da. Wir haben nicht miteinander geredet.«

»Und Alec?« Griff schielt mich über den Rand seines

Ciderglases hinweg an. Die bernsteinfarbene Flüssigkeit schreit förmlich nach mir. »Hatte er Spaß?«

Und wie. »Alec war cool«, sage ich in der Hoffnung, dass mein Gesicht nicht knallrot anläuft. »Er hat dafür gesorgt, dass der Barkeeper mir einen alkoholfreien Cocktail mixt.«

»Das ist nett von ihm.«

»Hmm.«

Ich ziehe die Reißverschlüsse des einzigen Paars sexy Stiefel auf, das ich besitze, und beschäftige mich damit, aus ihnen rauszukommen. Unfassbar, dass ich gerade auf dem Fahrersitz seines Pick-ups mit Alec gevögelt habe. Wer macht denn so was? »Wieso hockst du überhaupt hier in der Küche?«, frage ich meinen Bruder. Er sollte zu Hause in seinem Bungalow bei Audrey sein. Es ist fast so, als würde meine Familie abwechselnd auf mich aufpassen, und jetzt wäre seine Schicht.

»Unsere Waschmaschine ist kaputt, deshalb lasse ich hier eine Ladung durchlaufen.« Er deutet mit dem Daumen hinter sich zur Waschküche.

»Oh.« Vielleicht bin ich doch ein klitzekleines bisschen paranoid.

»Lust, eine Folge *Marvelous Mrs. Maisel* zu gucken?«, fragt mein Bruder. Und damit habe ich den Beweis, dass sich die ganze Familie Sorgen um mich macht. Griffin bietet nie freiwillig an, sich etwas anzusehen, worin weder Raumschiffe noch Hobbits vorkommen. Er opfert sich praktisch gerade.

»Bin ziemlich müde«, sage ich. *Deinen Freund in seinem Auto zu reiten war anstrengend.* »Ich glaube, ich werde noch ein bisschen lesen.«

»Gute Nacht, May«, sagt Griffin. »Schlaf gut.«

»Danke, du auch«, murmele ich und flüchte.

Nachdem ich mich ins Bett gelegt habe, schlage ich mein Buch nicht mal auf. Stattdessen schalte ich das Licht aus.

Leider kann ich nicht gleich einschlafen. Ich liege da und finde alles mordspeinlich.

Schlimmer noch, gleichzeitig bin ich rattig. Wir hatten heute Abend so richtig schweißtreibenden, stürmischen Sex. Das vergisst man nicht so leicht.

Sex mit einem *Kerl*. Also, ich hätte nicht gedacht, dass ich das jemals wieder tun würde. Habe ich jetzt einen Rückfall, oder wie? Männer gehören nicht zu meiner Lebensplanung.

Andererseits hat meine Lebensplanung noch nie hingehauen.

Mein Handy brummt, und das Display leuchtet plötzlich in der Dunkelheit hell auf, weil ich eine Nachricht kriege.

Natürlich ist sie von Alec. *Hey. Bist du gut nach Hause gekommen?*

Oh, oh. Ich möchte nicht mit ihm reden. Aber wenn ich die nette Nachricht ignoriere, ist das einfach unhöflich.

Außerdem weiß ich nicht, was ich antworten soll. Wenn ich ihm für die schöne Zeit danke, hört sich das an, als hätte ich von vornherein vorgehabt, schweißtreibenden Autosex zu haben. Wenn ich mich entschuldige, ist das auch komisch.

Was also sagen?

Jepp. Alles gut hier. Danke der Nachfrage. Etwas Besseres fällt mir nicht ein.

Du warst auf dem Heimweg ziemlich still. Hoffe, ich hab dein Leben nicht verkompliziert.

Quatsch, nein! Das schaffe ich auch allein ziemlich gut. Ich überlege gerade, ob ich noch etwas antworten soll, als er mir wieder schreibt.

Wie dem auch sei, hier kommt ein Gutenachtwitz für dich. Bereit?

Bereit, antworte ich. Für den Themenwechsel könnte ich ihn knutschen. Nur dass ich ihn vorhin schon geknutscht habe, und wo das hingeführt hat, ist ja bekannt.

Sagt der Barkeeper: »Wir bedienen hier keine Zeitreisenden.« Ein Zeitreisender kommt in die Bar.

Oh Mann.:) Das ist der schlechteste Witz aller Zeiten, aber er ist mir immer noch lieber, als darüber zu reden, was wir vorhin angestellt haben.

Gute Nacht, May.

Gute Nacht, Alec.

Den Rest der Woche verbringe ich damit, vernünftigere, klügere Entscheidungen zu treffen. Ich stehe jeden Morgen auf, ziehe passende Anwältinnen-Klamotten aus meinem vollgestopften Kleiderschrank und mache mich auf den Weg zur Arbeit. Doch ich scheine mich ein bisschen seltsam zu verhalten, denn Rita, meine Bürokollegin und Mentorin, hakt vorsichtig nach, ob mich irgendetwas beschäftigt. »Hey! Chica! Wo bist du denn mit deinen Gedanken? Du glotzt die ganze Zeit aus dem Fenster, als würdest du drauf warten, dass die Aliens zurückkommen und dich wieder zu deinem Heimatplaneten bringen.«

So klingt Rita, wenn sie ausgesprochen höflich ist.

»Tut mir leid!« Schnell richte ich meine Aufmerksamkeit wieder auf das Büro. »Brauchst du irgendwas?«

»Ich überlasse dir noch einen Immobilienkaufvertrag«, sagt sie, schwingt ihre Wanderstiefel auf den Tisch und holt eine Nagelfeile aus ihrer Handtasche. »Guck mal in dein Mail-Postfach. Termin ist im Januar.«

»Danke! Ich setz mich gleich dran.« Wir finden es beide langweilig, Immobilienverkäufe abzuwickeln, aber Rita ist schon halb im Ruhestand und kann sich den Luxus leisten, so was an mich abzutreten. Wohingegen ich jeden noch so kleinen Auftrag annehmen muss, den ich kriege.

Wenn Rita sich einmal ganz in den Ruhestand begibt, bekomme ich noch jede Menge weiterer Klienten von ihr. Aber das wird den Verlust nicht aufwiegen. Dafür ist Rita viel zu unterhaltsam.

»Was macht dir denn so zu schaffen?«, fragt sie mich. »Mal abgesehen vom Trennungsschmerz. Du hast nichts von ihr gehört, oder?«

Ich schüttele den Kopf. Rita kennt die ganze Geschichte. Sie ist nicht nur meine Mentorin und die Vermieterin dieses Büros, sondern auch meine Betreuerin bei den *Anonymen Alkoholikern*. Wir sind donnerstagsabends immer beide bei den Meetings.

»Weißt du, ich hab mich gefragt, ob ihr zwei wohl wieder zusammen seid oder so. Denn du hast seit drei Tagen so einen abwesenden Blick. Ungefähr so.« Sie macht ein schlaffes Gesicht und lässt die Zunge raushängen.

»So sehe ich nicht aus«, beschwere ich mich, nehme einen alten Klebezettel, knülle ihn zusammen und bewerfe sie damit.

Rita gackert. »Oh doch! Seit dieser Veranstaltung an der Fakultät benimmst du dich komisch. Du hast es auch nicht abgestritten. Gab's ein bisschen Versöhnungssex?«

»Wir kommen *nicht* wieder zusammen. Und es gab keinen Sex. Mit *ihr*«, füge ich schnell hinzu.

Ritas Miene hellt sich auf. »Mit wem denn dann?«

»Nichts Bedeutendes. Nur ein, äh, One-Night-Stand. Mit jemandem, den ich gebeten hatte, mich zu der Veranstaltung zu begleiten.«

Meine Freundin wird ganz schnell ernst. »Wieso weiß ich noch nichts davon?«

»Vielleicht, weil es extrem *peinlich* ist? Außerdem wird sich die Sache nicht wiederholen. Wir haben uns nach der Veranstaltung bloß, äh, ein wenig hinreißen lassen. Vielleicht wollte ich so von Daniela wegkommen.« *Oder Alec ist megaheiß, und seine Küsse haben mir vorübergehend den Verstand vernebelt.*

»Kenne ich sie?«, fragt Rita.

»Ihn.«

Sie quietscht vor Freude.

»Fragst du mich das alles als meine mich unterstützende, unvoreingenommene Mentorin?«, frage ich provozierend.

»Nee!« Sie wirft die Nagelfeile hin. »Ich frage als jemand, der am Leben einer sechsundzwanzigjährigen Singlefrau teilhaben will. Also, wer ist der feine Kerl, der dich verführt hat?«

Ich schnaube. »Er brauchte mich nicht zu verführen. Ich hab ihn besprungen.« Ich habe die letzten drei Tage damit zugebracht, möglichst nicht daran zu denken, wie sich seine Hände auf meinem Körper angefühlt haben oder wie heiß seine Küsse waren. Eigentlich wären es schöne Erinnerungen, nur dass sie von Scham überlagert sind.

Wir haben es in seinem *Auto* getrieben. Ich habe Glück, dass die Dekanin nicht an dieser dunklen Ecke des Parkplatzes vorbeigekommen ist. Gut, dass Alec zu der Sorte Männer zählt, die immer weit weg von den anderen Autos parken, damit kein Kratzer an ihr Schmuckstück kommt.

»Du machst mich fertig«, beschwert sich Rita. »Wer war's?«

»Alec Rossi. Er ist fünf Jahre älter als ich. Ihm gehört die *Gin Mill*.« Bei der Erwähnung der Bar macht Rita große Augen. »Ja, ich weiß. Nicht gerade die beste Wahl für mich. Es wird nie wieder passieren. Er ist so eine Art Freund der Familie, schätze ich.«

»Der Kerl, der dir geholfen hat, bei Daniela auszuziehen?«

»Ja. Genau der.«

Sie wirkt nachdenklich. »Aber du hattest deinen Spaß? Und aufgepasst habt ihr auch?«

»Natürlich.«

Rita zuckt mit den Schultern. »Dann wieso nicht? Solange kein Alkohol im Spiel ist, ist ein bisschen Sex fürs Ego nicht das Schlechteste.«

»Schätze schon. Aber wie du weißt, werde ich ihm jetzt in den nächsten zwei Wochen fünfmal über den Weg laufen. So lautet das Gesetz der Kleinstadt-One-Night-Stands.« Wenn ich ihn im Lebensmittelladen sehe, werde ich knallrot anlaufen. Denn jedes Mal, wenn ich ihm begegne, werde ich daran denken müssen, wie wir …

»Du müsstest jetzt mal dein Gesicht sehen«, sagt Rita kichernd.

»Anderes Thema, bitte.« Ich klappe meinen Laptop zu. »Als ich bei Daniela ausgezogen bin, habe ich meine Stricksachen gefunden. Und da wurde mir klar, dass ich seit Ewigkeiten nichts mehr gestrickt habe, weil Daniela sich immer darüber lustig gemacht hat.«

Rita hört zu und nickt. Aber sie unterbricht mich nicht und hackt auf Daniela rum, wie es meine Familie tun würde.

»Also werde ich jetzt losgehen und einen Haufen Geld für Wolle ausgeben. Vor dem Treffen.« Vielleicht kann ich mich mit einem Strickprojekt ablenken.

Rita setzt ihre Lesebrille auf und sieht wieder auf ihren Computerbildschirm. »Ich würde eher auf Sex setzen. Ist nur meine Meinung.«

»Bis nachher, Rita«, sage ich und hole meinen Mantel. »Sehen wir uns dann in der Kirche?«

»Na sicher, Chica.«

Das Wollgeschäft in Montpelier schreit förmlich nach mir, und ich verbringe viel Zeit damit, durch die Gänge zu schlendern. Ich sollte mein Geld besser sparen, damit ich mir eine eigene Wohnung leisten kann. Trotzdem befühle ich die tollen Strickgarne, denn es ist immer noch besser, Geld im Wollgeschäft zu verprassen, als eine Flasche Wein zu kaufen und sie allein in meinem Zimmer zu trinken.

Die würde zwar nur sieben Dollar kosten, wäre es aber nicht wert. So weit wird Daniela mich nicht bringen.

Ich bewundere ein Mohairgarn, das in meiner Hand kitzelt, und herrlich weiche Angorawolle. Doch nach so etwas suche ich nicht. Dann entdecke ich einige Knäuel kognakfarbener Merinowolle. Das Garn ist weich, aber trotzdem dick, und außerdem ist es runtergesetzt.

Es sind noch achtzehn Knäuel übrig. Genug für einen Pullover.

Als ich sie kaufe, versuche ich, nicht auf die Summe auf dem Kassenbon zu schauen, auf dem ich unterschreibe. Es mag verschwenderisch sein, aber nicht für mich. Ich werde einen Pullover für Alec Rossi stricken. Als Dankeschön dafür, dass er mir so sehr geholfen hat, als ich das nötig hatte. Wenn man unter »als ich das nötig hatte« mal eine »Phase vorübergehender Unzurechnungsfähigkeit« versteht.

Die Farbe wird umwerfend zu seinen großen dunklen Augen aussehen.

Die Woche zieht sich bis zu ihrem unvermeidlichen Ende. Übers Wochenende stricke ich eifrig, weil meine Familie mich wahnsinnig macht.

Sie machen sich immer noch permanent Sorgen um mich. Dabei hätten sie eigentlich Besseres zu tun. Griffin ist damit beschäftigt, Cider abzufüllen und sich auf die Geburt seines

Kindes vorzubereiten. Dylan muss die Scheune reparieren und für seine Abschlussklausuren lernen.

Mein Grandpa muss den Fernseher anbrüllen. Er kümmert sich nicht um mich, wofür ich dankbar bin.

Meine Mutter dagegen … Sie hört sich an wie eine zweitklassige Therapeutin. »Die Zeit heilt alle Wunden«, sagt sie mindestens einmal am Tag zu mir. Und: »Was dich nicht umbringt, macht dich nur stärker.«

Ich stricke gerade die ersten Reihen für Alecs Pullover, als sie das sagt, und nicke, während ich im Kopf die Maschen zähle. Stricken ist sehr meditativ.

Leider bin ich nicht so meditativ, dass ich die Klappe halte, als meine Mutter am drauffolgenden Tag wieder über Daniela herzieht. Wir haben gerade zu Abend gegessen, und Mom, Dylan und ich sitzen im Fernsehzimmer auf der Couch.

Ich stricke die siebte Reihe, als sie mal wieder anfängt. »Das Mädchen hat etwas Kaputtes an sich«, erklärt sie voller Überzeugung, während sie Honig in ihren Tee rührt. »Aus welchem Grund sollte dich jemand sonst so schlecht behandeln? Ich bin froh, dass du jetzt erkannt hast, wie sie wirklich ist.«

»Jeder hat etwas Kaputtes an sich«, murmele ich. »Ich habe es mit ihr probiert, und es hat nicht funktioniert. Aber wenn ich auf den perfekten Menschen warten würde, bliebe ich mein ganzes Leben lang Single.«

Meine Mutter legt den Löffel ab und sieht mich stirnrunzelnd an. »Sie hatte dich nicht verdient, und ich verstehe nicht, warum du da widersprechen solltest.«

»Weil ich weder blind bin noch *taub*«, schieße ich mit hoher, wütender Stimme zurück. »Ihr lauft alle rum und erklärt mir, wie mies Daniela war, so, als wäre ich zu blöd gewesen, um zu merken, dass sie nicht immer gut zu mir war. Eilmeldung: Das wusste ich schon.«

»Warum um alles in der Welt bist du dann bei ihr geblieben?« Meine Mutter macht ein ungläubiges Gesicht. Dylan beäugt uns beide vorsichtig und überlegt, wie er die Flucht antreten kann.

»Weil …«, kreische ich, »… Menschen sich ändern können. Sie war einmal gut zu mir, es hätte wieder so werden können. Ich wollte nicht vorschnell aufgeben.«

Das ist allerdings nur die halbe Wahrheit, deshalb schnürt es mir auch die Kehle zu. Denn es gibt da noch einen anderen Grund. *Ich* habe etwas Kaputtes an mir – bin zu liebesbedürftig. Sobald ich jemanden wirklich will, fange ich an, es zu vermasseln.

Vielleicht hat Daniela meine Verzweiflung gespürt. Sie fand mich nicht mehr attraktiv, weil ich mich selbst nicht mehr sonderlich attraktiv fand.

Kritisch schaue ich auf die sieben fertigen Reihen. Die ersten paar Reihen eines Strickprojekts sehen furchtbar aus. Immer. Es lässt sich überhaupt noch nicht erahnen, was einmal Schönes daraus werden wird. In der Anfangsphase ist es immer bloß eine nichtssagende Wurst. Man muss durchhalten, bis es Form annimmt.

Ich schiebe die Nadel durch die nächste Masche, lege eine Schlaufe darum und ziehe sie hindurch. Stricken ähnelt dem Trocken-Bleiben sehr. Mühsam eine kleine Masche nach der anderen. Das Ganze ist schöner als die Summe seiner Teile.

Am anderen Ende der Couch versucht meine Mutter krampfhaft, nicht noch mehr zu sagen. Sie ist wütend auf Daniela, weil sie ihrem kleinen Mädchen wehgetan hat, und es ist ihr egal, wer das hört. Doch die Frau besitzt große Selbstbeherrschung, deshalb sagt sie nur: »Hast du in der Praxis von Dr. Reynolds angerufen?«

»Nein. Wieso?«

»Du solltest dich testen lassen, Liebes. Jeder, der herausfindet, dass er nicht in einer monogamen Beziehung gelebt hat, ist es sich selbst schuldig, sich durchchecken zu lassen.«

»Uuuunnnd ich mach 'nen Abgang«, sagt Dylan, springt von seinem Platz auf und stürmt aus dem Zimmer.

Mein Hals wird ganz heiß. Ich will zwar, dass meine Mom über etwas anderes redet als meine Beziehungskatastrophen, aber mir war nicht klar, dass wir uns dann stattdessen meiner Vagina zuwenden würden.

Obwohl sie recht hat, verdammt. Ich bin es mir selbst schuldig, mich testen zu lassen.

Und dem armen Alec.

»Ich glaube, Dr. Reynolds ist gerade auf einer Kreuzfahrt rund um die Welt«, sagt meine Mutter ruhig. »Aber es gibt bestimmt eine Vertretung, zu der du gehen kannst.«

»Okay«, seufze ich. »Ich rufe morgen in der Praxis an.«

Es braucht zwei Tage, bis ich anrufe, denn mir graut davor. Als ich es dann aber endlich hinter mich bringe, bestätigt mir die Sprechstundenhilfe, dass mein eigentlicher Arzt im Urlaub ist. »Ich kann Ihnen in zwei Wochen einen Termin geben, oder Sie kommen morgen zu unserer neuen Gynäkologin.«

»Morgen wäre klasse«, sage ich ihr. Und ich bin fast erleichtert darüber, dass ich zu jemandem gehen kann, der weder mich noch meine Mutter oder meine Schwester kennt. Nicht dass ich glaube, Dr. Reynolds würde seine Schweigepflicht nicht wahren. Ich möchte ihm bloß nicht in die Augen sehen müssen.

Also erzähle ich meine traurige Geschichte stattdessen einem neuen Gesicht, nämlich Dr. Goldman. »Ich habe mich gerade von meiner Freundin getrennt, die mich betrogen hat«, teile ich ihr mit, als sie mir einen Baumwollkittel reicht. »Ich muss mich also auf eine ganze Palette von Geschlechtskrankheiten testen lassen.«

Meine Stimme zittert nicht mal. Nur mein Ego zittert vor Angst und Frust.

»Tut mir sehr leid, das zu hören«, sagt sie und tätschelt mir die Hand. »Es ist sehr klug von Ihnen, sich testen zu lassen. Nicht jede hat den Mut, hierherzukommen und sich der Sache zu stellen.«

»Danke.« Ich schlucke schwer, denn das zu hören brauchte ich wirklich. »Sagen Sie mir einfach, was ich machen muss.«

»Ziehen Sie das an, und ich komme dann gleich wieder, um Sie zu untersuchen. Sollen wir auch gleich einen Abstrich machen, wenn Sie schon mal hier sind?«

»Okay, wieso nicht?«

Sie notiert sich etwas auf ihrem Klemmbrett. »Eine Frage noch – wie sieht es mit Verhütung aus? Da Sie zuletzt mit einer Frau zusammen gewesen sind, war das wahrscheinlich kein Thema. Aber besteht die Möglichkeit, dass Sie in nächster Zeit Geschlechtsverkehr haben, der zu einer Schwangerschaft führen könnte?«

Einen Augenblick lang blinzele ich sie nur an. Sie hat wundervolle blaue Augen und genau die Art von unvoreingenommenem Gesicht, das jemand haben sollte, der in einer gynäkologischen Praxis arbeitet. »Na ja …« Ich atme durch. Wenn man eins bei den AA-Meetings lernt, dann das: brutal ehrlich zu sich selbst zu sein. »Wahrscheinlich sollte ich über Verhütung nachdenken.«

Sie lächelt. »Oh, prima. Verhütung ist mein Lieblingsbereich bei meinem Beruf. Haben Sie schon mal die Pille genommen?«

»Ja – auf dem College. Aber in den letzten fünf Jahren nicht mehr. Ich habe ziemlich oft vergessen, sie zu nehmen.«

»Wie wäre es dann mit einer Spirale?«, fragt sie. »Sie wirkt mindestens fünf Jahre und ist so gut wie narrensicher. Viele junge Frauen entscheiden sich dafür, besonders jetzt, wo nicht ganz sicher ist, wie es mit der Krankenversicherung weitergeht.«

Hmm. »Erklären Sie mir mehr darüber«, sage ich.

9

Alec: Kennst du den mit dem Legastheniker?

May: Hallo Alec.

Alec: Hallo! Wollte nur mal nachfragen. Geht's dir gut?

May: Schäme mich immer noch.

Alec: So fest hast du gar nicht zugeschlagen. Ich habe keinen Handabdruck in ihrem fiesen kleinen Gesicht gesehen.

May: Doch nicht deswegen!

Alec: :) Ich wüsste überhaupt nicht, wofür du dich schämen solltest. Ich tu's auch nicht.

May: Gut zu wissen.

Alec: Willst du jetzt einen schlechten Barwitz hören?

May: Klar.

Alec: Kommt ein Legastheniker in eine Bra. (Das ist der ganze Witz.)

May: Der gefällt mir. Kurz und gut. Außerdem mag ich BHs.

*Alec: **Wartet auf nähere Details.***

May: Perversling.

Alec: Halt durch.

May: Warum schreibst du mir überhaupt?

Alec: Nur um rauszufinden, ob du noch mit mir redest.

May: Wir waren vorher doch auch nicht dick befreundet.

Alec: Scheint mir falsch gewesen zu sein.

May: Du bist auf eine Wiederholung aus.

Alec: Hätte nichts dagegen. Aber auch wenn wir neulich nicht spontan hammermäßigen Sex im Auto gehabt hätten, würde ich dir jetzt meine schlechten Witze schreiben, versprochen.

May. Wieso das?

Alec: 1.) Alle anderen kennen sie schon. 2.) Ich finde, es macht Spaß mit dir.

May: Nett, dass du das sagst.

Alec: Ich wollte nicht bloß nett sein. Wenn du mal Lust hast, zu reden und alkoholfreie Cocktails zu trinken, weißt du, wo du mich findest. Ich versuche dann auch nicht, dir an die Wäsche zu gehen.

May: Du bist ein guter Kerl.

Alec: Nicht wirklich. Ich würde dir trotzdem noch gern an die Wäsche wollen. Aber ich würd nicht damit rechnen.

May: Du hast mich echt in einem wilden Moment erwischt. So was mache ich sonst nie.

Alec: Ich weiß. Trotzdem ist es nichts Schlimmes.

May: Okay. Stimmt.

Alec: Gute Nacht, May. Stell dich drauf ein, bald noch mehr Witze zu hören.

May: Lustige?

Alec: Eher nicht;)

10

Alec

Obwohl der Abend mit May einer der besten aller Zeiten war, zieht sich die restliche Woche wie Kaugummi. Ich stehe die nächsten fünf Abende hinter dem Tresen. Normalerweise habe ich dienstags frei, aber Smitty taucht an dem Tag gar nicht zu seiner Schicht auf. Schätze, jeder verbockt ab und zu mal was.

Am Samstagmorgen bin ich platt. Trotzdem kaufe ich bei meiner Schwester zwei Zitronen-Mohn-Muffins und fahre ins Krankenhaus nach Montpelier. Wie sich herausstellt, hatte Hamish einen Herzinfarkt und hat selbst den Notruf gewählt. Wahrscheinlich war der Krankenwagen, den ich vom Parkplatz aus gesehen habe, also tatsächlich für ihn.

»Du bist der Sohn, den ich niemals hatte!«, sagt er, als er in die Tüte lugt.

»Du hast doch einen Sohn«, wende ich ein.

»Keinen, der mir Muffins mitbringt.« Hamish strahlt mich an. »Wenn du mich doch nur auch aus diesem Knast hier rausholen könntest.«

»Wieso sitzt du denn ein? Wie lang ist deine Strafe?« Er wirkt dünn – andererseits sah er schon immer dünn aus.

Der alte Tischler guckt finster drein. »Sie sagen, ich muss operiert werden. An der Pumpe.«

»Das ist kein Spaß. Wann denn?«

»Montag. Dann dauert's ein paar Wochen, bis ich wieder

fit bin. Vielleicht muss ich bei Tad einziehen.« Bei der Vorstellung verzieht er das Gesicht. Sein Sohn und er verstehen sich nicht. Hamish ist ein Alt-Hippie und Tad ein verkrampfter Vollidiot, soweit ich das beurteilen kann.

Die paar Male, als er in der *Gin Mill* war, wo ich neun verschiedene Craft-Biere vom Fass anbiete, hat Tad Light-Bier getrunken. Mehr brauche ich über ihn nicht zu wissen.

»Sag Bescheid, wenn ich was für dich tun kann, ja?«

»Wir schmeißen trotzdem noch diese Party«, grummelt er. »Müssen sie nur vielleicht ein paar Wochen verschieben.«

»Und ob wir das machen werden«, stimme ich ihm zu, weil ich hoffe, ihn damit aufmuntern zu können. »Halt durch, okay? Kann ich sonst noch was für dich tun, außer die Katze zu füttern?«

Kopfschüttelnd zeigt er auf die Tüte aus der Bäckerei. »Du tust hier schon jede Menge Gutes, das weiß ich zu schätzen.«

»Okay, Kumpel.« Ich lache. »Wir sehen uns nach der OP.«

An dem Abend arbeite ich bis spätnachts, schwänze am nächsten Morgen den Gottesdienst und schlafe bis halb zwölf. Das wird meine Mutter nicht gerade freuen. Aber ich stehe rechtzeitig auf, um zum Sonntagsessen zum Farmhaus meines Onkels zu fahren. Das ist bei uns Familientradition. Meine Mutter kocht ein Festmahl, und während wir essen, versuchen wir, nicht auszuflippen, wenn mein Onkel Otto etwas Fieses sagt.

Heute hat meine Mutter köstliches Roastbeef gemacht, dazu Kartoffelpüree und einen Salat. Ich schlinge zu sehr, während ich reihum meine Familie betrachte. Oberflächlich betrachtet ist unsere Tischrunde nicht groß anders als das opulente Abendessen donnerstags bei den Shipleys. Nur dass ich anders als die Shipleys niemals Freunde dazu einlade.

Mom hätte nichts dagegen. Wahrscheinlich würde ihr ein

wenig Gesellschaft sogar gefallen. Aber aus irgendeinem Grund sind es normalerweise nur wir – Onkel Otto, Onkel Art, Mom und ihre Bande. Na ja – vier von uns fünfen. Julian lebt nicht in Vermont, und wir hören nie von ihm.

In meinem ganzen Leben habe ich noch nie jemanden zum Sonntagsessen eingeladen. Zuerst lag es daran, dass ich es immer als Makel empfunden habe, die Familie mit dem Vater zu sein, der nur die halbe Zeit da war.

Und dann wurde aus uns die *vaterlose* Familie. Wir sind die Kinder, die am Ende in der Wohnwagensiedlung landeten, nachdem uns mein Vater verlassen hatte und wir das Haus am Rand von Colebury verloren hatten.

In der Nacht, bevor uns Dad endgültig verließ, lag ich wach in meinem Etagenbett und lauschte, wie meine Eltern sich stritten. »Ich habe gar nichts getan!«, schrie mein Vater andauernd. »Shipley hat mich gefeuert, und du willst mir die Schuld dafür geben?«

»Es ist die vierte Stelle in zwei Jahren!«, kreischte meine Mutter. »Was sollen wir denn jetzt machen?«

Ich wusste, dass es schlimm war. Ich lag da, lauschte und wünschte mir, meine Mutter würde einfach den Mund halten. Mein Dad hatte einen schlechten Job nach dem anderen erwischt, aber sie machte es auch nicht leichter. Ich wusste, dass er es ihr heimzahlen würde, indem er auf Sauftour ging. Er verschwand gerne wochenlang mit Gott weiß wem und machte Gott weiß was.

Meine Mutter hatte viel auszuhalten. Aber in der Nacht, nachdem die Shipley-Molkerei meinen Dad entlassen hatte, wünschte ich mir, sie würde einfach nur die Klappe halten, damit er nicht wieder wegging.

Doch das tat er. Und diesmal kam er nicht zurück.

Das ist fünfzehn Jahre her, und wir haben danach schlechte Zeiten durchgemacht. Aber inzwischen halten wir uns gut. Benito hat zu dem Braten eine Flasche Wein mitgebracht, und Damien zieht ihn auf, weil es ein Rosé ist.

»Na und?«, beschwert sich Benito. »Mom mag rosa Wein.«

Unsere Mutter strahlt ihn an und hebt ihr Glas, damit er ihr nachschenkt.

Ich habe einen Zwei-Liter-Siphon Bier für uns alle und einen Viererpack Heady Topper für meine Schwester mitgebracht.

»Du hast dran gedacht!«, meinte sie, als ich ihn ihr gab.

»Na klar. Stell es so lange kalt, bis du es mit Dave trinkst.« Das Bier ist nicht pasteurisiert und muss kühl gelagert werden.

Sie hat es noch vor dem Essen zu ihrem Auto geschafft, damit keiner es ihr wegnehmen kann. Jetzt reiche ich also mein selbst gebrautes Ale weiter.

Zara und meine Brüder schenken sich jeder etwas ein und loben die Aromen. »Es schmeckt hopfig«, sagt Benito. »Gefällt mir.«

»Es ist Bier, also mag ich es«, murmelt Damien.

Otto reicht den Siphon wortlos weiter.

Scheiße. Er soll es probieren und davon beeindruckt sein. Er hat als Einziger in meiner Familie die finanziellen Mittel, um in meine Pläne für eine Brauerei zu investieren.

»Hier«, sagt Zara zu mir, nachdem ich meinen Teller leer geputzt habe. »Halt Nicole mal, damit ich aufessen kann.«

Ich nehme die zappelige Kleine und schiebe meinen Teller weg, damit sie sich nirgendwo stößt. »Hallo, Hübsche«, sage ich zu ihr. »Wer ist dein Lieblingsonkel?«

»Ack«, sagt Nicole.

»Genau, Prinzessin. Ack ist *der* Mann. Sag noch mal schnell: Wie heißt der da?« Ich zeige auf Benito.

»Deppo«, sagt sie.

Alle lachen. Gott, ich liebe dieses Kind. »Bleib ja so, wie du bist, Nicole.«

Benito verdreht die Augen. Es stört ihn nicht wirklich, dass seine Lieblings-Einjährige »Benito« zu »Deppo« verhunzt hat. Aber wir werden ihn ewig damit aufziehen.

Mal ehrlich, ich bin hier der Depp. Ich kann nicht aufhören, an den wilden Sex zu denken, den ich Montagabend mit May Shipley hatte.

Aber als ich sie bei ihrem Auto abgesetzt habe, hat sie mich gebeten, niemandem was davon zu erzählen.

»Ich verlier kein Wort darüber«, hab ich ihr an dem Abend versprochen. »Das bleibt zwischen dir, mir und dem Lenkrad.« Dann habe ich mich rübergebeugt und ihr einen schönen langsamen Kuss gegeben – einen, bei dem ich schon auf die Idee kam, sie zu fragen, ob sie noch mit hochkommt.

Aber May hat diese Frage im Keim erstickt, indem sie mir verlegen zuwinkte und ohne ein weiteres Wort aus meinem Pick-up sprang.

Hier sitze ich nun also mit meiner Familie am Tisch und denke trotzdem an sie. Vielleicht bin ich so besessen, weil die Sache ganz unerwartet passiert ist – spontan und wild. Als ich mich bereit erklärt habe, sie an dem Abend zu begleiten, hatte ich keinerlei Erwartungen. Sie brauchte einen Freund an ihrer Seite, und dieser Mann wollte ich gern sein.

Zwei Stunden später wiegte sie sich auf meinem Schwanz, stöhnte in meinen Mund und sehnte sich verzweifelt nach Erlösung. Und ich bin der Mann, der sie ihr verschafft hat.

Hmm. Jetzt bin ich voll aufgekratzt, und das in der falschen Gesellschaft. Während Nicole neben meinem Stuhl auf dem Boden hockt und mit meinem Handy spielt, soll ich dasitzen und zuhören, wie William Otello Rossi – Onkel Otto für die meisten von uns, außer für Zara, die ihn, bloß um ihn zu ärgern, »Bill« nennt – uns wie Untergebene behandelt.

Was für ein Heidenspaß.

»Otto«, fordere ich mein Glück heraus, denn ich kann nicht anders, »probier mal das Bier. Es ist ein leicht würziges Winter-Ale.« Ich trinke selbst einen Schluck und seufze dann, weil mein Bier exzellent schmeckt.

»Es ist lecker«, stimmt Benito mir zu. »Aber warum kriege ich das Selbstgebraute, während Zara das edle Zeug kriegt?«

»Weil ich ihm diese Woche einen Gefallen getan habe«, sagt Zara.

»Außerdem schmeckt mein Selbstgebrautes fantastisch«, setze ich hinzu. »Du solltest dich glücklich schätzen. Otto – probier es.«

Mein Onkel starrt mich lange an. »Ich bin sicher, dass es ein gutes Bier ist«, sagt er.

»Dann trink was davon.« Ich nehme ein unbenutztes Glas, das ich extra zu diesem Zweck aus der Küche geholt habe, und gieße ihm eine kleine Kostprobe ein. Der Mann hat sich zwar schon ein Glas Wein eingeschenkt, aber ich muss ihn mit meinem Winter-Ale begeistern.

Otto schwenkt das Bier im Glas und betrachtet prüfend die Farbe, als wäre er ein Pariser Sommelier. Dann kostet er.

Ich warte auf ein Lob, denn dieses Bier ist wirklich gut.

»Nicht schlecht«, sagt er und stellt das leere Glas ab.

»Nicht *schlecht*?«, wiederhole ich. »Mehr hast du nicht zu sagen? Ein besseres Bier hab ich noch nie gemacht. So manche Sorten, für die die Touristen extra zweihundert Meilen weit zu meiner Bar fahren, sind nicht so gut wie das hier.«

»Schmeckt gut, mein Junge«, sagt er schulterzuckend. »Aber Vermont hat reichlich hervorragende Biere. Du wirst an deiner Idee verzweifeln, dir mit dem nächsten Goldenpour eine goldene Nase zu verdienen. Es ist nicht leicht, einen Volltreffer zu landen. Dazu muss man ein großartiges Produkt herstellen, es dann perfekt vermarkten, und anschließend kann man sich einen verdammten Lottoschein kaufen, denn letzten Endes ist es reine Glückssache, ob so was richtig groß wird.«

Mein Blutdruck schießt in die Höhe. »Danke für die Klarstellung. Als wüsste ich nicht, dass es schwer ist in der Branche. Aber die Welt ist groß – jemand wird es mögen, auch wenn du nichts dran findest.«

Ich habe zu viel gesagt. Aber von diesem Mann kommt immer nur Negatives.

»Du musst viel Zeit investieren«, sagt er. Das ist seine liebste Leier, und ob sie überhaupt zu meiner Lage passt, ist egal. »Ein Geschäft baut man langsam auf. Deine Bar läuft langsam, du darfst dich jetzt nur nicht verzetteln.«

»Ich kenne deine Reden«, wende ich ein. »Aber es ist wichtig, verschiedene Standbeine zu haben. Ich brauche einen Plan für den Fall, dass ich eines Tages mal nicht an die eine Bierrarität rankomme, die dann gerade der neueste Hype ist. Wenn ich mein eigenes herstelle, habe ich wenigstens die Kontrolle.«

»Nur für den Fall, dass Chelsea mal genug von dir hat?«, mischt sich Zara ein.

Ich werfe ihr einen tödlichen Blick zu.

»Verstehe«, wirft Benito ein. »Das nennt man vertikale Unternehmenskonzentration.«

Meine Mom und Zara fangen prompt an zu lachen.

»Was denn?«, ruft Benny. »Das hab ich auf *Bloomberg News* gelesen.«

»Du liest *Bloomberg News*?«, fragt Otto. »Also, der Junge wird's noch zu was bringen.«

»Ja?«, fragt Benito. »Dann ist das vielleicht ein guter Zeitpunkt, euch allen zu erzählen, dass ich gerade bei der Drogenfahndung gekündigt habe.«

Und zack! hat mein Bruder mit seiner Bekanntgabe für Sauerstoffknappheit im Zimmer gesorgt. »Was?«, keucht meine Mutter.

»Juhu!«, freut sich Zara.

»Das war strunzendämlich«, sagt Otto.

Mein Onkel Art zieht nur die Unterlippe ein.

Und ich? Ich habe die Oberhand über das Gespräch verloren. Was echt nicht okay ist, denn ich brauche Ottos Hilfe. Nächstes Frühjahr muss er mir unbedingt den Gärtank leihen, in dem er im Winter Perry braut. Zum Bierbrauen werde ich ihn ein bisschen umbauen müssen, aber das könnte mein Leben verändern.

Im Moment verdiene ich gutes Geld damit, dass ich Spezialitäten ausschenke, die nicht überall zu bekommen sind. Die Biertouristen haben mich für sich entdeckt, weil ich wie verrückt Anzeigen schalte. Meine Zielgruppe sind Bierliebhaber aus Connecticut. *Kommen Sie nach Vermont, und kosten Sie etwas Magisches.* Im Indian Summer kommt die Hälfte aller Autos, die hier unterwegs sind, aus Connecticut.

Es spricht sich herum, und ich verkaufe jede Menge Edelbier. Im Moment. Aber wie meine Schwester schon angemerkt hat, hängt mein Getränkeangebot von den Launen des Markts und dem guten Willen des Bierlieferanten ab.

Dabei muss ich weiter in meinen Laden investieren. Ich muss Geld für Hamishs Grundstück ansparen, um sicherzustellen, dass niemand die Nachbarschaft verhunzen kann. Außerdem braucht meine Bar eine Küche, damit wir auch Essen anbieten können. Platz genug habe ich zwar, nur weder die Küchenausstattung noch einen Koch.

Um zu wachsen, brauche ich Geld. Und da wird es richtig kompliziert – Otto könnte Geld investieren. Lieber würde ich ihm einen Kredit zurückzahlen als einer Bank. Als wir uns das letzte Mal darüber unterhalten haben, wollte Otto einundfünfzig Prozent der Anteile an der Bar, ich sagte jedoch Nein. Die *Gin Mill* ist mein Baby. Ich habe das Risiko ganz allein auf mich genommen, sie aufzumachen, obwohl er meinte, dass ich damit scheitern würde. Also bot ich ihm fünfundzwanzig Prozent an. Das lehnte er ab.

Wie kann er von mir erwarten, dass ich einwillige? Er hat mir mein Leben lang erzählt, ich sei zu nichts nutze. Wenn ich ihm das Sagen überlasse, gebe ich ihm im Grunde recht.

Jetzt stecken wir in einer Sackgasse. Die Sonntagsessen sind angespannt. Das Ding ist: Fünfzig Prozent an einer Brauerei würde ich ihm ja überlassen. Obwohl ich damit die ganze Arbeit hätte, wäre ich bereit, dieses Geschäft Hälfte Hälfte mit ihm zu teilen, denn immerhin würden wir seine Gerätschaften nutzen.

Bis jetzt gibt's keinen Deal. Und ich glaube, er weigert sich bloß, um mich zu ärgern.

»Meine neue Stelle«, sagt mein Bruder gerade, »wird aus Fördermitteln für die Vermonter Bundespolizei finanziert. Sechs neue Angestellte in der Drogenbekämpfung.«

»Und ich dachte, dein neuer Job wäre sicherer«, grummelt meine Schwester.

»Nope!«, sagt mein Bruder fröhlich. »Aber ich habe bessere Chancen, Jimmy Gage festzunehmen.«

Meine Mutter ringt jedes Mal mit den Händen, wenn unser ehemaliger Nachbar Jimmy Gage erwähnt wird. »Du brauchst ihn ja nicht *selber* festzunehmen«, sagt sie.

»Doch, irgendwie schon.« Mein Bruder spricht leise und ernst. »Es hat ja noch niemand sonst gemacht.«

Stille breitet sich am Tisch aus, während wir über die Tapferkeit meines Bruders nachsinnen. Wahrscheinlich wird er Coleburys Drogenprobleme im Alleingang lösen. Benito war schon immer der Ernste von uns.

Ich bin der Junge, der Party macht und Mist baut. Da braucht ihr bloß Otto zu fragen.

»Irgendwelches Glück dabei, dieses Arschloch ausfindig zu machen, das beinahe deine Schwester getötet hätte?«, fragt Otto Benito. Ausnahmsweise wird jetzt mal Ben in die Mangel genommen und nicht ich. Dabei ist es nicht mal Benitos Aufgabe, den Fall von Fahrerflucht zu lösen, bei dem Zara beinahe ums Leben gekommen wäre. Doch Otto erwartet von uns allen das Unmögliche.

»Noch nicht«, sagt er. »Aber ich werde niemals aufhören, nach diesem Pick-up zu suchen.«

»Zeit für Kuchen«, verkündet meine Mutter. »Wenn ihr den Tisch abgeräumt habt, schneide ich ihn an.«

Alle stehen auf, und wieder einmal ist es mir nicht gelungen, bei dem stursten Mann der Welt irgendwas zu erreichen.

»Achtung!«, ruft Benito und schleudert den Football in meine Richtung.

Nach dem Dessert sind meine Brüder und ich nach draußen gegangen und blödeln herum, während erste Schneeflocken vom Himmel fallen. Bennys Wurf ist zu hoch, aber wie durch ein Wunder bekomme ich die Fingerspitzen an den Ball und mogele die Hände darum. »Lauf los!«, rufe ich Damien zu, der in Richtung Hühnerstall trabt.

Ich schleudere den Ball mit aller Kraft übers Feld. Es ist ein schöner gerader Wurf mit Spin, aber Damien legt sich nicht ins Zeug und verpasst ihn knapp. Die kalte Luft hat mich wieder runtergebracht. Heute Abend werde ich in der Bar arbeiten und dann ausschlafen, während die Pflüge genug Schnee aus dem Weg räumen, damit ich morgen mit meinem Pick-up hoch nach Stowe fahren und zum ersten Mal diesen Winter Snowboarden gehen kann.

Das Leben könnte echt schlechter sein.

Zumindest denke ich das, bis wir unsere Werferei unterbrechen, weil Benito einen Anruf erhält. Als er weggeht, beschließt Damien, mir gegenüber eine Bombe platzen zu lassen. »Ich weiß, worin Otto sein Geld investiert«, sagt er.

»Was?« In Gedanken bin ich immer noch beim Snowboarden – ich dachte gerade daran, dass ich vielleicht Wachs kaufen gehen und mein Board abschleifen sollte.

»Otto. Er investiert in die Giltmaker-Brauerei. Sie wollen irgendwo ein Brauhaus eröffnen, einen Pub, wo sie ihr dort selbst gebrautes Bier anbieten.«

Ich stehe stocksteif da und wiederhole den Satz noch mal im Kopf. Denn das kann doch nicht wahr sein. »Moment, was? Ein Brauhaus eröffnen? *Wo?*« Ich hatte keine Ahnung, dass mein Onkel dicke mit den renommiertesten Bierbrauern Vermonts ist.

Damien – der stillste meiner Brüder – zuckt mit den Schultern. »Weiß nicht. Hörte sich an, als hätten sie sich da noch nicht festgelegt.«

»Wer hat dir das erzählt?«

»Niemand. Ich hab sie am Telefon drüber quatschen hören, als ich hier war, um den Traktor zu reparieren. Sie wollten Geld, und er hat ihnen einen fetten Scheck ausgestellt. Er bekommt Geschäftsanteile und eine Gewinnbeteiligung.«

Geschäftsanteile und eine Gewinnbeteiligung. Die Worte hallen förmlich in meiner Brust wider. Einen Moment lang bin ich sprachlos. Doch dann setzt die Wut ein, und ich lasse den Football fallen, drehe mich um und stapfe zurück ins Farmhaus.

»Alter«, ruft mir mein Bruder hinterher. »Atme erst mal tief durch.«

Doch das tue ich nicht. Ich stürme hinein und finde Otto ein Footballspiel guckend in seinem Sessel vor. »Du investierst in Giltmaker? Ist das wahr?«

Er schaut nicht vom Fernseher auf. »Ja. Und?«

Und? Ich möchte wie ein Kleinkind gegen seinen hässlichen Scheißsessel treten. »Fremden stellst du einen Scheck aus. Aber mich lässt du nicht mal den fünfundzwanzig Jahre alten Tank in deiner Scheune benutzen?«

»Ich habe Giltmaker einen Scheck ausgestellt und verdiene mindestens fünfundzwanzig Prozent Zinsen in zwei Jahren. Wenn ich dir den Tank leihe, veranstaltest du bloß eine Sauerei, und ich muss das dann sauber machen.«

Im Ernst? »Ich versteh's nicht«, knurre ich. »Ich verstehe nicht, wieso du mich für ein Kindergartenkind hältst, das nichts gebacken kriegt.«

»Nein, das tue ich nicht. Ich halte dich für einen Lebemann, der den Wettbewerb auf dem Craft-Bier-Markt nicht analysiert hat. Giltmaker hat mir eine sechzehnseitige Präsentation mitgebracht, in der ausgewertet wurde, warum ihnen ein neuer Laden Wachstum bringen wird.«

Jetzt droht mein Hirn zu explodieren. »Sechzehn Seiten, ja? In hübscher Schrift? So was beeindruckt dich?«

»Nein.« Otto schaut zum ersten Mal zu mir hoch. »Weißt du, was mich beeindruckt? Fleiß.«

»Ich bin *die ganze Zeit* fleißig!«, schreie ich. »Sechs Tage die Woche ist meine Bar voller Einheimischer und Touristen. Ich habe einen Anlaufpunkt in einer Stadt geschaffen, die einen brauchte. Und – nicht dass ich erwarten würde, dass du

Notiz davon nimmst – außerdem habe ich dazu beigetragen, einen Ort zu schaffen, wo Zara einen Laden führen kann. Sie hat mir allerdings keine sechzehnseitige Präsentation gezeigt. Vielleicht hätte ich drauf bestehen sollen!«

Ich habe jetzt praktisch Schaum vor dem Mund, und Otto glotzt immer noch zum Fernseher. Als ich Teenager war und wollte, dass er mir einen Job im Futtermittelgeschäft besorgt, hatten wir fast das gleiche Gespräch.

So eine Scheiße.

Und ich kann nicht aufhören rumzubrüllen. »Ich verrate dir mal was – ich nehme nur eine günstige Miete von meiner Schwester, weil sie zur *Familie* gehört! Aber das hältst du wahrscheinlich für eine schlechte Geschäftsentscheidung. Bevor Zara in die Stadt gezogen ist, habe ich bis nachts um zwei hinterm Tresen gestanden und danach ab sechs Uhr morgens auf ihr Kind aufgepasst. Also bitte verrat mir mal: Was, verdammte *Scheiße* noch mal, heißt Fleiß für dich?«

Stille. Und dann: »Du kannst den Tank benutzen, wenn der Perry dieses Jahr abgefüllt ist.«

Ah! Ein Krümelchen Großzügigkeit vom König in seinem hässlichen Sessel. Er findet wahrscheinlich, dass ich dankbar sein sollte. Aber es geht einfach nicht. »Du kannst deinen verdammten Tank behalten. Einen Scheiß brauche ich von dir.«

Daraufhin stürme ich wieder nach draußen und laufe im Flur an meiner Mutter vorbei. »Alec«, flüstert sie.

Doch ich bin zu wütend, um stehen zu bleiben.

Eine halbe Stunde später bin ich immer noch wütend. Ich stehe in einem Laden für Skibedarf am Stadtrand von Montpelier vor dem Regal mit dem Snowboard-Wachs. Aber ich kann die Etiketten gar nicht lesen, weil ich noch auf hundertachtzig bin.

Was erwartet der Mann denn von mir? Stimmt, ich bin ein wilder Teenager gewesen. Einmal habe ich eine Lagerfeuer-Party auf einer abgelegenen Wiese der Farm meines Onkels veranstaltet, nach der ein Riesenchaos zurückblieb. Aber das ist fünfzehn Jahre her.

Otto hat mich immer wie den Loser der Familie behandelt. Mein Vater hatte zwar seine Fehler, aber wenigstens mochte er mich.

Während ich weiter so vor mich hin schäume, nehme ich aus den Augenwinkeln jemanden wahr. Ich sehe kurz einen geschmeidigen Körper und lange Haare, als eine Frau auftaucht und genauso schnell wieder den Rückzug antritt.

Moment. War das …?

Ich gehe locker den Gang entlang, vorbei an den Taschen für Skier und Snowboards, und luge gerade noch rechtzeitig um die Ecke, um zu sehen, wie May Shipley den Laden verlässt.

Mit mehreren ausgreifenden Schritten bin ich geradewegs zur Tür hinaus, ihr hinterher. May hat herrlich lange Beine, deshalb ist sie mir auf ihrer Flucht über den Parkplatz ein gutes Stück voraus. Ich nehme zwei Finger in den Mund und pfeife ihr hinterher.

May bleibt ruckartig stehen. *Erwischt.* Sie dreht sich um und lächelt mich verlegen an.

Gott, nur ein Lächeln von ihr, und schon geht's mir besser. Ich winke sie mit einem Finger zu mir. Dann lehne ich mich gegen die Backsteinwand des Geschäfts und warte ab.

Sie reckt das Kinn und kommt auf mich zu.

»May Shipley«, beschwere ich mich, als sie sich nähert. »Bilde ich mir das ein, oder bist du gerade aus dem Laden raus, um mir aus dem Weg zu gehen?«

Sie legt eine Hand über ihre hübschen Augen und lacht.

»Okay, du hast mich erwischt. Mach's bitte nicht noch schlimmer.«

»Gibt's etwa ein Problem zwischen uns?« Ich fasse nach ihrer Hand und ziehe sie dann näher zu mir. Wir stehen dicht voreinander, allerdings sind mehrere Lagen Winterklamotten zwischen uns. Trotzdem vibriert mein ganzer Körper bei der Erinnerung daran, wie sie mich im Auto geritten hat. *Gohott.* So was von heiß. »Ich versteh ja, dass unser Jura-Party-Date ein bisschen verrückt geendet hat.«

»Ja?«, quietscht sie. »Ich schäme mich so.«

»Wieso denn? Dann hatten wir eben spontanen Sex. Du hast meine Spontanität doch echt genossen.«

»Ogottogott, hör auf.« May wirft den Kopf zurück und lacht. Ihre Augen funkeln. Ich habe ein superbreites Lächeln im Gesicht und fühle mich wieder viel mehr wie ich selbst.

»Schäm dich nicht. Ich hatte jede Menge Spaß.« Das ist eine Untertreibung. Ich kann nicht aufhören, daran zu denken. Spontaner Autosex mit einer stöhnenden langbeinigen Schönheit auf meinem Schwanz? Der Abend hat es in meine persönliche Hitliste geschafft.

»Okay. Ich werd's versuchen.« Ihre roten Wangen sind jedoch nicht zu übersehen. Das ist verdammt süß.

»Komm her.« Als ich sie an mich ziehe, fühlt es sich großartig an. »Lass uns nicht komisch werden.«

May schaut überrascht auf. »Dasselbe habe ich mal zu einer guten Freundin gesagt.«

»Hat's funktioniert?«, flüstere ich, weil wir so dicht voreinander stehen.

»Nee. Ist immer noch komisch zwischen uns.« Sie grinst.

Ich muss lachen. Und dann küsse ich sie. Ich weiß gar nicht, wie es dazu kommt. In dem einen Moment genieße ich nur ihr Lächeln, und im nächsten nehme ich es mit meinem Mund in Beschlag.

May stößt überrascht ein Wimmern aus, bevor ihr Mund unter meinem nachgibt. Ich küsse sie ausgiebig, bis sie die Hände vorn unter meine offene Jacke schiebt, auf meine Brust legt und in mein Karohemd krallt. Ich will sie schmecken, also teile ich ihre Lippen mit meiner Zunge.

Plötzlich stoßen meine Schulterblätter gegen den Backstein, denn May drückt mich gegen die Wand.

Nee, nee, Madam. Ich habe fünf Nächte hinter mir, in denen ich mir unser nächstes Zusammentreffen andersrum vorgestellt habe – dass ich dabei die Oberhand habe. Also drehe ich mich mit ihr um und schiebe stattdessen sie mit dem Rücken gegen die Wand. Und obendrein halte ich auch noch ihre sich vortastenden Hände fest, einfach weil ich es kann.

Sie gibt einen begierigen Laut von sich, der mir bis in die Eier geht. Und dann schiebe ich einen Schenkel zwischen ihre langen Beine und gebe mich wieder ihren Küssen hin.

May setzt sich zur Wehr – wenn man unter *sich wehren* versteht, dass sie mir die Hüften entgegendrückt und sich schön unanständig an mir reibt.

Ich mochte die Shipleys nie, aber jetzt wird mir klar, dass ich immer mit den falschen rumgehangen habe.

Wir vergessen uns einige unglaubliche Minuten lang, bis plötzlich die Tür des Geschäfts aufgeht. Ich gehe schnell einen Schritt zurück, um wenigstens einen letzten Rest Würde zu bewahren.

Nicht dass es etwas bringen würde. Wir sind beide rot im Gesicht und keuchen, außerdem sehe ich aus, als würde ich versuchen, einen Skistock im Schritt meiner Jeans zu verstecken.

Die junge Frau, die aus dem Laden kommt, schaut fragend zu uns rüber, während sie unter einem Piepen ihr Auto aufsperrt.

»Scheiße«, haucht May, als wir einander blinzelnd ansehen.

»Ich weiß.« Jeder Teil von mir ist erregt. Es ist kalt hier draußen, aber mir ist durch und durch heiß. Meine Klamotten engen mich ein. Ich möchte May mit zu meinem Pick-up schleifen und sie mir noch mal vornehmen.

»Was machen wir denn?«

»Tja, Schätzchen, wir haben Trockensex auf einem Parkplatz.«

»Alec!« Sie hebt die Hand und hält mir den Mund zu. »Das war eine rhetorische Frage.«

Ich nicke, um ihr zu bedeuten, dass ich verstanden habe. Aber dann strecke ich die Zunge raus und lecke über ihre Handfläche.

»Ogottogott, hör auf.« Sie nimmt ihre Hand weg und wischt sie an meinem Hemd ab.

»Eigentlich willst du doch das Gegenteil. Gib's zu.«

»Nein, wirklich.« Da ist wieder ihr verlegenes Lächeln. Das ist so was von süß. »Ich möchte nicht wegen Erregung öffentlichen Ärgernisses festgenommen werden.«

»Na gut. Aber dann kommst du heute Abend zu mir. Spät. So gegen elf.« Ich werde bis zehn in der Bar arbeiten und dann früh schließen, weil heute Sonntagabend ist.

»Wieso?«

»Was glaubst du denn? Damit ich dich aus deinen Anziehsachen schälen und dich überall küssen kann, bis du meinen Namen …«

May hält mir wieder den Mund zu. »Jemand könnte dich hören.«

»Nee«, sage ich unter ihrer Hand. Sie nimmt sie weg.

»Meine Wohnung hat dicke Steinwände. Ist eine gute Schalldämmung. Also selbst wenn mein Kopfteil gegen die Wand knallt, während ich dich vögele …«

Sie versucht wieder, mir den Mund zuzuhalten, aber diesmal halte ich vorher ihre Hand fest, ich bin nämlich ein Sexninja. Ich verschränke ihre Finger mit meinen. »Komm einfach vorbei. Ich habe die ganze Woche an dich gedacht. Ein Mal war nicht genug.« Ich hebe ihre Hand an meinen Mund und küsse sie zärtlich.

»Wie's aussieht nicht, nein.« Ihre Wangen laufen rosa an. »Aber ich kann im Moment wirklich nichts Ernstes mit jemandem anfangen.«

»Ach nee.« Ich verdrehe sogar die Augen. »Ich bin deine Lückenbüßer-Nummer fürs Ego. Beziehungen sind nicht mein Ding, und gegen feste Bindungen bin ich allergisch. Wir zwei hegen also die gleichen Erwartungen – auf äußerst athletischen Sex.«

Sie hat einen verträumten Blick und öffnet leicht den Mund, aber dann schließt sie ihn rasch wieder.

»Denk nicht zu viel drüber nach, Anwältin. Der Richter hat dich für um zehn zu sich bestellt.« Ja, ich habe unser Sexfest gerade um eine Stunde vorverlegt. Ich werde Smitty zusperren lassen müssen. Das bedeutet mehr Lohn für ihn. Was verantwortungslos von mir ist.

Scheiße.

Doch dann überrascht mich May und sagt: »Okay. Um zehn.«

»Ja! Sehr schön.« Ich gebe ihr noch einen Kuss auf die Handfläche – meine Verantwortungslosigkeit ist schon vergessen. Und ich dachte, sie würde mir einen Korb geben. »Darauf schnippe ich dreimal im Kreis.« Ich beschreibe einen Kreis und schnippe dabei, während sie mich anstarrt.

»Das muss unser kleines Geheimnis bleiben«, flüstert sie.

»Ich kann diskret sein, Süße. Der Türcode ist 0705. Du weißt doch, wo die Tür nach oben ist?«

Sie nickt.

»Der Code ist Nicoles Geburtstag. Siebter Mai. Ich lasse die Tür zu meiner Wohnung offen, falls du vor mir da sein solltest.«

»Okay.« Sie schluckt und wirkt etwas unschlüssig.

Also tue ich, was getan werden muss. Ich umfasse ihr perfektes Kinn und küsse sie noch einmal – kurz und heiß. »Um zehn, Shipley.« Dann stupse ich sie in Richtung der Ladentür. »Geh. Mach deine Besorgungen. Genieß deinen Sonntag. Ich warte später auf dich. Nackt. Mit einer Rose zwischen den Zähnen.«

Sie lacht.

Ich zwinkere ihr gewollt abgedroschen zu und wende mich dann sehr viel optimistischer als noch vor einer Stunde zum Gehen um.

11

May

»May? Hallo? Hörst du mir zu?«

»Hmm?« Ich schaue in dem Moment hoch, als mein jüngerer Bruder Dylan vor meinem Gesicht mit den Fingern schnippt.

»Gibt's da vielleicht etwas, was du erzählen möchtest?«, fragt er. »Ist schließlich nicht nett, mitten in einer Unterhaltung abzuschalten. Davon bekomme ich noch Komplexe.«

Ups. »Ich hab bloß über die Arbeit nachgedacht.«

»Ach, wirklich?« Er schaut grinsend zu mir herunter. Dylan ist eins achtundachtzig, meine ganze Familie ist nämlich abnormal groß. »Interessant. Wenn ich an die Arbeit denke, gucke ich nämlich nicht so ...« Er setzt ein albernes Lächeln auf, lässt sich gegen die Arbeitsplatte sinken und stößt ein verträumtes Seufzen aus.

»Das hab ich nicht gemacht.« Hoffe ich. »Bringst du mir jetzt bitte mal drei Eier?«

Mit einem teuflischen Grinsen zeigt Dylan auf den Tisch. Dort liegen drei Eier. Direkt vor mir. Verdammt. Ich war wirklich ganz woanders. »Danke«, grummele ich. »Könntest du mir jetzt helfen, die ganzen Kartoffeln in Scheiben zu schneiden?«

»Ich muss noch eine Hausarbeit schreiben«, sagt er, wie zu erwarten war. Es ist die perfekte Ausrede, Dylan hat nämlich damit zu tun, bei seinen Kursen an der Universität von Vermont hinterherzukommen.

»Möchte ich wetten.«

Er verschwindet, und ich habe die Küche wieder für mich allein. Ich habe mich bereit erklärt, das Abendessen zu kochen, weil ich irgendwas zu tun brauchte. Bis jetzt hat sich das Wochenende ewig hingezogen – zu viel Aufeinandergehocke, durchzogen von immer wieder aufblitzenden Schamgefühlen und Zweifeln. Ich habe jede Menge Zeit damit verbracht, Reihe um Reihe an Alecs Pullover zu stricken und mich dabei klaustrophob gefühlt.

Noch dazu hat Lark sich gemeldet, und ich ließ den Anruf auf die Mailbox gehen. Danach hat sie mir geschrieben. *Wollte nur mal hören, wie's dir geht.* Eine Mitleids-Nachricht. Sie erkundigt sich nach ihrer armen kleinen Freundin, die gerade abserviert wurde. Derselben armen kleinen Freundin, die seit, oh, so ziemlich einem Jahrzehnt auf der schlechten Seite der unerwiderten Liebe zu Lark steht.

Ich weiß, dass ich ihr bald wieder in die Augen schauen muss. Nur nicht dieses Wochenende.

Deshalb habe ich mich vorhin auch bereit erklärt, für alle die Skier schleifen zu lassen, bevor der erste Schnee fällt. Mir fiel zu Hause die Decke auf den Kopf, und ich grübelte zu viel. Dylan lud fröhlich sämtliche Skier in den Pick-up meines Bruders, und ich fuhr nach Montpelier, bloß um einen Moment rauszukommen.

Dass ich Alec über den Weg lief, kam total überraschend. Statistisch gesehen war es allerdings gar nicht unwahrscheinlich – der ganze Landkreis brachte seine Skier und Snowboards zum Start der Wintersaison in Schuss. Aber dann bin ich feige vor ihm ausgewichen, bis er mir nachgerufen hat.

Ich nehme eins der Eier, die Dylan mir gebracht hat, und

schlage es an einer Schüssel auf. Es ist schon fünf. In ein paar Stunden soll ich in Alecs Wohnung kommen und mich ganz unverbindlich nackt mit ihm vergnügen.

Und das werde ich auf jeden Fall machen.

Meiner Familie würde das nicht gefallen. Alec ist ein Aufreißertyp. Sie würden denken, dass ich den Verstand verloren habe. Sie würden es als selbstzerstörerisches Verhalten auffassen.

Deshalb werden sie nichts davon erfahren.

Bei Alec kriege ich den Kopf frei, das ist wie Therapie. Heute vor dem Laden habe ich mich komplett selbst vergessen. Seine Küsse sind gefährlich, und ich habe mich schon sehr lange nicht mehr so gefühlt – auf angenehme Art leichtsinnig. So wie das lebenslustige Partygirl, das ich einmal war.

Zugegeben, das Partygirl in mir ist aus guten Gründen im Ruhestand. Ich möchte nicht wieder anfangen, zu trinken und das Problem vor mir selbst runterzuspielen. Aber man kann auch noch auf andere Art Spaß haben. Harmlosen Spaß. Bei Alec kann ich für ein paar Stunden ein Partygirl sein. Ich vermisse das Gefühl, loszulassen und einfach abzuwarten, wo der Abend mich hinführt.

Der heutige führt mich in ein Loft über der *Gin Mill*.

Ein paar Stunden später komme ich mir allerdings belämmert vor. Diesen Plan in die Tat umzusetzen ist schwieriger als gedacht.

»Ich bin noch mal ein paar Stunden weg«, sage ich, nachdem ich im Fernsehzimmer mit meiner Familie eine Komödie geguckt habe.

Obwohl ich es ganz nebenbei sagen wollte, drehen sich drei Köpfe zu mir.

»Wirklich?«, fragt Mom. »Es ist schon fast halb zehn.«

»Ich weiß«, sage ich und streiche imaginäre Fusseln von meiner Jeans. »Eine Freundin möchte den Film sehen, der um Viertel nach zehn im Kino, im *Merrill's*, läuft. Ich beeile mich wohl lieber.« Wegen einer Spätvorführung so weit zu fahren ist lächerlich.

»Welche Freundin denn?«, will meine Mutter wissen, während Dylan fragt: »Welcher Film?«

Du liebe Güte. »Selena aus dem Jurastudium. So heißt die Freundin, nicht der Film.« Ich drehe ihnen den Rücken zu. Es gibt keine Selena aus dem Jurastudium, der Name fiel mir gerade bloß als Erstes ein.

Ich bin sechsundzwanzig, aber im Moment fühle ich mich wieder wie sechs. Meine Familie anzulügen ist blöd. Andererseits geht es sie nichts an, wo ich jetzt hinwill. Und ich tue ja nichts Verbotenes.

»Du willst trotz des Schneesturms nach Burlington fahren?«, fragt Grandpa.

Also das ist jetzt mal ein berechtigter Einwand. »Na ja …« Als ich mich umdrehe, blicke ich in vier besorgte Gesichter. »Ich schreibe Selena und frage sie, ob sie sich nicht lieber zu Hause einen Film angucken will. Falls wir eingeschneit werden, übernachte ich auf ihrer Couch. Aber ich brauche heute Abend wirklich eine Freundin.«

Es herrscht Stille, während sie mich mustern. Ich halte ihre Blicke einen langen Moment aus, bevor ich mich umdrehe und zusehe, dass ich Land gewinne.

Während ich zu Alec fahre, fängt es an zu schneien. Und als ich das Geburtsdatum seiner Nichte in das elektronische Schloss unten an der Tür eintippe, fallen dicke Flocken vom Himmel.

Mit einem aufgeregten Flattern im Bauch gehe ich die

Treppe hinauf zu seiner Wohnung im dritten Stock. Was zum Teufel mache ich überhaupt hier? Ich bin immer noch ein bisschen baff. Ein Mal Sex mit Alec könnte man als glücklichen Zufall abtun. Aber zwei Mal?

Ich habe die ganze Woche an dich gedacht, hat er gesagt. *Ein Mal war nicht genug.* Ich kann nicht fassen, dass Alec Rossi mich anziehend findet. Er könnte jede haben. Und hat wahrscheinlich auch jede.

Eine dieser Binsenweisheiten meiner Mutter kommt mir in den Sinn. *Einem geschenkten Gaul schaut man nicht ins Maul.* Also gehe ich die restlichen Stufen bis zu Alecs Tür hoch.

Dort hängt ein Klebezettel. *Komm rein*, steht darauf. *Es ist offen.*

Na dann.

Ich öffne die Tür zu einem großartigen offenen Wohnbereich. Unverputzte Backsteinwände verleihen allem einen rötlichen Schimmer. Unter der extrahohen Decke verlaufen Holzbalken. Die Fenster sind fast bodentief.

Der Raum ist traumhaft schön, mit bequemen Sitzmöbeln rund um einen großen Couchtisch. Für eine lange Minute stehe ich nur mit offenem Mund da und glotze. Hier zu wohnen würde sich anfühlen, als lebe man in einer Architekturzeitschrift.

Alec hat einen riesigen Fernseher an der Wand hängen. Wenn man »Partylocation« im Lexikon nachschlägt, findet man ein Foto dieses Zimmers. Es kommt sogar leise Hip-Hop-Musik aus versteckten Boxen.

In unserer Teenagerzeit war Alec als der Typ bekannt, der am Wochenende immer die Lagerfeuer im Wald organisiert hat. Er kannte immer jemanden, den man überreden konnte, den Highschool-Kids ein Fass Bier für eine Party auf der

Wiese zu kaufen. Ich bin fünf Jahre jünger, aber sein Ruf eilt ihm voraus.

Es gibt mir einen Kick, zu wissen, dass *ich* das Mädchen bin, das seine Aufmerksamkeit hat – wenn auch nur für eine Nacht. Und dass er findet, mit mir kann man Spaß haben.

Diese Wohnung ist die perfekte Erwachsenenversion seines Partylebens. Nur der Partymacher selbst fehlt.

Als ich zu Boden schaue und die glänzenden Holzdielen bewundere, entdecke ich noch einen Klebezettel. Darauf steht: *rechts* … Und es gibt noch zwei weitere, die zu einer Glasschiebetür führen. *Hier* … und *lang* …

Alec ist auf dem Balkon? Im Schnee?

Als ich die Tür aufschiebe, höre ich zuerst Wasser blubbern, bevor ich den Whirlpool sehe.

Der Schnee rieselt sanft auf die Holzpaneele. Aber Alec sieht aus, als wäre ihm kuschelig warm in seiner Wanne auf dem Balkon, wo er lässig ganz unwiderstehlich und wahrscheinlich komplett nackt im heißen Wasser sitzt. Er runzelt ärgerlich die Stirn über etwas auf seinem Handy, das er über den Wannenrand hält, sodass es nicht in Gefahr ist.

Er sieht mich nicht. »Hi«, sage ich in der Hoffnung, ihn nicht zu sehr zu erschrecken.

Große dunkle Augen schauen zu mir hoch. »Hi! Sorry. Ich habe dich wegen der Düsen nicht gehört.«

»Nette Bude hast du hier«, sage ich zu dem Mann in der Wanne. Wie schon seine Wohnung ist auch sein Balkon umwerfend. »Alles, was ich über dich weiß, ist, dass du gern feierst. Jetzt verstehe ich, wie du dir diesen Ruf verdient hast.«

»Ah, tja. Offensichtlich komme ich aus der Schublade nicht mehr raus.« Seine Miene wird undurchdringlich, sodass ich mir wünsche, ich hätte nichts gesagt. »Lust auf ein Bad? Es ist angenehm hier drin.«

Ich zögere, weil es so kalt ist. Ich meine – als ich herkam, wusste ich, dass ich mich ausziehen würde. Allerdings hatte ich nicht vor, einen Striptease im Schnee zu vollführen.

Er grinst mich an. »Hier, würde es dir was ausmachen, das reinzubringen?« Er hält mir sein Handy hin. »Dann kannst du dir den Bademantel anziehen, der im Schlafzimmer hinter der Tür hängt. Es lohnt sich, versprochen.«

Als er noch breiter lächelt, spüre ich vor Aufregung ein Kribbeln. *Du willst das*, erinnere ich mich selbst. Wir sind hier, um Spaß zu haben. »Bin gleich wieder da«, sage ich zu ihm. Drinnen finde ich sein Schlafzimmer am Ende des Flurs. Alec hat ein Kingsize-Bett, und es sieht aus wie frisch bezogen. Bereit für eine Nacht mit mir.

Du liebe Güte. Er muss der *König* der One-Night-Stands sein. Ich bin hier nicht in meinem Element. Es gab eine Zeit in meinem Leben – auf dem College –, da war ich ein bisschen hemmungslos. Mir gefällt der Gedanke, dass Alec in mir das Mädchen sieht, mit dem man Spaß haben kann. Vielleicht ist es doch noch nicht völlig verschwunden.

Als ich sein Handy auf die Kommode lege, leuchtet das Display noch. Alec hat einen Zeitungsartikel gelesen. »Giltmaker plant Expansion, Suche nach Standort für ein Brauhaus läuft.«

Sieht aus, als bekäme er ein wenig Konkurrenz hier in der Gegend. Kein Wunder, dass er so die Stirn gerunzelt hat.

Ich finde einen flauschig weichen Velours-Bademantel genau da, wo Alec gesagt hat, ziehe meine Sachen aus und falte sie ordentlich auf einem Stuhl zusammen. Mein Höschen schiebe ich unter meine Jeans, was mir angesichts meiner Absichten prüde vorkommt.

Die Zeiten, als ich One-Night-Stands hatte, sind eine Weile her. Eine *ganze* Weile. Ich weiß nicht mehr, wie das abläuft.

Nachdem ich mich in den Bademantel gewickelt habe, laufe ich auf Zehenspitzen über die Holzdielen zurück zur Balkontür. Als ich sie aufziehe und nach draußen auf den eisigen Paneelenboden trete, ist die Kälte ein regelrechter Schock.

Alec hat sich in der Wanne inzwischen so hingesetzt, dass er mir den Rücken zudreht. »Okay, Kleines«, sagt er. »Zieh den Bademantel schnell aus, und spring rein. Wenn du zu lange überlegst, frieren dir die Füße ab.«

Ich muss lachen. Alec ist zum Schießen. »Das ist ja wie beim Eisschwimmen«, stelle ich fest.

»Nein, Ma'am.« Er schüttelt den Kopf. »Das Wasser ist warm. Je länger du da stehst, desto kälter wird dir.«

Ich werfe den Bademantel geradeso nach drinnen und stehe dann splitterfasernackt auf dem Balkon. Nachdem ich die Tür zugemacht habe, eile ich mit wippenden Brüsten zum Rand des Whirlpools. Lachend schwinge ich ein Bein hinein. Dann sinke ich in das heiße Wasser, bis ich bis zu den Schultern in sprudelnde Wärme eingetaucht bin. »Wow«, keuche ich, als mich die Hitze umfängt.

»Ziemlich toll, oder?«

»Danke, dass du diesen komischen Eiertanz nicht beobachtet hast.«

»Schätzchen, ich hab das Ganze in meinem Becher gesehen.«

»Was?«

Er hält den Edelstahlbecher hoch, aus dem er trinkt. »Die gehen nicht kaputt. Und die Oberfläche ist ein prima Spiegel.« Damit dreht er sich zu mir und lässt seinen Blick über den Ansatz meiner Brüste wandern, die aus dem Wasser lugen. »Ich möchte nichts verpassen, Shipley. Meine schmutzigen Fantasien drehen sich schon seit Tagen um dich.«

Oha. Unter seinem sexy Blick erschauern meine weiblichsten Stellen. »Lustig, ich hab nicht ein Mal an dich gedacht.«

Seine Mundwinkel zucken. »Du bist so eine Lügnerin.«

»Ja, gut. Erwischt.« Ich spritze ein bisschen Wasser in seine Richtung und starre dann wie ein Zombie auf die Tropfen auf seiner Brust. Plötzlich habe ich das Bedürfnis, sie abzulecken.

»Was machst du überhaupt da drüben? Hier – auch einen Schluck?« Er hält mir seinen Becher hin.

»Kommt drauf an, was drin ist«, muss ich antworten, und das holt mich wieder auf den Boden der Tatsachen zurück. In den Monaten vor unserer Trennung hat Daniela mich immer als ihre Freundin, »die nicht trinkt, weil sie eine Spaßbremse ist« bezeichnet. Sie hat das laut gesagt. Mehr als ein Mal. Und ich bin geblieben.

Als Alec sich räuspert, schaue ich hoch in seine großen braunen Augen. »Alles okay da drüben?«

»Klar.« Ich möchte echt nicht an Daniela denken, während ich mit Alec im Whirlpool sitze.

Er hält mir den Becher hin. »Cola mit Limette. Ich werde dir bestimmt keinen Rum geben. Ich komme mir immer noch blöd vor, weil ich dir das eine Mal welchen angeboten habe.«

»Du wusstest es doch nicht.« Ich nehme die Cola und genehmige mir einen Schluck. »Keiner kann erwarten, dass du Gedanken liest, Rossi.«

Als ich ihm den Becher reiche, nimmt er ihn und zieht auch meine Hand mit. Mit geübter Leichtigkeit stellt er das Getränk auf dem Rand ab und zieht mich dann an sich. Große Hände heben mich hoch, woraufhin ich mich rücklings auf seinem Schoß wiederfinde; meine Brustwarzen ragen aus dem Wasser wie Scheinwerfer.

Er brummt leise aus tiefster Brust, und ich erschauere – halb vor Kälte, halb vor Aufregung.

»Heilige Scheiße«, sagt er, und mir wird klar, dass er das Tattoo auf meinem Rücken entdeckt hat. »Ich fass es nicht.«

»Ich schätze, das ist dir bei der schnellen Nummer im Auto nicht aufgefallen.« Ich schätze auch, er ist der Typ Mann, dem Tattoos bei Frauen nicht gefallen.

Alec stöhnt und küsst meinen Nacken, während er mit den Händen die Umrisse des knorrigen Apfelbaums auf meinem Rücken nachfährt. »Du erstaunst mich.«

»Den habe ich allerdings nicht selbst gezeichnet.« Ich schließe die Augen, als er mit den Fingerspitzen die Linien der Äste nachzieht. Ich sitze nackt auf seinem Schoß, und seine Erektion drückt mir in den Rücken.

So einen aufregenden Abend hatte ich *lange* nicht mehr.

»Obwohl …« Als er innehält, um meinen Nacken mit der Zunge zu erkunden, bekomme ich am ganzen Körper Gänsehaut. »Du bist nicht leicht zu durchschauen.« Er summt und schlingt seine starken Arme um meinen nassglatten Körper. »Du bist halb braves Mädchen, halb scharfe Braut. Die schlaue Anwältin mit dem Hammer-Tattoo.« Er drückt mich an seine Brust und lässt mich wieder in das warme Wasser sinken, damit mir nicht kalt wird. »Schön, dass du da bist«, sagt er, und sein Atem kitzelt dabei mein Ohr. »Dachte, du versetzt mich heute Abend vielleicht.«

»Was? Denkst du etwa, ich wäre feige?«

»Das hab ich nicht gesagt.« Als er mir einen Kuss auf den Hals gibt, kann ich angesichts der Berührung nur mühsam ein Schauern unterdrücken. Seine Bartstoppeln kratzen auf angenehme Art. »Aber dir war die Sache letzte Woche peinlich. Da dachte ich, ein zweites Mal gibst du dich vielleicht doch nicht mit jemandem unter deinem Niveau ab.«

»Unter meinem Niveau?« Als ich mich umdrehe, um ihm in die Augen zu sehen, kann ich nicht mal sagen, ob er das scherzhaft meint. »Mit dem schnieken Geschäftsinhaber, der die schönste Wohnung in Vermont hat? Vielleicht sogar der ganzen Welt?«

Er zuckt verhalten mit den Schultern. »Ein klügerer Mann hätte nicht so viel Geld in die Wohnung investiert. Aber egal.« Er seufzt. »Sorry. Ich hab komische Laune.«

Mir fällt der Artikel wieder ein, den er auf dem Handy gelesen hat. »Wird diese Kleinbrauerei von Giltmaker dir Probleme machen?«

»Vielleicht. Kommt drauf an, wo sie eröffnen. Aber ohnehin muss ich dringend mehr Geld in die *Gin Mill* stecken. Wenn ich auch Essen anbieten könnte, kämen mehr Gäste. Nur habe ich noch keine Küche.«

»Küchen sind teuer, oder?«

»Ja. Ich hab noch ein paar andere große Pläne, aber alle sind auf ihre Art vertrackt.«

»Zum Beispiel?«

»Bier brauen«, sagt er sofort. »Und Hopfen anbauen. Es gibt nicht viel Hopfen aus der Region auf dem Markt. Wenn ich den Craft-Brauern welchen verkaufen könnte, müssten sie mich immer großzügig mit den Touristen-Bieren versorgen.«

Touristen-Biere. Also das ist jetzt mal was, worüber sich eine trockene Alkoholikerin nie Gedanken zu machen braucht. »Du meinst solche wie Goldenpour?«

»Genau. Sollten die mal Schwierigkeiten haben oder ein anderes Bier der neue Internet-Hype werden, wird mein Betrieb darunter leiden. Für so was bin ich anfällig.« Er drückt mich. »Aber du bist nicht hier, um über den Biervertrieb zu reden.«

»Das stört mich nicht. Meine Familie hat es mit Kleinunternehmen. Wir reden beim Abendessen ständig darüber. In dem Bereich möchte ich auch als Anwältin tätig sein. Aber derzeit muss ich mich noch mit der Abwicklung von Immobilienverkäufen rumschlagen.«

»Mit dir kann man Spaß haben, Shipley. Auf mehr als eine Art.« Er schenkt mir ein breites Lächeln. Dann senkt er den Kopf zu meiner Halsbeuge und beißt mich dort sanft. Und noch bevor eine Gänsehaut meinen Körper überzieht, streift er zärtlich mit seiner Zunge über die Stelle.

Ich hatte mich schon gefragt, wie er wohl vom Quatschen zu dem Teil des Abends übergehen würde, an dem wir rummachen. Aber offensichtlich geht das ganz leicht, so wie Alec jetzt meinen Hals liebkost. Meine Brustwarzen werden steif, und alle meine Sinne lodern auf. Ich versuche, den Kopf zu drehen und ihn zu küssen, aber er hält mich davon ab – umfasst mein Kinn mit einer Hand und setzt seine sinnliche Erkundungstour fort.

Sein Mund landet an meinem Kinn und dann auf meinem Schlüsselbein. Er erlaubt mir nicht, irgendetwas dazu beizutragen, ich sitze nur da und bekomme eine Gänsehaut nach der anderen, während er meine erogensten Zonen aufspürt. Ich werde überempfindlich für das sanft um meine Brüste wirbelnde Wasser und seine stahlharten Beinmuskeln unter mir. Also atme ich einmal tief die dampfende Luft ein und gebe mich ganz der Empfindung hin, seine Lippen und seine Zunge auf meinem Oberkörper zu spüren.

Heute Abend hierherzukommen war eine super Entscheidung. *Sehr gut gemacht, Libido.*

Mit seinen breiten Händen fängt er an, mich zu streicheln. Zuerst meinen Bauch. Meine Hüften. Alec dreht mich ein bisschen weiter zu sich und küsst mich endlich auf den

Mund, während er im selben Moment meine empfindlichen Brustwarzen umfasst.

»Hmmm«, stöhne ich gegen seinen Mund. Bei Alec bin ich jemand, der beim Sex schamlose Laute von sich gibt. Bei ihm traue ich mich, ein bisschen verrückt zu sein, weil wir kein echtes Paar sind. Es ist befreiend.

Bedeutungsloser Sex – wer hätte das gedacht?

Alec ist genauso schamlos. Er nimmt meine Hand und legt sie geradewegs auf seine Erektion. Schon als ich seinen Schwanz umfasse, sehne ich mich heftig nach ihm. Seit Tagen hatte ich immer wieder Flashbacks von dem ungestümen Moment auf dem Fahrersitz, als ich ihn bestiegen habe. Er hat den erstaunlichsten, hilflosesten Laut überhaupt von sich gegeben. Als könnte er sein Glück nicht fassen.

Es war lange her, seit mir zuletzt jemand das Gefühl gegeben hatte, so sexy zu sein.

Ich streichle ihn in der Hoffnung, die Sache damit zu beschleunigen.

Doch er unterbricht unseren Kuss. »Fang bloß nicht an zu glauben, du hättest hier die Regie.«

»Hmm?« Ich bin abgelenkt von der Vorstellung, ihn wieder in mir zu spüren.

Dann ist sein Mund wieder auf meinem – heiß und fest entschlossen. Der Kuss ist aggressiv, aber kurz. »Du kriegst meinen Schwanz erst, wenn du ausgestreckt auf meinem Bett liegst«, sagt er. »Wenn ich so weit bin.«

Vor Sehnsucht zieht sich mein Körper zusammen. »Dann steigen wir mal lieber schnell aus der Wanne.« Denn ich will nicht warten.

»Auf keinen Fall.« Er grinst, als könnte er meine Gedanken lesen. »Wir machen uns gerade erst warm.«

Wieder küsst er mich, doch ich bin die Ungeduld in Person. Mit dem Daumen reize ich seine Spitze. Das wird die Sache doch bestimmt beschleunigen? Die Jungs auf dem College hat das immer ganz verrückt gemacht.

Es ist echt eine Weile her, dass ich einen Mann verführen musste.

Alec verlagert die Hüften, um den Kontakt mit meiner frechen Hand zu intensivieren. Ich scheine also Fortschritte zu machen. Doch dann fasst er mich bei den Knien und spreizt meine Beine. Ich verstehe nicht, was das soll, bis er mich leicht dreht und die Düsen auf einmal zwischen meinen Schenkeln sprudeln.

Oh.

Ohhhhhh. Hedonismus ist mein neues Hobby. Wir schlingen die Zungen umeinander, während das warme Wasser meine empfindlichste Körperstelle massiert. Es ist herrlich und erregend. Wie oral von einer Meerjungfrau verwöhnt zu werden.

Doch nach einer Weile enden die heißen Küsse, und er nimmt seine verführerischen Hände weg, woraufhin ich sofort nach mehr lechze. Also drehe ich mich auf Alecs Schoß herum, setze mich rittlings auf ihn, streichle mich selbst mit seinem Schwanz und zeige ihm, was genau ich brauche.

»Du stehst echt auf Schwänze, oder?«, murmelt er an meiner Zunge.

»Deinen mag ich.«

Er lächelt, denn kein Mann kann einem Kompliment über sein bestes Stück widerstehen. »Du weißt genau, was du sagen musst.«

Das weiß ich tatsächlich. Ich drücke mich hoch, lege eine Hand an sein Ohr und flüstere: »Fick mich, Alec.«

Später wird mir das wahrscheinlich peinlich sein. Aber erst mal hat es die gewünschte Wirkung. Er schaltet den Whirlpool mit einem Knopfdruck aus, und wir steigen hinaus in die eisige Nacht. Er knallt eine Abdeckung auf die Wanne und schiebt mich in Richtung Tür, die ich umgehend aufmache.

Wie zwei Tollpatsche in einer Stummfilm-Komödie stolpern wir herum und machen die Holzdielen nass. Er hebt den Bademantel vom Boden auf und trocknet uns beide damit ab, während er mich irgendwie gleichzeitig wie wild küsst.

Als wir uns mit nassen Füßen in sein Schlafzimmer schieben, laufen wir erst gegen ein Möbelstück, dann gegen den Türrahmen. Mit den Kniekehlen stoße ich gegen das Bett, und wir plumpsen auf die Tagesdecke, die Münder miteinander verschmolzen, während wir die Hände über feuchte, erhitzte Haut wandern lassen.

Hurra!, schreit mein Körper. Alles ist nur noch begieriges Weiterdrängen, bis Alec seinen heißen sexy Körper von mir löst und ich dann gegen das sanfte Licht in seinem Schlafzimmer anblinzle. Als ich etwas rascheln höre, schaue ich hoch. Er streift sich ein Kondom über seine Erektion, und ich gucke wie hypnotisiert dabei zu.

»Magst du Gleitgel?«

»Ja«, sage ich, obwohl ich zu Gleitgel eigentlich keine richtige Meinung habe. Wozu ich allerdings eine Meinung habe, ist, wie viel Spaß ich gerade habe. Es ist, als hätte ich monatelang jeden Tag immer nur Erdnussbutterbrote gegessen und wäre jetzt zu mir gekommen und hätte gemerkt, dass das Leben eher ein Steakhouse mit einer großen Speisekarte ist.

Und ich möchte alles davon probieren.

»Sehr?«, fragt er, während ich höre, wie der Verschluss einer Tube aufgeklappt wird.

»Was? Klar.« *Mach hin.*

Alec kniet komplett nackt über mir, die Beine rechts und links neben meinen Schenkeln. Sein Körper ist wunderschön – lang, schlank und muskulös. Als er Gleitgel aus der Tube auf seinen Schwanz gibt, komme ich mir vor, als wäre ich Hauptdarstellerin in einem Porno.

Nur dass er dann die Tube über meinen Bauch hält und ich aufschreie, als das kalte Gel auf meine Haut spritzt. »Hey!«, kreische ich.

Lachend klickt er die Tube zu und wirft sie neben das Bett. »Wollte dich nur ärgern.«

Mir bleibt nicht mal Zeit, etwas zu erwidern, denn er beugt sich vor, um mich zu küssen. Sein Körper ist heiß und fest. Ich schlinge die Arme um ihn und gebe mich hin.

Alec stöhnt an meinen Lippen, als er sich mir entgegendrückt. Die Spitze seines Glieds berührt meine Klitoris, und durch das Gel, das er zum Scherz verteilt hat, gleitet unsere Haut übereinander. »Oh, fuck«, keucht er. »Wow.«

Genau das dachte ich auch. Doch ich kann nicht reden, weil ich damit beschäftigt bin, mich windend an ihn zu drücken und zur Einladung wollüstig die Beine zu spreizen. Wenn er es mir nicht bald besorgt, explodiere ich.

Er stützt sich auf einen Ellbogen auf und fasst nach unten. Ja! Doch statt den entscheidenden Zug zu machen, lässt er die Handfläche in dem Gleitgel kreisen, verteilt es nach oben und verstreicht es mit einem frechen Leuchten in den Augen auf meinen Brüsten.

»Oh«, stöhne ich, weil es sich schockierend gut anfühlt.

»Du siehst gerade aus wie ein feuchter Traum«, brummt er und zwickt mich in die Brustwarze. »Ganz glitschig und aufgegeilt.«

»Dann *mach* schon«, flüstere ich.

Doch er tut es nicht. Nicht sofort. Zuerst starrt er lange hinunter auf seine Hand, während er sie über meinen Körper wandern lässt. Seine Miene ist vor Verlangen ganz angespannt.

Und das *meinetwegen*.

Er gibt einen zufriedenen Laut von sich und beugt sich dann herunter, um meinen Mund unter einem weiteren begierigen Kuss in Beschlag zu nehmen. Dann lässt er seine ungezogene Hand wieder an meiner glitschigen Haut nach unten gleiten, bis sie zwischen meinen Beinen liegt. Mit seinen starken Fingern reizt und massiert er mich. Ich will ihn so dringend, dass es wehtut.

»Du machst mich verrückt, Shipley.«

Ich kann nicht mal antworten, denn endlich – *endlich* – füllt er mich aus. Es ist herrlich, als er eindringt. Meine Muskeln ziehen sich um ihn herum zusammen, wie um zu verhindern, dass er sich auch nur ein Stück weit zurückzieht.

Er stöhnt zufrieden auf und hält dann inne, um mich weiterzuküssen. Ich zwinge meinen Körper, sich zu entspannen, doch seine Zunge in meinem Mund facht das Feuer in mir an. Ich habe keine Geduld mehr. Ich umklammere seinen Bizeps und drücke mich ihm entgegen.

»Du kleine Dränglerin«, flüstert er und greift mich bei den Unterarmen. Er drückt sie über meinem Kopf auf die Matratze und lässt dann die Hüften kreisen.

Ich bestehe nur noch aus Lust. Alles ist Spannung, Gleiten und Genuss. Wir stoßen und reiben uns aneinander, bis es keiner von uns auch nur eine Sekunde länger aushält. Und dann kommen wir sehr laut zu der Erlösung, nach der wir uns beide so dringend gesehnt haben.

12

Alec

Als May und ich miteinander fertig sind, bin ich auf bestmögliche Art erschöpft. *Drei Schnipser auf eine gute Zeit.*

Mein Hirn ist wie Wachs.

Nach Runde eins überrede ich die glückselige May, mit mir in meine ebenerdige Dusche zu kommen, um ihr das ganze Gleitgel abzuspülen. Doch als wir einander dann mit seifenglatten Fingern waschen, kann ich nicht widerstehen, sie wieder zu küssen.

Wir landen ein zweites Mal im Bett, diesmal kniet May vor mir und stützt sich am Kopfteil ab, während ich sie von hinten nehme. Ich halte ihre weichen Brüste und komme, während ich sie meinen Namen stöhnen höre und auf das unfassbare Kunstwerk auf ihrem Rücken starre.

Du liebe Güte, ich bin fix und alle. Als wir nach ein Uhr in die Kissen fallen, komme ich mir vor wie jemand, der gerade in ein Geheimnis eingeweiht wurde. Dieses Geheimnis ist May Shipley. Sie überrascht mich immer wieder. Und ich bin mir sicher, dass es da sogar noch mehr zu entdecken gibt.

»Ich sollte gehen«, sagt May und gähnt dann.

»Es schneit«, gebe ich zu bedenken. »Jetzt loszufahren ist vielleicht nicht ganz ungefährlich.«

»Ich habe Winterreifen mit Spikes«, sagt sie. »Aber ich guck mal raus auf deinen Balkon, wie viel Schnee draußen liegt.«

May verschwindet kurz und schlingt vor Kälte die Arme um sich selbst, als sie wiederkommt. »Es sind nur zwei, drei Zentimeter. Kein Problem.«

Ich bin seltsam enttäuscht, als sie ihre Klamotten von meinem Stuhl nimmt und ihr Höschen anzieht. Normalerweise kann ich es gar nicht erwarten, eine Frau vor die Tür zu setzen, damit sie nicht auf falsche Gedanken kommt. Aber jetzt gleich kommt mir ein bisschen zu schnell vor.

Ich strecke den Arm nach Mays Hand aus und ziehe sie wieder auf mich. »Sicher, dass es ungefährlich ist?«

»Bist du sicher, dass du nicht sexistisch bist? Würdest du das auch einen Mann fragen?«

Ich denke darüber nach. »Klar. Wenn ich mit einem Kerl rumgemacht hätte, würde ich wollen, dass er sicher nach Hause kommt, damit er wieder vorbeikommen und es noch mal mit mir treiben kann.«

Sie lacht, und als sie mich dann küsst, schlinge ich die Arme um ihren fast nackten Körper. Mir ist warm, ich bin schläfrig, und ich weiß, wenn sie bliebe, hätte ich kein bisschen Panik dabei, mein Bett mit ihr zu teilen. Aus irgendeinem Grund habe ich eher das Gefühl, eine Freundin bei mir zu haben als einen One-Night-Stand.

»Wir werden das auf jeden Fall wiederholen«, stelle ich klar. »Du weißt, dass das unvermeidlich ist. Gib mir dein Handy.«

Sie nimmt es vom Nachttisch, zögert dann aber. »Ich hab deine Nummer doch schon.«

Ich nehme es trotzdem. »Ich ändere die Einstellungen, damit meine Nachrichten nicht auf dem Sperrbildschirm angezeigt werden.«

»Wieso?«

»Weil du garantiert nicht willst, dass meine Nachrichten

auf dem Sperrbildschirm angezeigt werden.« Ich schenke ihr ein dreckiges Grinsen.

»*Oh*. Hmm«, sagt sie, setzt sich auf und greift nach ihrem BH. »Weißt du was, es war schwieriger als gedacht, sich hierherzuschleichen. Meine Familie hat mir deswegen ganz schön auf den Zahn gefühlt.«

Ich schnaube. »Das kann ich mir vorstellen. Was hast du ihnen erzählt?«, frage ich, während ich die Finger über ihre weiche Taille wandern lasse und die Wurzeln des Apfelbaums erkunde. Ich kann nicht aufhören, May zu berühren.

»Heute Abend bist du Selena vom Jurastudium.«

»Ich bin … wer?«

In nichts außer ihrer Unterwäsche dreht sie sich um und legt sich wieder neben mich. »Ich habe ihnen gesagt, ich würde was mit Selena vom Studium machen. Es gibt sie gar nicht. So dreist habe ich nicht mehr gelogen, seit Tommy Sullivan mich in der elften Klasse eine Stunde zu spät nach Hause gebracht hat. Damals habe ich behauptet, er hätte einen Platten gehabt.«

Lachend beuge ich mich vor und küsse sie auf den Hals. Ich kann auch nicht aufhören, meinen Mund auf sie zu drücken. »*Selena* also, hm? Bin ich denn wenigstens eine scharfe Mieze? Datest du Selena denn in diesem Gedankenspiel?«

»Vielleicht? Ich habe ihnen nichts Näheres gesagt. Ich nehme an, sie stellen sich lieber vor, dass Selena und ich uns Filme angucken und einander die Haare flechten. Andererseits weiß man das bei mir nie so genau. Könnte auch sein, dass meine Familie annimmt, wir haben ausgefallenen Lesbensex.«

»Rrrrr. Davon handeln so einige meiner Lieblingsfilme.« Jetzt spiele ich mit Mays Haar. Es fühlt sich so weich an. »Erzähl mir mehr von dieser Selena. Ist sie heiß?«

May schnaubt. »Wessen Fantasie ist das jetzt? Wenn es deine ist, schätze ich, Selena hat vierzig Zentimeter Taillenumfang und Körbchengröße F.«

Darüber muss ich lachen, denn in jedem guten Witz steckt ein Fünkchen Wahrheit. »Na schön. Es ist nicht meine Fantasie, sondern deine. Wer ist deine Selena? Spinn das mal weiter.«

»Also …« May denkt darüber nach. »Erst mal ist sie eine Freundin. Warte – sie ist meine Mitbewohnerin. Ich scheine eine Schwäche für Mitbewohnerinnen zu haben.«

»Ja?«

»Auf jeden Fall. Das hat was mit Vertrautheit zu tun. Zuerst gewöhnen wir uns aneinander und verbringen gern Zeit zusammen. Wir sind füreinander da, wenn es hart auf hart kommt, ja? Unsere Freundschaft beruht auf Quatschen und nächtlichen Fressgelagen.«

»So mit … einander abschlecken?«

May haut mir auf den Arm. »Du hast gesagt, es ist meine Fantasie. Also gedulde dich.«

»Na gut.« Ich küsse sie auf die Schulter, während ich darauf warte, wie es weitergeht.

May erschauert. »Das lenkt ab.«

»Red weiter. Ich will wissen, wie deine Selena von der Mitbewohnerin zur heißen lesbischen Liebhaberin wird.«

»Was du nicht sagst! Okay – wir teilen uns eine kleine Bude und sehen uns manchmal nackt. Mir ist schon klar, dass ich gerne mit ihr ins Bett steigen würde. Aber sie ist hetero und merkt es nicht, bis sie mich eines Tages bewundernd anschaut, als ich aus der Dusche komme.«

»Habt ihr zusammen geduscht?«, necke ich sie, bloß um zu nerven.

May ignoriert mich. »Mit der Zeit sieht sie mir immer öfter

lange in die Augen. Und als wir dann eines Tages miteinander über etwas lachen, küsst sie mich.«

»Jaaaaaaa«, flöte ich.

»Weil es meine große Chance ist, lege ich richtig los. Ich zeige ihr, wie gut es sich anfühlt, ein anderes Mädchen zu küssen. Zum Beispiel kratzt kein Bart. Sie ist nervös, aber es gefällt ihr, als ich ihre Bluse aufknöpfe und mit ihren Brüsten spiele.«

Uuuunnnnnd ich habe wieder einen Ständer. »Du machst mich fertig.«

»Du wolltest es doch hören.«

»Ich weiß. Erzähl weiter.«

Sie stützt den Kopf auf den Ellbogen. »Deswegen magst du mich, stimmt's? Gib's zu – du geilst dich nur an meinem lesbischen Sexleben auf.«

»Ist das denn so schlimm?«

May schenkt mir ein teuflisches Grinsen. »Also … Wir küssen uns, und ich berühre zärtlich ihre Brüste. Sie küsst gern mit viel Zunge …«

Ich mache die Augen zu, denn die Vorstellung macht mich fertig.

»Und dann … höre ich auf.«

»Was?« Ich reiße die Augen auf.

»Ich gebe ihr noch einen letzten Kuss auf die Wange, bevor ich sie nach mehr lechzend zurücklasse. Ich umarme sie und sage ihr, dass sie keine Angst haben muss, etwas auszuprobieren. Und dann stecke ich sie ins Bett. Allein.« Ich warte ab, während Mays Grinsen noch breiter wird.

»Echt jetzt?«, protestiere ich sofort. »Du lässt das Ende offen?«

»Okay – na gut. Es endet stattdessen so: Ich mache ihr heiße Schokolade in einer Tasse, die ich ihr zu Weihnachten geschenkt habe. Weil wir vor allem Freundinnen sind, egal wie sehr sie mich anmacht.«

»Das ist doch kein Finale!«, stöhne ich. »Eine Tasse heiße Schokolade? Ich hab voll die Latte, und mehr kriege ich nicht?«

»Na, es sind Marshmallows in der Schokolade.« Sie feixt.

»Go-hott. Ich hasse dich.«

May beugt sich zu mir und küsst mich auf die Wange. »Ich gehe jetzt. Es sei denn, du möchtest eine heiße Schokolade.«

»Nächstes Mal.« Wir lächeln uns an wie zwei Idioten. »Gib mir noch mal dein Handy.«

»Wieso?« Sie reicht es mir.

»Ich ändere meinen Namen auf Selena.« Wir lachen beide, und dann stehe ich auf und bringe sie zur Tür.

13

Selena: Hi, Süße. Die Zöpfe, die du mir geflochten hast, gefallen mir richtig gut. Können wir das irgendwann noch mal machen?

May: Nur, wenn ich uns dann auch die Fußnägel lackieren darf.

Selena: Du bist saukomisch. Aber ich hatte Sonntagabend solchen Spaß, dass ich es dich wahrscheinlich machen lassen würde. Obwohl, hast du meine Zehennägel gesehen?

May: Guter Einwand. Dann eine Kissenschlacht?

Selena: Überall und jederzeit. Ich bringe die Federn und die heiße Schokolade mit.

May: Jetzt trägst du aber ein bisschen dick auf, Selena.

Selena: Ein Mädchen muss tun, was ein Mädchen eben tun muss. Weißt du was? Ich habe dir noch gar nicht meinen Pilz-Witz erzählt. Aber der funktioniert nur, wenn man ihn persönlich erzählt.

May: Der perfekte Vorwand, dich bald wiederzusehen.

Selena: Das höre ich gern.

May: Nacht, Selena.

Selena: Nacht, May.

14

Alec

Das nächste Mal sehe ich May allerdings nicht in meinem Bett. Sondern in meiner Bar. Als ich am Dienstagabend vom Margaritamixen hochschaue, sitzt sie mit einem Lächeln in ihren braunen Augen einen Meter vor mir auf einem Barhocker.

»Na, *hallo*«, sage ich mit plötzlich kratziger Stimme. Ich stelle mir schon eine weitere Nacht in meinem Whirlpool vor. Ich Glückspilz.

»Dir auch hallo.« Die grummelige Stimme ihres Bruders holt mich sofort wieder runter. Ich hatte meinen unliebsten Shipley da auf dem Barhocker neben ihr gar nicht gesehen. *Mission abbrechen!* Gut, dass ich ihr keinen Kuss gegeben habe.

»Griff Shipley! Von allen Kaschemmen auf dieser Welt kommst du ausgerechnet in meine. Was kann ich dir bringen?«

»Ein Goldenpour fänd ich super.«

»Das findet jeder.« Ich nehme ein Glas und halte es unter den Zapfhahn. »Und für dich, Hübsche? Soll ich einen alkoholfreien Cocktail mixen?«

»Du machst doch dein eigenes Tonic, oder?«

»Ja, genau, Miss Shipley.«

Ihr Lächeln sagt: *Du trägst ein bisschen dick auf, Kumpel.* »Tonic mit Limette. Darauf hab ich jetzt Lust.«

»Kriegst du.« Ich reiche ihnen ihre Getränke rüber und mache dann noch einige für Becky fertig. »Was führt euch denn heute her, Leute?«, frage ich, sobald ich mal durchatmen kann.

»Wir waren bei einem Meeting«, sagt Griff.

Zuerst verstehe ich es nicht, doch dann läuft May rot an. »Ein *AA*-Meeting?«

»Ja«, sagt sie. »Gibt nichts Besseres, als da rauszukommen und direkt in eine Bar zu gehen. Aber wir sind in einer halben Stunde mit Audrey zum Kino verabredet, deshalb haben wir hier vorbeigeschaut.«

»Cool. Hey – ich habe auch alkoholfreies Bier. Trinkst du das? Es ist Corker's.«

Griff lacht in sich hinein. »Ich habe mal einen Sixpack davon mit nach Hause gebracht. Sie hatte gemeint, sie vermisse ein Bier zum Burger. Aber dann haben wir es probiert.« Er verzieht das Gesicht. »Das war zwar welches von einer anderen Marke, aber es hat uns von alkoholfreiem Bier abgeschreckt.«

»So schlimm, hm?« Ich bin alarmiert, denn ich will in der *Gin Mill* kein mieses Bier anbieten. Ich greife in meinen Kühlschrank und nehme eine Flasche heraus. »Probierst du das mal und sagst mir, ob es furchtbar schmeckt?« Ich stelle es vor May auf den Tresen und mache es auf.

Wenn man alkoholfreies Bier serviert, dann immer in der Flasche, damit der Gast ganz sicher weiß, dass er ein alkoholfreies Getränk bekommt. Es muss weniger als ein Volumenprozent Alkohol haben. Ich kenne das Einmaleins von alkoholfreiem Bier und weiß, wie man es serviert. Bloß dass ich selbst noch nie eins getrunken habe.

Sie nimmt die Flasche und kostet einen Schluck.

»Und?«

»Willst du mal probieren?«, fragt sie. Sie lächelt herausfordernd.

Und da fällt mir ein, was letztes Mal passiert ist, als sie mir einen Schluck von ihrem Drink angeboten hat. Ich habe mir eine Kostprobe von ihren Lippen geholt, und danach hatten wir wilden »Wir krallen uns aneinander«-Sex in meinem Pick-up.

Go-hott, was für eine Erinnerung. Ich will es wiederholen. Jetzt gleich, verdammt.

May hält mir die Flasche mit einem frechen Glitzern in den Augen hin. Als ich sie nehme, muss ich daran denken, wie ihre Küsse geschmeckt haben. Ich hebe die Flasche an meine Lippen.

Sie lächelt mich an und …

»Es ist furchtbar«, sage ich, sofort nachdem ich runtergeschluckt habe. »Wie … Wasser mit Biergeschmack. Scheiße.«

May lacht bloß.

Ich trinke noch einen Schluck, nur um das noch einmal nachzuvollziehen. Es hat zu viel Kohlensäure für ein Bier, deshalb fühlt es sich im Mund wie Brause an. Kurz schmeckt es bierähnlich, aber einen Sekundenbruchteil später stirbt das Aroma schon am Gaumen. Und dann gar nichts. Einfach gar kein Geschmack.

»Ziemlich übel, stimmt's?« Griffin lacht in sich hinein.

»Enttäuschend«, sage ich und gebe May die Flasche zurück. »Ich muss ein besseres Produkt beschaffen.«

»Du kannst es ja versuchen«, sagt Griff. »Das hier ist Marktführer.«

»Wie kommt das?« Ich denke an die ganzen wunderbaren Vermonter Biere. »Kriegt denn keiner eine gute alkoholfreie Variante hin?« Aus dem Zapfhahn mit den Softgetränken fülle ich mir eine Cola ein, um den schrecklichen Geschmack aus dem Mund zu kriegen.

Griff nickt mit seinem großen Rübezahl-Kopf. »Alkoholfreies Bier ist ziemlich kompliziert.«

»Echt?«

»Schon«, sagt Griff und reibt sich über den Bart. »Zuerst braut man ein normales Bier und lässt es gären. Aber dann entzieht man den Alkohol, indem man ihn verkochen lässt.«

»Oh.« Das kann gar nicht gut für den Geschmack sein.

»Die ganzen feinen natürlichen Geschmacksstoffe und Verbindungen werden bei den hohen Temperaturen instabil. Das Aroma verkocht, und das Bier wird bitter.«

Ah. »Klingt logisch.«

Während ich einen Master im Partymachen habe, hat Griff einen in Chemie. Ich hätte mir denken können, dass er alles darüber weiß. Andererseits finde ich es auch interessant.

»Sie fangen also schon mit einem richtig faden Gebräu an. Und beim Kochen geht auch noch die natürliche Kohlensäure raus, also müssen sie entweder den Flaschen wieder welche zusetzen oder es in Fässer abfüllen.«

»Ich verstehe.« In Gedanken mache ich mir eine Notiz, besseres alkoholfreies Bier für meine Bar zu suchen. Vielleicht weiß Chelsea eins, das ich ins Sortiment aufnehmen könnte. Ich möchte in der *Gin Mill* – wenn's geht – *überhaupt kein* mieses Bier ausschenken.

Na ja, abgesehen von einigen amerikanischen Marken-Dünnbieren, von denen ich Flaschen dahaben muss. Denn über Geschmack lässt sich nun mal nicht streiten.

Griffin erzählt noch weiter. »Es gäbe ein paar Lösungsansätze für das Problem. Zum Beispiel eine Vakuumkammer, um den Luftdruck zu reduzieren. Dann verkocht der Alkohol …«

»… bei niedrigerer Temperatur«, beende ich den Satz. »Das ist wie Pastakochen im Hochgebirge.«

»Genau.« Er grinst. »Man könnte noch ein paar andere Methoden ausprobieren. Angefangen mit einer Hefesorte, bei der sehr wenig Alkohol entsteht, sodass man später kaum welchen entziehen muss.«

»Oder beides«, sage ich langsam. Aber das Ganze scheint kompliziert zu sein, sonst würde keine anständige Vermonter Brauerei Corker's verkaufen.

Ich schenke noch zehn weitere Getränke aus, während Griff weiterdoziert und dabei Begriffe wie »Vakuumdestillation« und »Gärhemmung« benutzt. Jetzt weiß ich wohl mehr über das Brauen von alkoholfreiem Bier als neunundneunzig Prozent der restlichen Bevölkerung.

May lächelt mir entschuldigend zu, dabei geht Griff mir gar nicht auf die Nerven. Heute jedenfalls nicht. Ich wünschte, sie würden jeden Abend herkommen, damit ich ihr hübsches Gesicht betrachten kann. Ihr langes Haar fällt ihr über eine Schulter, und ich fantasiere ganz kurz davon, wie ich es um meine Hand wickele, während wir das Kopfteil meines Betts durchrütteln.

Ziele.

»Also, wollt ihr einen Witz hören?«, frage ich die beiden. Ich werde Griffins Sermon über Chemie einen Barwitz hinterherschicken. Jeder hat eben so seine Talente.

»Klar«, sagt May.

»Okay, kommt ein Pilz in eine Bar …«

»Hey, Alec«, unterbricht mich Becky und hievt das Tablett voller Getränke hoch, das ich gerade für sie gefüllt habe, »den Song hab ich extra für dich ausgesucht.«

Dann höre ich *Black Velvet* von Alannah Myles aus den Boxen tönen.

»Oh Mann«, sagt Smitty kopfschüttelnd. »Und los geht's.«

»Black Velvet« ist ein kleines Spiel zwischen Becky und mir. Sie hat sich vor Lachen fast in die Hosen gemacht, als ich das Lied zum ersten Mal im Play-back mitgesungen habe. Jetzt stellt sie es immer an, wenn ein Gast unhöflich zu ihr war und sie eine Aufmunterung braucht.

Und hey, ich kann meine Lieblingskellnerin doch nicht enttäuschen. »Sorry, Leute. Der Witz muss warten.« Ich nehme eine leere Bierflasche als Mikro und fange an, zu dem langsamen sexy Beat am Tresen entlangzutänzeln. Ich höre May kichern, kann aber nicht zu ihr rübersehen, sonst mache ich es kaputt, weil ich lachen muss. Ich kenne den Text auswendig. Die erste Zeile singe ich voller Inbrunst in die Flasche.

Oder tue zumindest so. Was bringt es, eine Bar zu besitzen, wenn man auf der Arbeit nicht ein bisschen Spaß haben kann?

Als der Song anschwillt, plärre ich *Black Velvet* in die leere Flasche. Viele meiner Gäste gucken zu, besonders die Frauen. Und halb auf der anderen Seite des Raums krümmt sich Becky vor Lachen, aber erst, nachdem das Tablett voller Getränke sicher auf einem Tisch abgestellt ist.

Der Chef muss ja schließlich die Arbeitsmoral hochhalten.

Griffin sieht aus, als wäre ihm leicht übel von meiner Performance, und irgendwie wird es dadurch noch lustiger. »Noch eins?«, frage ich ihn, nachdem der Song verklungen ist.

»Nein danke, Mann«, sagt er. »Ich trink das aus und treff mich dann mit meiner Frau.«

»Wie du willst.« Jetzt kommt Lordes *Royals* aus den Boxen. Becky kennt heute Abend kein Erbarmen.

Ich gehe kurz in den Lagerraum und hole mein Handy raus, um May schnell eine Nachricht zu schicken. *Komm nachher zu mir.*

Nachdem ich das Guinness-Fass ausgetauscht habe, ist schon eine Antwort da. *Weiß nicht, ob ich mich nach dem Kino wegschleichen kann.*

Was? Ihr fahrt doch mit zwei Autos, oder? Sag ihnen, du musst beim 24-Stunden-Drugstore halten, um zu tanken. Zack. Erledigt. Besser gesagt: Wenn ich mit dir fertig bin, wirst du erledigt sein.

Ich stecke das Handy in meine Hosentasche und gehe wieder zu den Zapfhähnen. May sitzt über ihr Handy gebeugt da, und Griffin stupst sie ungeduldig an. »Was machst du denn? Lass mich raten … Selena schon wieder.«

Als May aufschaut, macht sie ein schuldbewusstes Gesicht. »Sorry.«

»Wann lernen wir sie denn endlich mal kennen?«

»Nie«, erwidert May und packt ihr Handy wieder in ihre Tasche.

»Wieso denn nicht?« Griffin leert sein Bier.

»Weil du zu neugierig bist. Ich will nicht, dass du über mich urteilst.«

»Würde ich doch gar nicht«, sagt er und holt seine Brieftasche heraus. »Ich würde über *sie* urteilen.«

Das ist genau mein Humor, und ich muss lachen. Und zwar laut. Wenigstens *weiß* er, dass er ein arroganter Schnösel ist.

May kann mich nicht mal ansehen. Mir ist klar, dass sie hin- und hergerissen ist, weil sie ihre Familie anlügt. Allerdings war das nicht meine Idee, deshalb sehe ich keinen Grund, mich deswegen zu stressen.

Als Griff mir seine Kreditkarte hinhält, lehne ich sie mit der Hand wedelnd ab. »Geht aufs Haus.«

»Nee, Mann, ist schon okay«, sagt Griff und legt die Karte auf den Tresen. Beide Shipleys gucken mich an, als wäre ich von allen guten Geistern verlassen.

»Ich sehe euch viel zu selten«, beharre ich. »Außerdem weiß ich jetzt Bescheid über die Herausforderungen, ein alkoholfreies Bier herzustellen.« Ich schiebe ihm die Karte wieder hin. »Viel Spaß heute Abend.«

Sie gehen eine Minute später.

Auf Autopilot schenke ich weiter Getränke aus, während ich mich frage, wie es May diese Woche geht. Ich habe ihr blöde Witze und Fotos von mir geschickt, auf denen ich diverse zweideutige Gegenstände halte. *Hey, Kleines. Wie gefällt dir meine Banane?* Auf dem Bild war eine richtige Banane. Noch dazu hab ich Benito im Lebensmittelladen überredet, ein Foto von mir zu machen, auf dem ich mir eine Aubergine vor den Schritt halte.

Mich hat noch nie jemand für einen ernsten Typen gehalten. Aber May scheint den Blödian in mir zu mögen. Sie hat mir erzählt, dass ihre Familie sie immer noch behandelt, als wäre sie unheilbar krank.

Ich zapfe Bier, lächle und tanze zu jedem Song, den Becky aussucht. Aber ich gucke auch immer wieder verstohlen auf mein Handy in der Hoffnung, eine Nachricht von May zu haben. Doch sie hat kein Wort dazu gesagt, ob heute Abend noch was geht.

»Alec!« Als ich hochschaue, steht Chelsea vor mir.

»Hallo, Hottie.« *Nein!* »Warte mal kurz, ja?«

»Klar.« Sie grinst mich breit an und setzt sich auf den einzigen freien Barhocker, um zu warten.

Scheiße.

Ich gehe zum anderen Ende des Tresens und fasse Smitty bei den Schultern. »Alter, du musst mir einen kleinen Gefallen tun.«

»Soll ich heute zusperren?« Er scheint sich gern zur Verfügung zu stellen.

»Vielleicht, aber erst mal musst du behaupten, du könntest nicht.«

»Komisch. Aber na gut«, murmelt er.

Ich nehme mir ein Glas Kirschen, das direkt vor mir steht, und gehe zurück zu Chelsea. »Was geht?« Ich mache das Glas auf und fülle Kirschen nach, obwohl die gar nicht nachgefüllt werden müssen.

»Hast du nachher Zeit?«, fragt sie.

»Nee, tut mir leid. Ich muss heute zusperren und bin auch ziemlich platt.« Ich komme mir vor wie ein Riesenarschloch, weil ich jetzt lüge. Aber ich werde heute Abend hoffentlich noch was vorhaben.

Und selbst wenn nicht, hab ich irgendwie keine Lust, mit Chelsea eine Nummer zu schieben. Schätze, es gibt für alles ein erstes Mal.

»Hey, Smitty!«, ruft sie. »Kannst du für Alec zusperren?«

»Geht nicht«, sagt er. Zwei Worte, über die Schulter zugerufen. Nicht zum ersten Mal fällt mir auf, dass Smitty ein erstklassiger Lügner ist. Wir decken uns ab und zu gegenseitig.

Chelsea macht einen Schmollmund und sieht damit sogar noch jünger aus als ihre zweiundzwanzig Jahre. *Sie ist zu jung für dich*, meldet sich mein Unterbewusstsein.

Mein Unterbewusstsein sorgt offenbar für eine Schwanzblockade.

»Ich sehe dich gar nicht mehr«, beschwert sich Chelsea. »Und übernächste Woche fahre ich für zehn Tage weg.«

»Oh – wohin denn?« Und warum bin ich plötzlich so erleichtert?

»Zu einer GBM! Nach Florida!«

»Mann. Das hört sich echt toll an.« GBM ist Chelseas Abkürzung für Große Bier-Messe. Ihr Dad fährt meistens ohne sie hin, aber gerade fällt mir wieder ein, dass sie erzählt hat, er werde sie allein zu einer schicken. »Zehn Tage? Das wird aber eine lange Party.«

»Die Messe geht nur vier Tage, aber ich mache noch ein bisschen Urlaub. Die Mädels und ich fahren zum Clubben nach Miami Beach.«

»Ah. Das klingt mega.« Eigentlich hört sich Schlange stehen und stolze Eintrittspreise bezahlen nach etwas an, was ich mit zweiundzwanzig mega gefunden hätte. Jetzt klingt es bloß nach jeder Menge Stress.

Schätze, es liegt nicht an Chelsea. Sondern an mir.

Mein Handy vibriert in meiner Hosentasche. Ich kann's nicht erwarten, nachzusehen, doch das geht nicht. Stattdessen lade ich Chelsea auf ein Getränk ein und quatsche mit ihr, bis sie von mir gelangweilt ist.

Sobald sie gegangen ist, lese ich Mays Nachricht. *Film ist vorbei*, schreibt sie. *Bin in einer halben Stunde da.*

»Smits?«

»Ja?«

»Machst du für mich dicht?«

»Klar. Lass mich nur eben jemandem absagen.« Er holt sein Handy heraus.

»Du musst nicht«, sage ich. Obwohl ich hoffe, dass er es macht.

Er grinst mich an, während er sein Handy entsperrt. »Du machst dann morgen zu, ja?«

»Klar.«

»Okay. Gut. Aber pass auf, okay? Du willst doch nicht, dass Chelsea sauer auf dich wird.«

»Ich weiß.« *Scheiße.* Aber sie ist nicht diejenige, die ich gerade brauche.

Diejenige, die ich brauche, ist gerade auf dem Weg hierher.

15

May

Eine Woche später biege ich abends um zehn mit meinem Auto um die *Gin Mill* und halte dicht vor der Backsteinmauer. Wieder einmal. Diese Stelle hier hinter dem Müllcontainer ist zu meinem Stammparkplatz geworden, wenn ich mit Alec, alias »Selena vom Jurastudium«, zu einem unserer Stelldicheins verabredet bin.

In letzter Zeit sind Alec und ich wie zwei verrückte Teenager, die sich – wann immer es geht – wegstehlen, um sich zu treffen. Einerseits gefällt mir die Schwindelei nicht. Andererseits ist die Vorfreude auf unsere gemeinsamen Nächte sehr gut für meine Tagesstimmung.

Mein Lächeln ist jetzt viel weniger künstlich, auch wenn meine Familie nicht so richtig weiß, woran das liegt.

Bevor ich aus dem Auto aussteige, sehe ich noch mal auf mein Handy. Ich habe eine Nachricht von »Selena«. *1. Der neue Türcode lautet 6969. 2. Sei nackt, wenn ich nach oben komme. 3. Erschreck dich nicht, da ist ein Kater in meiner Wohnung. Sein Name ist Bukowski. Er ist ein Arschloch, aber im Grunde harmlos.*

Ein Kater? Ich hatte Alec nicht für einen Katzen-Menschen gehalten. Doch der Mann steckt voller Überraschungen.

Ich nehme meine Reisetasche von der Rückbank, steige aus dem Wagen aus und tippe den neuen Türcode ein, um zum Privateingang hereinzukommen. Langsam gehe ich die beiden Treppenabsätze nach oben. Die Mühle ist hoch, deshalb sind es viele Stufen. Außerdem setzen mir die langen Nächte allmählich zu.

Aber das ist gut so. Ich liege nicht länger wach zu Hause im Bett und frage mich, wann ich falsch abgebogen bin. Selbst wenn ich nicht bei Alec bin, schlafe ich jetzt leichter ein.

Es ist kein Märchen, dass ein gesundes Sexleben extrem entspannt macht.

Ehe ich ganz oben angelangt bin, höre ich unten die Tür auf- und zugehen. Und dann höre ich schnelle Schritte die Treppe heraufkommen. Leise gehe ich weiter und lausche. Als ich im dritten Stock angekommen bin, joggt noch immer jemand im Laufschritt herauf.

Es ist Alec, glaube ich. Und er beeilt sich.

Ich hole den Schlüssel heraus, den er mir gegeben hat, zögere jedoch und lausche darauf, wie er zu mir aufschließt.

Und dann ist er da, mit gerötetem Gesicht und entschlossener Miene. Er sieht mich vor seiner Wohnung stehen und sagt kein Wort. Er stellt sich nur dicht vor mich, drückt mich gegen die Tür und nimmt meinen Mund mit einem gierigen Kuss in Beschlag.

Also, dir auch Hallo. Ich erwidere den Kuss mit genauso viel Eifer. Heute Nachmittag gingen die Nachrichten los: *Das mache ich, wenn du nicht hier bist.* Da war ein Foto von seinen halb von der Bettdecke verdeckten Bauchmuskeln und einem starken Arm, der darunterfasste.

Wir sind beim Sexting über die Obst- und Gemüsephase hinaus.

Du kannst einen vielleicht verrückt machen, habe ich mich beschwert.

Auf dem nächsten Foto spannte er die Decke über seinen Schwanz, und vom Anblick seiner Erektion wurde ich an meinem Schreibtisch in der Kanzlei Kaplan und Shipley feucht zwischen den Beinen.

Jetzt bin ich also zwischen seiner Tür und ebenjenem Schwanz eingeklemmt. Alec hat seine Zunge in meinem Mund und zieht mit einer Hand den Reißverschluss meiner Jacke auf.

Und es gefällt mir unheimlich. Alec ist so kompromisslos trieborientiert. *Hier, mein Schwanz, und hier, so dringend will ich es dir besorgen.*

Ehrlichkeit ist das Erotischste überhaupt. Wer hätte das gedacht?

Ich schiebe eine Hand unter den Saum seines Flanellhemds und gehe auf Erkundungstour. Seine Haut ist weich, doch seine Muskeln sind fester, als ich es gewohnt bin. Einen Mann zu berühren ist eine komplett andere sinnliche Erfahrung als bei einer Frau.

Es gibt Leute, die Bisexualität für ein Märchen halten, doch ich bin der lebende Beweis dafür, dass sie sich irren. Ich liebe es, weibliche Kurven unter meinen Händen zu spüren. Aber wie sich herausgestellt hat, genieße ich es trotzdem, gegen Alecs megafesten Körper zu wippen.

Er küsst mich unablässig und macht keine Anstalten, in die Wohnung zu gehen. Aber ich werde ungeduldig. Ich schlinge ein Bein um ihn und drücke ihn enger an mich. Ich lasse die Zunge gegen seine gleiten und seufze. *Das alles könnte dir gehören.*

Alec fasst mit einer Hand an meinen Po und hebt mich hoch, damit ich beide Beine um ihn schlingen kann. Er scheint zu überlegen, gleich hier im Flur mit mir zu vögeln. Doch dann stöhnt er in meinen Mund. »Ich will dich auf meinem Bett. Jetzt sofort, verdammt.«

Er lässt mich runter, nimmt dann meine Reisetasche hoch und hebt die Schlüssel auf, die ich fallen gelassen habe. Er schließt seine Tür mit meinem Zweitschlüssel auf und schiebt mich dann hinein.

Ich eile durch die dunkle Wohnung zu seinem Schlafzimmer. Alec ist mir dicht auf den Fersen. Ich höre, wie meine Reisetasche irgendwo in der Nähe auf den Boden fällt, und dann legen sich seine Hände um meinen Körper. Er knöpft mit flinken Fingern meine Bluse auf. Also ziehe ich den Reißverschluss meiner Hose auf, damit es schneller geht.

Er zerrt sie herunter, sodass der Stoff um meine Knöchel landet. Meine Bluse ist als Nächstes dran – er schiebt sie von meinen Schultern und streift sie an meinen Armen hinab.

Ich trage einen Spitzen-BH für ihn, doch Alec bekommt ihn gar nicht zu sehen, denn der muss als Nächstes weichen. Er hakt ihn auf, und ich streife ihn ab. Nachdem Alec ihn weggeschleudert hat, schiebt er mich Richtung Bett. »Beug dich vor«, raunt er.

Ich beuge den Oberkörper vor und stütze mich auf dem Bett ab. Nie hätte ich gedacht, dass ich zwanglosen Sex mit Alec will. Mit Daniela habe ich versucht, etwas Solides aufzubauen. Ich wollte ein gemeinsames Leben mit ihr.

Doch Alec und ich tun das komplette Gegenteil davon. Wir genießen unsere schäbigen Sextreffen, und das ist richtig befreiend. Sie haben nur einen Zweck: sexuelle Befriedigung.

Ich. Liebe. Es.

Alec drückt meine Beine so drängend auseinander, dass es an Grobheit grenzt. Aber dann geht er auf die Knie, und als Nächstes spüre ich seinen Mund genau dort. Als seine Zunge gegen meine Klitoris schlägt, schreie ich vor Überraschung glücklich auf.

»Fass dir an die Brüste«, befiehlt er mir und bearbeitet mich dann weiter mit der Zunge.

Wie ich feststellen muss, ist das physisch unmöglich, ohne mit dem Gesicht aufs Bett zu fallen. Aber mir gefällt Alecs versaute Denkweise. Er würde alles sagen. Alles machen. Seinen Mund *überall* hinbewegen.

Ich drücke mich rhythmisch gegen seine bereitwillige Zunge und stöhne. Er gibt einen genießerischen Laut von sich, als wäre ich das Beste, was er je geschmeckt hat. Es dauert nicht lange, und ich bin kurz davor. Meine Bewegungen werden fahrig, und Alec zieht sich mit einem leisen Lachen zurück. »Leg dich hin«, kommandiert er.

Gib mir ruhig Befehle. Ich klettere aufs Bett und lege mich auf die Kissen. *Nimm das, Daniela.* Sie hat einen Aufkleber auf dem Kofferraum, auf dem steht: *Fick das Patriarchat.* In letzter Zeit nehme ich diese Aufforderung ziemlich wörtlich.

Lächelnd legt Alec sich auf mich, sodass sein Schaft zwischen meinen Beinen ist und mich reizt. Wir küssen uns, bis ich ihn mit meinem Körper um Erleichterung anflehe.

»May?«

»Ja?« Ich lecke über seinen Hals.

»Ahhhh …« Er lacht leise. »Wart mal kurz. Ich will dich was fragen.«

»Kann das nicht warten?« Ich drücke den Rücken durch und reibe mich an ihm wie eine rollige Katze. Alec gibt mir nie das Gefühl, mich dafür schämen zu müssen, worauf ich im Bett stehe. Verdammt, er spornt mich noch an.

»Weißt du noch, wie du mir erzählt hast, dass du dich auf Geschlechtskrankheiten testen und dir eine Spirale einsetzen lassen hast?«

»Ja.« Meine Stimme ist ganz heiser vor Verlangen, und seine Erektion befindet sich direkt vor mir. Ich will sie in mir haben.

»Ich hab mich auch testen lassen. Bin bei bester Gesundheit.« Er umfasst mein Kinn und sieht mir ernst in die Augen. »Können wir es irgendwann ohne machen?«

Auf einmal bin ich ganz Ohr. »Das möchtest du?«

»Oh, fuck, ja. Ich denke ständig dran.« Als er die Hüften durchdrückt und mich mit der Unterseite seines Schwanzes streichelt, sehe ich praktisch Sternchen. »Ich meine, wir können gern exklusiv sein. Du wärst immer sicher.«

»Klar«, keuche ich. Die Entscheidung ist leicht. Meine Spirale wirkt mit 99,5-prozentiger Sicherheit. Oder so. »Mach's jetzt gleich. Nur beeil dich.«

Alec stößt ein zufriedenes, erregtes Stöhnen aus. Seine Zunge findet meine, und dann dringt er mit einem Ächzen ein. »Oh, fuck«, flüstert er. »Alter Schwede.« Alec bewegt die Hüften. Als er rausgleitet, zieht sich mein Körper um ihn herum zusammen. Es ist richtig, richtig gut.

»Ungh«, murmelt er an meinem Hals. »Du fühlst dich toll an. Voll …« Der Rest des Satzes geht in einem weiteren heißen Kuss unter.

Er fängt langsam an. Als müsste er sich daran gewöhnen. Aber wie jedes Mal, wenn wir zusammen sind, sehne ich mich heftig nach Erleichterung. Und heute Abend geht es Alec genauso. Bald schon keucht er in meinen Mund und fleht mich an. »Komm schon, Süße.« Er nimmt mich mit schnellen, begierigen Stößen. »Hab nicht geahnt, dass du dich so toll anfühlst. Du bist so *feucht*. Ich halt nicht lange durch.«

Ich höre kaum zu. Ich verliere mich ganz in der Lust, die mir unsere Verbindung bereitet. Noch vor einem Monat hielt ich meine Trennung für eine Katastrophe. Aber jedes Mal, wenn Alec auf mir ist, bin ich mir da weniger sicher. Was, wenn ich mein ganzes Leben lang niemals etwas erlebt hätte, wobei ich mich so sexy und unbekümmert gefühlt hätte wie jetzt gerade? Das klingt genauso katastrophal.

»Fuck, May. *Oh Gott.*« Das Bett wackelt, und ich klammere mich mit beiden Händen an ihn. Er stößt ein heißes Keuchen aus und erschauert dann über mir.

Und das war's. *Halleluja*, schreit mein Körper, als mich Wellen der Lust überkommen. Ich klammere mich an seine Schultern und wimmere, bis es vorbei ist.

»Ja!«, treibt er mich an.

Alec verbirgt sein Lächeln in meinen Haaren, als er wieder runterkommt und auf mir zusammensackt. »Verdammt. Ich bin bloß noch Pudding. Du fühlst dich so gut an.«

»Ohne Kondom, das bringt's bei dir, hm?«

Er küsst mich aufs Ohr. »Unfassbar. Ich bin jeden Morgen mit 'nem Ständer aufgewacht, weil ich von dir geträumt hatte.«

Das ist sehr schmeichelhaft. Wir haben eine ziemlich heiße kleine Affäre. »Keine Beschwerden meinerseits.«

Alec küsst mich immer noch. Meinen Hals. Meinen Kiefer. »Du bist so verdammt schön.«

»Ich bin so verdammt müde.« Ich sage das, obwohl ich eigentlich nicht will, dass er aufhört. Auch wenn ich es nicht offen zugeben würde, genieße ich diese Momente.

»Bleibst du über Nacht?«, fragt er und kuschelt sich an mich.

»Wenn du nichts dagegen hast.«

»Ich habe überhaupt nichts dagegen. Schlaf bloß noch nicht ein«, flüstert er. »Ich hab dir ein komisches kleines Geschenk mitgebracht.«

»Ein besseres als das, was ich gerade bekommen habe?«

Er lacht. »Nein. Warte kurz, ich zeig's dir.«

16

Alec

Ich bin auf bestmögliche Art kaputt, als ich vom Bett aufstehe und in die Küche schlurfe. May macht mich jedes Mal fix und alle, wenn wir zusammen sind. Und zwischen ihren Besuchen träume ich von ihr.

Ich erkenne mich gerade selbst nicht wieder. Es passt gar nicht zu mir, so besessen zu sein.

Jetzt wird sie die Nacht in meinem Bett verbringen, das versuche ich sonst bei One-Night-Stands immer zu vermeiden. Wir werden ineinander verschlungen einschlafen und uns dann schläfrig lieben, wenn um acht ihr Wecker geht. Meine Laken werden nach ihr riechen, und ich werde mich darin aalen.

Dieses Mädchen geht mir unter die Haut.

Das grelle Kühlschranklicht lässt mich blinzeln, aber ich finde trotzdem, was ich suche – drei verschiedene alkoholfreie Biere. Ich nehme die Flaschen sowie einen Flaschenöffner und gehe damit zurück zum Bett.

»Was ist das?«, fragt sie gähnend.

»Ein Geschenk. Ich …« Der Kater schlängelt sich mit einem lauten Miau zwischen meinen Füßen durch, und ich springe fast aus dem Hemd vor Schreck. Die Flaschen sind kurz in Gefahr, als ich dem Viech ausweiche und fluche.

May gackert. »Was hat es überhaupt mit der Katze auf sich?«

»Kennst du meinen Nachbarn, Hamish?«

»Klar. Hamish kennt doch jeder.« Sie setzt sich auf, lehnt sich gegen das Kopfteil des Bettes und zieht die Decke über ihren wunderbaren Oberkörper.

»Er liegt immer noch im Krankenhaus, und sein Sohn wollte die Katze nicht nehmen.« Jetzt weiß ich auch, warum. Dieser Kater ist teuflisch.

»Was hast du da?«, fragt May.

»Die habe ich mir schicken lassen, damit du sie probieren kannst. Das sind ein alkoholfreies Porter, ein Lager und ein Stout. Von drei verschiedenen Brauereien in drei Bundesstaaten. Das Zeug ist schwer zu kriegen.«

»Wow.« Sie macht große Augen. »Du hättest dir nicht solche Mühe zu machen brauchen.«

Ich tue es mit einem Schulterzucken ab. »Hey, ich habe eine Bar. Ich sollte wissen, was der beste Fusel ist.« Das ist jedoch nur ein Vorwand. Natürlich habe ich die Biere für sie bestellt. Sie glücklich zu machen macht mich glücklich. Aber mein Bauchgefühl sagt mir, dass sie nicht will, dass ich mir ihretwegen Umstände mache. Sie hat es ziemlich satt, umtüddelt zu werden. »Probier das mal.« Ich gebe ihr eine der Flaschen.

Während ich das Porter aufmache, liest sie das Etikett von einem der anderen Biere. »Das hier ist aus Washington.«

»Das soll super sein. Lass uns eine Verkostung machen. Ladys first.« Ich gebe ihr die offene Flasche Porter.

Sie riecht daran. »Gutes Aroma.« Dann hebt sie sie an ihre vom Küssen rauen Lippen und trinkt einen Schluck. »Hey!« May lächelt. »Verglichen mit dem hier ist das Corker's Wischwasser.«

»Ja?« Ihr Lächeln macht mich genauso glücklich wie der Sex eben. Okay, das ist gelogen. Nichts toppt den Sex, den wir gerade hatten. Aber trotzdem. Es ist ein echt schönes Lächeln.

May schürzt die Lippen und nimmt noch einen Schluck. »Es ist weich. Schöner Biergeschmack. Das Mundgefühl ist nicht so herb wie bei dem Zeug aus dem Supermarkt.«

Ich pruste vor Lachen. »Du hörst dich an wie ein Biergourmet.«

»Meine Familie verdient ihr Geld mit Gourmet-Cider. Hier. Probier es.«

Als sie mir die Flasche hinhält, nehme ich einen Schluck. Ich verstehe, was sie mit dem Mundgefühl meint. Der Geschmack ist zwar immer noch nicht halb so toll wie der der preisgekrönten Biere, die ich kenne, aber wirklich nicht schlecht. »Du hast recht. Es ist gut. Lass es uns mit einem anderen vergleichen.«

May macht schon das Lagerbier auf. Sie schnuppert daran und nimmt dann einen ordentlichen Schluck. »Okay, auch nicht schlecht. Aber die Sorte ist vielleicht auch schwerer hinzukriegen. Ein IPL braucht diesen Alkoholgeschmack, weißt du? Auch wenn es gut schmeckt, vermisse ich das echte Zeug.« Sie gibt es mir.

»Ja, du hast recht«, sage ich nach einer Kostprobe. »Das hier fliegt raus.«

»Es ist nicht übel«, weicht sie aus.

»Aber wir haben noch eins zu probieren.« Ich mache das Stout aus Virginia auf und koste es. »Ziemlich gut. So ähnlich wie das Porter.«

»Gib mal her.« May trinkt einen Schluck aus der Flasche und stimmt mir zu.

Wir lehnen uns gegen meine Kissen und reichen unsere beiden Favoriten untereinander hin und her. Es ist schön. Zwischen uns ist es immer so entspannt.

»Weißt du was«, sagt sie, »manche von den *AA* meinen, Alkoholiker sollten kein alkoholfreies Bier trinken.«

»Wieso?« Ich schaue hastig auf das Etikett. Das Bier hat weniger als ein halbes Volumenprozent Alkohol. »Man müsste mehr als zehn von denen trinken, um ein Bier zu ersetzen, oder? Kann man von dem Zeug denn irgendwie einen Rausch kriegen?«

Sie schüttelt lächelnd den Kopf. »Darum geht's nicht. Sie sagen, es ist eine Stütze. Man würde quasi nicht richtig stark bleiben, wenn man welches trinkt.«

Das hört sich bescheuert an. »Ich bin da kein Experte, aber wäre es denn auch schlimm, wenn man stattdessen mit dem Laufen anfängt, Kaugummi kaut oder strickt? Das Argument zieht für mich nicht.«

»Für mich auch nicht«, sagt sie. »Ich finde, solange ich mich vom Sprit fernhalte, zählt es. Nicht dass das leicht wäre.«

»Immer noch?« Ich hatte angenommen, es ginge ihr super. Sie *wirkt* wie jemand, der sich unter Kontrolle hat.

Mays Gesicht verdunkelt sich. »Ich rede nicht ohne Grund mit dir nie über die *AA*. Das Thema ist unsexy.«

»Also …« Da bin ich überfordert. »Ich finde alles, was du machst, sexy. Wieso erzählst du mir also nicht davon? Du gehst zu diesen Treffen, stimmt's? Wie ist das so?«

Sie zieht die Decke über ihre umwerfenden Brüste, als müsse sie sich vor dem Thema schützen. »Mich mit Leuten zu treffen, die mich komplett verstehen, ist wichtig für meinen Genesungsprozess. Aber das Ganze ist nicht gerade eine Party.«

»Viele herzzerreißende Geschichten?«, vermute ich. Ich weiß, dass Alkoholismus Familien auseinanderreißen kann.

»Manchmal komme ich mir bei den *AA* wie ein Möchtegern vor«, sagt May. Sie trinkt einen Schluck und lehnt dann ihren Kopf an meine Schulter. »Jeder da hat mehr verloren als ich.«

»Aber das ist doch *gut*, nicht wahr? Du möchtest doch nicht mit ihnen tauschen.«

»Nein. Natürlich nicht. Ich meine nur, dass Frauen, die mit sieben Jahren sexuell missbraucht worden sind, eher ein Recht auf ihre Bewältigungsstrategien haben als ich. Sie haben quasi bessere Gründe für ihr Leiden.«

»Nee«, wende ich ein. »Das kann niemand für den anderen entscheiden.«

Sie fährt mit dem Finger eine Wölbung auf meiner Brust nach. »Ich weiß, dass ich so denken *sollte*. Trotzdem scheint es mir manchmal wahr zu sein. Ich habe eine gute Familie, und mir stehen alle Möglichkeiten offen. Bloß dass ich gelernt habe, mich mit Alk zu betäuben, statt sie um Hilfe zu bitten.«

»Warte. Wann hast du gelernt, dich mit Alk zu betäuben?«, frage ich sie. Wir reden sonst nie darüber. Ich möchte sie nicht bedrängen, aber sie ist mir wichtig, und ich bin neugierig.

»In meinem zweiten Jahr am College starb mein Vater. Das habe ich nicht gut weggesteckt. Im dritten Jahr ging Lark dann für ein Semester ins Ausland, und es gab niemanden mehr, dem ich in die Augen schauen musste. Ich war super einsam. Dann kam ich mit einem Kerl zusammen, der gern die Oberhand hatte …« Sie hebt den Kopf von meiner Schulter. »Aber nicht auf die spaßige Art«, fügt sie hinzu.

»Er hat dich kontrolliert?« Ich stelle die Bierflasche auf dem Nachttisch ab und schenke ihr meine volle Aufmerksamkeit.

»Kann man so sagen.« Ihre Stimme ist tonlos. »Er hat mich geschlagen, wenn ich ihm widersprach.«

»Aggh«, mache ich bestürzt. Wer zum Teufel könnte May Shipley schlagen? Das ist, als würde man einen Welpen treten. »*Bitte* sag mir, dass er keine Rolle mehr in deinem Leben spielt.« Ich habe eine Hand zur Faust geballt, als könnte ich dem Kerl jetzt gleich eine verpassen.

»Scheiße, ja. Hab ihn seit meinem Abschluss nicht mehr gesehen. Mein letzter Stand ist, dass er nach Kalifornien gezogen ist.«

Gott sei Dank. Jetzt kämpfe ich allerdings mit dem Bild, wie May sich vor irgendeinem Arschloch duckt. Also ziehe ich sie an mich, denn so weiß ich wenigstens, dass ihr nichts passieren kann.

»Eigentlich habe ich erst in dem Semester zu trinken angefangen, als Lark weg war. Ich war einsam, und er hat mir gern erzählt, wie unzulänglich ich sei. Betrunken kam mir mein Leben leichter vor. Und wenn ich betrunken war, hat er mich auch besser behandelt, als wenn ich nüchtern war.«

Jetzt koche ich innerlich.

»Dann hat er seinen Abschluss gemacht, das rettete mich vor ihm. Er hat eine Stelle in einer anderen Stadt angenommen und mit mir Schluss gemacht. Es ist also nicht so, als wäre ich irgendwann aufgewacht und so schlau gewesen, mir diesen Bullshit noch länger gefallen zu lassen. Es hat sich einfach von selbst erledigt. Aber zu dem Zeitpunkt hatte ich schon gemerkt, wie angenehm es war, sich taub zu fühlen. Also hab ich mich im Abschlussjahr weiter betrunken.«

»Was hat Lark davon gehalten?« Ich frage mich, warum niemandem aufgefallen ist, dass May ein Problem hat.

»Tja …« May zögert. »Wir waren auf dem College. Es wurde ständig viel getrunken. Lark hat sich mit mir besoffen. Aber sie hatte andere Gründe. Sie musste bloß mal die

Sau rauslassen. Ich habe sogar getrunken, wenn ich allein zu Hause blieb. Ich habe es vor ihr verheimlicht.«

»Mmm.« Ich streiche ihr übers Haar und schweige, weil ich keine Ahnung habe, wie das ist. Ich trinke zwar gern Craft-Bier, aber ich brauche es nicht, um den Tag zu überstehen.

Sie schmiegt die Wange an meine Haut und seufzt. »Sorry. Ist 'ne lange Geschichte.«

»Ich höre dir gern zu. Hat in deiner Familie sonst noch jemand Alkoholprobleme?«

»Nein. Sie verstehen es nicht. Und das Lustige daran ist, dass ich sie auch nicht verstehe. Wie kann ihnen Alkohol so egal sein, wenn ich doch so ein *Verlangen* danach habe?«

»Immer noch?«

May verzieht das Gesicht. »Ich erzähle dir echt nicht gern von all meinen Fehlern, okay? Du bist ziemlich gut darin, so zu tun, als wäre ich ein fröhlicher Mensch, mit dem man Spaß haben kann.«

»Bist du doch auch.« Mit einer Hand streiche ich sanft über ihr Apfelbaum-Tattoo. »Wir haben immer Spaß.«

Mays Miene sagt mir, dass sie mir nicht glaubt.

Unter dem Bett stößt der Kater gegen irgendetwas, und ich zucke zusammen. Dann höre ich ein lautes Miauen. »Mann. Ich vergesse ständig, dass er hier ist.«

»Wird Hamish wieder gesund?«

Ich streiche ihr übers Haar, ehe ich antworte. »Ich hoffe es. Das muss er. Er geht *in Rente*. Es ist echt nicht fair, wenn man, kurz bevor man in Rente geht, so krank wird.« Um die Wahrheit zu sagen, sah er beschissen aus, als ich ihn das letzte Mal gesehen habe. »Es gab irgendwelche Komplikationen bei seiner OP, deswegen ist er jetzt in einem Pflegeheim. Er wollte nicht drüber reden, und ich wollte nicht neugierig sein. Ich besuche ihn bloß und bringe ihm Muffins vorbei.«

»Muffins?«

»Ja – er mag Zitrone-Mohn. Und er hat mich gebeten, Bukowski eine Weile zu mir zu nehmen. Er sagte: ›Ich weiß doch, wie gern du Miezen magst, Alec.‹«

May lacht an meiner Brust.

»Aber sein eigener Sohn wollte die Katze nicht nehmen. Das ist vielleicht ein Scheiß.« Ich bin müde. »Trinken wir noch das dritte oder soll ich es wegkippen?«

»Ich hab genug.« Sie gähnt. »Du kannst auch richtiges Bier trinken, wenn ich hier bin, weißt du. Ich werde nicht durchdrehen und es dir aus den Händen reißen.«

»Ich kann tagtäglich ohnehin schon jede Menge Bier haben.«

»Du brauchst dir keine Umstände zu machen.«

Das sagt sie immer. Aber so langsam stelle ich fest, dass ich mir ihretwegen gern Umstände mache.

Mein Handy vibriert auf dem Nachttisch, als ich eine Nachricht bekomme. Ich versuche, es zu ignorieren, doch dann vibriert es wieder. »Tut mir leid«, sage ich. »Da muss ich nachsehen. Smitty war in letzter Zeit nicht gerade der zuverlässigste Mitarbeiter.«

»Immer noch? Das ist ätzend.«

Ja, voll. Und als ich auf mein Handy schaue, lese ich dort tatsächlich Smittys Namen. Aber da sind auch eine ganze Reihe Nachrichten von Chelsea.

Smitty schreibt: *Chelsea ist hier unten und sucht dich.*

Oh Mann. Ich hatte so eine Ahnung, dass sie heute Abend vorbeikommen würde. Deswegen habe ich unten am Türschloss den Zahlencode geändert.

Sie sagt, dein Wagen steht auf dem Parkplatz, aber du antwortest nicht auf ihre Nachrichten.

»Scheiße«, murmele ich.

Ich hab ihr gesagt, dir ging's nicht so gut und dass du dich wahrscheinlich hingelegt hast.

Danke, antworte ich.

»Probleme?«, fragt May.

»Nee, alles gut.« Ich zwinge mich, das Handy wegzulegen.

»Alle wollen was von dir«, sagt sie.

Nicht zum ersten Mal habe ich das Gefühl, dass May mich ziemlich gut durchschaut. Das sollte mir unheimlich sein, ist es aber gar nicht. »Irgendwer hat eben immer Lust, Party zu machen.«

»In deinem Bett?«, fragt sie und zieht dabei die Augenbrauen hoch.

»Manchmal.« Mehr will ich dazu allerdings nicht sagen. »In letzter Zeit will Selena nur noch mit dir Party machen.« Ich muss einen Witz darüber machen, ich glaube nämlich, May würde mich fallen lassen, wenn sie denkt, dass ich Gefühle für sie entwickele.

May schnaubt. »Selena. Wie bin ich nur auf den Scheiß gekommen?«

»Wie geht's Selena eigentlich? Hast du sie schon ins Bett gekriegt? Oder trinkt ihr zwei immer noch Kakao und werft euch am Esstisch schmachtende Blicke zu?«

»Oh, sie ist jetzt meine Ische«, sagt May, woraufhin ich lachen muss. »Selena hat die Freuden des Lesbensex für sich entdeckt.«

»*Tatsächlich.*« Ich rutsche näher. »Erzähl mir alles.«

Mays Augen leuchten vor Belustigung, als sie sich an mich kuschelt. »Sie hat jetzt einen Busen-Fetisch. Sie fasst ständig meine Brüste an. Und wenn sie allein ist, spielt sie einfach mit ihren. Du weißt schon, so, wie Männer glauben, dass Frauen es immerzu wollen müssten.«

Ich schnaube. »Erzähl weiter.«

»Sie liebt Rollenspiele, also habe ich ihr einen Krankenschwesternkittel besorgt.«

Mein Bauch vibriert vor Lachen. »Was ist mit Kissenschlachten?« Die spielen eine zentrale Rolle in Lesben-Pornos.

»Oh, na klar. Wir wälzen uns manchmal in einer Wolke aus Federn herum. Und wir flechten uns die Haare, bis wir merken, dass wir lieber die 69 machen wollen.«

»Selena hat also lange Haare? Ich glaube, den Film hab ich gesehen.« Ich setze die Bierflasche an.

Sie stößt mich mit dem Ellbogen an. »Nein, Dummkopf. Wir flechten uns die Schamhaare.«

Da verschlucke ich mich fast an dem letzten Schluck Bier. »Du bist so doof«, sage ich hustend.

»Ach, komm. Echte Lesben können sich gegenseitig die Achselhaare flechten. Nein – die Haare an den Beinen.«

»Wer holt hier jetzt die Klischees raus? Ja wohl nicht nur ich.« Ich drücke sie. »Jetzt beschreib mir mal deine Fantasie. Nicht meine. Wohin führt das mit Selena?«

May seufzt. »Das ist es ja. Ich weiß es nicht mehr.«

»Ärger im Paradies? Ist sie nicht dein Typ?«

»Ich dachte schon.« May legt einen Arm um meine Taille und streichelt meinen Bauch. »Ich dachte, ich könnte einen Menschen finden, der sich dasselbe wünscht wie ich. Mit Frauen kam es mir einfacher vor. Als hätte man automatisch auch die gleichen Ansichten, wenn man dieselben Schuhe trägt. Aber so war es dann nicht. Und ich habe keine Lust mehr, es weiter zu versuchen.«

»Oh.« Ich streichle über ihren weichen Arm. »Da spricht bloß die Wut aus dir. Nach einer Weile siehst du das bestimmt anders.«

»Vielleicht.« Sie küsst meine Hand. »Ich glaube, Beziehungen sind einfach nichts für mich. Wenn es darum geht, fliegt mir immer bloß alles um die Ohren. Ich hatte lauter Pläne für Daniela und mich. Sie hörte sich immer so an, als wäre sie mit im Boot, aber irgendwann war das vorbei.«

»Was denn für Pläne?«

»Ich wollte später heiraten. Und sie nicht.«

»Hmm. Das will eben nicht jeder.« Ich hatte auch noch nie das Bedürfnis zu heiraten.

»Stimmt. Aber sie wusste, dass ich ein Baby aus China adoptieren wollte. Und sie hat mir immer gesagt, dass sie das auch will. Aber ich glaube, sie hat bloß zu allem genickt, damit ich Ruhe gebe.«

»Wieso aus China?«

May zuckt mit den Schultern. »Dort ist die Adoption ein bisschen einfacher als anderswo. Im Jurastudium habe ich mal ein Praktikum im Bereich Familienrecht gemacht und Adoptionen betreut. Es gibt Websites, auf denen man sich Babys ansehen kann.« Sie hebt den Kopf von meiner Brust. »Es gibt Säuglinge, die jetzt sofort ein Zuhause brauchen. Ich meine – viele Lesben bekommen auf natürlichem Weg Kinder. Aber es kommt mir richtig vor, zu adoptieren.«

»Na ja …« Ich räuspere mich, denn damit bin ich jetzt völlig überfordert. »Daniela war nicht die Richtige dafür. Aber das heißt nicht, dass es nicht trotzdem irgendwann für dich so weit sein wird.«

»Ich weiß. Und ich habe ja auch noch Zeit. Aber durch sie bin ich ein gebranntes Kind. Ich hab das Gefühl, sobald ich etwas will, rinnt es mir durch die Finger.«

»Das Gefühl kenne ich leider.« In letzter Zeit kommt mir die *Gin Mill* so gefährdet vor. Eine falsche Entscheidung, und alles, was ich mir bisher erarbeitet habe, könnte weg sein.

»Wir sollten schlafen«, flüstert May. »Ich mach mich mal bettfertig.«

»Gute Idee«, stimme ich ihr zu.

Sie steht auf, um sich die Zähne zu putzen, und danach ich. Als alle Lichter aus sind, legen wir uns wieder ins Bett.

Wortlos ziehe ich May an mich, bis wir eng aneinandergekuschelt daliegen. Sonst konnte ich nie gut schlafen, wenn eine Frau in meinem Bett war. Ich hatte immer Sorge, ich würde falsche Signale aussenden. Außerdem hatte ich das Gefühl, die ganze Zeit den Gastgeber spielen und voll »da« sein zu müssen, wenn ich eigentlich vielleicht nur Entspannung brauchte.

Aber May ist anders. Sie hört mir zu wie eine echte Freundin, und wenn wir nicht gerade die Laken zum Glühen bringen, stelle ich fest, dass ich ihr alles erzähle, was mir gerade so durch den Kopf geht. Sie macht momentan eine harte Zeit durch, und wenn sie sich nachts neben mir einkuschelt, gefällt es mir, ihr gleichmäßiges Atmen zu hören. Ich habe das Gefühl, ihr eher Schutz zu bieten, als sie zu bespaßen.

Das hört sich albern an. Sie braucht ja keinen Platz zum Schlafen. Was sie aber braucht, ist einen Freund. Und es macht mich wirklich glücklich, dieser Mensch für sie zu sein. Ob sie in meinen Armen stöhnt oder entspannt auf meiner Brust liegt, ich fühle mich ihr nah.

Es ist schön. Unerwartet, aber seltsam befriedigend. May Shipley erfüllt ein Bedürfnis, von dem ich gar nicht wusste, dass ich es hatte.

17

Selena: Zeit für einen Witz?

May: Immer doch.

Selena: Kommt ein Skelett in eine Bar und sagt: »Ich hätte gerne ein Bier und einen Lappen.«

May: Wow. Ich bin sprachlos.

Selena: So gut, hm?

May: :)

Selena: Hab mal 'ne Frage zu einer E-Mail, die ich grade gekriegt habe. Kann es sein, dass ich zu einer Babyparty eingeladen bin? Das muss ein Fehler sein.

May: Selena! Du solltest ganz aus dem Häuschen sein. Mädels lieben Babypartys.

Selena: Du beschränkst mich in meinem Frausein, indem du automatisch annimmst, ich würde mich für die Fortpflanzung weiblicher Cisgender interessieren.

May: Wow. Du hast recht. Mein Fehler.

Selena: Nein, im Ernst. Die Einladung ist ein Fehler, oder? Wer sollte mich denn zu einer Babyparty einladen?

May: Du bist eingeladen, weil 1.) deine Schwester die Party gibt und es 2.) eine für Adams und Evas ist.

Selena: ???

May: Eine Party für Männlein und Weiblein.

Selena: Das ist einfach daneben. Außer richtig Adam und Eva zu spielen. Rrrr. Das ist super.

May: Bei der Veranstaltung ist keine Nacktheit zu erwarten, dafür aber Essen. Jede Menge Essen. Und sicher auch Alkohol. Nicht dass man das mir gegenüber erwähnen würde.

Selena: Soll ich kommen?

May: Aber immer doch. Rrrr.

Selena: Oh, Süße. Aber ich meinte die Babyparty. Du wirst auch da sein, oder?

May: Ja. Und selbstverständlich werde ich die ganze Zeit die Klamotten anbehalten.

Selena: Schade.

May: Natürlich darfst du gerne kommen. Erscheinen. Du weißt schon, was ich meine.

Selena: Solange ich niemandem von unseren außerschulischen Aktivitäten erzähle.

May: Du wirst nicht mal in Versuchung geraten. Auf Babypartys fragen einen alle übers Privatleben aus. Stell dir eine Hochzeit auf Steroiden vor.

Selena: Letztes Mal, als ich auf einer Hochzeit war, hab ich dich gebeten, mit mir zu tanzen.

May: Hab ich gemerkt. Ich hab angenommen, ich tat dir leid, weil Daniela sich wie eine Megazicke aufgeführt hat.

Selena: Wenn du und ich tanzen, dann nie aus Mitleid.

May: HEUTE stimmt das.

Selena: Na gut. Auf der Hochzeit hab ich dich aus einem anderen Grund gefragt.

May: Lag es daran, dass ich das gleiche Kleid anhatte wie vier andere Frauen und du mich verwechselt hast?

Selena: Nein. Es lag daran, dass ich den Freund meiner Schwester nicht mag und ihm in die Parade fahren wollte.

May: Er tanzt allerdings sehr gut. Fast wie ein Profi.

Selena: Willst du damit sagen, dass eigentlich du die Gestrafte warst, als ich dich gefragt habe, ob du mit mir tanzt?

May: :)

Selena: Entschuldige bitte.

May: Ich bin drüber weg. Aber ist dir aufgefallen, was du gerade meintest: Ich mag den Freund meiner Schwester nicht. Du wolltest sagen, MOCHTEST ihn nicht, oder? Inzwischen musst du ihn doch ganz okay finden.

Selena: Er hat meine Schwester geschwängert.

May: Und sie scheint ziemlich glücklich darüber zu sein. Außerdem ist er ein guter Papa, der in ein paar Monaten seine Karriere beendet, um bei den beiden zu sein.

Selena: Das spielt alles keine Rolle, er hat meine Schwester geschwängert, und das werde ich ihm nie verzeihen.

May: Niemals?

Selena: Wahrscheinlich nicht. Nein.

May: Ziemlich nachtragend.

Selena: Das steckt einem Kerl in der DNS.

May: Was steckt denn noch in deiner DNS?

Selena: Das.

[Vielsagendes Foto davon einfügen, wie Alec seinen Hosenschlitz aufmacht.]

May: Das ist fies. Ich kann mich heute Abend nicht mit dir treffen. Aber jetzt möchte ich gern.

*Selena: Du kannst nicht? *Heul**

May: Sorry.

*Selena: *Schmoll**

May: Ich kann nicht jeden Abend abhauen. Abgesehen davon brauche ich meinen Schlaf.

Selena: Kommt ein Pferd in eine Bar. Fragt der Barkeeper: »Warum so ein langes Gesicht?«

May: Gute Nacht, Selena.

Selena: Gute Nacht, Süße.

18

Alec

Als ich die Haustür meiner Schwester aufmache, ist das Erste, was ich sehe, ein riesiges Gebinde glänzender Luftballons in Rosa und Blau. *Uff.* Ich kann nicht glauben, dass ich eine halbe Samstagsschicht in der Bar schwänze, um zu einer Scheißbabyparty zu gehen.

So ist das also, wenn man alt wird.

Während ich die Schuhe an der Fußmatte abtrete, verschaffe ich mir einen Überblick. Zaras Wohnzimmer ist voller Leute, die meisten davon kenne ich. Allerdings haben alle entweder eine rosafarbene oder eine blaue Wäscheklammer am Oberteil, als wäre das ein neues Trend-Accessoire.

Mein erster Gedanke ist: *Wie schnell kann ich wieder gehen?*

Aber dann schaue ich mich im Raum um und bleibe bei einer Gruppe Leute vor Zaras Kamin hängen. Ich erhasche nur einen Blick auf Mays Hinterkopf. Aber das reicht anscheinend. Der Drang, wieder zu gehen, löst sich einfach in Luft auf. Und als sich die Leute zwischen uns bewegen, kann ich sehen, dass sie ein Strickkleid trägt, das an genau den richtigen Stellen eng anliegt. Plötzlich tut es mir sehr leid, dass ich darauf bestanden habe, meine Bar heute Abend selbst zuzusperren. Lieber würde ich die Nacht mit May verbringen.

Doch es ist nicht nur reine Anziehungskraft. Sie hat mich noch gar nicht bemerkt, und trotzdem spüre ich eine Verbundenheit mit ihr, die ich nicht gewohnt bin. Als gäbe es nur sie und mich.

Ich hatte so was noch nie. Vielleicht ist es das, wovon die ganzen Lieder im Radio handeln.

Jedenfalls weiß ich gar nicht, wie ich das in Worte fassen soll. Und ich glaube auch nicht, dass May es im Moment hören wollen würde. Als ich also mein Handy raushole und eine Nachricht tippe, schreibe ich etwas ganz Normales. *Selena findet, du siehst hot aus heute Abend. Drei Schnipser mindestens.*

Nachdem ich auf »Senden« gedrückt habe, gucke ich absichtlich in eine andere Richtung. Ich gehe den werdenden Eltern Hallo sagen. Audrey sieht sehr rund und sehr glücklich aus. Ich gebe ihr einen Kuss auf die zu einem Lächeln verzogene Wange und schüttele Griffin dann die Hand. »Du siehst furchtbar entspannt aus für einen Kerl, der das ganze nächste Jahr über kaum Schlaf kriegen wird.«

»Ich schlafe jetzt schon nicht viel«, wendet er ein. »Wenn man Kühe hat, ist man dran gewöhnt, früh aufzustehen.«

»Na gut.« Ich gebe seiner strahlenden Frau die Geschenktüte.

»Ooh!«, sagt sie. »Was hast du fürs Baby mitgebracht?«

»Babysachen. Ehrlich gesagt habe ich keine Ahnung. Meine Mutter hat sie ausgesucht.«

Die beiden lachen schallend. »Der ehrliche Alec«, sagt Audrey und wischt sich die Augen. »So nennt dich Zara.«

»Einen netteren Spitznamen hat sie mir noch nie gegeben«, stelle ich fest, und die beiden lachen wieder. Dabei stimmt es. Ich bin schon *zu* ehrlich. In meiner Familie bin ich das mittlere Kind, das immer so mitgelaufen ist. Ich hatte nie was zu befürchten, wenn ich ehrlich war, weil mir sowieso nie jemand Beachtung geschenkt hat.

Wo ich gerade von meiner Familie spreche – ich erspähe meine Schwester, die gerade nebenan im Esszimmer lauter Tabletts mit Essen auf dem Tisch arrangiert. *Jetzt verstehen wir uns.* »Sieht aus, als hätte meine Schwester ein bisschen was gekocht. Kann ich euch was mitbringen?«

»Ich stelle uns einen Teller zusammen«, sagt Griff zu seiner Frau. Und dann folgt er mir ins Esszimmer, wo ich meine Schwester begrüße, indem ich ihr am Pferdeschwanz ziehe. Dann schnappe ich mir eine Mini-Quiche von einem der Tabletts und schiebe sie mir in den Mund.

»Alec! Du bist ja auch da!«

»Ich hab gehört, hier gibt's was zu essen«, sage ich mit vollem Mund.

»Sehr stilvoll«, beschwert sich meine Schwester.

»Du kennst mich doch. Wieso tragen alle so eine …?« Ich deute auf ein Glas voll mit diesen komischen Wäscheklammern. »Nur du nicht, Z.«

»Oh, ich habe meine schon verloren. Es ist ein Spiel. Wenn jemand dich dabei erwischt, wie du *Baby* sagst, kriegt derjenige deine Klammer. Wer die meisten einsammelt, hat gewonnen.«

»Das ist alles? Voll einfach. Ich sage dieses Wort nie.«

Grinsend greift sie nach einer blauen Klammer und klemmt sie an die Brusttasche meines Hemds. »Doch, na klar. ›Hey Baby, willst du mit raufkommen und dir meinen Whirlpool ansehen?‹«

Autsch. Und Griffin lacht sich schlapp.

»Viel Glück.« Zara klopft mir auf die Schulter. »Der Gewinner kriegt eine Woche lang kostenlosen Kaffee im *Busy Bean*.«

»Bin dabei!« Meine Schwester lässt mich genauso für meinen Kaffee bezahlen, wie ich meinen Geschwistern ihre Biere berechne. Wenn man vier Geschwister hat, kann man nicht einfach alles kostenlos rausgeben.

»Nimm dir doch bitte einen Teller, ja?«, schimpft sie mich aus, als ich mir ein Mini-Würstchen im Schlafrock schnappe. »Du verteilst lauter Krümel auf meinem Tisch.« Sie drückt mir einen Teller in die Hand, den ich mit Essen belade.

Mampfend verdrücke ich mich wieder in das volle Wohnzimmer. Wieder wandert mein Blick direkt zu May. Ich spüre ihre Gegenwart so heftig, das ist neu für mich. Frauen haben mich schon immer angezogen, aber normalerweise lässt mein Interesse nach, sobald ich sie ins Bett gekriegt habe.

Jetzt gerade möchte ich jedoch wissen, worüber May und Lark sich unterhalten und wo sie heute essen waren. Ich möchte mehr von May, als sie nur nackt zu sehen.

Auch wenn es ziemlich klasse ist, sie nackt zu sehen.

May scheint zu spüren, dass ich zu ihr schaue, denn sie wendet plötzlich den Kopf. *Erwischt.* Ich zwinkere ihr zu. Sie lächelt mir geheimnistuerisch zu und guckt dann wieder weg, weil sie unauffällig sein will.

Zum ersten Mal nervt mich die ganze Heimlichtuerei so richtig. Das ganze Haus ist voller Paare, die zusammen stehen. Ich weiß, dass May und ich kein richtiges Paar sind, das heißt aber noch lange nicht, dass ich mir hier drüben auf der anderen Seite des Raums wie ein Stalker vorkommen muss.

Mein Unterbewusstsein stachelt mich an. *Vielleicht sollen die Leute nicht wissen, dass sie sich mit einem der Rossi-Brüder abgibt.*

Mein Unterbewusstsein ist voll das Arschloch.

Gott, ich bin vielleicht in einer bedenklichen Stimmung. Ich werde noch ein paar Hände schütteln und dann zusehen, dass ich hier wegkomme.

»Zeit für das Babyfläschchen-Spiel!«, sagt Audrey, als Zara ein Tablett neben ihr abstellt.

»Du hast gerade das B-Wort gesagt«, stellt Griffin fest.

»Oh Mann!« Sie verdreht die Augen, macht die Klammer von ihrem Pulli los und gibt sie Griffin. »Das ging ja schnell. Okay, Leute. Ihr braucht nur den Bieren in den Flaschen hier die richtigen Marken zuzuordnen.« Sie zupft das Tuch von dem Tablett, und – Überraschung! – darunter stehen acht Babyfläschchen mit verschiedenen Bieren darin.

Das ist die seltsamste Party ever.

»Der Gewinner darf sich als Erstes ein Bier holen«, verkündet Audrey, was schon ein bisschen mehr Sinn ergibt. Nur dass ich von hier aus sehen kann, dass der Tisch mit den Getränken gut gefüllt ist.

»Alec, das ist ein Spiel für dich«, sagt meine Schwester und gibt mir einen kleinen Zettel, auf dem acht Biere stehen.

»Und ob! Das ist kinderleicht.« Ich nehme mir einen Stift und schiele zu den Flaschen. Nummer fünf ist eindeutig das Coors Light. Kein anderes hat so eine blasse Farbe …

»Hey, Bock auf Gemüse?«

Mays Stimme ist sanft, und ich spüre ihre Gegenwart wie eine warme Brise. »Was zu essen? Immer doch«, sage ich und lächle sie an.

Sie hält ein Tablett hoch. »Magst du die?« Sie zeigt auf die eine Seite.

»Klar, Süße«, sage ich. »Aber falls du versuchst, mich dazu zu bringen, dass ich ein anderes Wort für Mini-Karotten sage, kannst du es vergessen.«

»Mist«, grummelt sie und nimmt sich eine Baby-Karotte. »Du bist gar nicht so leicht reinzulegen.«

»Immer unterschätzen mich die Leute«, beschwere ich mich und fülle meinen Bierzettel aus.

»Ich nicht«, sagt sie im Flüsterton. »Ich kenne deine Vorzüge ganz genau.«

Ich lache dermaßen unvermittelt laut los, dass sich einige Köpfe umdrehen, um zu sehen, was so lustig ist.

May guckt lächelnd zu Boden. »Ich hab deine Nachricht gekriegt. Danke.«

»Dafür nicht«, sage ich und sortiere noch zwei weitere Biere zu. »Das Kleid steht dir. Kann ich es dir später ausziehen?«

»Meintest du nicht, du müssest die Bar zusperren?«

»Für dich würde ich schwänzen«, sage ich leise. Das sollte ich nicht tun, würde ich aber.

Sie sieht hin- und hergerissen aus. »Ich habe angeboten, Griff und Audrey zu helfen, die Babygeschenke nach Hause zu bringen«, sagt sie und schaut auf ihren eigenen Bierzettel. »Kann ich bei dir abschreiben? Ich bin bei diesem Spiel im Nachteil. Welches ist das Stout und welches das Porter?«

»Das ist einfach«, murmele ich. Sie steht so dicht neben mir, dass mich ihr Duft verrückt macht. »Das Stout *steht* besser.«

Sie kichert. »Es gibt auch zotige Witze über Bier? Wieso überrascht mich das überhaupt?«

»Du hast das Weizen und das Lagerbier vertauscht.«

»Mist. Danke.« Danach geht May mir aus dem Weg, was mich ziemlich trifft. Ich verdrücke noch ein bisschen was von dem Essen meiner Schwester und versuche, nicht auf die Uhr zu sehen. Wenn ich nicht mit May quatschen kann, sehe ich echt keinen Sinn in dieser Party.

»Nächstes Spiel, Leute!« Diesmal winkt Zachariah die Leute zu sich. »Bälle werfen.«

Alle kichern, und dann sehe ich, warum. Die Jonglierbälle haben eine ganz besondere Form, Kulleraugen und einen Schwanz. Es sind *Spermien*. Und sie müssen in ein Loch geworfen werden!

»Bei einer Babyparty hätte ich nicht mit solch versauten Spielen gerechnet«, sage ich und stelle mich hinter Griffin an. »Das ist voll mein Ding. Wetten, du schlägst mich nicht?« Mann, es macht Spaß, den Ex-Footballstar rauszufordern.

»Ich mach dich fertig«, sagt er. »Offensichtlich bin ich sehr gut darin, meine kleinen Schwimmer zu versenken.«

»Und ich nicht?« Auf der anderen Seite des Raums macht May große Augen. Ihre Miene sagt: *Bitte red mit meinem Bruder nicht über deinen Schwanz.*

Stimmt. Keine gute Idee.

Zum Glück bin ich ein Ass in der sehr männlichen Disziplin des Bällewerfens. In der ersten Runde versenke ich drei von drei, und als einer von Griffins Würfen seitlich abprallt, pruste ich los, woraufhin er mich böse anschaut.

»Scheint, als hättest du dein ganzes Leben lang auf diesen großartigen Moment gewartet«, sagt Zara. »Du bist eigenartig gut in diesem Spiel.«

»Das muss vererbt sein. Fünf Kinder in unserer Familie.«

Meine Schwester verdreht die Augen, und Griffin ignoriert mich. Wie immer.

Die zweite Runde läuft für mich genauso gut – drei Spermien schwirren ins Loch. »Ich werde richtig geil«, witzele ich. »Was kriegt man hierfür? Ach, schon klar, ein B … « Ich unterbreche mich gerade noch rechtzeitig. »Nachwuchs.«

Mehrere Frauen stöhnen, weil ihnen gerade die Chance entgangen ist, mir meine blaue Wäscheklammer abzunehmen.

Ich trete zur Seite, damit die anderen ihr Glück versuchen können. »Zach, ruf mich, wenn noch jemand die volle Punktzahl hat und es ein Stechen gibt.«

»Mach ich, Mann.«

May ist verschwunden, und ich stehe allein neben Griffin – dem falschen Shipley natürlich. »Wie laufen die Geschäfte?«, fragt er mich. Warten etwa alle darauf, dass ich pleitegehe?

»Kann mich nicht beschweren.«

»Giltmaker will, dass ich in ihr neues Projekt investiere«, sagt er. »Sie wollen eine Kleinbrauerei mit Bierausschank eröffnen.«

Oh, scheiße. »Du machst Witze.«

»Lyle sagt, wenn ich mich beteilige, verkaufen sie dort ausschließlich Shipley-Cider.«

Als ich das höre, verschiebt sich irgendwas in meinem Bauch. Denn jetzt kapiere ich, wie das laufen wird. Griffin kann es sich nicht leisten, diese Gelegenheit auszuschlagen. Natürlich möchte er sich mit einer der angesagtesten Brauereien Vermonts zusammentun.

Ich bin bloß ein Zwischenhändler, den sie wegdrängen können. Ich bin so was von am Arsch. Die Großen streichen immerzu die fette Kohle ein, während die Kleinen sich zu ihren Füßen tummeln und hoffen, ein paar Krümel abzubekommen.

»Machst du's?«, frage ich und kenne die Antwort bereits.

»Ja. Ich schwimme gerade nicht unbedingt in Geld, aber ich kann die Summe wohl irgendwie zusammenkratzen.«

»Cool. Viel Glück«, presse ich hervor. »Entschuldige mich.« Zu mies drauf, um zu reden, haue ich ab. Oder versuche es zumindest. Zaras Haus ist voller, als ich es für möglich gehalten hätte. Ruth Shipley scheucht Audrey ins Arbeitszimmer, damit sie ein paar Geschenke aufmacht, und irgendwie kann ich May nicht finden.

Dann entdecke ich sie in der Nähe des Tisches mit den Getränken. Das wäre an sich kein Ding, wenn sich nicht irgend so ein Blödmann in einem Weihnachtspulli an sie ranmachen würde. Er hat ein breites Lächeln im Gesicht, das May höflich erwidert.

Und ich dachte schon, meine Laune könnte nicht noch mieser werden.

Mr Pulli zieht diese Nummer durch, wo man die Frau am Handgelenk berührt, während man etwas sagt. Nur eine leichte Berührung, um ihr zu signalisieren, dass man auf sie steht. Bei seinem nächsten Spruch legt er dann kurz die Hand an ihren Ellbogen. *Meine Hände könnten deinen ganzen Körper berühren.*

Es ist schmierig. Ich weiß das, weil ich es selbst schon eine Million Mal so gemacht habe.

Jetzt koche ich. Benito ist Polizist; Mr Pulli zu ermorden wäre also eine schlechte Entscheidung. Trotzdem denke ich darüber nach.

Ich scheine auch nicht besonders subtil dabei zu sein, denn May wirft mir einen komischen Blick zu.

Vielleicht liegt es daran, dass ich die Fäuste balle.

Der Pulli-Typ hört aufmerksam zu, während May eine Geschichte erzählt. Er starrt sie an, als gäbe es keine andere Frau auf diesem Planeten. Er beugt sich sogar vor, als wolle er sie besser hören.

Ich dagegen bin der einzige Kerl hier, den sie *nicht* in ihre Nähe lässt. Deswegen bin ich auch gerade so gereizt. Was verdammt noch mal ist denn so verkehrt an mir, dass man ein großes Geheimnis aus mir machen muss?

Shipleys kommen nicht mit Rossis zusammen, habe ich meiner Schwester mal erklärt, als sie wegen Griff Liebeskummer hatte. *So läuft das eben nicht.*

Jetzt geht der Witz auf meine Kosten. Es ist nicht so, dass ich die Spielregeln vergessen hätte. May und ich werden nie ein richtiges Paar sein. Aber hier zu stehen und zuzusehen, wie der andere Kerl schon wieder raffiniert ihren Arm berührt, beunruhigt mich. Irgendwie hab ich ein Problem damit.

Mir wird klar, dass ich dabei bin, mich in sie zu verlieben.

Scheiße.

Gerade als dieser Gedanke meinen Dickkopf durchdringt, beugt sich der Sack im grellen Pulli vor und umarmt sie. May legt die Arme um seinen Hals und schließt die Augen.

Und das zerreißt mich. Diese Umarmung sollte mir gelten.

Mann über Bord! Es ist offiziell, ich bin verloren. Aus mir ist gerade einer dieser Typen geworden, über die ich mich sonst immer lustig gemacht habe – so einer, der es plötzlich genauso gut findet, sich abends mit seiner Freundin auf die Couch zu kuscheln, wie mit seinen Jungs loszuziehen. Offenbar hat es mich erwischt. Und ich bin glücklich darüber.

So geht es also der anderen Hälfte der Menschheit.

Ehe ich es überhaupt merke, habe ich schon den Raum durchquert und tippe ihr auf die Schulter. »Möchtest du irgendwas?«, frage ich sie mit zusammengebissenen Zähnen. »Eine Limo? Ich wollte mir selbst gerade was holen.«

May und der Pulli-Typ lösen sich voneinander. Und dann sehen sie mich beide an, als wäre ich irre. Genauso wie einige Leute in der Nähe.

»Ich möchte gerade nichts trinken«, sagt May und schenkt mir einen eiskalten Blick.

»Also«, sagt der Typ zögerlich. »Es war schön, dich zu sehen, May. Ich werd …« Der Rest des Satzes geht unter, denn er geht weg und verlässt den Raum.

»Was sollte das denn?«, zischelt May.

»Was sollte was?«

Sie macht riesengroße Augen. »Dieses ganze Höhlenmenschen-Gehabe.«

»Ich hab dir bloß was zu trinken angeboten. Mehr nicht.«

May blinzelt. »Du bist eifersüchtig.«

»Vielleicht ein bisschen.« *Wohl eher so richtig.* »Ist das schlimm?«

»Können wir bitte woanders darüber reden?«

»Aber wieso denn nicht hier? Ich weiß, dass ich kein toller Fang bin. Aber Ebola habe ich jetzt auch nicht.«

Wir stehen einen langen Augenblick da und starren einander wütend an. Wir hören erst auf, als etwas gegen meine Beine knallt. Wie sich herausstellt, handelt es sich bei dem Geschoss um meine Nichte Nicole.

Ich bücke mich, um sie hochzuheben, und sehe dann, dass Zara ihr nacheilt. »Sie will nicht ins Bett.«

»Buch!«, verlangt Nicole.

»Ich lese dir ein Buch vor«, sage ich sofort. Ich sollte eigentlich zur Bar losfahren und arbeiten, aber Zara sieht erschöpft aus, und May starrt mich böse an. Nicole mag mich gerade lieber als alle anderen Frauen hier im Raum.

»Würdest du?« Zara seufzt. »Dafür kriegst du morgen Kaffee umsonst.«

»Deal.«

»Ack!«, sagt die kleine Tyrannin zu mir. »Meins«, erklärt sie und greift nach der Wäscheklammer an meiner Brusttasche.

»Okay, *Baby*«, sage ich und küsse sie dann auf ihre zarte kleine Wange.

Mays Miene wird endlich weicher. Wie sie mich jetzt ansieht, gefällt mir viel besser als ihr Blick noch vor einer Minute.

Natürlich kann ich das nicht laut sagen. Denn damit würde ich eine Regel brechen, deren Sinn ich nicht mehr verstehe.

Also trage ich Nicole aus dem Zimmer und die Treppe hoch.

19

May

Als ich zusehe, wie Alec geht und mit seinen langen Beinen zwei Treppenstufen auf einmal nimmt, bin ich gleichzeitig sauer auf ihn und enttäuscht, dass er weg ist.

So geht das heute Abend im Grunde die ganze Zeit. In dem Moment, als er zur Tür hereinkam, spürte ich, wie mir seine Hitze entgegenschlug, sie galt mir. Und das gefiel mir *unheimlich*. Wie Alec mich ansieht – wie er mich behandelt –, schmeichelt mir.

Aber das ist nicht echt.

Wenn Alec mich ansieht, sieht er seinen sexy Fuckbuddy. Die anderen, komplizierteren Seiten von mir sieht er nicht. Er hat die Jahre nicht mitbekommen, in denen ich getrunken habe und es leugnete. Und er kann nicht sehen, wie panisch ich innerlich bin – wegen meiner Arbeit, meines ganzen Lebens.

Und wegen meiner Abstinenz, die mir manchmal so belastbar vorkommt wie eine einzelne dünne Spaghetti.

Ich habe keinen Schimmer, warum er sich wegen des total netten Kerls mit dem fragwürdigen Pullovergeschmack, der sich mit mir unterhalten hat, so komisch benommen hat. Es ist schließlich nicht gerade so, als würde mir das ständig passieren.

Von Anfang an hat Alec die Bedingungen unserer vorübergehenden kleinen Vereinbarung unmissverständlich klargemacht. Er sei *kein Typ für eine Beziehung*, hat er mir gesagt. Gegen feste Bindungen sei er allergisch.

Das stört mich auch überhaupt nicht. Aber wenn er mir eine Szene macht, ist das nicht in Ordnung.

Lark schleicht sich neben mich. »Okay, ich will ja nicht neugierig sein.«

»Aber fragen wird sie trotzdem«, fügt ihr Verlobter Zach hinzu. Dann lacht er.

»Alec schien es nicht besonders zu gefallen, dass der Kerl mit dem Pulli dich angemacht hat. Was ist da los?«

»Ich weiß es wirklich nicht«, antworte ich, weil das bis zu einem gewissen Grad die Wahrheit ist. »Woher kennst du Officer Nett überhaupt?«, fragt Lark. Dann muss sie kichern. »Officer Nette *Hände*. Er hat dich angemacht.«

»Nein, hat er nicht! Er hat mir mal aus der Patsche geholfen.«

»Ich glaube, er würde dir gern noch ein bisschen mehr helfen«, sagt Zach.

»Japp.« Lark klatscht mit ihrem Verlobten ab. »Verrat uns, woher du ihn kennst. Erzähl die Geschichte.«

»Na ja …« Ich bin mir nicht sicher, ob ihr die Geschichte gefallen wird. »Vor ungefähr anderthalb Jahren hatte ich mächtig Probleme.«

Wie geahnt wird Lark sofort blass. Vor anderthalb Jahren hat sie im Ausland ums Überleben gekämpft. Sie hat lange gebraucht, um darüber hinwegzukommen. Manche Dinge versuche ich niemals anzusprechen, weil ich ihr posttraumatisches Belastungssyndrom nicht damit triggern will.

Aber in dieser Geschichte geht es darum, wie gefährdet ich war, nicht sie.

»Ich habe viel getrunken, und meine Familie hat das schlussendlich gemerkt. Sie fingen an, mich darauf anzusprechen. Ich hab's gehasst. Eines Abends standen sie alle um mich herum und haben versucht, so eine Art Intervention zu starten …«

Zach zuckt zusammen, weil er damals bei uns gewohnt hat und sich wahrscheinlich an das Geschrei erinnert.

»Wie dem auch sei, mir gefiel nicht, was sie zu sagen hatten, und ich war nicht so weit, einzugestehen, dass ich ein Problem hatte. Also bin ich an dem Abend rausgegangen, habe mich in Griffs Pick-up gesetzt und bin damit von unserem Grundstück gefahren. Betrunken.«

»Oh, *Süße*«, sagt Lark.

»Wart's ab – die Geschichte nimmt gar kein so schlimmes Ende. Ich war zu dem Zeitpunkt ziemlich fertig. Ich hatte gar kein konkretes Ziel im Sinn.« Doch ich musste weg von meiner Familie. Obwohl ich wusste, dass sie recht hatten. Ich war schlicht und einfach wütend. Trinken war das Einzige, worauf ich mich freute, und das wollte ich mir von ihnen nicht nehmen lassen.

Da saß ich also hinterm Steuer des Pick-ups meines Bruders, heulte und fuhr wie eine Irre immer weiter. Ich wusste, dass ich nicht fahren sollte, aber es kümmerte mich nicht, außerdem ist auf unserer Schotterstraße sowieso nie jemand unterwegs.

Ich dachte, der einzige Mensch, den ich verletzen könnte, wäre ich selbst. Leider war ich allzu bereit dazu.

»Ich fuhr langsam und kam nicht besonders weit, bis ich die Lichter eines Polizeiautos sah.«

»Officer Nett hat dich angehalten?«, rät Lark.

»Ja.« Er befand sich nicht mal in seinem Zuständigkeitsbereich. Aber das wusste ich nicht. »Ich war betrunken und weinte, aber er war total *nett* zu mir. Das macht mich immer noch sprachlos. Er hätte mich auf die Rückbank des Streifenwagens verfrachten können, aber stattdessen fragte er: ›Hat Ihnen jemand wehgetan? Sind Sie in Gefahr?‹«

Eine ganz simple Frage. Aber dadurch sah ich endlich alles in einem anderen Licht.

»Natürlich sagte ich ihm, dass niemand versucht hatte, mir wehzutun. Daraufhin meinte er: ›Das hier kann auf zwei Arten ablaufen – entweder ich lasse Sie pusten und Sie bekommen am Ende womöglich eine Anzeige wegen Trunkenheit am Steuer. Oder ich gebe Ihnen eine Chance, die Kurve zu bekommen. Sie sind aufgebracht und fahren Griffins Wagen – welches Ende ist Ihnen lieber? Ich erlebe in meinem Beruf viele traurige Ausgänge. Werden Sie nicht auch zu so einem Fall.‹«

»Oh, wow«, sagt Lark.

»Ja. Da kam für mich dann alles zusammen. Als er mich im Streifenwagen die Einfahrt hochfuhr und meine Mutter rausgerannt kam, war ich einfach nur durch. Ich ging ins Haus und sagte ihnen, dass sie recht hatten und ich aufhören müsse, aber dass ich Angst hätte.«

»Wow«, keucht Lark erneut. »Den Teil hast du mir noch nie erzählt.«

»Weil es auch solchen Spaß macht, darüber zu reden«, wende ich ein. »Aber heute Abend konnte ich Officer Nelligan sagen, dass ich seit jenem Tag keinen Tropfen Alkohol mehr angerührt habe.«

Lark wischt sich über die Augen, denn auch sie hat nah am Wasser gebaut. Das haben wir gemeinsam. Aber meine Tränen sind längst getrocknet, weil ich diese Geschichte jetzt schon ein paarmal bei den *Anonymen Alkoholikern* erzählt habe.

»Also, jetzt kommt der Teil, wo du mir verrätst, wieso Alec so sauer geworden ist«, sagt sie.

»Ein andermal, okay? Ist keine große Sache.«

Meine beste Freundin verdreht die Augen. »Da muss sehr wohl was dahinterstecken. Dann das nächste Mal, wenn wir uns auf einen Kaffee treffen?«

»In Ordnung.«

»Ich hätte morgen Zeit«, setzt sie hinzu.

»Manche von uns müssen arbeiten«, stelle ich fest. »Wie läuft's mit der Hochzeitsplanung?« Ich achte darauf, Lark jedes Mal danach zu fragen, wenn wir uns unterhalten. Um meine Begeisterung zu zeigen.

»Super«, sagt Zach. »Wir haben eine Band gefunden. Und Larks Mom lässt ein Streichquartett aus Boston kommen, weil sie nicht glaubt, dass es hier in Vermont Leute gibt, die Geige spielen können.« Es legen sich Fältchen um seine Augen, als er lächelt, und Lark dreht den Kopf zu ihm wie eine Blume zur Sonne und erwidert sein Lächeln.

Sie sind so ekelhaft süß zusammen, dass ich mir oft wie das fünfte Rad am Wagen vorkomme. Ich weiß, dass ich mir das bloß einbilde, aber ich kann es einfach nicht abschalten.

»Nächsten Monat haben wir ein Probeessen«, sagt Lark. »Wir setzen uns in den Ballsaal des *Inn* und bekommen Mini-Portionen von allem serviert, damit wir das Menü festlegen können. Willst du mitkommen?«

»Klar!«, sage ich vorschnell. *Gibt es auch eine Weinprobe?*, erkundigt sich meine Sucht. Keine Ahnung, warum ich bei der Vorstellung am liebsten Nesselsucht bekäme. Ich gehe ständig mit Lark und Zach essen. Vor zwei Stunden haben wir zusammen Burritos gegessen. Es besteht kein Grund zu der Annahme, ein Essen mit ihnen in dem Ballsaal, in dem sie vorhaben, den heiligen ewigen Bund der Ehe zu schließen, würde ich nicht überstehen.

Null Problemo.

»Sollen wir los?«, fragt Zach und gibt Lark einen Kuss auf den Scheitel.

»Ja, lass uns gehen«, sagt sie und drückt seine Hand. Ich kann beinahe die Gedankenblase über ihren Köpfen sehen. *Lass uns nach Hause fahren, stimmungsvolle Musik auflegen, Kerzen anzünden und unser perfektes Leben zusammen genießen.*

»Gute Nacht!«, sage ich aufgesetzt fröhlich.

Sie pikst mir in den Bauch. »Kaffeetrinken. Bald.«

»Jawohl, Ma'am.«

Nachdem sie gegangen sind, atme ich ein Mal tief durch. Ich möchte Lark eigentlich nicht von Alec erzählen. Sie wird das nämlich für eine große Sache halten. Und ich habe in der letzten Zeit sorgsam darauf geachtet, jedweder großen Sache aus dem Weg zu gehen.

»Brauchst du irgendwas?«, fragt Zara mich, während sie ihr Wohnzimmer aufräumt. Sie hat die Hände voll mit benutzten Papptellern und -bechern.

»Lass mich dir was abnehmen. Außerdem wollte ich dich was fragen«, sage ich und befreie sie von dem Zeug.

»Danke! Wie geht's dir denn überhaupt?« Sie schnappt sich einige Bierflaschen von der Anrichte und hebt einen Tortillachip vom Boden auf.

»Ganz gut. Na ja, mir fällt ständig die Decke auf den Kopf.« Ich folge Zara durchs Esszimmer in die Küche. »Ich habe gehört, dass deine Mieter nebenan ausgezogen sind und du eventuell neue suchst.«

Zara lacht. »Bis vor ungefähr drei Wochen stimmte das. Aber dann habe ich das Haus vermietet.«

»Oh nein!« Ich werfe die Pappteller in den Müll. »Ich bin zu spät? Ein paar Wochen?«

»Vielleicht nicht.« Sie lehnt sich mit der Hüfte gegen die Arbeitsplatte. »Kieran ist gerade nebenan eingezogen.«

»Kieran.« Ich blinzele. »Mein Cousin?«

Zara nickt. »Er zahlt nicht die volle Miete, aber Dave braucht das Geld nicht unbedingt, und ich war froh, jemand Neues gefunden zu haben. Wir wollen diesen Sommer verreisen, und Kieran passt dann für uns auf das Haus auf.«

»Oh«, sage ich ernüchtert.

»Aber weißt du was? Er sucht Mitbewohner. Einen hat er schon, aber das Haus hat drei Schlafzimmer. Ihr zwei könntet also vielleicht was miteinander vereinbaren.«

»Vielleicht«, sage ich zögerlich. »Aber eigentlich suche ich was Neues, weil ich von meiner Familie wegkommen will.«

»Sag nichts mehr.« Zara lacht gackernd. »Ich habe vier Brüder. Kann mir gar nicht vorstellen, warum sich irgendwer mal nach Privatsphäre sehnen sollte.«

»Ja, oder?« Weil der Mülleimer voll ist, nehme ich den Beutel und ziehe ihn heraus. »Wo kommt der hin? Ich bring ihn schnell raus.«

»Das brauchst du nicht …«

»Ist echt kein Ding.«

»Du bist ein Schatz. Die Tonnen stehen gleich draußen neben der Küchentür.«

Als ich hinausgehe, fühlt sich die kühle Luft herrlich an. Ich werfe den Beutel in Zaras Mülltonne und atme einmal tief die Winterkälte ein.

»Hi«, sagt eine Stimme neben mir im Dunkeln, und ich mache einen Satz in die Luft.

»Verdammte Scheiße!«, kiekse ich, während mein Cousin Kieran eine Zigarette austritt. »Du hast mich tierisch erschreckt. Außerdem solltest du nicht rauchen.«

»Ich weiß. Beides.« Er schiebt die Hände in die Hosentaschen. »Was geht?«

»Haben dir etwa eben die Ohren geklingelt? Ich habe Zara gerade nach dem Haus gefragt, das sie vermietet. Ich brauche Abstand von meiner Familie. Aber du hast ein ganzes *Haus* gemietet?«

»Das da.« Kieran zeigt auf das Haus im Kolonialstil mit den weißen Schindeln direkt vor uns. »Tut mir leid, dass ich dir zuvorgekommen bin.«

»Das sollte es auch. Die machen mich fertig zu Hause.«

Als er lächelt, sehe ich ein Spiegelbild meiner Tante Sally darin. Kieran kommt nach ihrer Seite der Familie. »Hast du schon angefangen, was zu suchen?«

Ich schüttele den Kopf. »Ist es schwierig?«

»Für dich wahrscheinlich nicht. Aber ich habe zwei Teilzeitjobs und ein kaputtes Auto. Ich kann mir nicht so viel leisten wie eine Anwältin.«

»Du überschätzt mein enormes Vermögen.«

Er grinst. »Zara hat mir ein gutes Angebot gemacht. Ich habe zwar einen Mitbewohner, er bleibt aber vielleicht nicht lange. Wenn du nichts findest, dann meld dich bei mir. Wobei …« Er räuspert sich.

»Du möchtest deine Privatsphäre haben«, sage ich in die Stille.

Kieran guckt mich verlegen an. »Ich hatte nie eine.«

»Gott, wem sagst du das.«

Wir verfallen in Schweigen. Und jetzt, wo ich so darüber nachdenke, kann ich unmöglich mit Kieran zusammenziehen. Meine Brüder und mein Cousin Kyle würden jeden Sonntag zum Footballgucken vor dem Fernseher hängen. Das Haus wäre praktisch nur eine Verlängerung des Farmhauses in Tuxbury.

»Ich werde nicht in deine Männerhöhle vordringen«, sage ich seufzend. »Ich versteh schon.«

»Also, wenn du *echt* in der Patsche stecken solltest …«, sagt er, um nett zu sein.

»Nee, ich habe gar keinen Grund auszuziehen, außer dass ich mir nicht mehr wie sechzehn vorkommen will.«

»Das ist ein ziemlich guter Grund«, stellt er fest und reibt dabei seine kalten Hände aneinander. »Sollen wir wieder reingehen?«

Inzwischen habe ich vor Kälte die Arme um mich geschlungen. Also gehe ich ihm voran hinein.

»Können wir gleich los?«, fragt Griffin mich, als ich ihn ausfindig mache. Die Menge hat sich ausgedünnt, und Audrey sitzt gähnend auf Zaras Sofa.

»Klar. Kann ich schnell noch ein paar Leuten Auf Wiedersehen sagen?«

»Mach ich auch.«

Mit *ein paar Leuten* meine ich Alec. Als Griffin also die Küche ansteuert, um sich bei Zara zu bedanken, gehe ich geradewegs die Treppe hinauf, um ihn zu suchen. Oben ist es dunkel, bis auf den Lichtschein einer Lampe in einem Zimmer am Ende des Flurs. Während ich mich auf leisen Sohlen nähere, höre ich nur das leise Murmeln einer gedämpften Stimme.

Alec sitzt in einem Schaukelstuhl. »Gute Nacht, Mond«, liest er dem schläfrigen kleinen Mädchen auf seinem Schoß vor. Nein – sie schläft tatsächlich. Ihre Wimpern scheinen auf ihren speckigen Wangen aufzuliegen, und sie nuckelt am Daumen.

Sanft in dem Stuhl schaukelnd, liest Alec mit monotoner Stimme auch noch die letzten beiden Seiten vor, während ich mir wie eine ganz seltsame Voyeurin vorkomme. Der Partymacher, der weiß, wie man ein Kind ins Bett bringt. Also, so etwas sieht man nicht alle Tage.

Sie sind so süß zusammen, dass es fast schon wehtut, die beiden so zu sehen. Die vertrauensvolle Art, wie sie in seinem starken Arm liegt, rührt mich zu Tränen.

Es ist echt lästig, so nah am Wasser gebaut zu sein.

Alecs Blick huscht zur Tür, als er das Buch zuklappt.

Er weiß, dass ich hier stehe, aber aus naheliegenden Gründen sagt er kein Wort. Er legt das Buch auf einen Stapel neben dem Stuhl und steht dann langsam auf. Jetzt hält er die schlafende Kleine mit beiden Armen und geht vorsichtig zum Kinderbett.

Wieder huscht sein Blick zu mir, und er schenkt mir ein kleines Lächeln, das sagt: *Drück mir die Daumen!* Dann legt er seine Nichte sanft auf die Matratze.

Sie streckt sich und dreht sich herum, sobald sie im Bett liegt, und ich sehe, dass Alec angespannt abwartet, was passiert.

Doch es geschieht nichts, Nicole schläft weiter. Alec deckt ihren kleinen Körper vorsichtig zu. Dann weicht er zurück wie ein Soldat vor einer vermuteten Sprengfalle.

Ich bin innerlich ganz aufgewühlt und weiß nicht mal, warum.

Alec schaltet das Licht aus und geht auf Zehenspitzen aus dem Zimmer in den dunklen Flur, wo ich stehe. »Hi …«, flüstere ich. »Du bist erstaunlich gut dar …«

Der Rest des Kompliments schafft es nicht über meine Lippen, weil Alec mich gegen die Wand schiebt, mit den Fingern über die Stickerei auf meinem Strickkleid fährt und meinen Mund in Beschlag nimmt.

Puh. Sein Kuss ist begierig, und ich habe schon vergessen, dass ich sauer war. Als ich die Hände auf seine breiten

Schultern lege, durchläuft mich vor Schock und Erregung ein leichter Schauer. Alec küsst nie zögerlich. Er lodert immer auf voller Flamme.

Wie ich herausgefunden habe, macht mein Lieblings-Partymacher nichts halbherzig.

Zwei Minuten später weiß ich nicht mal mehr, wie ich heiße. Es gibt nur noch Alecs Küsse und seine Hitze, die mir entgegenschlägt.

»May?«, sagt er zwischen zwei Küssen.

»Hm?«, mache ich an seinem Mund.

Er zieht seinen Kopf nur so weit zurück, dass er sprechen kann. »Tut mit leid, dass ich vorhin so ein Griesgram war.«

Ich brauche tatsächlich einen Moment, bis mir wieder einfällt, was noch mal mich so verärgert hatte. Der Typ bei der Schüssel mit der Bowle. »Du hast ihn verschreckt«, keuche ich. »Alle haben geguckt.«

Alec runzelt die Stirn. »Genau das ist es ja. Wieso darf dir ein Fremder auf einer Party so nahe kommen, ich aber nicht?«

»Du weißt, warum«, flüstere ich.

»Nein, ich glaube nicht. Wir sind ein Paar, das so tut, als wäre es keins.«

»Wir sind kein Paar«, sage ich schnell. »Es geht nur um Sex.«

Alec guckt mich müde an. Dann stellt er sich zwischen meine Beine und senkt den Kopf, um mich auf den Hals zu küssen.

Als er zart an der empfindlichen Haut dort saugt, erschauere ich sofort.

»Also, wenn es nur um Sex geht«, flüstert er mir ins Ohr, »dann lass uns gehen und welchen haben. Wenn ich dich dann zum Schreien gebracht habe, kannst du mir verraten, warum ich der Einzige bin, der das bei dir schafft.«

Da hat der Mann recht. Und wenn das mit uns beiden nicht die schlechteste Idee überhaupt wäre, würde ich das wahrscheinlich auch zugeben.

Doch das mit uns beiden *ist* eine furchtbare Idee. Das lässt sich nicht ändern. Noch als ich das denke, beugt Alec sich vor und küsst mich wieder. Aber ich kann mich nicht mehr entspannen. Einen Augenblick später erweist sich meine Sorge als begründet, denn ich höre Schritte auf der Treppe. Ich lege beide Hände auf Alecs Brust und drücke ihn weg. Es ist das wortlose Signal, aufzuhören.

Er macht es sofort. Und dann ist klar, dass er die Schritte auch gehört hat. Er macht einen Schritt zur Seite und stellt so einen etwas unverfänglicheren Abstand zwischen uns her. Seinen Gesichtsausdruck dabei habe ich noch nie bei ihm gesehen. *Gekränkt.*

Eine Sekunde später erscheint Audrey im Flur. »Alles okay?«, flüstert sie.

»Ja«, flüstere ich laut zurück. Und dann komme ich mir wie eine Verräterin vor, als ich hinzufüge: »Wir lauschen nur, um sicherzugehen, dass die Kleine auch wirklich schläft.«

»Ohhhhh«, sagt Audrey und schleicht auf Zehenspitzen an uns vorbei, um durch die angelehnte Tür in Nicoles Zimmer zu lugen.

Alec schiebt die Hände in die Hosentaschen, dreht sich weg und geht die Treppe hinunter.

»Griff wartet auf uns«, sagt Audrey. »Können wir ab nach Hause?«

»Ja«, flüstere ich.

Als wir nach unten gehen, sehe ich mich nach Alec um. Ich möchte die ganze Sache nicht so komisch stehen lassen. Aber ich kann ihn weder in der Küche noch im Esszimmer oder dem inzwischen leeren Wohnzimmer entdecken.

Mein Bruder und Audrey bedanken sich bei Zara für die Party und wirbeln in der Küche herum. Damit es schneller geht, beschließe ich, einige der Geschenke rauszutragen.

»Wow«, sage ich, als ich den Geschenketisch sehe. Ich weiß gar nicht, ob die alle in den Pick-up meines Bruders passen werden. Ich stapele ein paar Geschenke übereinander und trage sie nach draußen. Nachdem ich sie auf dem Rücksitz des Wagens verstaut habe, erspähe ich drüben auf der anderen Straßenseite jemanden, der unter der Straßenlaterne an seinem Pick-up lehnt.

Es ist Alec. Sein Handy liegt in seiner herabbaumelnden Hand, und er lässt den Kopf hängen, als wäre er zu schwer.

Ohne nachzudenken, gehe ich über die Straße zu ihm. »Hey. Alles in Ordnung?«

»Nein.« Er schaut hoch und sieht mir in die Augen. Irgendwie. Es ist, als würde ich einen Fremden ansehen. »Hamish hat es nicht geschafft.« Alecs Augen glänzen.

»Oh, scheiße. Das tut mir leid.« Ich mache einen Schritt auf ihn zu, doch er hält mich auf, indem er die Hand hebt.

»Ich muss los.« Er dreht sich um und reißt die Fahrertür auf.

»Warte …«

»Danke, aber …«, er steigt bereits ein, »… das überschreitet unsere ›Nur Sex‹-Grenzen, oder?« Er knallt die Tür zu und lässt den Motor an.

Das ist barsch, sicher. Aber sein Freund ist gerade gestorben.

Außerdem hat er recht. Vor nicht mal fünf Minuten habe ich ihm im Grunde erklärt, dass er bloß ein Penis für mich ist. Aber das stimmt ganz und gar nicht. Er ist ein guter Freund.

Als Alec über seine Schulter nach hinten sieht, merke ich,

dass er darauf wartet, dass ich vom Wagen wegtrete, damit er losfahren kann.

Also mache ich das. Ich habe heute Abend zwar alles vermasselt, aber zumindest das kriege ich hin.

Ich sehe zu, wie seine Rücklichter aufleuchten, als er beim Grünstreifen abbiegt und Richtung *Gin Mill* fährt.

20

May

Zwei Tage später parke ich mein Auto um zwei Minuten nach zwölf Uhr mittags an der üblichen Stelle neben Alecs Haus. Und ich habe – wenn das überhaupt geht – dabei noch größere Schuldgefühle als in den vergangenen achtundvierzig Stunden. Ich parke hier immer aus Heimlichtuerei. Ich will nicht, dass uns wer zusammen sieht.

Zu meiner Verteidigung muss ich sagen, dass ich nie auf die Idee gekommen wäre, Alec könnte denken, ich wolle nicht mit ihm gesehen werden. Er ist ein toller Kerl. Der Beste. Ich bin stolz, ihn einen Freund nennen zu können. Den anderen Teil unserer Beziehung möchte ich allerdings lieber nicht an die große Glocke hängen. Meine Familie würde sich fragen, warum ich mich in eine sexuelle Beziehung mit einem bekannten Aufreißer gestürzt habe, dem eine Bar gehört. Sie würde darin selbstzerstörerisches Verhalten sehen.

Vielleicht hätte sie recht damit.

Außerdem gibt es da noch ein anderes Problem. Ich komme mir komisch vor, weil ich mich mit einem Mann einlasse, obwohl ich seit einem Jahr behaupte, dass ich mir in Zukunft nur noch vorstellen könnte, mit Frauen zusammen zu sein.

Andererseits bin ich meisterlich darin, Fehler zu machen.

Aber wenn Alec und ich bloß eine Affäre haben, möchte ich meine Wankelmütigkeit lieber nicht jeden Donnerstag beim Familienessen besprechen, als ginge es ums Wetter.

Die Chaos-Queen der Familie kann ihre Freundin nicht halten und weiß nicht, was sie im Leben eigentlich will.

Auf diese lustigen Unterhaltungen kann ich verzichten.

Ich steige aus dem Auto und nehme eine Einkaufstüte mit. Gestern – am Sonntag – habe ich gestrickt, bis mir die Hände wehtaten. Dann saß ich spätabends da und habe die fertigen Teile von Alecs Pulli abgekettet sowie die Ärmel angenäht. Um zwei Uhr morgens habe ich den Rollkragen gestrickt, und dann war ich fertig.

Als ich die Autotür zuschlage, schaue ich hoch zum Fenster von Alecs Wohnung. Ich hoffe, er ist da.

»Hey.«

Beim Klang seiner Stimme erschrecke ich mich fast zu Tode. Als ich herumwirbele, kommt er mit zwei großen Mülltüten zwischen den Bäumen hervor. Er trägt sie zum Müllcontainer und wirft sie hinein.

»Hi«, piepse ich. »Du hast mich erschreckt.«

»Das sehe ich.« Er knallt den Containerdeckel zu.

»Was machst du da?«

Er deutet mit dem Kinn zu den Bäumen. »Ich war in Hamishs Werkstatt, aufräumen. Für die Trauerfeier.«

»Oh.« Ich schaue in Richtung des anderen Mühlengebäudes, aber von hier aus kann ich es nicht richtig sehen. Zwischen den beiden Grundstücken erstreckt sich ein kleines Waldstück.

»Ich fand, seine Werkstatt wäre ein guter Ort dafür. Ein schöner offener Raum. Wir hatten dort eine Feier anlässlich seines Ruhestands geplant. Aber jetzt wird es …«

»Seine Trauerfeier«, flüstere ich.

Alec zuckt zusammen. »Ja. Und sie wird sehr gut besucht sein. Hamish hat viele Freunde.« Er schiebt die Hände in die Hosentaschen und sieht traurig aus.

Ich möchte ihn in den Arm nehmen, aber davor muss ich mich erst bei ihm entschuldigen. »Hat er Familie?«

»Einen Sohn. Tad.« Alec verzieht das Gesicht. »Er lässt mich alles organisieren.«

»Vielleicht ist er zu aufgelöst, um es selbst zu übernehmen?«

»Oder aber er ist faul und ein ziemlicher Arsch.« Alec brummt mürrisch und schüttelt den Kopf. »Vergiss es. Ich hab bloß eine Scheißlaune. Tut mir leid.«

»Du brauchst dich nicht zu entschuldigen. Ich bin hergekommen, um mich bei *dir* zu entschuldigen.«

Alec legt den Kopf schief und betrachtet mich nachdenklich. »Nee, schon gut, Süße. Alles cool zwischen uns.«

Ist es gar nicht. »Ich habe dir etwas mitgebracht. Kann ich kurz mit reinkommen? Oder wolltest du noch mal zurück zu Hamishs Werkstatt?«

»Ich wollte was essen. Hast du gerade Mittagspause?«

»Ja.«

»Na, dann komm.« Alec holt seine Schlüssel heraus und geht zum Eingang. »Lass uns essen.«

»Du brauchst mir nichts zu essen anzubieten«, sage ich, als ich ihm folge.

»Hör dir lieber erst mal an, was es gibt, bevor du das sagst«, warnt er. »Roderick, der Bäcker, experimentiert mit Pizza.«

»Pizza!« Auf einmal habe ich einen Mordshunger.

»Ja. Zara und Audrey wollen ihr Mittagsangebot erweitern.«

Ich trabe hinter Alec die Treppe hinauf. Es ist das erste Mal, dass ich tagsüber hier bin. Jetzt, wo die Sonne durchs Dachfenster hereinfällt und die Backsteine orange färbt, wirkt selbst das Treppenhaus einladend.

Er schließt die Tür auf und zögert dann. »Pass auf den Kater auf. Er hat mich gestern ordentlich gekratzt.« Sobald Alec die Tür aufmacht, höre ich ein Fauchen. »Hier wohne *ich*, Arschloch. Verzieh dich.«

Ach du Schande. »Hat er sich immer noch nicht an dich gewöhnt?«

»Keine Fortschritte auf dieser Baustelle.« Alec sieht mürrisch drein. »Und wenn ich versuche, Tad zu fragen, was er mit dem Biest vorhat, will er nicht drüber reden.«

Als ich den großen Raum betrete, kauert die Katze unter dem großen Couchtisch. Ich weiß nicht, wer heute unglücklicher aussieht, Alec oder Bukowski.

Ich stelle meine Tüte auf die Couch, während Alec in die offene Küche seines Lofts geht und sich die Hände wäscht. Dann dreht er einige Knöpfe an seinem Herd.

»Kann ich dir helfen?« Ich hatte überhaupt nicht vor, mich selbst zum Mittagessen einzuladen.

»Nee. Ich backe die bloß eben. Roderick hat mir genaue Anweisungen gegeben.« Alec hält einen Zettel hoch. »Die brauchen acht Minuten. Und er möchte wissen, was wir von den verschiedenen Belägen halten. Es gibt einen ganzen Fragebogen. Also konzentrier dich, Shipley.«

»Ja, Sir.« Ich gehe durch den Wohnzimmerbereich und beschließe dann, mich mitten auf Alecs großen Teppich zu setzen. Er ist weinrot und sieht fabelhaft auf dem Dielenboden aus.

Dadurch bin ich jetzt auf einer Höhe mit dem Kater, der mich misstrauisch beäugt. Ich stecke eine Hand in meine Jackentasche und ziehe ein Stück Garn heraus. Als Katzenspielzeug taugt es nicht viel, also nehme ich einen Kugelschreiber von Alecs Beistelltisch und binde das Garn daran fest.

Auf der anderen Seite des Raums lehnt Alec mit vor seiner

fabelhaften Brust verschränkten Armen an der Kücheninsel. Er guckt mir mit mattem Blick zu.

Ich bin gute zwei Meter von der grummeligsten Katze der Welt entfernt. Ich werfe den Stift wie einen Fischköder auf den Teppich und halte den Faden fest. Dann ziehe ich ihn langsam zu mir.

Bukowski rührt sich nicht. Ich sehe ihn nicht an, sonst fühlt er sich womöglich provoziert. Ich bleibe nur mitten auf dem Teppich sitzen, wo das winterliche Sonnenlicht ein blasses Muster aus Rechtecken durch Alecs schöne alte Fenster wirft. Noch einmal werfe ich den Stift und ziehe ihn langsam zu mir.

»Es ist so friedlich hier«, sage ich leise. »Du hast Glück, Bukowski.«

Unter dem Couchtisch rührt sich nichts.

»Ich merke schon, du glaubst mir nicht«, fahre ich fort. »Dann muss ich es dir wohl erklären. Pass auf, Alec ist echt ein guter Kerl. Der *Beste*. Er ist lustig und urteilt nicht über einen. Er ist gut zu seiner Familie. Er ist nett zu verwirrten, bisexuellen Alkoholikerinnen. Und zu alten Hippie-Tischlern. Und zu, *ähem*, Katzen, die sich wie der Teufel aufführen.«

Als ich zu Alec hochschaue, schenkt er mir zögerlich ein trauriges Lächeln.

»Er ist ein guter Tänzer, und er kümmert sich um seine Freunde. Ich gebe dir also einen kleinen, gut gemeinten Rat.« Wieder werfe ich den Stift, und diesmal legt der Kater den Kopf schief. Er möchte spielen. Aber er traut sich nicht raus. Diese Katze und ich haben einiges gemeinsam. »Falls du Probleme hast und dich deshalb so ziemlich wie ein Arschloch aufführst, dann mach nicht den gleichen Fehler wie ich, ja? Versuche es nicht an dem heißen Kerl mit den Pizzen auszulassen. Das hat er nämlich nicht verdient.«

Alec senkt den Kopf und betrachtet seine Schuhe.

Und in dem Moment stürzt sich Bukowski mit einem großartigen Miezekatzen-Satz auf den Stift. Ich habe ihn wie einen Fisch geangelt. Während wir spielen, schiebt Alec die Pizzen in den Ofen und backt sie. Als der Timer des Herds klingelt, habe ich Bukowski für mich gewonnen. Er lässt sich von mir den Kopf kraulen. Und dann reibt er seinen Körper an meiner schönen grauen Stoffhose für die Arbeit.

Ach, na ja. Ein Bauernmädchen kann sich zwar wie eine Anwältin anziehen, aber es bleibt immer ein Bauernmädchen.

»Ich unterbreche euer Liebesspiel nur ungern, aber das Essen ist fertig.«

Nachdem ich mir so gut wie möglich die Katzenhaare abgeklopft habe, stehe ich auf und setze mich neben Alec auf einen Hocker am Küchentresen. »Du siehst geschafft aus.« Er hat Ringe unter den Augen. »Sorry. Ich meine, geschafft, aber immer noch megaattraktiv.«

Wieder lächelt er mich traurig an. »Mir geht gerade vieles im Kopf rum, und ich hab jede Menge zu erledigen.«

»Wer hilft dir dabei, die Trauerfeier zu organisieren?«

Er zuckt mit den Schultern, was bedeutet: niemand.

»Lässt du mich dir helfen?«

»Das brauchst du nicht«, sagt er und probiert, wie heiß die Pizza ist. Er hat uns jeweils drei verschiedene Stücke aufgetan.

»Das war nicht die Frage. Lässt du mich dir helfen? Meine Familie ist super darin, Partys zu schmeißen.«

»Okay«, sagt er und sieht mir in die Augen. »Vielen Dank.«

»Sehr gerne. Jetzt verrat mir mal, welche Sorte ich hier probiere.« Ich hebe das erste Stück hoch, das mit Oliven und Zwiebeln gespickt ist.

Alec greift nach Rodericks Zettel. »Das ist provençal. Mit Schalotten, Oliven und Zitronensaft. Beträufelt mit Balsamico.«

»Ausgefallen.« Ich beiße ab und stöhne. »Wow«, sage ich mit vollem Mund.

»Ja, nicht wahr?« Er beißt noch einmal herzhaft hinein. »Solche Pizzen gibt's in der Gegend noch nicht. Wir sollen aufschreiben, was wir mögen.« Er schiebt mir das Blatt hin.

Unter provençal schreibe ich: *unglaublich! Bitte mehr davon.*

Es ist vielleicht nicht sonderlich hilfreich, aber als Bewertung der Sorte mit Würstchen und Apfelscheiben und der mit Birne und Balsamico schreibe ich im Prinzip das Gleiche.

»Wir sind keine guten Restaurantkritiker«, stellt Alec fest.

»Ich liebe Essen viel zu sehr, um daran herumzukritteln.«

»Wusste ich doch, dass ich dich mag.« Als Alec mich warmherzig anlächelt, kribbelt es in meinem Bauch.

Aber irgendwie fühlt sich mit Alec alles ein wenig seltsam an. Sonst waren wir immer ganz entspannt miteinander. Dann hat er jedoch versucht, die Regeln zu ändern, und ich bin nicht gut damit klargekommen.

Jetzt wünsche ich mir ein Glas Wein zu der Pizza. Nur ein Schlückchen, um meinem Tag die harten Kanten zu nehmen. Doch man kann eben nicht immer alles haben, was man will. Außerdem schulde ich Alec noch eine richtige Entschuldigung.

»Du, Alec?« Ich wische mir die Finger an meiner Serviette ab. »Weißt du noch, wie ich neulich Abend meinte, dass es nur um Sex geht?«

Sofort verfinstert sich seine Miene.

»Also, da lag ich falsch. Wir zwei als Paar, das wäre zwar keine gute Idee, aber du bist ein toller Freund.«

Er schnaubt. »Männer *lieben* es, das zu hören.«

»Glaub ich gern. Aber ich weiß, dass du verstehst, warum ich gerade nicht in der richtigen Verfassung bin, eine Beziehung anzufangen. Ich habe gerade erst eine schlimme Trennung hinter mir.«

Alec stützt sein stoppeliges Kinn auf eine Hand und starrt mich mit diesem seelenvollen Blick an. »Es wäre leichter, wenn du einfach gesagt hättest, du willst mich nicht. Du hast mir nämlich selbst gesagt, dass Daniela dir nicht das Herz gebrochen hat.«

Ach, scheiße. »Trotzdem tut es weh.«

»Nicht, wenn du mich küsst«, kontert er.

Da hat der Mann recht. Es gibt da allerdings noch andere Probleme. »Willst du einen Witz hören? Er ist nicht besonders lustig.«

»Wie geht er?« Er legt die Pizza hin, um mir zuzuhören.

»Kommt ein Alkoholiker in eine Bar.«

Er zuckt zusammen. »Du hast recht. Der Einstieg ist furchtbar.«

»So sind wir«, erkläre ich leise. »Wir sind die schlechteste Idee überhaupt.«

»Nein, sind wir nicht«, flüstert er. »Ich meine – du solltest nicht mit jemandem zusammen sein, der Alkohol missbraucht. Aber du hältst dich so gut. Und hier in meiner Wohnung gibt es übrigens keinen Alkohol. Ich habe kein Bier mehr im Kühlschrank, weil du manchmal vorbeikommst und ich nicht wollte, dass du dich damit auseinandersetzen musst, wenn du dir eine Limo nehmen willst.«

Ich mache den Mund auf, klappe ihn dann aber wieder zu. Er hat recht, andererseits aber auch nicht. Stumm zeige ich nach oben auf seine Küchenschränke.

Er dreht den Kopf in die Richtung, um nachzusehen, und

sieht die drei Flaschen Wein in dem Regal unterhalb der hohen Decke. »Oh, scheiße. Die habe ich so lange nicht mehr angerührt, dass ich ganz vergessen habe, dass sie überhaupt da sind. Tut mir sehr leid.«

»Muss es nicht«, sage ich seufzend. »Ich erwarte nicht, dass du dein Leben für mich kindersicher machst. Und ich verrate dir nicht gern, dass eine Verrückte hier drin steckt.« Ich tippe mir auf die Brust. »Aber ich bin noch nicht bereit. Trocken zu bleiben ist gerade das Allerwichtigste in meinem Leben. Das darf ich nicht aufs Spiel setzen. Ich habe mich in eine Beziehung mit Daniela gestürzt, weil ich mir beweisen wollte, dass ich mein Leben selbst in der Hand habe. Und sieh an, was dabei herausgekommen ist.«

Er verzieht das Gesicht. »Ich bin nicht Daniela.«

»Nein, bist du nicht«, gebe ich zu. »Aber ich bin immer noch *ich*. Und ich traue mir gerade nicht zu, gute Entscheidungen zu treffen. Jedes Mal, wenn ich hier zur Tür hereinkomme, zähle ich die verdammten Flaschen da oben.« Beim letzten Wort bricht meine Stimme, weil ich das hier hasse. Ich habe Alec gegenüber noch nie im Präsens von der Trinkerei gesprochen. Wenn ich von meinem Problem erzählt habe, dann immer in der Vergangenheitsform. Da spricht die Eitelkeit aus mir. Ich will ihn glauben machen, ich hätte das alles hinter mir.

Habe ich aber nicht. Und werde ich wahrscheinlich auch niemals. Das sieht er allerdings nicht. Er denkt, ich bin die spaßige May, die herkommt, um heftig rumzuknutschen und Sex zu haben.

Gerade betrachtet er mich traurig. »Du bist mir wichtig. Ich schätze, mehr kann ich eigentlich nicht sagen. Ich finde dich toll, und ich wünschte, alles wäre einfacher.«

»Geht mir genauso«, flüstere ich. Dann rutsche ich von

meinem Hocker und umarme ihn. Und wow. Eine Umarmung mit Alec ist das Beste überhaupt. Er schließt mich in die Arme und legt das Kinn auf meine Schulter. Er reißt keinen Witz und macht mich auch nicht an. Er hält mich einfach nur fest.

Selbstverständlich brennen meine Augen. *Schnauze, ihr Gefühle!* »Hey«, sage ich zu seinem Rücken. »Ich habe etwas für dich gemacht. Ich hoffe, du findest es nicht furchtbar.« Ich löse mich aus seiner süchtig machenden Umarmung. Und dann flitze ich rüber zur Couch und hole die Tüte. »Hier.«

Ich gebe sie ihm. Er greift hinein, schiebt das Seidenpapier beiseite und zieht den Pullover heraus, den ich ihm gestrickt habe. »Wow. Den hast du selbst *gestrickt*?« Er hält ihn sich an und streicht mit einer Hand über meine feinen Maschen.

»Ja, hab ich. Er ist aus Merinowolle, die muss man leider in die Reinigung bringen. Du kannst ihn zwar auch mit der Hand waschen, aber dann musst du ihn vorsichtig wieder in Form ziehen.« Wenn ich das selbst so sagen darf, ist er mir ziemlich gut gelungen. Er ist einfarbig gehalten, aber in der Mitte verläuft ein breiter Zopf und zu beiden Seiten davon ein paar schmalere.

»Er ist toll.« Alec macht seine Kapuzenjacke auf und wirft sie beiseite, bevor er sich den Pulli über den Kopf zieht. Ich halte die Luft an, während er ihn auf seine Schultern hinunterzupft.

»Er passt«, kreische ich. »Ich bin voll erleichtert.«

»Mir hat noch nie jemand einen Pullover gestrickt«, sagt er und fährt dabei mit den Fingerspitzen über die Maschen.

»Es ist ein gewagtes Unterfangen. Eine Mütze oder ein Schal ist an einem Tag oder so gezaubert, aber an einem Pulli muss man dranbleiben.«

Er hebt den Blick und schaut mich mit seinen braunen Augen an. »Vielen Dank.«

»Es hat mir Spaß gemacht, ihn zu stricken. Außerdem habe ich dir nie den versprochenen Kuchen gebacken.«

»Das hier war einiges mehr an Arbeit als ein Kuchen.« Er streicht mit einer Hand über seine herrliche Brust.

»Ja und nein. Ich stricke während der *AA*-Meetings. Genau genommen habe ich erst so richtig mit dem Stricken angefangen, als ich Jude immer zu seinen Treffen der *Narcotics Anonymous* gefahren habe. Ich dachte, ich wäre nur dort, um einem Freund zu helfen.« Mir entweicht ein nervöses Lachen.

Alec macht große Augen, doch er hört nur weiter zu.

»Viele Gedanken, von denen die Leute bei Judes Versammlungen erzählten, hatte ich auch schon gehabt. Trotzdem brauchte ich noch an die neun Monate, bis ich zugeben konnte, dass sie dort auch zu mir sprachen. Inzwischen halte ich zwei Wollgeschäfte am Laufen. Vier Meetings die Woche. Da kommt was zusammen. Als sich Daniela über mich lustig machte, habe ich mit dem Stricken aufgehört. Jetzt habe ich aber wieder damit angefangen. Du hast mich darauf gebracht, als du mir sagtest, ich solle in jedem Zimmer des Hauses nachsehen …« Jetzt schnürt es mir die Kehle zu. Ich mag Alec so gern. Ich bin bloß total durcheinander.

»Sollte ich ein Wollgeschäft aufmachen?«, scherzt er. »Bin ich etwa in der falschen Branche?«

»Bist du nicht, da bin ich mir ziemlich sicher.« *Bloß in der falschen Branche für mich*. Den letzten Teil brauche ich nicht hinzuzufügen, denn ich glaube, er versteht die Botschaft auch so. »Jetzt erzähl mal von der Trauerfeier. Wann ist die?«

Ich räume unsere Teller ab und spüle sie, während er mir erzählt, was er vorhat.

Doch als ich schließlich gehe, gebe ich ihm keinen Abschiedskuss. Und er erzwingt auch keinen.

Vielleicht geht es nun so zu Ende. Und vielleicht ist es besser so.

21

Alec

»Pass auf«, sagt mein Bruder Benito. »Von zwei Uhr nähert sich was.«

Ich sehe von dem Stapel Becher hoch, den ich gerade auf den Tisch stelle, als Chelsea über mich herfällt. »Heyyyyyy!«, ruft sie. »Lange nicht gesehen! Du warst nur noch ein Geist, Alec!« Sie gibt mir einen fetten Schmatzer auf den Mund.

Oh, oh. Ich mache vorsichtig einen Schritt zurück und versuche zu lächeln. Aber irgendwie kann ich nicht die Kraft dazu aufbringen, ich bin auf einer Trauerfeier, verdammt noch mal. »Hey, Kleine. Wie geht's dir so? Wie war …« Es ist eine Ewigkeit her, dass sie mir von ihrer Reise erzählt hat. »… Florida?«, schiebe ich in letzter Sekunde hinterher.

»Es war suuuuuuper!«, kreischt sie. »Hab dich aber vermisst.«

Mein Bruder überspielt sein belustigtes Schnauben mehr schlecht als recht.

»Hab dich auch vermisst!«, lüge ich. »Willkommen zurück im Winter. Die ganzen Skigebiete sind endlich geöffnet.«

»Lass uns snowboarden gehen!«, sagt sie sofort. »Und vielleicht sehen wir uns heute Abend?«

»Hab heute ziemlich viel um die Ohren«, erwidere ich und deute dabei zu den Dutzenden Gästen, die sich in Hamishs Werkstatt drängen. »Außerdem muss ich nachher die Bar zusperren. Ich musste Smitty schon überreden, noch eine

Schicht zu übernehmen.« Das stimmt zwar alles, aber ich bin froh, eine Ausrede zu haben. Chelsea passt gerade nicht so recht in mein Leben.

»Schade«, sagt sie und wirft ihren Pferdeschwanz nach hinten. »Das müssen wir bald nachholen.«

»Unbedingt«, stimme ich ihr zu. Ich muss die Sache mit ihr beenden, aber nicht auf einer Trauerfeier.

»Bis dann, Hottie«, sagt sie und zieht mich in eine Umarmung, die praktisch Twerking gleichkommt, diesem Tanz, wo man eigentlich nur Hintern und Hüften rhythmisch bewegt. *Scheiße.* Dann zischt sie ab.

»Wow«, sagt Benito. »Die ist aber enthusiastisch.«

»Kein Kommentar«, grummele ich.

»Ich hol mir ein Bier. Brauchst du auch eins?«

»Nee. Keinen Bock.«

Benito macht große Augen. »Ruf einer den Krankenwagen.«

»Sehr lustig.« Ich überblicke die Menge. Hamishs Party ist in vollem Gang. Bloß dass er sie nicht miterlebt.

»Alles okay mit dir?«

»Klar … Nur dass das hier, wie du weißt, eine Trauerfeier ist.«

Benito legt den Kopf schief und betrachtet mich. »Das ist mir klar. Du bist doch derjenige, der vor fünf Minuten in seiner Rede gesagt hat, Hamish würde wollen, dass alle sich auf dieser Party amüsieren.«

»Ja.« Ich seufze. Das habe ich tatsächlich gesagt. »Es ist nur … das Leben ist kurz, verstehst du? Er wollte nach Costa Rica reisen.«

»Das ist bitter. Aber immerhin hat er etwas gemacht, was er liebte.« Benito deutet zu der Reihe mit Hamishs Arbeiten, die ich vorhin aufgestellt habe.

»Sicher. Du hast recht«, sage ich, bloß um diese Unterhaltung zu beenden. Hamish hat seine Arbeit geliebt. Aber er wirkte auch einsam.

Vielleicht projiziere ich das aber auch nur auf ihn. Die letzten drei Abende habe ich Arm an Arm mit May zusammengearbeitet, weil sie mir geholfen hat, hier in der Werkstatt alles vorzubereiten. Offenbar bin ich jetzt in die Freundschaftszone gesteckt worden.

Im Augenblick ist sie auf der anderen Seite des vollen Raums und hilft ein paar von Hamishs Freunden, ihre Instrumente für eine Bluegrass-Jamsession aufzubauen. Und selbst aus zwanzig Schritten Entfernung spüre ich noch die Anziehungskraft. Ihr gehört gerade die volle Aufmerksamkeit von drei pensionierten Musikern. Sie sehen sie an, als wäre sie eine Göttin. Und ich kann es ihnen nicht verdenken.

Heute Abend sollen wir Hamishs Leben feiern. Doch ich würde lieber quer durch den Raum gehen, May bei der Hand nehmen, sie mit nach draußen ziehen und feiern, indem ich sie küsse, bis sie merkt, wie gut wir zusammenpassen.

»Du hast prominente Gäste«, sagt Benito. »Sieh mal.«

»Prominente Gäste?« Als er mich anstupst, sehe ich, was er meint – Lyle, der Eigentümer der Giltmaker-Brauerei, steht in einer Ecke und spricht mit Onkel Otto. »Oh, scheiße. Ich nehme an, Hamish und er waren Freunde. Hamish hat vielleicht mal was in der Richtung gesagt. Goldenpour war sein Lieblingsbier.«

»Das ist das Lieblingsbier vieler Leute«, wendet Benito ein.

»Ja, aber pass auf – ich habe Chelsea gefragt, ob sie mir für die Trauerfeier ein Extrafass besorgen könnte. Zum vollen Preis, wohlgemerkt. Ich habe nicht um eine Spende gebeten. Lyle sagte Nein.«

»Und trotzdem ist er hier?« Benito schnaubt. »Sympathischer Typ.«

»Ja, oder? Meine Güte! Letzten Endes habe ich das ganze Bier und den Wein gesponsort.« Ganz zu schweigen von den Bechern, Servietten und den vielen Stunden meiner Zeit. Meine Schwester und Audrey haben jede Menge Fingerfood gemacht. Und Griffin hat ein Fass Shipley-Cider gespendet. »Weißt du, dass Hamishs Sohn mich die Feier hier hat organisieren lassen? Er hat nichts dazu beigetragen, außer dass er hergekommen ist.« Ich ignoriere den selbstsüchtigen Arsch schon die ganze Zeit.

»Hast du ihn denn um etwas gebeten?«

»Nein«, brumme ich. Er hat recht. An Tads mangelnder Unterstützung bin ich selbst schuld. »Ich hab eine üble Scheißlaune wie noch nie.«

Mein Bruder grinst. »Noch schlimmer als Zara, wenn sie PMS hat? Noch schlimmer als Otto, wenn die New England Patriots verlieren?«

»So ziemlich. Geh schon, hol dir was zu trinken.« Ich verpasse ihm einen freundschaftlichen Schubs. »Bring dich in Sicherheit. Ich muss mich sowieso bei ein paar Leuten bedanken gehen.«

Benito schlängelt sich durch die Menge, und eine Minute später sehe ich, wie er sich mit Jill aus seinem Highschooljahrgang unterhält. Die Rossi-Brüder sind sich nicht zu schade dafür, auf einer Trauerfeier jemanden abzuschleppen. Wir haben echt Klasse.

Die Band fängt an zu spielen, und als ich mich im Raum umsehe, suche ich nach May. Später werde ich sie mir mal allein schnappen. Seit unserer kleinen Unterhaltung bei mir zu Hause ist es ein bisschen komisch zwischen uns. Aber ich weiß, ich kann dafür sorgen, dass es wieder so wird wie vor meinem Versuch, die Regeln zu ändern. Ich werde ihr sagen, dass es okay für mich ist, wenn es nur um Sex geht. Und dann gebe ich ihr die Chance zu merken, dass wir mehr sind als das.

Ich kann äußerst überzeugend sein.

Aber irgendwie kann ich sie nirgendwo entdecken. Ich sehe nur ihren Bruder. Und da ich mich noch bei ihm für den Cider bedanken muss, begebe ich mich in seine Richtung. Hamish hatte viele Freunde, und in der Werkstatt ist es voll. Als ich schließlich in Griffins Nähe komme, steht er neben Lyle von Giltmaker und meinem Onkel Otto.

Irgendetwas bringt mich ins Stutzen, als ich auf sie zugehe. Ich glaube, es liegt daran, dass Lyle in eine Ecke des großen Raums deutet. »Tad möchte schnell verkaufen«, sagt er. »Ich muss also dafür sorgen, dass ich schnell die Genehmigungen bekomme.«

Mir wird durch und durch eiskalt.

»Wir würden die Braukessel in eine und den Tresen in die andere Ecke stellen. Muss allerdings erst mal prüfen, welche Vorschriften es gibt, wenn man am Fluss etwas ausbauen will. Weiß nicht, ob man für zusätzliche Parkplätze Bäume fällen darf.«

»Das Gebäude steht unter Denkmalschutz«, wirft Griffin ein. »Du müsstest darauf achten, das Meiste zu erhalten.«

»Ich schicke nächste Woche einen Architekten hierher«, sagt Lyle. »Mal sehen, was der sagt. Vielleicht ist es kein Akt, eine Seite des Gebäudes abzureißen.«

Da halte ich es nicht mehr aus. »Entschuldigung. Redet ihr über dieses Gebäude?«

Drei Köpfe drehen sich in meine Richtung. Mein Onkel schiebt die Lippen vor, denn bestimmt gefällt ihm mein Tonfall nicht. Aber scheiß drauf.

»Das hier ist eine private Unterhaltung«, sagt Lyle. Dieser durchtriebene Mistkerl. Ich möchte ihm eine reinhauen.

»Das ist mein Neffe«, sagt Otto. »Alec Rossi.«

»Der Besitzer der Bar«, sagt Lyle und kneift ungelogen die Augen zusammen.

»Der Bar gleich nebenan«, füge ich nur für den Fall hinzu, dass das noch nicht klar war.

»Freut mich, dich kennenzulernen.« Lyles Tonfall nach zu urteilen, ist es ganz und gar keine Freude.

»Tad hat mir gar nichts davon erzählt, dass er es eilig hat, zu verkaufen«, sage ich in der Hoffnung, dass mich jemand aufklärt.

»Kann sein«, sagt Otto leichthin.

»Ihr wisst aber schon, dass Hamish noch nicht mal unter der Erde ist, oder?«, frage ich. »Könnt ihr die Bulldozer wohl noch so lange zurückhalten, bis Pater Peter die erste Handvoll Erde geworfen hat?«

»Alec«, sagt Griffin Shipley mit einem leisen Lachen. »Das ist ein bisschen …«

»Ein bisschen was?«, blaffe ich ihn an. »Wahr?« Alle halten Griffin für so verdammt edelmütig. Aber ich kenne die Wahrheit. Griffins Vater warf meinen Vater raus, und danach habe ich ihn nie wieder gesehen. Es wäre keine große Überraschung, wenn sich herausstellt, dass sein Sohn ein genauso halsabschneiderischer Geschäftsmann ist. »Danke, dass du heute Abend den Cider gespendet hast«, grummele ich. »Ich bin sicher, Hamish hätte diese Geste zu schätzen gewusst.«

Daraufhin mache ich auf dem Absatz kehrt und gehe mit geballten Fäusten weg. Ich spüre ihre Blicke auf mir, während ich mich entferne. In mir ist eine solche Wut hochgekocht, dass es zu viel für diesen Raum ist. Also schiebe ich mich zwischen den herumschlendernden Leuten hindurch nach draußen an die erfrischende Dezemberluft. Ich lasse die Tür zufallen und schreie dann so laut ich kann: »FUCK!«

Es hilft nicht mal.

Eigentlich sollte ich das Gebäude eines Tages kaufen. In den Tagen nach Hamishs Tod ist mir klar geworden, dass es vielleicht nicht klappen wird. Ich habe keinen richtigen schriftlichen Vertrag und auch keinen Finanzierungsplan parat.

Enttäuschungen bin ich in meinem Leben gewohnt. Aber wenn Giltmaker gleich nebenan expandiert, habe ich verdammt noch mal ein Riesenproblem. Die Biertouristen werden alle zu sabbern anfangen, wenn sie zuschauen können, wie das Zeug gebraut wird.

Und Otto ist einer der Geldgeber. Er wird mir beim Scheitern zusehen und dabei nicht zimperlich sein.

Die Tür geht auf, und May kommt aus der Werkstatt. »Hey! Geht's dir gut? Ich hab dich rausrennen sehen.«

»Bestens«, sage ich mit zusammengebissenen Zähnen. Mir geht's alles andere als bestens. Aber dafür kann May nichts. »Komm doch her, ja?« Ich halte die Arme auf. Sie zögert nur den Bruchteil einer Sekunde, aber das reicht, um mich noch mehr herunterzuziehen. Dann stellt sie sich dicht vor mich, und ich schlinge die Arme um sie. Sie fühlt sich warm und lebendig an. Ich lege seufzend das Kinn auf ihre Schulter. »Ich weiß, dass ich dein lustiger Freund sein soll. Aber heute Abend ist mir nicht so nach lustig.«

»Heute Abend wird nicht geschnipst«, flüstert sie. »Nicht mal ein einziges Mal.«

»Nicht mal ein einziges Mal«, wiederhole ich. Allerdings passieren lustige Dinge in meiner zugeschnürten Brust, während ich sie im Arm halte. Als ich ihren Herzschlag spüre, ist es ein kleines bisschen weniger schlimm, dass mein Freund tot ist und ein paar Geschäftsmänner, die schlauer sind als ich, mich auf ihrem Weg zur Weltherrschaft plattmachen werden. Ich atme ein Mal tief Mays femininen Duft ein und stoße seufzend die Luft aus. »Komm nachher mit zu mir.«

Sie weicht ein wenig zurück. »Alec, ich kann nicht. Ich muss morgen früh arbeiten, und du wirst bis spät mit der Party zu tun haben.«

»Außerdem bist du mit deiner Familie hier«, füge ich hinzu, weil ich eben wütend bin und mich nicht sonderlich gut benehme. »Dein Bruder könnte sich fragen, warum du dich mit jemandem unter deinem Niveau abgibst.«

»Alec.« Sie seufzt leise.

»Was denn? Ich versteh's nicht. Was ist denn verkehrt daran, wenn du und ich Zeit miteinander verbringen?«

»Gar nichts. Ich möchte mich nur nicht alle paar Wochen aufs Neue vor meiner Familie rechtfertigen müssen.«

Normalerweise würde ich diese Erklärung so glauben. Aber heute tut es einfach weh.

Man scheint es mir anzusehen, denn May legt den Kopf schief und betrachtet mich. »Oh, Alec. Was zum Teufel soll ich nur mit dir machen?« Sie stellt sich auf die Zehenspitzen und küsst mich.

Und dieser Kuss macht Versprechungen, die May nicht halten kann. Langsam und zärtlich. Auch wenn ihre Worte mich enttäuschen, sind Mays Küsse niemals mehrdeutig. Ihr weicher Mund lädt mich ein, vorzudringen und sie zu liebkosen. Ich drücke sie gegen die Backsteinwand und zeige ihr, wie sehr ich sie gerade brauche. *Komm mit zu mir*, sagen meine Küsse. *Es wird sich für dich lohnen.*

Bis die Tür mit einem Knall auffliegt.

Ich weiche zurück, beende jedoch erst noch den Kuss, den ich May gerade gebe.

Als ich fertig bin, schaue ich hoch und sehe Chelsea mit Zigarette und Feuerzeug in der Hand dastehen, ihr ist die Kinnlade heruntergeklappt. »Ich schätze, das heißt, dass du nachher *keine* Zeit hast?«

»Äh …« Ich weiß ehrlich nicht, was ich sagen soll.

»Ich sollte wohl lieber gehen«, sagt May ruhig und tritt an mir vorbei.

»Nein.« Ich fasse schnell nach ihrer Hand und drücke sie. Ich wollte noch mit ihr reden.

Als Chelsea die Augen noch weiter aufreißt, dämmert es mir: Es stört sie mehr, dass ich Mays Hand halte, als dass ich mit ihr vor der Werkstatt rumgemacht habe. »Ich verstehe«, flüstert sie. Dann dreht sie sich um und stapft davon.

»Fuck.« Ich massiere mir die Nasenwurzel. Hinter meinen Augenhöhlen brauen sich Kopfschmerzen zusammen. »Wir hatten ein paarmal was miteinander …«

»Du bist mir keine Erklärung schuldig«, sagt May schnell.

»Das *weiß* ich. Aber …« Ich stöhne. »Sie und ich stehen uns nicht besonders nah. Ich hätte nicht gedacht, dass sie dermaßen beleidigt sein würde.«

»Oh bitte.« May sieht mich an, als wäre ich der dümmste Mann auf Erden. »Ich glaube, du weißt gar nicht, was für eine Wirkung du hast. In einen Typen wie dich kann man sich total schnell vergucken.«

»In einen Typen wie mich«, wiederhole ich langsam. Ich habe keinen blassen Schimmer, was das heißen soll. Es ergibt auch überhaupt keinen Sinn. »Wie kommt's dann, dass du immun dagegen bist?«

»Ich bin nicht immun, es ist nur …«

Sie hat keine Gelegenheit, den Satz zu beenden, denn in dem Moment kommt meine Kellnerin Becky den Pfad zwischen den Bäumen entlanggerannt. »Alec!«, ruft sie.

»Was ist denn?«

Sie wirkt dermaßen außer sich, dass es mir Angst macht. »Smitty hat sich im Lager eine Überdosis gesetzt!«

»Er hat *was*?«

»Da liegt eine Nadel, und er atmet nicht.«

22

May

»Becky – geh rein und such Benito.« Alec zeigt auf die Tür von Hamishs Werkstatt. »Er hat Naloxon im Auto. Und ruf den Notarzt, falls das noch keiner gemacht hat.«

Sobald er den Satz beendet hat, rennt er wie der Blitz zu seiner Bar. Und ich folge ihm. Es ist dunkel, und der Mond ist noch nicht aufgegangen. Nach ungefähr zehn Schritten in das Wäldchen kann ich den Pfad deshalb kaum noch ausmachen. Dass ich überhaupt etwas sehe, liegt nur daran, dass sich das Sternenlicht zu beiden Seiten des Wegs im Schnee spiegelt.

Alec ist schnell. Ich bin gut zwanzig Meter hinter ihm, während er schon in der *Gin Mill* verschwindet. Als ich ein paar Sekunden später die Tür aufmache, herrscht Chaos in der Bar. Viele Gäste drängen sich vor dem Tresen und versuchen, darüber hinweg in den Lagerraum zu sehen. Andere laufen umher und wundern sich, was zum Teufel denn los ist.

Connor, die schottische Teilzeitkraft, steht hinter dem Tresen und versucht, alle auf Abstand zu halten. »Gehen Sie bitte ein paar Schritte zurück«, sagt er. »Machen Sie Platz. Die Sanitäter müssen hier gleich durch.«

In der Ferne höre ich Sirenengeheul. Doch bevor es richtig laut wird, kommt Benito Rossi mit einem orangefarbenen Etui in der Hand hinter mir zur Tür hereingestürmt.

»Achtung«, sage ich zu einigen Gaffern. »Machen Sie bitte Platz.« Im nächsten Moment halte ich Benito den Weg frei, schiebe Leute weg und hebe dann die Schranke am Ende des Tresens hoch.

»Danke«, keucht Benito.

Ich folge ihm ins Lager. Benito geht neben Smitty auf die Knie, der ausgestreckt auf dem Betonboden liegt, blaue Lippen hat und viel zu reglos ist.

Benito ballt eine Hand zur Faust und reibt mit den Fingerknöcheln über Smittys Brustbein. »Hey!«, schreit er Smitty an. »Wach auf, Mann. Los.«

Alec wird aktiv, geht dabei aber weniger vorsichtig vor. Er schlägt Smitty. Und zwar heftig. »Wach auf, du Arschloch! Wag es ja nicht, hier auf dem verdammten Fußboden zu sterben!«

Ben schiebt seinen Bruder mit einer Hand weg. Dann kontrolliert er Smittys Atemwege. Er legt dem bewusstlosen Mann eine Hand in den Nacken, hält ihm die Nase zu und pustet ihm Luft in den Mund. Dann wiederholt er es.

»Gib ihm das Zeug!«, ruft Alec. »Worauf wartest du denn?«

Ben ignoriert ihn, beatmet Smitty noch einmal und öffnet dann das orangefarbene Etui. Er fängt an, eine kleine Plastikvorrichtung zusammenzusetzen.

Da sehe ich die Spritze. Gleich dort auf dem Boden neben Alecs Hand. Sie liegt einfach so auf dem Beton, die Nadelspitze zeigt auf Alec.

Und da merke ich, dass ich zittere. Meine Knie sind weich, und mein Herz rast. *Pass auf die Nadel auf.* Der Anblick jagt mir eine Heidenangst ein. Ich schiebe mich ein kleines Stück weiter in den Raum und kicke die Spritze von Alec weg. Sie fliegt gegen einen Kasten Bier, Alec registriert es nicht mal.

Keine Ahnung, warum ich zittere und warum genau mich die Nadel so panisch macht. Aber ich habe noch nie aus nächster Nähe miterlebt, wie jemand durch eigene Hand zu sterben droht.

Smitty war mitten in seiner Schicht. Jetzt liegt er auf dem Boden und atmet nicht.

Benito hat ihm etwas in die Nase gespritzt und dreht ihn jetzt auf die Seite. Smitty gibt ein schreckliches ersticktes Geräusch von sich.

»Atme«, fordert ihn Benito auf und klopft ihm dabei auf den Rücken.

Als zwei Sanitäter hereinkommen, wird es voll im Lager. Ich schlängele mich hinaus, um ihnen Platz zu machen, und finde mich hinter dem Tresen wieder, wo Connor tapfer versucht, Alecs Laden am Laufen zu halten, während wenige Meter entfernt ein Leben gerettet wird.

»Könntest du drei Gläser mit Eis füllen?«, fragt er.

Einen Tick später wird mir klar, dass die Bitte an mich gerichtet war. »Was für Gläser?«, frage ich mit heiserer Stimme.

»Tumbler. Die da.« Als er zum Eisbehälter zeigt, sehe ich die Gläser danebenstehen.

Mit zitternden Händen tauche ich eins nach dem anderen in den Eisbehälter und gebe sie dann Connor.

Vor mir beugt sich eine junge Frau mit einem Baseballcap über den Tresen. »Hey, kann ich drei Goldenpours haben?«

Ich schaue zu Connor, der gerade Wodka über das Eis gießt, das ich ihm eben abgefüllt habe. Mit der anderen Hand rührt er irgendetwas um. »Goldenpour ist alle«, sagt er. »Probieren Sie stattdessen das Sip of Sunshine.«

»Okay«, sagt sie und sieht wieder mich an.

Also nehme ich ein Bierglas, halte es unter den Hahn mit dem Sip of Sunshine und ziehe am Hebel. Während ich das Glas schief halte, damit nicht zu viel Schaum entsteht, schaue ich zu, wie die honigfarbene Flüssigkeit den Glasrand hinunterläuft. Als ich den himmlisch hefigen Geruch einatme, läuft mir das Wasser im Mund zusammen. Ein einziges Bierchen hätte jetzt eine gute Wirkung auf meine zitternden Hände.

Aber die Frau wartet. Also reiche ich ihr das volle Glas und zapfe dann kurz nacheinander noch zwei.

»Danke, Schätzchen«, sagt Connor. »Das macht dann zwölf Mäuse«, wendet er sich an die Frau. Zu mir sagt er: »Ich habe allen Bier für vier Dollar versprochen, wenn sie zurücktreten und Geduld mit mir haben.«

»Kann ich ein Heady Topper haben?«, fragt jemand anders. »Und ein Glas Cabernet.«

»Heady gibt's aus der Dose, und der Wein kostet sechs Dollar«, erklärt mir Connor.

Ich nehme das Bier aus dem Kühlschrank und sehe mich dann nach Weingläsern um. Ich nehme eines aus dem Regal und ziehe dann den Gummikorken aus der Flasche Cabernet. Es ist ein kalifornischer. Die fruchtigen, pflaumenartigen Duftnoten stürmen auf mich ein, als ich eine ordentliche Menge einschenke.

Gott, was würde ich nicht für ein Glas davon tun. Doch als ich fertig bin, stopfe ich den Korken wieder rein und überreiche das Glas. *Wie unfair!*, schreit meine Sucht. *Wieso darf der Kerl welchen und ich nicht? Das ist doch scheiße!*

Weil du nach einem nicht aufhörst, rufe ich mir selbst in Erinnerung. Außerdem ist die Welt nicht fair. Es gibt keine Fairness. Es gibt nur Glück und Pech.

Und ich bin heute Abend hier nicht der Mensch mit dem größten Pech. Ich drehe mich um und schaue zum Lagerraum. Noch ist niemand dort herausgekommen.

Als ich mich wieder nach vorn drehe, stehen noch einige weitere Gäste wartend am Tresen. »Hallo«, sagt eine Frau. »Ich hätte gern ein Goldenpour, wenn das geht.«

»Goldenpour ist ausverkauft«, sage ich und greife nach einem Glas. »Probieren Sie mal das Sip of Sunshine.«

Ich serviere unzählige Getränke. Sie verschwimmen alle in der Masse. Ich nehme Geld entgegen und gebe automatisch das Wechselgeld heraus. Doch dann schaue ich zum nächsten Gast hoch und stelle fest, dass es mein Bruder Griffin ist. »Was zum *Teufel* machst du hier?«, fragt er. »Ich habe dich überall gesucht. Du schenkst *Alkohol* aus?«

Er sagt es in einem Tonfall, als würde ich Rohrbomben bauen oder Methamphetamin kochen.

»Ich helfe aus«, blaffe ich. »Alecs Barkeeper hat …« Ich schlucke schwer, weil ich die Nadel und die blauen Lippen vor Augen habe. »Es gab einen Notfall.«

Wie um mir recht zu geben, kommen die beiden Rettungssanitäter in dem Moment aus dem Lager. Allein. Sie haben ihre Trage und ihre Tasche dabei, die unangetastet aussieht. Ich lehne mich gegen den Tresen, damit sie an mir vorbeikönnen.

Liegt Smitty etwa *tot* dahinten? Wieder werde ich ganz zittrig.

»Du kannst keinen Alkohol ausschenken«, sagt mein Bruder. »Das ist schwachsinnig.«

»Ach, halt die Klappe, ja?«, schieße ich zurück, und zwar in keinem netten Ton. »Kannst du dich nicht einziges Mal einfach raushalten?«

Offenbar nicht. Griffin brüllt in Richtung Lager: »Alec!« Er duckt sich unter dem Tresen hindurch, als wolle er zu ihm gehen.

Doch Alec erscheint im Türrahmen. »Was ist?«

»May kann nicht als Barkeeperin für dich einspringen. Darum *kannst* du sie nicht bitten!« Das Gesicht meines Bruders ist rot und wutverzerrt.

Alec scheint nicht zu merken, dass Griff kurz vorm Explodieren ist. »May, komm bitte her. Griffin, du kannst gerne aushelfen.« Er verschwindet wieder.

»Was soll der Scheiß?«, murmelt Griffin.

»Hey, Kumpel. Krieg ich ein Sip of Sunshine?«, fragt ein Gast.

»Berechne ihm vier Dollar«, sage ich und lasse den grummeligen Griff stehen. Als ich ins Lager spähe, liegt dort keine Leiche. Dort ist überhaupt niemand. Die Hintertür steht offen, also gehe ich hinaus. Benito und Alec stehen draußen und wirken angespannt. Smitty sitzt gegen die Außenwand gelehnt auf einer Holzkiste und sieht nur geringfügig gesünder aus als eine Leiche. »Müsstest du nicht im Krankenhaus sein?«, rufe ich.

»Nein.« Smitty kratzt sich an der Stirn.

»Sie würden ihm Tausende Dollar dafür in Rechnung stellen, dass sie ihn bloß eine Nacht zur Überwachung dabehalten«, sagt Alec.

»Ist eine beschissene Masche«, murmelt Smitty.

»Das weiß er, weil das offenbar *schon mal* passiert ist.« Alecs dunkle Augen funkeln vor Entsetzen und Sorge.

»Ist keine große Sache«, sagt Smitty.

Das sieht Alec allerdings anders. So wütend habe ich ihn noch nie gesehen. »Das sagst du die ganze Zeit, aber das hilft auch nicht.«

Smitty zuckt mit den Schultern.

»Zumindest kannst du keine Drogen in meiner Bar nehmen. Nie wieder.«

»Ich hab immer noch mein Auto«, sagt Smitty. »Ich schleich mich einfach raus.«

Alec ballt die Fäuste, als wäre er kurz davor, dem Kerl, dessen Leben zu retten er gerade geholfen hat, eine reinzuhauen. »Wie wär's, wenn du mal für fünf Minuten so tust, als wäre dir nicht alles scheißegal? Ich will doch, dass es dir gut geht.«

»Nein, du willst mich verurteilen. Ich bin noch derselbe Barkeeper wie gestern. Halt einfach die Klappe, sonst muss ich wieder kotzen. Auf die Art kriegst du nicht wieder genügend Personal in deinen Laden.«

Alec sieht mich zum ersten Mal direkt an. Er winkt mich zu sich, und ich folge ihm nach drinnen ins Lager. »Hey«, sage ich. »Bist du okay?«

Er schüttelt den Kopf. »Ich wusste nicht, dass er Drogen nimmt«, flüstert er. »Er ist nicht mal in Therapie. Er will, dass ich so tue, als wäre das keine große Sache. Ich hab keinen Schimmer, was ich verdammt noch mal tun soll. Sag mir, wie ich damit umgehen soll.«

»Du darfst damit umgehen, wie du möchtest«, flüstere ich.

»Aber es wäre falsch, ihn rauszuschmeißen, oder?« Alec sieht mich fragend mit seinen großen braunen Augen an. »Ich fass es nicht, dass mein Angestellter auf der Arbeit fixt. Das ist irre.«

»Du brauchst das nicht zu erlauben! Keine Drogen bei der Arbeit – das ist eine ziemlich simple Regel. Wenn er zu spät kommt oder keine Leistung bringt, ist das ein Kündigungsgrund.« Gerade ist mein Anwaltswissen echt praktisch.

»Ich *hasse* das«, zischt er.

Beim Anblick seines wütenden Gesichts wird mir schlecht. Ich hab diese Wut schon bei anderen Menschen gesehen, die wollten, dass ich meine Sucht in den Griff kriege. »Alec, ich weiß nicht, was ich dir sagen soll. Dass ich es auch hasse? Ich kann nicht auf magische Weise jedem Abhängigen ins Hirn gucken.«

Er ringt die Hände. »Du denkst, *darum* bitte ich dich?«

»Etwa nicht?«, schnaufe ich. »Was denn sonst?«

Seine Augen treten hervor. »Weil ich was auf deine Meinung gebe!«

Würdest du nicht, wenn du mich besser kennen würdest.

»Wo soll das hinführen?«, flüstert Alec.

Dazu, dass du mich für jemanden wie Chelsea verlässt. Irgend so ein unkompliziertes, süßes junges Ding. Aber das hat er nicht gemeint. »Ich habe keine Ahnung. Beim Thema Heroin bin ich keine Expertin.« Gott sei Dank.

»Wenn er sich nicht in Behandlung begibt, wird das nur wieder passieren, stimmt's?«

Ja. »Ich weiß nicht, was ich dir sagen soll, Alec. Wenn man jeden Suchtkranken entlassen würde, gäbe es im ganzen Land einen Arbeitskräftemangel.« Und jetzt zittern meine Hände wieder. Da ist es ein Mal nicht mein Drama, und ich stecke trotzdem mittendrin.

Mein Bruder steckt seinen Kopf in den Lagerraum. »Alec, deine Bar braucht dich. Ich muss Audrey und May nach Hause bringen.«

»May braucht niemanden, der sie fährt. Ihr Auto steht draußen«, sagt Alec. Als er mich hilflos ansieht, habe ich ihn mit einem Mal sehr lieb. Der unbekümmerte Barbesitzer wird mit einer heftigen Dosis Dysfunktionalität konfrontiert und weiß nicht, was er machen soll.

»Lass uns gehen, May«, sagt mein Bruder scharf. Als wäre ich eins seiner Farmtiere, das ausgebrochen ist.

»Jetzt geh schon«, blaffe ich ihn an. »Ich helfe Alec nach der Trauerfeier noch beim Aufräumen.«

»Es ist spät«, bedrängt mein Bruder mich. Ihm stehen lauter Fragen ins Gesicht geschrieben. Zum Beispiel, wieso ich so dicke mit Alec bin und was verdammt noch mal heute Abend hier abgeht.

»Was willst du von mir?«, frage ich ihn. »Was genau ist das Problem?«

Er sieht zwischen Alec und mir hin und her, als könne er sich nicht so ganz einen Reim darauf machen, warum wir zusammen in einem dunklen Lagerraum stehen. Aber verdammt. Das geht ihn gar nichts an. »Fahr vorsichtig«, sagt er und dreht sich dann zum Gehen um.

»Du kannst jetzt gehen«, sagt Alec einen Augenblick später. »Wahre den Anschein, dass wir uns nicht besonders gut kennen.«

Wir kennen uns *wirklich* nicht besonders gut, das ist ja das Problem. Alec erlebt immer nur die spaßige May. Ich bin Smitty ähnlicher, als er denkt. Allerdings möchte ich gar nicht, dass er das jemals merkt. »Ich kann dir helfen, die Feier drüben zu beenden. Mir ist klar, dass du eine lange Nacht vor dir hast.«

Bei der immer noch offen stehenden Hintertür kichert jemand. Es ist Smitty. Er hat sich hochgehievt und lehnt jetzt im Türrahmen. »Eine lange Nacht? Oder die ganze Nacht? Ich wette, Alec hat dir nicht erzählt, warum du seine neueste Schnalle bist.«

»Meine *was*?« Alec wirft ihm einen Blick zu, der schneidender ist als Glassplitter. »Sei jetzt kein Arschloch.«

»Klar, ich darf kein Wort sagen, weil ich bloß ein blöder Junkie bin. Und du der große Geschäftsinhaber. Aber du bist auch der Kerl, der meinte: ›Wär's nicht witzig, wenn ich es Griff Shipley heimzahle, indem ich mit seiner Schwester schlafe?‹«

»Das habe ich *nie* gesagt!«, blafft Alec. »Die Unterhaltung ging anders.«

»Du hast dich totgelacht«, sagt Smitty mit einem teuflischen Grinsen. »Du hasst die Shipleys. Das weiß jeder.«

»Fick dich!«, knurrt Alec. »Was hast du verdammt noch mal für ein Problem? Geh nach Hause.«

Alec streitet es jedoch nicht noch einmal ab. Und als er sich zu mir umdreht, kann ich es von seinem Gesicht ablesen. Diese Unterhaltung hat tatsächlich stattgefunden. Jedenfalls so in der Art.

Und auf einmal muss ich weg von ihm. Ich gehe an Alec vorbei und schubse Smitty aus dem Weg. Er stinkt nach Kotze. Diesen Geruch kenne ich nur allzu gut aus meinen übelsten Zeiten.

»May!«, ruft Alec mir nach. »Glaub diesen Scheiß bloß nicht.«

Aber ich bleibe nicht stehen. Noch mehr Wahrheiten ertrage ich heute Abend nicht. Und praktischerweise steht mein Auto auf meinem geheimen Spezialparkplatz hinter dem Müllcontainer.

Sechzig Sekunden später fahre ich schrecklich aufgewühlt los. Weil Alec nicht klar abgestritten hat, dass er mit Smitty darüber geredet hat, mich zu verführen.

Tränen trüben meine Sicht, und ich muss sie wegblinzeln. *Es geht nur um Sex.* Das habe ich selbst gesagt. Wieso also überrascht es mich, dass Alec mich als Eroberung gesehen hat?

Die Straße erstreckt sich dunkel vor mir. Es schneit ein wenig, deshalb beleuchten die Scheinwerfer die Flocken besser als die Straße. Als die Auffahrt zum Highway in Sicht kommt, nehme ich sie nicht. Stattdessen fahre ich über die Nebenstraßen. Ich muss nachdenken.

Doch Nachdenken tut weh. Alles, was Alec in den letzten zwei Monaten gesagt und getan hat, ist jetzt ein einziges Wirrwarr. Wir hatten eine schöne Zeit zusammen. Alec könnte das niemals nur vorgeben. Das weiß ich instinktiv.

Oder doch? Daniela hat mich betrogen, und ich habe es nicht gemerkt.

Hatte Alec also nur Sex mit mir, um meinem Bruder ans Bein zu pinkeln? Vielleicht. Er scheint mächtig drauf versessen zu sein, alle Welt wissen zu lassen, dass wir zusammen sind.

Ich hasse den Gedanken. Aber ich weiß mit Sicherheit, dass Griff einmal Zaras Gefühle verletzt hat und Alec das gar nicht passte. Verdammt. Die ganze Stadt wusste davon. Ich verstehe, welchen Reiz es hat, diese offene Rechnung zu begleichen.

Vor diesem Hintergrund steht alles, was zwischen Alec und mir war, in einem etwas anderen Licht. Dass er mich so bereitwillig zu der Veranstaltung an der Fakultät begleitet hat. Dass er danach Kontakt gehalten und mich mit Aufmerksamkeit überhäuft hat.

Ich war nie so cool und lustig, wie er mir das Gefühl gegeben hat zu sein. Natürlich nicht.

Aber manchmal sieht er mich so an … So als könnte er es nicht erwarten, mich wieder zu küssen. Ist das echt oder nur aufgesetzt?

Und spielt das überhaupt eine Rolle? Aus uns sollte sowieso kein Paar werden. Wieso also bin ich so traurig?

Ich fahre vorsichtig um jede Kurve. Mir kommt in den Sinn, dass ich irgendwo unterwegs eine Flasche Wein kaufen könnte und niemand es mitkriegen würde. Heute Abend habe ich fast jemanden sterben sehen und erfahren, dass der Typ, den ich ein bisschen zu gern habe, sich wahrscheinlich bloß bei mir eingeschmeichelt hat, um meinen Bruder zu ärgern.

Das rechtfertigt doch wohl einen Drink, oder?

Männer sind scheiße. Ich möchte Lark anrufen und ihr alles erzählen. Aber sie findet nicht, dass Männer scheiße sind, außerdem schläft sie wahrscheinlich gerade mit ihrem.

Wenn ich Lark nicht haben kann, will ich Alkohol. Es läuft immer wieder darauf hinaus. Alkohol wäre jetzt so eine Wohltat. Es hört sich doch eigentlich nach einer Nichtigkeit an. Wieso darf ich keinen haben?

Die Straße ist dunkel und verlassen. Entlang dieser Strecke gibt es keine Läden – mit Sicherheit keine, die sonntagsabends nach zweiundzwanzig Uhr noch geöffnet haben. Nicht mal einen Mini-Markt.

Der schmale Grat zwischen Abstinenz und einem Rückfall läuft womöglich darauf hinaus: Wenn man sich auf dem Land besaufen will, ist das umständlich.

Mein Handy vibriert in der Jackentasche.

Alec wahrscheinlich. Er wird mir sagen, dass ich nicht auf Smitty hören soll. Er wird mir sagen, dass er auch mit mir geschlafen hätte, wenn er es meinem Bruder nicht hätte heimzahlen wollen. Vielleicht stimmt das sogar.

Nur werde ich ihm niemals wieder richtig trauen können.

Du hasst die Shipleys. Das weiß jeder.

Das Handy tanzt immer noch in meiner Tasche auf und ab. Ich werde mich noch zwanzig Minuten auf dieser Straße befinden. Ich fahre fünfzig, weil es schneit und ich außerhalb der Scheinwerferkegel nicht sonderlich viel sehen kann.

Die Ungewissheit macht mich fertig. Geht das mit Alec und mir jetzt so zu Ende? Weil ein wütender Barkeeper auf Entzug beschlossen hat, überall Gift zu verspritzen?

Ich ziehe das Handy aus meiner Tasche. Tatsächlich habe ich einen Haufen Nachrichten von »Selena«.

Er ist wütend und erzählt nur Scheiß.

Er hat mal gemeint, ich sollte mit dir schlafen, weil Griff dann angepisst wäre. Ich hab vielleicht drüber gelacht.

Ich weiß es gar nicht mehr. Aber so war es dann auch nicht.

Du willst es nicht hören, aber es ist wahr …

Die letzten drei Worte rauben mir den Atem.

Ich liebe dich.

Ich starre einen Sekundenbruchteil zu lange auf die Worte. Als ich wieder hochschaue, ist es zu spät, um auf das Reh zu reagieren, das auf der Fahrbahn steht. Und da ich mein Handy halte, habe ich nur eine Hand am Lenkrad.

Auszuweichen ist meine einzige Option. Doch trotz der Spikes an meinen Reifen komme ich auf der feinen Schicht frischen Schnees ins Rutschen. Ich verfehle das Reh.

Aber nicht den Baumstamm, der im grellen Fernlicht auf mich zurast.

Mein schriller Schrei hallt im Wagen wider, bevor es laut knirscht und Glas zersplittert.

23

Alec

Ich komme nicht vor drei Uhr morgens ins Bett. Und dann liege ich wach da und vermisse May.

Sie hat nicht auf meine Nachrichten geantwortet. Offensichtlich ist sie stinksauer auf mich. Und ich weiß nicht, ob sie mir jemals verzeihen wird. Oder ob sie jemals so für mich empfinden wird wie ich für sie.

Ich liege im Dunkeln da und komme mir verloren vor in einem Bett, das ohne sie viel zu groß ist. Es ist nicht wahr, dass ich mit ihr geschlafen habe, um Griff zu ärgern. Als Smitty vor der Jura-Veranstaltung diesen Witz machte, habe ich wahrscheinlich gelacht. Aber als May und ich rumgemacht haben, hab ich keinen einzigen Gedanken an ihren blöden Bruder verschwendet.

Und trotzdem kann man mir vieles vorwerfen: Ich habe wahrscheinlich über Smittys Witz gelacht. Und ich habe nicht gemerkt, wie es mit Smitty bergab ging. Sogar Zara ist sein komisches Verhalten aufgefallen, als sie den einen Abend für mich eingesprungen ist. *Smitty verschwindet ständig und macht Pause*, hatte sie mir geschrieben. *Was ist da los?*

Genau: was? Ich dachte, er würde sich rausschleichen, um eine zu rauchen. Allerdings habe ich ihn nie mit einer Zigarette gesehen. Vielleicht hab ich angenommen, er würde telefonieren.

Es war mir egal, deshalb ist mir nichts aufgefallen.

Wenn May jetzt hier wäre, würde ich mich an sic kuscheln, sie im Arm halten, während sie schläft, und auf ihr leises Atmen lauschen. Vielleicht fände ich dann ein bisschen Ruhe. Aber sie ist nicht hier, denn sie weiß es besser.

Nur weil ich endlich bereit bin, mich in ein Mädchen zu verlieben, heißt das nicht, dass das Mädchen so blöd ist, sich in mich zu verlieben.

Mein Wecker klingelt frühmorgens um zehn. Glaubt mir, wenn einem eine Bar gehört und besonders wenn man nach einer Trauerfeier bis drei Uhr morgens sauber gemacht hat, ist zehn Uhr tatsächlich frühmorgens.

Als ich zwischen zwanzig und dreißig war, lautete mein Motto: *Schlafen kann ich, wenn ich tot bin.* Mit zweiunddreißig ist das nicht mehr lustig. Ich komme mir vor wie halb tot.

Aber vielleicht spricht da nur der Liebeskummer aus mir.

Als der Lkw meines Bierlieferanten vorfährt, schließe ich für Kevin das Lager auf, damit er die Fässer reinbringen kann. »Wir haben dir noch ein Long Trail mehr mitgebracht«, sagt er, »weil du nicht auf Chelseas E-Mail geantwortet hast.«

»Chelsea hat mir eine Mail geschickt?« Ich hatte zu viel mit der Trauerfeier zu tun und damit, dass Smitty fast gestorben wäre, um irgendwelche verdammten Mails zu lesen.

Kevin wirkt beunruhigt. »Du kriegst diese Woche kein Goldenpour.«

»Warte. Was? Ich habe letzte Woche schon keins bekommen.«

»Ja. Keine Fässer für die *Gin Mill.* Deshalb habe ich dir das Long Trail mitgebracht. Weil du uns nicht mitgeteilt hast, welches du stattdessen möchtest.«

»Wo ist Chelsea?«, frage ich und sehe mich um. Sie ist immer dabei, wenn ich mein Bier geliefert bekomme. Nur dass gestern Abend …

Oh, scheiße.

»Sie sitzt im Lkw«, sagt Kevin.

Verfickte Mistscheiße. Ich lasse Kevin ohne ein weiteres Wort stehen und gehe raus zum Lkw. Tatsächlich sitzt Chelsea im Führerhaus und tippt auf ihrem Handy rum. Ich greife hoch und mache die Tür auf. »Kann ich bitte kurz mit dir reden?«

Sie sieht mich argwöhnisch an, springt dann aber runter. »Was kann ich für dich tun?«, fragt sie.

»Hör zu.« Ich betrachte sie. Sie trägt einen knallpinken Parka und Skinny Jeans. Sie sieht aus wie zwölf, und ich kann mir nicht erklären, warum mir der riesige Altersunterschied zwischen uns bisher noch nie aufgefallen ist. »Ich weiß, dass man mit mir in letzter Zeit nicht viel Spaß haben konnte«, fange ich an.

Chelsea schnaubt. »Du bist mir aus dem Weg gegangen. Findest du das nicht ziemlich schwach? Du solltest einfach dazu stehen. Zwischen dir und Shipleys Schwester läuft was. Dann sag das doch einfach. Sei kein Arschloch.«

Schön, sie ist also jung, aber trotzdem klüger als ich. »Na ja, die Sache mit May ist was anderes.« Während ich das sage, merke ich, dass es nicht bloß eine Ausrede ist. May hat sich in mein Herz geschlichen, als ich eigentlich mit nichts gerechnet habe.

»Verstehe«, sagt sie. »Du machst dir zum ersten Mal was aus jemandem, und das hat dich völlig umgehauen.«

»He!«, beschwere ich mich, denn das ist Rufmord. »Ich mache mir was aus so einigen Menschen.« Es gibt mir keinen Kick, eine ins Bett zu kriegen und dann abzuservieren. So einer war ich noch nie. »Es tut mir leid, dass ich nicht offen zu dir war, aber ich habe gar nicht gemerkt, dass ich anderweitig vergeben bin, bis es auf einmal so war.«

»Schön. Gratuliere. Warum führen wir dann dieses seltsame Gespräch?«

Richtig. »Weil wir das Private nicht mit dem Geschäftlichen vermischen sollten. Ich hätte dir nicht aus dem Weg gehen sollen. Das war nicht nett. Aber du darfst mir auch nicht den Hahn zudrehen.«

Einen Moment lang sieht Chelsea mich nur blinzelnd an. »Okay, wow. Es hat mich schon gekränkt, dass du kein Interesse mehr an mir hast. Aber du glaubst, ich hätte deine Bierlieferung eingestellt, weil dein Schwanz nicht mehr zur Verfügung steht?«

»Ist es nicht so? Ich habe sieben Angestellte. Die sind auf die *Gin Mill* angewiesen. Es geht nicht allein um mich.«

Chelsea tritt einen Schritt zurück. »Toll, wie du dich einsetzt, du Arsch. Aber es liegt nicht an mir, dass du kein Goldenpour mehr kriegst.«

»Nein?«

»Kein bisschen. Sie haben deine Lieferung eingestellt.«

»Wer ist *sie*?«

»Giltmaker. Die Brauerei.«

»Wieso? Weil ich gestern Abend rumgemeckert hab? Beliefern sie auch alle anderen nicht mehr?«

Chelsea schüttelt langsam mit dem Kopf. »Nur dich nicht. Und ich habe keine Ahnung, was du gestern Abend angestellt hast, aber die Anweisung kam schon vor einer Woche.«

Fuck! »Hast du irgendeine Ahnung, wieso?«

»Nein, null. Das ist echt ungewöhnlich. Am besten fragst du sie selbst.«

Ich versuche, das zu verarbeiten. Und leider habe ich da so eine Theorie. Und zwar eine hässliche. Sie hat mit meinem Onkel Otto zu tun, dieser Arschgeige. Ich hole tief Luft, um die Wut in meiner Brust zu mindern.

Es funktioniert nicht.

Chelsea sieht mich immer noch mit ihren schönen blauen Augen an. »Ich hoffe, du findest es raus, Alec. Ich hatte dich immer gern. Vielleicht ein bisschen zu doll.«

Scheiße. »Ich hatte dich auch gern, weißt du. Hab ich immer noch. Eine wie du kriegt immer noch drei Schnipser von mir.«

»Ach, spar dir das.« Sie verdreht die Augen. »Jetzt geh und find raus, womit du Giltmaker so vergrätzt hast. Viel Glück.«

»Danke. Und, äh, sorry noch mal wegen …«

Sie winkt ab. »Ich bin ein großes Mädchen, Alec.« Ohne ein weiteres Wort klettert sie zurück in den Lkw.

Uff. Kann der Tag noch mieser werden? Dabei ist es erst halb elf. Ich werde Otto zur Rede stellen müssen. Aber erst mal hole ich mir eine Tasse Kaffee und was zu essen. Also latsche ich ums Gebäude herum und über den Parkplatz zum *Busy Bean*. Ich habe meine Geldbörse nicht dabei, aber es ist Freitag, und da hat Audrey die Frühschicht. Bei ihr kann ich anschreiben.

Aber – kacke. Meine Schwester steht hinter dem Tresen und sieht mies gelaunt aus. Vielleicht liegt das in der Familie. »Hey, Z«, sage ich. »Kann ich bitte einen großen Kaffee und ein Stück von dem haben, was hier so gut riecht?«

»Das sind die Brezeln. Eine ohne was oder mit Frischkäse und Lachs?«

»Ich möchte das Rundum-Erlebnis.«

Zara schenkt mir den Kaffee ein. »Roddy!«, ruft sie über ihre Schulter. »Kannst du eine Brezel für Alec machen?«

»Natürlich, Mylady«, kommt seine Antwort.

Zara grinst. »Ich liebe den Kerl.«

»Er weiß, wie man sich bei dir einschleimt.« Ich nehme den Becher, den sie mir reicht, und trinke sofort einen großen Schluck Kaffee. »Wo ist deine Kumpanin heute?« Ich muss Zara noch beibringen, dass ich meine Geldbörse oben liegen gelassen habe. Ehe ich die Brezel in den Händen halte, sage ich kein Wort.

Zara wirft mir einen kurzen Blick zu. »Im Krankenhaus in Montpelier. Ich bin irgendwie überrascht, dass du nicht auch dort bist.«

»Was?« Das ergibt keinen Sinn. »Geht's Audrey gut?«

»Ihr geht's prima«, sagt Zara zögerlich. »Tatsächlich werden alle wieder gesund, wie ich höre.«

»Okay …?« Mir entgeht hier immer noch etwas.

Meine Schwester guckt mich komisch an. »Alec, May hat die Nacht im Krankenhaus verbracht. Sie hat gestern Abend auf dem Nachhauseweg bei dem Schneefall ihren Wagen zu Schrott gefahren.«

»Was?« Ich nehme vage das Geräusch wahr, als mein Becher etwas zu heftig auf dem Tresen aufschlägt. Und wie mir der heiße Kaffee auf den Handrücken schwappt.

Zara greift nach einem Stapel Servietten und wirft sie auf meine Hand, bevor sie mir den Becher wegnimmt. »Tut mir echt leid«, sagt sie schnell. »Ich dachte, du wüsstest es schon.«

»Woher soll ich das denn *wissen*?«, donnere ich los. »Sie hat einen Unfall gebaut?«

»Da war ein Reh. Sie ist ausgewichen und gegen einen Baum gefahren.«

Heilige Scheiße.

Heilige Scheiße!

Ich drehe mich um und laufe zur Tür.

»Alec!«, ruft mir meine Schwester nach. »Du solltest besser nicht da reinplatzen und … Oh, Mist.«

Mehr höre ich nicht, denn ich stürme aus dem Café und zu meinem Pick-up. Aber ich habe den Schlüssel nicht dabei.

Und meinen Führerschein auch nicht. Also muss ich nach oben rennen. Als ich in meine Wohnung komme, denke ich natürlich nicht an den gottverdammten Kater. Wir erschrecken uns gegenseitig, als ich ins Schlafzimmer eile.

Er hockt mitten auf dem Fußboden und faucht mich an. Und als ich sehe, womit er spielt, drehe ich fast durch.

Mein Pulli. In seiner teuflischen Schnauze steckt der Pullover, den May für mich gestrickt hat.

»Du kleines Mistvieh!«, brülle ich und greife danach.

Bukowski lässt den Pulli los, um mit der Pfote in die Luft zu schlagen und mir den Handrücken zu zerkratzen.

»Du bist tot! Das steht mal fest«, grummele ich. Ich klemme mir den Pulli unter den Arm, weil ich zu durcheinander bin, um zu überlegen, wo er vor ihm sicher wäre. Der Kragen dröselt sich auf. Er hat meinen Pulli versaut. Ich bin nicht abergläubisch, aber von dem Anblick wird mir schlecht.

Und zum ersten Mal in meinem ganzen Leben möchte ich wegen eines Kleidungsstücks heulen.

Mache ich aber nicht. Ich schnappe mir meine Schlüssel und das Portemonnaie und sehe zu, dass ich aus dem Haus komme.

24

May

»Trink doch noch ein bisschen Wasser«, schlägt mir meine Mutter vor und hält mir den Krankenhausbecher mit dem Strohhalm hin. »Vielleicht wirkt das Ibuprofen dann schneller.«

Ich nehme ihn, weil das der Weg des geringsten Widerstands ist.

Ich fand meine Familie schon vorher erdrückend, aber das war nichts gegen den Wahnsinn, in den sie sich jetzt reingesteigert haben. Notiz an mich selbst: *Wenn du keine Aufmerksamkeit willst, dann setze dein Auto nicht gegen einen Baum.*

Sie halten praktisch Wache. Meine Mutter, meine Schwester – die über die Weihnachtsferien nach Hause gekommen ist –, meine beiden Brüder, mein Großvater und Audrey haben sich alle hier zu mir ins Krankenzimmer gequetscht. Und dazu besteht überhaupt kein Anlass. Wir warten im Grunde nur darauf, dass ein Arzt hereinkommt und mich entlässt.

»Ihr könnt doch fast alle nach Hause«, schlage ich vor. »Hier gibt's nichts mehr zu sehen.«

»Ich möchte hören, was der Arzt wegen deiner Hand sagt«, wendet Griffin ein.

Er meint es nur gut, sage ich zu mir selbst. Ich liebe meine Familie. Nur möchte ich sie manchmal schlagen.

Als die Tür aufgeht, drehen wir alle die Köpfe, um zu sehen, wer es ist. *Bitte lass es den Arzt sein*, flehe ich das Universum an. Ich möchte einfach nur nach Hause.

»Oh Gott«, kreischt Lark. »Süße!«

Mist. »Es geht mir *gut*. Ich hoffe nur, die Stylistin, die du für deine Hochzeit engagiert hast, hat richtig was drauf. Entweder das – oder der Fotograf sollte gut in Photoshop sein.«

Ich habe fürchterliche blaue Flecken im Gesicht – dank des Airbags. Als meine Mutter um vier Uhr morgens hier ankam, habe ich versucht, einen Witz zu reißen: »Du müsstest den anderen Kerl mal sehen.«

Aber sie hat nur einen Blick auf mein Gesicht geworfen und angefangen zu schluchzen. Ich kam mir wie ein Arschloch vor. Tue ich immer noch.

»Was ist denn passiert?«, fragt Lark und geht um das Bett herum zum einzigen freien Platz.

»Reh auf der Straße«, sage ich schnell. Um von dem Handy in meiner Hand mal ganz zu schweigen.

Zu meiner Beschämung haben die Polizisten einen Blutalkoholtest verlangt. Den ich natürlich bestanden habe. Aber es war mir trotzdem peinlich. Wenn man tatsächlich einmal Auto gefahren ist, obwohl man es nicht sollte, schämt man sich ewig dafür. Selbst wenn ich keinen Alkohol im Blut habe, habe ich ihn im Sinn.

Auch meine Familie hat das Schlimmste angenommen. Als Griffin und Audrey in den frühen Morgenstunden mit meiner Mutter hier ankamen, hat Griff mich ganz behutsam gefragt, ob bei dem Unfall Alkohol im Spiel gewesen sei.

»Nein. Nur Dummheit«, habe ich ihm versichert. »Aber besten Dank, dass du an mir zweifelst.«

Und dann kam ich mir wie ein Riesendepp vor. Er und seine schwangere Frau sind um halb vier Uhr morgens aufgestanden, weil ich beim Autofahren mit dem Handy zugange war.

Ich habe meine ganzen Dramen so satt. Trotzdem fühlt sich Larks vorsichtige Umarmung ziemlich gut an. »Was tut dir denn weh?«, fragt sie. »Abgesehen von deinem Gesicht.«

»Oh, meine Rippen. Mein Nacken. Such dir was aus. Außerdem wäre da noch das hier.« Ich ziehe die rechte Hand unter der Decke hervor, um ihr den Gips zu zeigen. Beim Aufprall des Wagens bin ich mit der Hand gegen das Armaturenbrett gestoßen und habe mir den Mittelhandknochen angebrochen. Ein Röntgenbild beweist es.

»Nein! Sie ist doch nicht gebrochen, oder?«

»Angebrochen«, meldet sich Grandpa zu Wort. »Hatte das auch mal, als mir eine Kuh auf die Hand gestiegen ist. War selbst dran schuld, weil ich ihr im Weg gewesen bin.«

»Anbrechen und brechen ist doch so ziemlich dasselbe, oder?«, fragt meine kleine Schwester. Man kann sich auf Daphne verlassen, dass sie immer das Negative herausstellt.

Wir verstehen uns nicht.

»Da wirst du mit deinen Weihnachtsstrickprojekten aber echt in Verzug kommen«, sagt Lark und küsst meine Fingerspitzen, die aus dem Gips herausschauen.

Zum ersten Mal heute Morgen lächle ich, weil Lark die Erste ist, die einen Witz reißt, statt mich anzusehen, als wäre ich sterbenskrank.

»Wow«, macht eine Männerstimme.

Wieder wenden sich alle Köpfe zur Tür. Diesmal ist es unser Freund Jude. »Hey, I-Aah«, sage ich.

»Pu-Bär! Ich hab gehört, du hast dir eine Pfote gebrochen!« Er verzieht das Gesicht zu einem albernen Grinsen. »Kann ich mit zu dir nach Hause kommen, dir nicht von der Seite weichen und dir alle paar Stunden eine Suppe einflößen?«

Alle außer mir lachen, denn davon würden mir bloß die Rippen wehtun. Als Jude vor zwei Jahren mit einem gebrochenen Arm flachlag, habe ich ihn zu Hause auf unserer Couch gepflegt.

Es gibt jede Menge toller Menschen in meinem Leben. Ich schwöre, ich wüsste sie alle noch ein bisschen mehr zu schätzen, wenn ich aus diesem Zimmer und dem Krankenhaushemd rauskönnte und einfach nach Hause dürfte.

Draußen auf dem Flur sind schlitternde Schritte zu hören. Und dann knallt jemand gegen den Türrahmen. »Verdammt. *Aua.*«

Mir bleibt das Herz stehen, als Alecs Gesicht in der Türöffnung erscheint. Und als er mich – und meine schillernden blauen Flecken – sieht, bekommt er rote Augen. Dann gibt er einen schrecklichen Laut von sich – so etwas wie ein gequältes Keuchen. Seine Hand fliegt hoch, und er hält sich den Mund zu.

Das wird jetzt sehr unangenehm werden, und ich kann keinem außer mir selbst die Schuld daran geben.

»Es tut mir *so* leid!«, krächzt Alec. Sein Blick ruht fest auf mir. Er kommt ins Zimmer, als wäre hier niemand sonst außer mir.

»Das ist der Kerl, dem die Spelunke gehört!«, ruft Grandpa. »Jetzt ist die ganze verdammte Stadt hier.«

Alec hört ihn gar nicht. »Ich habe dir geschrieben, obwohl ich wusste, dass du Auto fährst. Ich musste unbedingt das letzte Wort haben.«

»Moment«, fängt Griffin an. »Die Nachrichten waren von *Selena* …«

»Du *liest* meine Nachrichten?!«, kreische ich.

»Jetzt geht's los«, murmelt Audrey.

»Selena ist ein Kerl!«, kreischt Daphne. »Nein!«

»Oh neeee«, stöhnt Griffin. »Selena gibt's gar nicht?«

»Sag bloß«, flüstert Audrey.

Alec ignoriert das alles. Er nimmt meine gesunde Hand und stößt erneut leise einen gequälten Laut aus. »Es tut mir *so* leid. Ich habe alles falsch gemacht. Alles.«

»Nein, hast du nicht«, versuche ich zu sagen, aber irgendwie ist meine Kehle wie zugeschnürt. Und Alec macht ein ganz reuevolles Gesicht. Er setzt sich auf die Bettkante. Seine andere Hand schwebt über meinem Gesicht. Doch er weiß nicht, wo er mich berühren soll, was mir nur noch mal bestätigt, dass ich aussehe, als wäre ich halb tot.

Und dann steigen ihm Tränen in die Augen.

»Okay, wie wär's, wenn wir ihnen mal ein bisschen Privatsphäre geben?«, schlägt Audrey vor.

»Gute Idee«, stimmt ihr meine Mutter zu.

»Auf keinen Fall«, knurrt Griff. »Wenn es keine Selena gibt, heißt das ja, Alec war …?« Er stöhnt. »Das ist einfach daneben.«

Audrey bugsiert ihn zur Tür. »Du kannst dich auf dem Flur bei mir darüber beschweren.«

Alle schieben sich nach draußen, nur Alec nicht. »Es tut mir so leid«, flüstert er heiser. »Du warst wütend, und ich bin nicht gut damit umgegangen. Ich hätte dir überhaupt nicht schreiben sollen.«

»Ja, na ja. Es hat schon seine Gründe, warum es nicht verboten ist, jemandem eine Nachricht zu *schicken*, der gerade Auto fährt. Niemand hat mich gezwungen, sie zu lesen. Außerdem tut es mir leid, dass ich so davongestürmt bin.«

»Hör zu«, sagt er und wischt sich über die Augen. »Wegen dem, was Smitty gesagt hat – es stimmt überhaupt nicht, dass ich mit dir zusammen sein wollte, um Griffin zu ärgern. Das ist schlicht gelogen.«

Als ich in seine großen braunen Augen schaue, merke ich, dass er aufrichtig ist. Tatsächlich bin ich hier die Lügnerin und nicht er. »Ich verstehe. Er hat mich bloß kurz dazu gebracht, an dir zu zweifeln. Weil wir so ein schräges Paar sind.«

»Ich weiß.« Er küsst meine heile Hand. »Total schräg. Aber das ist mir egal. Du hast dich in mein Herz geschlichen, und jetzt hat es mich schlimm erwischt.«

Das sollte mich glücklich machen, doch mir wird kalt innerlich, weil ich weiß, wie leicht ich alles vermasseln kann. »Du gehörst allerdings nicht zu meiner Lebensplanung. Ich bin nicht für einen Mann bestimmt, schon gar nicht für einen Barbesitzer.«

Er schüttelt den Kopf. »Das behauptest du. Aber wir haben so viel schöne Zeit miteinander verbracht, ohne dass es was mit einer Bar zu tun hatte. Also erklär's mir bitte noch mal, ja? Ich bin nicht besonders schlau, also mach langsam. Lass mich verstehen, warum ich mir einen anderen Job suchen muss, damit ich mit dir zusammen sein kann.«

Also das ist jetzt mal ein beunruhigender Gedanke. »Das verlange ich nicht von dir.«

»Das hab ich auch nicht gesagt. Aber ich will es verstehen. Ich meine – du brauchst nicht in meine Bar zu kommen, genauso wie ich nie in deine Kanzlei komme. Wenn ich, sagen wir mal, allergisch auf Fallakten wäre, würdest du sie doch auch im Büro lassen, oder?«

»Alkoholismus ist keine Allergie.«

»Das weiß ich, okay? Es war eine *gottverdammte* Metapher.« Als er mir ein zittriges Lächeln schenkt, macht mich sein liebevoller Blick fertig.

»Ich rede mit dir nie über mein Alkoholproblem.«

»Vielleicht solltest du aber«, sagt er schlicht.

»Ich *will* nicht.« Bei der Vorstellung schnürt es mir die Kehle zu. »Wenn ich mit dir zusammen bin, macht es Spaß, so zu tun, als wäre ich ganz und gar nicht wie Smitty. Aber ich bin ihm sehr ähnlich. Das siehst du nur nicht.«

Wie geahnt vergeht ihm das Lächeln. »Nein, bist du nicht.«

»Im Moment vielleicht nicht«, räume ich ein. »Ich halte mich sehr gut. Aber was wäre, wenn du eines Abends von der Arbeit nach Hause kämst und ich läge bewusstlos auf der Couch? Was, wenn du mir sagst, dass ich Hilfe brauche, ich mir aber keine hole?«

Er macht den Mund auf und schließt ihn dann wieder. »Ich weiß nicht, was ich dann tun würde. Das heißt aber nicht, dass ich keinen Weg finden würde. Oder dass ich es nicht will. Ich bin nicht dafür bekannt, ein ernster Typ zu sein, May. Aber ich meine es absolut ernst damit, dass ich dich liebe.«

Das sagst du jetzt … Ich räuspere mich. »Ich weiß, dass du das glaubst. Aber ich war nicht richtig ehrlich zu dir. Ich habe getrunken, weil ich nichts mehr fühlen wollte. Das mache ich zwar nicht mehr, aber das Verlangen danach habe ich immer noch. Tag für Tag.«

Es tut mir weh zu sehen, wie er zusammenzuckt. Aber es war wirklich an der Zeit, dass er es erfährt.

»Vor einem Jahr habe ich mich in eine Beziehung mit Daniela gestürzt, weil ich beweisen wollte, dass ich mit meinem Leben weitermachen kann …«

»Aber ich bin nicht Daniela«, sagt Alec und streichelt meine Hand.

»Nein, bist du nicht. Aber ich bin immer noch ich. Und dieser Mensch muss sich über einiges klar werden. Und zwar allein.«

»Das behauptest du. Aber es ist nicht so, als ginge es nicht anders.«

»Ich glaube schon.«

»Nein.« Er macht ein grimmiges Gesicht. »Ich liebe dich. Wenn du nicht dasselbe für mich empfindest, dann sag es einfach.«

»Ich …« Es gibt nichts Furchteinflößenderes, als ein »Ich liebe dich« von Alec zu hören. Er hat gar keine Ahnung, was er da sagt. »Ich kann gerade niemanden lieben.« In der Richtung lauert der Abgrund.

Er senkt das Kinn. Ich warte darauf, dass er mir widerspricht. Oder geht. Aber er tut nichts von beidem. Er küsst einfach noch einmal meine Hand.

Und dann kommt endlich der Arzt herein. »Guten Morgen, Miss Shipley! Wie ich höre, hoffen Sie, nach Hause zu dürfen.«

Ich brauche einen Moment, um die Kehle frei zu bekommen und zu antworten. »Das stimmt. Wenn Sie mich aus dem Laden hier rauslassen würden, wäre ich Ihnen dankbar.«

Alec steht auf. Er legt mir zwei Herzschläge lang eine Hand aufs Haar. »Wir beide reden ein andermal«, sagt er. Und dann geht er schließlich.

25

Alec

Ich bin fix und fertig, als ich Mays Krankenzimmer verlasse. Aber ich bekomme nicht mal einen Moment Zeit für mich selbst, um mir aufmunternde Worte zuzusprechen, denn Griffin wartet draußen und funkelt mich böse an.

»Spar's dir«, sage ich seufzend. »Ich weiß, du kannst die Vorstellung nicht ausstehen. Sie ist deine Schwester.« *Bla, bla, bla.* Ich bin mit einem Mal so erschöpft, dass es mir schwerfällt zu reden.

»Ihr habt überhaupt keine Gemeinsamkeiten.«

»Wir haben jede Menge Gemeinsamkeiten.« Das ist absolut wahr. Wie sind beide das übersehene mittlere Kind mit grummeligen älteren Geschwistern und jüngeren, die die ganze Aufmerksamkeit auf sich ziehen.

Und wir werden beide von unseren Familien unterschätzt.

Griffin schaut mürrisch drein. »Die Heimlichtuerei war scheiße.«

Da hat er schon eher recht, nur gibt es da einen Haken. »Die Heimlichtuerei war nicht meine Idee. Frag May, wer von uns beiden heimlichgetan hat.«

»Kommt dir das denn etwa richtig vor?« Er zieht seine buschigen Augenbrauen hoch. »Sie ist jung, und sie hat viel durchgemacht.«

»Zwei Einwände«, sage ich, während ich langsam rückwärts den Flur entlanggehe. Weil ich hier nämlich fertig bin.

»Sie hat es ziemlich satt, dass ihr sie alle behandelt, als wäre sie aus Glas. Wenn ihr euch locker machen würdet, würde sie euch vielleicht erzählen, was sie beschäftigt. Zweitens will sie eh nichts Ernstes mit mir. Wie's aussieht, kriegst du also letzten Endes sowieso deinen Willen. Ich zisch ab.«

Damit drehe ich Griffin Shipley den Rücken zu.

Als ich das Krankenhaus verlasse, steht Audrey draußen in der Sonne. »Hey!«, sagt sie und lächelt mich an, als wären wir uns im Lebensmittelmarkt oder an irgendeinem anderen freundlicheren Ort über den Weg gelaufen. »Kannst du mich zum Café mitnehmen?«

»Klar«, brumme ich, obwohl ich eigentlich keine Lust auf Gesellschaft habe. Aber wenn eine Schwangere eine Mitfahrgelegenheit braucht, zögert ein Mann nicht. Ich entriegele meinen Pick-up mit einem »Biep« und halte ihr dann die Beifahrertür auf. Sie lässt sich widerstandslos von mir helfen. »Wann ist es denn so weit?«, frage ich, als ich auf der Fahrerseite einsteige. Seit Zaras Schwangerschaft fühle ich mehr mit Schwangeren mit.

»In zweieinhalb Monaten«, sagt sie. »Bis dahin werde ich nicht mal mehr in einen Pick-up passen.«

»Es gibt ja noch die Ladefläche«, wende ich ein, woraufhin sie mir auf den Arm haut. Ich lächle sie noch einmal an und starte den Motor.

Als Audrey irgendeinen Radiosender anmacht, entspanne ich mich, weil ich annehme, dass sie mich nicht wegen May ausquetschen wird.

Doch offensichtlich sorgt sie nur dafür, dass ich mich in falscher Sicherheit wiege. An der ersten roten Ampel sagt sie: »Wenn May glaubt, sie könnte heimlichtun, sollte ihr mal jemand sagen, dass sie nicht direkt neben dem Müllcontainer der Bäckerei parken sollte. Ich fange nicht mehr oft um halb sechs Uhr morgens an zu arbeiten, trotzdem habe ich ihr Auto dort mehrere Male stehen sehen.«

»Oh.« *Uups.*

»Du wirst doch gut auf unsere Kleine aufpassen, ja?«

»Wenn sie mich lässt. Das ist ein ziemlich großes *Wenn*.«

»Ach, es hat sie voll erwischt.«

»Ich weiß nicht.« Ich versuche ja, optimistisch zu bleiben, aber May macht es mir nicht leicht.

»Pfft.« Audrey tut das mit einem Handwedeln ab. »Jedes Mal, wenn sie zu ›Selena‹ fährt« – Audrey macht dabei Anführungszeichen in die Luft –, »ist sie förmlich am Singen. Ich meine, ich weiß, wie sexuelle Zufriedenheit aussieht, nämlich genau so.«

Ich schnaube. »Vielen Dank für die Top-Bewertung. Aber ich wollte mehr als nur Sex, sie allerdings nicht.« Man kann ein Mädchen zum Singen bringen, ohne es für sich zu gewinnen. »Ich habe ihr gesagt, dass ich ihr Lückenbüßer bin, mit dem sie ihren Spaß haben kann. Aber dann wollte ich die Regeln ändern.«

»Ah«, sagt Audrey. Sie schweigt einen Moment lang. »Dann hast du die Sache wohl echt vergeigt, was?«

»Aber nein«, halte ich dagegen. »Wie soll man was vergeigen, indem man einer Frau sagt, dass man sie liebt?«

»Zu wie vielen Frauen hast du schon ›Ich liebe dich‹ gesagt?«, fragt Audrey.

Das lässt sich leicht überschlagen. »Zu einer.«

»Weiß May das?«

»Wahrscheinlich.«

»Bist du sicher?«

»Na ja, nein. Aber es weiß doch jeder, dass ich allergisch gegen feste Bindungen bin. Oder besser gesagt *war*.«

»Hmmm.« Audrey reibt sich den Bauch. »Wie genau hast

du denn versucht, ihr zu erklären, warum bei ihr alles anders ist? Hast du dich mit ihr hingesetzt und ihr dargelegt, wie sehr du dich verändert hast? Oder hast du ihr die Neuigkeit einfach an den Kopf geworfen wie eine Handgranate?«

»Äh …« Als ich die letzten zwölf Stunden Revue passieren lasse, wird mir klar, dass ich mehr Fehler gemacht habe, als mir bewusst war. *Scheiße.* »Nicht so richtig. Ich habe ihr geschrieben, dass ich sie liebe, als sie gerade durch den Schnee fuhr. Und dann ist sie gegen einen Baum gefahren. Außerdem hatten wir uns kurz zuvor gestritten.«

»Sehr geschickt«, sagt Audrey mit einem Seufzen. »Hör zu. Das war ein echter Anfängerfehler. Aber dir ist klar, dass noch nicht alles verloren ist, oder? Als zuletzt jemand behauptet hat, May zu lieben, und sie gebeten hat, zusammenzuziehen, wurde sie am Ende betrogen. May schützt sich nur selbst. Wie lange trefft ihr euch denn schon – seit sechs Wochen?«

Ich stöhne auf, während der Wagen nach Colebury hineinrollt.

»Ja«, sagt Audrey seufzend. »Ich verstehe ja, dass diese ganze Beziehung eine Riesensache für dich ist. Wenn man einen Menschen liebt, will man ihn das direkt wissen lassen. Nur kommen solche Offenbarungen manchmal zur falschen Zeit. Bloß weil du plötzlich rausgefunden hast, dass es Einhörner und Kobolde wirklich gibt, heißt das nicht, dass May dasselbe Timing hat.«

»Kobolde?« Ich lache, denn mir ist zum Weinen zumute.

»Lass dich drauf ein«, sagt Audrey und haut mir mit dem Handrücken gegen den Arm. »Ich versuche hier gerade, was zu erklären.«

»Oh, ich versteh schon. *Sechs Wochen.* Es gibt fassgereifte Biere, die länger brauchen. Ich bin so ein Holzkopf.«

»Nee. Du bist bloß ein Einsteiger. Eine Jungfrau in Sachen Liebe.« Audrey findet den Gedanken dermaßen saukomisch, dass sie sich auf dem Beifahrersitz kaputtlacht.

»Was soll ich denn jetzt machen?«, frage ich, als ihr Lachanfall abklingt.

»Geduld und Ruhe bewahren. Sei einfach für sie da, okay? Sie wird ein paar Wochen lang nicht arbeiten können, bis sich feststellen lässt, ob ihre Hand auch ohne OP verheilen wird. Ich wette, sie kann so lange nicht Auto fahren. Das wird langweilig. Darf ich dir ein paar Tipps geben?«

»Na sicher.«

»Sie steht auf Lakritze. Und auf Popkultur. Und …« Sie überlegt. »May ist ein praktischer Mensch. Nicht die Sorte Mädchen, die sich was aus Luxus macht, aber das heißt nicht, dass sie kleine Aufmerksamkeiten nicht zu schätzen wüsste. Niemand schenkt ihr je Blumen. Daniela hat das ganz sicher nicht gemacht.«

»Du steckst voller Weisheit, Audrey Shipley.« Ich biege auf den Parkplatz von *Busy Bean* und *Gin Mill* ein.

Als sie lächelt, frage ich mich nicht zum ersten Mal, wie es sein kann, dass Griff und sie sich so gut verstehen. Er ist eine Sturmwolke und sie der Sonnenschein. »Bis dann, Romeo.«

»Nein, ich komme zum Frühstücken mit rein.«

Ich steige aus dem Pick-up und gehe dann auf die Beifahrerseite, um Audrey rauszuhelfen.

Auf dem Rücksitz liegt ein kaputter brauner Pullover und verhöhnt mich. Noch so eine Sache in meinem Leben, um die ich mich kümmern muss.

Wir gehen zusammen ins *Busy Bean*. Audrey begrüßt Zara und verschwindet dann nach hinten, um sich die Hände zu waschen.

Ich warte, während noch ein Kunde vor mir an der Reihe

ist. Nach der überwältigenden Panik, als ich von Mays Autounfall gehört habe, erscheinen mir alle anderen Probleme in meinem Leben jetzt kleiner. Aber da ich gerade nicht bei May sein kann, könnte ich genauso gut ein paar davon angehen.

Am Tresen begrüße ich meine Schwester und bestelle mir noch einen Kaffee. Zara bringt mir die Brezel, die zu essen ich vorhin nicht geschafft habe. Ich verdrücke sie gleich an Ort und Stelle, während sie mich über Mays Zustand ausfragt. Ich bemühe mich zu erklären, dass sie zwar angeschlagen, aber okay ist.

»Puh, da bin ich erleichtert«, sagt sie und zeigt auf die Krümel, die ich auf ihrem Tresen hinterlasse.

Ich fege sie in meine Hand. »Willst du mich gar nicht wegen der ganzen Beziehung in die Mangel nehmen?«

»Nope«, sagt sie und schenkt mir Kaffee nach. »Schätze mal, das hat Griffin schon gemacht.«

»Rossis landen am Ende eh nicht bei den Shipleys«, erinnere ich sie. »Ich glaube, das habe ich dir schon einmal gesagt. Er wird ziemlich schnell merken, dass er sich überhaupt keine Sorgen zu machen braucht.«

»Ich weiß nicht.« Meine Schwester wirkt nachdenklich. »Griff und ich haben nicht gut zusammengepasst. Ich liebte die Vorstellung, die ich von ihm hatte, mehr als ihn selbst. Aber das muss bei dir ja nicht genauso sein.«

Das stimmt wohl. »May und ich passen auf dem Papier nicht gut zusammen. Jedenfalls sagt sie das. Aber ich glaube das einfach nicht. Sie bringt mich dazu, mir Sachen zu wünschen, von denen ich nie gedacht hätte, dass ich sie jemals will.«

»Siehst du?« Meine Schwester lacht in sich hinein. »Vielleicht beendest du die Pechsträhne, großer Bruder, wenn es so sein soll.«

So ist Zara. Sie lässt sich von keinem was gefallen, aber sie verurteilt einen auch nicht.

»Das macht dann sechs fünfzig«, sagt sie.

Genau. Ich bezahle bei meiner Schwester, esse meine leckere Brezel mit Frischkäse und Lachs auf und gehe dann zurück zu meinem Auto.

Als ich zu Ottos Farmhaus fahre, fühle ich mich niedergeschlagen, weil ich zu wenig geschlafen habe und mir zu vieles im Kopf herumgeht. Außerdem graut mir davor, Otto um Hilfe zu bitten. Ich möchte mehr als einen Gefallen von ihm, und es wird richtig wehtun, mich selbst zu erniedrigen.

Es wäre schlimm genug, wenn sich mein Onkel weigert, mir zu helfen. Aber er wird nicht bloß ablehnen, er wird mich auch noch beleidigen. Man sollte meinen, ich wäre inzwischen daran gewöhnt.

Ich wappne mich innerlich, als ich vor dem Haus parke. Ich darf nicht zulassen, dass unser Gespräch wie ein Rückfall in Teenagerzeiten endet. Ich werde da reingehen und ganz ruhig um Hilfe bitten. Auch wenn ich dabei am liebsten den Kopf gegen die Wand donnern würde.

Ich springe die Stufen zur Veranda hoch und klopfe an die Tür.

Otto macht mir mit seiner Lesebrille auf der Nasenspitze auf. Er wirkt, als könnte er kein Wässerchen trüben, aber darauf falle ich nicht herein. »Brauchst du was?«, fragt er.

Der Drang, einen bissigen Kommentar abzulassen, ist groß. Aber ich lasse es. »Ja. Ich brauche deine Hilfe.«

»Wie sollte es anders sein!«, sagt er. »Hast gestern Abend eine ganz schöne Show abgezogen.«

Und los geht's. Als ich ihm nach drinnen folge, verspreche ich mir selbst, dass ich hiernach ins Fitnessstudio fahre und alles am Sandsack auslasse. Ich werde es nötig haben.

Ich atme einmal tief durch die Nase ein und wieder aus. »Ich habe erfahren, dass Giltmaker vor einer Woche die Goldenpour-Lieferungen an mich gestoppt hat. Du weißt nicht zufällig, warum?«

Otto zieht seine buschigen Augenbrauen hoch. »Nein. Vielleicht eine neue strategische Ausrichtung? Vielleicht wollen sie's allein vertreiben?«

»Das würde ich auch vermuten, nur dass sie ihr Brauhaus noch gar nicht eröffnet haben. Außerdem habe ich erfahren, dass ich der Einzige bin, den sie nicht mehr beliefern.«

»Darüber weiß ich nicht das Geringste, Junge. Vielleicht hat die Tochter vom Lieferanten dich satt.«

»Mir wurde gesagt, dass der Lieferant nichts mit der Entscheidung zu tun hatte.«

»Du willst also, dass ich das regele?«

Ich schlucke meinen Stolz herunter, und das schmeckt bitter. »Ich möchte, dass du für mich bei denen anrufst und nachfragst, wo das Problem liegt. Wenn es irgendwas mit der *Gin Mill* zu tun hat, kümmere ich mich darum. Außerdem möchte ich mich dafür entschuldigen, dass ich gestern bei Hamish so ausgerastet bin.«

Otto kaut auf seiner Unterlippe und macht ein undurchdringliches Gesicht. »Warte hier«, sagt er schließlich.

Ich sauge noch einmal tief Sauerstoff ein, als sich seine Schritte in den hinteren Teil des Hauses entfernen. Seht ihr? Ich kriege das hin. Nett und freundlich kommt man voran.

Weil ich zu angespannt bin, um mich hinzusetzen, laufe ich im Fernsehzimmer meines Onkels auf und ab, bis ich mich fast selbst davon überzeugt habe, dass sich alles regeln wird. Doch als Otto fünf Minuten später zurückkommt, sagt er etwas völlig Unerklärliches. »Die Lieferungen wurden eingestellt, weil du hintenrum Bier zum Mitnehmen verkauft hast.«

»Weil ich … was? Das würde ich nie machen.«

Ottos Schulterzucken ist unerträglich. »Ich hab selbst gesehen, wie du Zara letzten Monat Bier mitgebracht hast.«

»Das war ein *Geschenk* für sie, weil sie mir einen Gefallen getan hatte. Außerdem war es eine andere Sorte.« Nicht dass das eine Rolle spielen würde. »Ich würde *niemals* illegal was verkaufen.«

»Ist bestimmt verlockend«, sagt Otto. »Auf die Art kann man Profit machen.«

»Nein, verdammt! Das ist kein bisschen verlockend«, schäume ich. »Denn wegen so was werden Leute von den Lieferungen ausgeschlossen. Wieso sollte ich für zwanzig Mäuse extra meine Wochenvorräte aufs Spiel setzen?« Meine Gedanken rasen, weil ich zu kapieren versuche, warum Giltmaker glaubt, dass ich so etwas mache.

»Er sagt, er hat immer ein Auge auf ›Ebay-Kleinanzeigen‹.«

»Was?«

»Lyle hat was von Screenshots über eine Transaktion gesagt. Er hat auf ›Ebay-Kleinanzeigen‹ einen Siphon Bier von jemandem gekauft. Ihm wurde gesagt, er solle ihn in deiner Bar abholen.«

»›Ebay-Kleinanzeigen‹«, wiederhole ich wie ein Blödie. »Das war ich nicht.«

»Dann find mal besser raus, wer das war.«

Ich habe den schrecklichen Verdacht, dass ich schon weiß, wer das war. *Scheiße.* »Okay. Danke für den Anruf. Offenbar habe ich Probleme mit dem Personal, um die ich mich kümmern muss.«

Als Otto gluckst, fange ich aufs Neue an, im Zimmer auf und ab zu gehen, damit ich ihn nicht schlage. Ich komme mir wieder vor wie sechzehn. Damals habe ich ständig Scheiße gebaut, und Otto war immer gnadenlos deswegen.

Trotzdem steht es mir noch mal bevor, meinen Stolz herunterzuschlucken. Es ist der einzige Weg, das zu bekommen, was ich unbedingt will.

»Noch etwas«, sage ich ruhig. »Du hast mir mal angeboten, in die *Gin Mill* zu investieren, wenn ich dir einundfünfzig Prozent am Unternehmen überlasse. Darauf würde ich gern zurückkommen.«

Ausnahmsweise mal habe ich Otto verblüfft. »Das hab ich jetzt nicht kommen sehen. Du warst schon immer ein Sturkopf.«

Ich muss echt lachen, weil er mich für den Sturkopf hält. Es wird mich *fertigmachen*, Otto den Mehrheitsanteil zu verkaufen. Der einzige Hoffnungsschimmer ist, dass es May vielleicht glücklich macht. Wenn ich verkaufe, besitze ich nur noch eine halbe Bar. »Wie dem auch sei, ich kann nicht zulassen, dass Giltmaker das Grundstück nebenan erwirbt, obwohl ich schon ein Angebot auf dem Tisch habe.«

»Ein Angebot wofür?«

»Vor Hamishs Tod habe ich eine Vereinbarung mit ihm getroffen. Dass ich ihn rauskaufe.«

»Mündliche Vereinbarungen sind einen Scheiß wert, wenn jemand stirbt. Außerdem hast du nicht das Geld dafür.«

Das stimmt alles. »Ich erwarte nicht, dass mir Tad das Grundstück einfach so überlässt. Aber er wird mir zuhören müssen, wenn ich ihm die E-Mails zwischen seinem Vater und mir zeige. Und *stimmt*, ich habe nicht das Geld dafür. Deshalb bitte ich dich auch um Hilfe.«

Otto lässt sich schwerfällig in seinen hässlichen Polstersessel plumpsen. »Ich hab's denen schon gegeben.«

»Was?«

»Ich bin den Deal mit Giltmaker eingegangen. Ich hab nicht genug Geld, um auch noch bei dir zu investieren.«

»Oh.« Als ich mich auf die Couch setze, komme ich mir besiegt vor.

»Wenn du mich früher gefragt hättest …«

Hätte ich doch nur.

»Aber nur, weil ein Brauhaus nebenan aufmacht, heißt das nicht, dass du erledigt bist. Vielleicht zieht das auch mehr Leute in deine Gegend.«

»Kann sein«, gebe ich zu. »Aber wenn sie eine Küche einbauen und auch Essen anbieten, bin ich definitiv geschlagen. Dann kriege ich nur an Tagen, wo's voll wird, auch Gäste ab.«

»Du musst Essen anbieten«, sagt Otto. »Pizza, finde ich. Ein Pizzaofen ist zwar teuer, aber wiederum brauchst du dann keine voll ausgestattete Küche. Und es gibt in der ganzen Stadt keine gute Pizza.«

»Zaras neuer Bäcker arbeitet dran.«

»Dann werdet ihr zusammen schon eine Lösung finden. Hol deine Schwester mit an Bord. Such dir deine Nische, und lass Lyle Burger braten oder so.«

Dieser verdammte Otto. Er ist ein Arschloch, aber auch ziemlich clever. »Danke. Ich werd drüber nachdenken.« Ich stehe auf. »Erst mal muss ich einen Angestellten feuern. Was auch heißt, dass ich jemand Neues einstellen muss.«

»Die Freuden eines Geschäftsinhabers.«

»Ja«, brumme ich. Dann verabschiede ich mich.

Draußen im Wagen sitze ich einen Moment da, verschränke die Arme über dem Lenkrad und lege den Kopf darauf. Das Leben erteilt mir heute eine Lektion. Aber ich kann niemandem außer mir selbst die Schuld daran geben.

Ich habe die letzten sechzehn Jahre damit zugebracht, zu versuchen, Otto zu beweisen, dass ich mehr tauge als der feiersüchtige Junge, für den er mich hält. Aber heute scheint seine Sicht der Dinge genau zu passen. Ich *bin* genau so. Meine Vollzeitkraft hat sich Heroin gespritzt und hintenrum Bier verkauft. Meine Schwester hat nur einen Abend in der *Gin Mill* gebraucht, um zu merken, dass Smitty sich komisch benimmt.

Aber ich habe nicht auf sie gehört. Weil es Spaß gemacht hat, mit Smitty zu arbeiten, habe ich dem Ganzen keine Beachtung geschenkt.

Und jetzt bezahle ich dafür.

26

May

Es ist sechzehn Uhr, und ich gucke Fernsehen. Es gibt nichts Deprimierenderes als das Nachmittagsprogramm. Aber ich bin schläfrig, weil ich die Nacht über im Krankenhaus keinen Schlaf gefunden habe, außerdem kann ich die rechte Hand nicht benutzen.

Jude Nickel kommt ins Zimmer und setzt sich neben mich auf die Couch. »Hey, Pu-Bär. Wie fühlst du dich?«

»Schlafmützig. Brummbärig. Blöde.«

Er lacht in sich hinein. »Das hört sich an wie drei der sieben Zwerge. Wen hast du noch vergessen? Hatschi und Happy …«

»Seppl?«

Wir gucken uns an und überlegen, welcher noch fehlt. »Bumsi?«, schlägt Jude vor, und wir beide prusten los.

Ich vermisse Jude. Seit er so viel in der Karosseriewerkstatt in Montpelier arbeitet, sehe ich ihn kaum noch. Er ist ein Ex-Drogi wie ich. Ich nenne ihn I-Aah, weil er das Leben immer so düster gesehen hat. Aber irgendwie haben wir die Rollen getauscht. Er ist jetzt der Strahlemann und glücklich mit der Liebe seines Lebens verheiratet. Und ich bin der Katastrophenfall.

»Das ist für dich«, sagt Jude und überreicht mir eine knallrote Geschenktüte.

Ich spähe hinein und stoße dann einen Freudenschrei aus.

Es ist wie ein Einblick in meine Bedürfnisse. In der Tüte stecken eine große Packung Lakritzstangen und mehrere Hochglanzmagazine. »Danke schön!«

»Ich würde ja gern die Lorbeeren dafür einheimsen. Aber das kommt nicht von mir.«

»Von wem denn dann?«

»Alec Rossi.« Jude grinst breit.

»Oh, wow. Hast du ihm etwa verraten, was meine heimlichen Schwächen sind?« Denn dieses Geschenk passt total.

»Nee. Aber irgendwer muss ihm einen Tipp gegeben haben. Ich bin ihm in der Mittagspause über den Weg gelaufen und meinte, dass ich später bei dir vorbeischauen will. Da hat er mir die Tüte für dich mitgegeben.«

»Danke«, sage ich noch einmal.

Judes Augen tanzen. »Also.«

»Also.«

»Alec Rossi, hm? Was ist aus ›Ich kann mir nur was mit einer Frau vorstellen‹ geworden?«

»Sei bloß still.«

Wieder lacht er.

»Ich weiß *auch nicht*, wie das kam. Außerdem sehe ich mich *immer noch* mit einer Frau. Jedenfalls dachte ich das. Er verwirrt mich.«

»Weil er keine Boobys hat?«

»Nein. Weil ich nicht glauben kann, dass er es ernst mit mir meint.«

Jude zeigt auf die Tüte Lakritzstangen. »Machst du die noch auf, oder willst du sie weiter bloß an deine Brust drücken?«

Da sagt er was. Aber ich habe Probleme, die Tüte aufzukriegen, weil ich die rechte Hand nicht benutzen kann.

Jude nimmt mir die Tüte weg und reißt sie auf. Als er sich den Arm gebrochen hatte, habe ich das mehr als ein Mal für ihn gemacht.

Schweigend verdrücken wir jeder ein paar Stangen Lakritze und gucken zu, wie sich zwei Charaktere einer Daily Soap streiten. Doch in Gedanken bin ich woanders. »Ich kann nicht fassen, dass ich mein Auto zu Schrott gefahren habe. Und das auch noch *nüchtern*.«

»Kommt einem nicht fair vor, oder?« Jude lacht leise. »Ich hab schon mal bei einigen Mechanikern, die ich kenne, die Fühler ausgestreckt. Wir finden was zu einem guten Preis für dich.«

»Echt?« Ich starre ihn an. »Danke.«

»Nicht der Rede wert.«

»Kann ich dich was fragen? Sehnst du dich immer noch nach den Drogen?«

»Ja, aber mittlerweile ist es anders.« Jude schiebt sich eine Lakritzstange in den Mund.

»Wie denn?«

Er kaut nachdenklich. »Als ich drauf war, wollten mein Körper und mein Hirn die Drogen. Jetzt hängt das nicht mehr zusammen. Manchmal juckt es mich, mir einen Schuss zu setzen, aber dann sagt mein Hirn: ›Auf keinen Fall, du Idiot.‹ Oder ich sehe was, das ich früher mit Highwerden assoziiert habe, aber das triggert mich nicht mehr so, weil mein Körper das Zeug nicht mehr so braucht.«

»Weil du entwöhnt bist?«

»Ja. Ich denke immer noch jeden Tag daran, aber der Drang ist nicht mehr so heftig, weil ich ihm nie nachgebe.«

»Aber du möchtest immer noch.«

»Sicher. Aber heute ist mir einiges noch wichtiger als die Drogen. Zum Beispiel, nicht zu sterben.«

»Guter Punkt.«

»Standhaft zu bleiben ist in letzter Zeit bedeutend leichter geworden – es gab einen Anstieg von Drogentoten, weil der Markt mit Fentanyl überschwemmt wurde.«

»Alecs Barkeeper hat sich auf der Arbeit eine Überdosis gesetzt. Sie haben ihn mit Naloxon zurückgeholt.«

»Siehst du? Deshalb pflege ich nur noch meine Sucht nach Lakritze.«

Ich greife in die Tüte. »Ich habe das Gefühl, Alec versteht nicht so ganz, was es bedeutet, Alkoholiker zu sein. Wenn er in meine Seele schauen könnte, würde er mich nicht mehr wollen. Wenn er sagt, dass er mich liebt, denke ich: ›Offenbar habe ich ihn getäuscht.‹«

Jude zuckt nur mit den Schultern. »Geht das nicht jedem so? Wer läuft denn Tag für Tag rum und fühlt sich absolut liebenswert?«

»Alle anderen in meiner Familie?«, wage ich zu vermuten.

»Nie im Leben«, sagt Jude und schmettert den Gedanken ab, indem er mit seinem tätowierten Arm wedelt. »Du hast bloß Bammel, Pu-Bär. Wenn du den Kerl magst, was hält dich dann zurück? Was sagt dein Bauchgefühl?«

Mein Bauch hegt den Verdacht, dass ich ein bisschen zu liebesbedürftig bin und die Menschen damit vertreibe. Wenn ich mein Herz an niemanden mehr hänge, gibt es kein Drama.

Aber ich hänge an Alec. Ob ich will oder nicht.

»Er ist ein ziemlicher Traumtyp«, gebe ich zu.

Jude legt einen Arm um mich. »Das klingt so, als wüsstest du die Antwort schon.«

Später, als Jude gegangen ist, hole ich mein Handy heraus. Ich rufe den häufigsten Kontakt auf und ändere den Namen von *Selena* zu *Alec*. Aus irgendeinem Grund fühlt sich das bedeutsam an.

Sorry, Selena. Wie's aussieht, sollte das mit uns doch nicht sein.

Dann texte ich ihm. *Danke für die Süßigkeiten. Ich weiß nicht, wer dein Informant ist, aber ich liebe Lakritzstangen und Klatschmagazine. Mit der linken Hand zu schreiben nervt übrigens.*

Es ist schon sechs, und Alec arbeitet wahrscheinlich. Ich rechne nicht mit einer Antwort. Aber ungefähr zwei Minuten später klingelt mein Handy. Auf dem Display steht *Alec*.

»Hallo«, dringt seine warme Stimme in mein Ohr. »Audrey war meine Informantin. Aber die Zeitschriften hab ich selber ausgesucht. Zwei von denen haben unterschiedliche Theorien zu Brad Pitts neuester Trennung. Du musst das also für mich abchecken. Und ich muss wissen, worauf sich diese Statistik auf dem Cover der *Cosmo* bezieht.«

»Welche?« Ich ziehe die Zeitschrift aus dem Stapel und überfliege die Überschriften. Eine lautet: *Welche krasse Sexpraktik 32 % aller Frauen machen*. »Zweiunddreißig Prozent aller Frauen, hm? Das lese ich definitiv als Erstes. Was, wenn die Auflösung lautet: *Sex mit anderen Frauen*?«

Ich kann ihn regelrecht lächeln hören. »Dann kannst du mir die guten Stellen laut vorlesen.«

»Das mach ich doch eh, weißt du doch.« Wir lachen beide, und für einen Augenblick kommt es mir wieder entspannt vor zwischen uns.

»Noch was …« Seine tiefe Stimme vibriert in meiner Brust. »Lass den Artikel über das Schönheitsprogramm für den Po nicht aus. Ich muss wissen, was das bringt, damit ich entscheiden kann, ob ich das in meine Beauty-Routine einbauen soll.«

»Geht klar. Mach ich.« Ich grinse das Telefon an wie eine Verrückte, denn Alec bringt mich immer zum Lächeln. Ich wünschte, ich könnte in die Zukunft sehen. Wenn mich dort ein glückliches Leben mit Alec erwartet, müsste ich nicht mehr solche Angst haben, dass ich alles kaputt mache.

»Was machen die Schmerzen?«, fragt er.

Nichts, was eine Flasche Wein nicht beheben könnte. »Es geht. Ich habe meine beste Freundin, die Ibuprofen-Packung, gleich neben mir.«

»Bin froh, das zu hören. Ruf mich an, falls du irgendwas brauchst, ja? Ich sollte mich jetzt lieber wieder an die Arbeit machen.«

»Schönen Abend dir.«

»Dir auch, Süße.«

Wir legen ohne weitere Worte auf. Machen keine Versprechungen. Und keine Pläne.

Ich möchte mehr – wüsste ich doch nur einen Weg, wie ich mehr haben kann.

27

Alec

Am nächsten Tag schicke ich May Rosen. Auf der Karte steht: *Denke die ganze Zeit an dich.* Das ist die reine Wahrheit.

Aber ich habe auch mordsmäßig damit zu tun, meinen Scheiß geregelt zu kriegen. Als ich Connor anrufe und ihm sage, dass ich seine Stunden erhöhen kann, freut er sich ziemlich darüber. Bloß dass er nur an zwei zusätzlichen Abenden die Woche für mich arbeiten kann, weil er noch einen Job in einem Restaurant hat, den er nicht aufgeben will.

Ich kann Smitty nicht rausschmeißen, solange ich nicht wenigstens einen weiteren Barkeeper für seine Schichten habe. Noch dazu ist in einer Woche Weihnachten, ich werde also Schwierigkeiten haben, Bewerber zu finden. Aber ich will nicht, dass Smitty ohne mich in der Bar steht, was bedeutet, dass ich hinter dem Tresen jede Menge Überstunden schiebe.

Seit Hamishs Trauerfeier sind einige Tage vergangen, deshalb hinterlasse ich Tad eine Nachricht. Ich bitte ihn, mich anzurufen, wenn er so weit ist zu besprechen, was aus dem Grundstück nebenan werden soll.

Am nächsten Tag klingelt mein Telefon, als ich gerade in dem unfertigen Raum im rückwärtigen Teil der *Gin Mill* stehe – dem, aus dem einmal die Küche der Bar werden soll.

Abgesehen von einer Gastrospüle, meinen Ballonflaschen und einigen Gerätschaften fürs Hobby-Bierbrauen steht er im Augenblick leer. Ich überprüfe gerade die Gärtemperatur, als Tad endlich zurückruft.

»Hallo Alec«, sagt er. »Was wolltest du denn besprechen?«

»Mir ist klar, dass du wahrscheinlich noch nicht darüber nachgedacht hast, und das ist auch okay so«, sage ich. »Aber dein Vater und ich hatten uns auf einen Preis für das Mühlengebäude geeinigt. Er wollte es mir irgendwann nächstes Jahr verkaufen.«

»Davon weiß ich nichts«, sagt Tad sofort.

Ja, das hatte ich befürchtet. »Okay«, sage ich ruhig. »Das dachte ich mir schon. Hab einfach meine Nummer im Hinterkopf, wenn du mal bereit bist, zu verkaufen, ja? Ich bin nämlich definitiv interessiert, außerdem habe ich den gesamten Schriftwechsel zwischen deinem Dad und mir abgespeichert, falls du ihn dir ansehen willst.«

»Ich habe schon Interessenten, die bereit sind, einen guten Preis zu zahlen.«

Mir wird bang ums Herz. Auch das hatte ich befürchtet. »Wie viel?«

»Das steht noch nicht genau fest.«

Ah. Wenigstens haben sie noch keinen Deal. »Halt mich auf dem Laufenden, okay? Das ist wichtig für mich.«

»In Ordnung. Danke, dass du mir mit der Trauerfeier geholfen hast.«

Geholfen. Tad weckt in mir den Wunsch, das Handy gegen die Wand zu werfen. »Kein Problem, Mann«, sage ich stattdessen.

Nachdem wir aufgelegt haben, betrachte ich das Brauzubehör im Raum. Es sieht aus wie Kinderspielzeug. Ich kann nicht mit Giltmaker konkurrieren, und ich kann es mir nicht leisten, sonderlich viel ins Bierbrauen zu investieren.

Aber es macht Spaß, es sich auszumalen. Ich schnappe mir den Braumeister-Katalog von meiner Arbeitsbank und nehme ihn mit nach oben. Manche Kerle stehen drauf, sich eine Golfausrüstung oder neue Autos zu kaufen. Ich dagegen? Ich bin scharf auf Luftschleusen und Eintauchkühler.

In meiner einsamen Wohnung mache ich fünfzig Liegestütze, während mein Drucker jede E-Mail ausspuckt, in der Hamish und ich je über sein Grundstück gesprochen haben. Nicht weil ich Tad gegenüber ein Arsch sein will, sondern weil ich neugierig bin, ob meine Vorverhandlungen bei der Entscheidung über die Zukunft des Mühlengebäudes nebenan irgendwelches Gewicht haben.

Ich glaube, ich weiß, wie ich das herausfinden kann. Aber zuerst die Liegestütze.

Jedes Mal, wenn ich Richtung Teppich sinke, sehe ich, wie Bukowski mich mit teuflischem Blick unter dem Couchtisch hervor anspäht. Er sieht so gereizt aus, wie ich mich fühle. Und als ich die Füße unter der Couch einhake, um Crunches zu machen, huscht er in ein Versteck.

Nachdem ich ein bisschen trainiert habe, bin ich nicht mehr so gereizt. Also fahre ich rüber zur Anwaltskanzlei Kaplan und Shipley.

Als ich dort ankomme, sitzt bereits niemand mehr am Empfang. Ich gehe durch in den nächsten Raum mit zwei Schreibtischen. Mays ist wie erwartet unbesetzt. Aber am Schreibtisch gegenüber sitzt eine ältere Frau mit lockigen Haaren. Sie trägt ein Headset zum Telefonieren und sagt: »A-ha. A-ha.« Gleichzeitig strickt sie etwas aus lila Wolle.

Als sie zu mir hochsieht, weiten sich ihre Augen vor Interesse. Und dann hebt sie einen Finger zu dem allgemeinen Zeichen für »Moment noch«. Also lege ich meine Mappe auf Mays Schreibtisch und renne wieder hinaus zum Wagen. Ich schnappe mir den kaputten Pullover vom Rücksitz und nehme ihn mit rein.

»Na, hallöchen!«, sagt die Frau, als ich wieder ins Büro komme. »Ich bin Rita Kaplan.«

»Hi.« Ich gehe rüber, um ihr die Hand zu geben. »Ich bin Alec Rossi.«

»Ja, der *sind* Sie wohl«, sagt sie mit einem breiten Lächeln. »Das ist ja so aufregend.«

Ich bin mir nicht ganz sicher, warum sie das findet, aber vielleicht ist sie einfach megafreundlich. »Ich habe zwei Fragen an Sie, und nur eine davon ist eine Rechtsfrage.«

Ihr Blick wandert zu dem Pullover in meinen Händen. »Dreht sich eine der Fragen ums Stricken? Was ist denn damit passiert?« Als sie danach greift, gebe ich ihn ihr. Ich ertrage es fast nicht, das ausgefranste Stück am Kragen zu sehen.

Bukowski hat Glück, dass er noch lebt.

»Heilige Scheiße«, keucht Rita. »Den hat May gestrickt. Für Sie?«

Ich nicke traurig. Wenn ich so ein Geschenk verdient hätte, gäbe es jetzt kein Loch am Kragen.

»Dieses dumme Mädchen.«

»Moment, wie bitte?«

»Sie hat Ihnen einen *Pullover* gestrickt. Das Mädchen sollte es inzwischen besser wissen und den Pullover-Fluch *nicht* riskieren.«

Ich brauche einen Moment, bis mir einfällt, was sie meint. Wenn man einem Mann einen Pullover strickt, bedeutet das Trennung. Oder so. »May ist das egal«, wende ich ein. »Sie hatte nicht vor, mich zu behalten. Aber ich würde den Pulli echt gern behalten, könnten Sie mir also aus der Patsche helfen und mir sagen, ob er ein hoffnungsloser Fall ist oder nicht?«

Rita schenkt mir noch so ein irres Lächeln. »Ich sollte das

ganze Mistding aufribbeln. Dann lernt May, einem Prachtkerl wie Ihnen keinen Pullover zu stricken.«

»Wagen Sie es ja nicht!« Ich reiße ihr oberhastig den Pulli aus den Händen.

»Ganz ruhig. Das würde ich nicht wirklich machen. Setzen Sie sich, ja?«

Ich setze mich auf den Besucherstuhl.

»Der Pulli lässt sich ausbessern, aber nur von May. Sie hat bestimmt noch Garn aus derselben Charge übrig, mit der sie ihn gestrickt hat.«

»Oh. Und ich dachte, das Problem ließe sich lösen, ohne dass ich meine Schuld eingestehen muss.«

Rita lacht. »Das funktioniert doch nie, oder?«

»Nein.«

»Trotzdem versuchen wir es immer. Wenn die Menschen gut darin wären, zu ihrem Bockmist zu stehen, hätte ich keine Anwaltskanzlei.«

Und da dachte ich, in einer Kanzlei wäre es langweilig. »Kann ich Ihnen jetzt die Rechtsfrage stellen?«

»Hat es irgendetwas mit May zu tun?«

»Überhaupt nicht. Es geht um eine Immobilienangelegenheit.«

»Oh, gut.« Sie fängt wieder an zu stricken. »Dann gehen Sie – und fragen Sie May. Sie bearbeitet all unsere Fälle rund um Immobilien.«

»Sie muss sich erholen«, wende ich ein. Jedes Mal, wenn ich an die blauen Flecken in ihrem Gesicht denke, möchte ich die Welt anschreien.

»Es geht ihr *gut*«, sagt Rita mit Nachdruck. »Sie langweilt sich tierisch. Als ich vorhin mit ihr gesprochen habe, las sie einen Artikel über das Po-Schönheitsprogramm für zu Hause.«

Ich mache mir gedanklich eine Notiz, noch mehr Zeitschriften zu besorgen.

»Wie dem auch sei, sie hat es echt satt, nichts machen zu können. Was für eine Immobilienfrage Sie da auch haben, sie würde sie liebend gern hören.«

»Ach, wissen Sie, es ist wahrscheinlich sowieso Zeitverschwendung.«

Rita verzieht das Gesicht. »Dann verschwenden Sie meine nicht, hübscher Mann. Fahren Sie zu Ihrer Süßen. Ich weiß, sie macht gerade eine schwere Zeit durch, aber das wird schon wieder. Treiben Sie's noch öfter heiß mit ihr. Das muntert sie immer auf.«

Als sie mir übertrieben zuzwinkert, merke ich, wie mein Gesicht anläuft. Obwohl es ganz nett ist, seine Fähigkeiten bestätigt zu bekommen. Ich stehe auf. »Rita, Sie waren …«

»Überhaupt keine Hilfe!«, sagt sie fröhlich. »Und wenn man dann bedenkt, dass ich jemandes Mentor bin. Schönen Tag noch, Hübscher. Grüßen Sie unsere Kleine von mir.« Sie hat schon wieder angefangen zu stricken, bevor ich überhaupt die Tür hinter mir schließe.

28

May

Ich gucke wieder Nachmittagsfernsehen. Aber eben gerade habe ich einen Termin bei dem Arzt gemacht, der entscheidet, ob meine Hand operiert werden muss, es gibt also wenigstens kleine Fortschritte in meinem Leben.

Als jemand ins Zimmer kommt, um nach mir zu sehen, drehe ich nicht mal den Kopf. Die Liebe meiner Familie ist heute noch erdrückender als sonst.

Außerdem sind die Lakritzstangen alle.

Die Couch senkt sich unter jemandes Gewicht. Und dann fasst eine große Hand herüber und drückt mein Knie.

Ich muss ein zweites Mal hingucken, als ich merke, dass Alec neben mir ist. »Hi«, schaffe ich zu sagen, obwohl ich mich gar nicht an ihm sattsehen kann. Er trägt Jeans und ein enges Henley-Shirt, das seinen schlanken, muskulösen Oberkörper betont. Sein würziger Duft weht zu mir herüber. Ich möchte auf seinen Schoß klettern und mich an ihn klammern.

Aber ich widerstehe dem Drang. Ich bin nämlich stur.

»Hi«, sagt er und macht es sich bequem. »Was guckst du da?«

»Eine Daily Soap, wenn du's unbedingt wissen willst.«

Er schaut mich neugierig an. »Großer Daily-Soap-Fan?«

»Nö. Eigentlich verabscheue ich mich ein bisschen dafür, dass ich wissen will, wer das Baby entführt hat und ob die Mutter ihre Amnesie nur vortäuscht.«

»Glaubst du, sie weiß, wer ihr das Baby weggenommen hat?« Er rückt ein bisschen dichter an mich heran.

Hier drinnen ist es recht kühl. Daran muss es liegen, dass ich mich bei ihm ankuschle und zulasse, dass er einen Arm um mich legt. »Ich bin mir nicht sicher. Ich hab diese Serie noch nie geguckt, deshalb weiß ich nicht, wozu die Frau fähig ist.«

»Verstehe.« Sein Mund streift mein Ohr, und er zieht mich fester an seine Brust, wobei er aufpasst, nicht mein von blauen Flecken übersätes Gesicht zu berühren.

»Was ist bei dir so los?«, flüstere ich.

»Nichts Gutes. Aber *psst.* Der Polizist will jemanden befragen.«

Ich gucke wieder zum Fernseher, wo ein Serien-Polizist den Freund der Mutter des vermissten Babys verhört. »Ich war's nicht«, sagt der Freund.

Klar sagt er das.

Wir gucken uns die Folge zu Ende an, und ich schiele dabei immer wieder zu Alec. Er wirkt müde. Aber er scheint sich neben mir zu entspannen, während er gedankenverloren mit einer Hand über meine Haare streicht. Nach einer polizeilichen Ermittlung, einem tränenreichen Geständnis und zwei Liebesszenen läuft der Abspann. Ich greife zur Fernbedienung und stelle den Ton aus. »Diese sechzig Minuten meines Lebens kriege ich jetzt nie wieder.«

»Ich fand's nicht schlecht«, sagt Alec. »Was kommt als Nächstes?«

»Wiederholungen von *MythBusters – Die Wissensjäger.*«

»Super. Ach – die hier hab ich dir mitgebracht.« Er gibt mir zwei neue Zeitschriften und eine kleine Schachtel von Lake Champlain Chocolates.

»Oh, wow. Na, so was. Vielen Dank.«

Er massiert meine gesunde Hand.

»Alec?« Er dreht den Kopf zu mir. »Wieso bist du hier?«, platze ich heraus. »Ich war im Krankenhaus nicht besonders nett.« Ich habe keine Ahnung, warum er noch hergekommen ist, obwohl ich so schwierig bin.

»Du bist der Mensch, mit dem ich am liebsten rede, mehr nicht«, sagt er. »Ich hatte das Bedürfnis, jemandem von meinem Scheißtag zu erzählen, und die Wahl fiel auf dich. Sorry.« Dann streckt er sich auf der Couch aus, den Kopf legt er in meinen Schoß.

Ich schaue auf ihn herunter, und als ich ihm mit der gesunden Hand sanft durchs Haar fahre, seufzt er. Dann massiere ich seinen Kopf, und er schließt die Augen.

So langsam wird mir klar, dass Alec auch manchmal liebesbedürftig ist. Nur weil jemand Selbstvertrauen ausstrahlt, heißt das nicht, dass sein Leben nur eitel Sonnenschein ist.

Vielleicht habe ich Liebesbedürftigkeit nicht für mich allein gepachtet. Und wenn Alec mich braucht, kann es gut sein, dass ich nicht perfekt sein muss, um dafür zu sorgen, dass es ihm besser geht.

Womöglich habe ich das die ganze Zeit total falsch gesehen.

»Erzähl mir, was heute am beschissensten war«, sage ich leise. »Nein – erzähl mir *alles*, was beschissen gelaufen ist. Ich möchte sämtliche schmutzigen Details hören.« Das stimmt auch. Obwohl ich immer noch die reinste Chaos-Queen bin, kann ich durchaus zuhören.

Seine braunen Augen flattern auf. Er sieht, dass ich zu ihm hinunterschaue, und schließt sie wieder. »Ich habe Smitty eben gekündigt, bevor ich hierhergefahren bin«, sagt er. »Musste ich.«

»*Oh*. Das tut mir sehr leid. Was ist denn passiert?«

»Es hat sich herausgestellt, dass er hintenrum abgefülltes Goldenpour verkauft und das illegal verdiente Geld eingesteckt hat. Als ich ihn darauf angesprochen habe, hat er es sofort zugegeben.«

»Oh *nein.*« Ich fühle mit Alec. Und auch mit Smitty.

»Oh doch. Giltmaker hat die Lieferungen an mich eingestellt. Das hört sich vielleicht nicht so schlimm an, aber für mich ist das ein ziemliches Problem.«

Wow. »Wenigstens hat er dir die Wahrheit gesagt, als du ihn gefragt hast. Jetzt brauchst du nicht zu zweifeln, ob du wirklich den Richtigen entlassen hast.«

Alec schweigt einen Moment lang. »Er hat es zugegeben, aber er hat es nicht groß bereut. Ich meinte: ›Du hast mich bestohlen.‹ Und weißt du, was er geantwortet hat? ›Ich hab nie in die Kasse gegriffen.‹ Als bestünde da ein großer Unterschied.«

Autsch. »Das war sein Tabu.«

»Was?«

»Die meisten Süchtigen haben so was – eine Grenze, die sie nicht überschreiten. Solange man diese eine furchtbare, beängstigende Sache niemals macht, kann man sich selbst einreden, dass man eigentlich kein Problem hat.«

Alec dreht den Kopf und fixiert mich mit seinen dunklen Augen. »Hattest du so ein Tabu?«

An der Stelle mache ich normalerweise dicht, was meine Alkoholsucht angeht. Die Möglichkeit dazu habe ich auch noch. Ich kann die hässlichen Einzelheiten für mich behalten. Aber so langsam dämmert mir, dass ich nichts zu verlieren habe. Wenn ich kneife, gibt Alec es auf mit mir. Und falls ich ihn abschrecke, läuft es aufs Gleiche hinaus. »Mein Tabu war, schon morgens vor der Uni zu trinken. Denn so was machen nur Säufer.«

Er schaut mich neugierig mit seinen braunen Augen an. »Und hast du das jemals getan?«

»Ja«, sage ich und ersticke dabei fast an dem Wort.

Er löst den Blickkontakt nicht eine Sekunde. Er sieht mich nur mit tiefer Zuneigung in den Augen an. Dann nimmt er meine gesunde Hand und küsst liebevoll meine Handfläche. »Du machst mir keine Angst, May Shipley.«

Natürlich fangen meine Augen an zu brennen, weil er so etwas Liebes gesagt hat. Aber ich will nicht weinen. Also beuge ich mich ganz vorsichtig vor und küsse ihn auf den Mund.

Er reckt das Kinn, um den Kuss zu erwidern, als hätte er schon die ganze Zeit darauf gewartet.

Der Winkel ist fürchterlich, aber das ist völlig egal. Wir versinken in dem Kuss, als wären wir dazu geschaffen. Vielleicht sind wir das auch. Ich habe immer noch Angst davor, Alec zu lieben und dass mir die Sache dann um die Ohren fliegt.

Nur habe ich noch mehr Angst davor, Alec nicht zu lieben.

Und weil nichts jemals einfach ist, sucht sich mein Bruder Griffin genau diesen Moment aus, um ins Zimmer zu kommen. »May, ist das heute das Meeting, das um halb sechs anfängt?« Er gibt ein Grummeln von sich, als er merkt, wen ich da auf der Couch küsse.

Ich richte mich auf. »Um halb sechs in South Royalton.« Ich darf noch eine Woche lang nicht Auto fahren, bis sie meine Hand erneut untersucht haben. Deshalb bringt mich meine Familie zu den Gruppentreffen der AA.

Alec setzt sich auf. »Ein Meeting? Ich fahre dich hin. Wir können danach noch zu *Worthy Burger*.«

Also, das kommt jetzt unerwartet. Ich habe sofort ganz gegensätzliche Bilder im Kopf – einen Worthy Burger in seinem perfekten glänzenden Brötchen mit Gewürzgurken und hausgemachten Pommes und Alec, der im Neonlicht in dem Kellerraum in der Kirche ein düsteres *AA*-Meeting durchsteht.

Eins von beiden gefällt mir besser als das andere.

»Bitte?«, sagt er.

Griffin guckt finster drein.

»Ja«, sage ich. »Da hätte ich Lust drauf.« *Hauptsächlich auf den Burger.* Aber den anderen Teil kann ich auch tapfer durchhalten.

Meine *AA*-Meetings fangen mit einem Gelassenheitsgebet an.

Und dann fragt der Sitzungsleiter, ob jemand zum ersten Mal da ist.

Alec hebt die Hand, und als man ihn anspricht, sagt er: »Ich bin Alec, und ich bin hier, um May zu unterstützen.«

Ich habe es schon mal gesagt, und ich wiederhole es noch mal: Nah am Wasser gebaut zu sein ist hart.

Am nächsten Abend gucke ich gerade einen schrecklichen Actionfilm mit meinen Brüdern, als mein Handy klingelt.

Alec!, hofft mein Herz. Aber er ist es nicht, sondern Rita. »Hallo Kleine«, sagt sie. »Erzähl doch mal, wie es kam, dass Alec dich gestern zum Meeting begleitet hat.«

Ich gehe aus dem Fernsehzimmer in die Küche und sehe mich um, ob Rita womöglich durch eins der Fenster hereinspäht. »Du warst doch gar nicht da. Woher weißt du das? Ich dachte, das erste A in *AA* steht für *anonym*.«

»Ach bitte, Kleine. Ich habe meine Spione.«

»Du machst mir Angst.«

»Und du hältst mich hin. Du hast mir gar nicht erzählt, dass er ein groß gewachsener, brandheißer Typ mit einem

Lächeln wie der junge George Clooney ist und hervorragende Manieren hat.«

Ich muss unwillkürlich lächeln. »Das trifft es ungefähr.«

»Kerle, mit denen man eine Affäre hat, bringen ein Mädchen nicht zu ihrem Meeting der AA.«

Das stimmt genau. »Mag sein. Ich versuche, es langsam angehen zu lassen. Meine Familie hat immer noch eine Heidenangst, dass ich Mist baue. Und ich traue mir selbst nicht.«

Rita gibt einen ungeduldigen Laut von sich. »Etwas Wahreres hast du heute noch nicht gesagt!«

»Sag mir, was du wirklich denkst.«

»Hör zu, May. Niemand ist besser in Schritt acht und neun als du.«

Ich verstehe überhaupt nicht, was sie meint. Schritt acht und neun drehen sich darum, herauszufinden, wem man mit der Sucht geschadet hat, und es wiedergutzumachen. »Was hat das denn mit Alec zu tun?«

»Jede Menge. Wiedergutmachung zu leisten ist sehr wichtig. Und du bist jung, deine Liste von Menschen, denen du wehgetan hast, ist also einen Tick kürzer als bei uns anderen.«

Das stimmt bis zu einem gewissen Grad.

»Aber Schritt acht und neun verlangen nicht, dass du die nächsten zehn Jahre deines Lebens Abbitte leistest.«

»Das weiß ich.«

»Nein, da bin ich mir nicht so sicher. Es ist toll, dass dir deine Familie am Herzen liegt und dass dir nicht egal ist, was sie durchgemacht haben, als sie in Sorge um dich waren. Aber du machst dich wirklich klasse, und das müssen sie langsam mal kapieren.«

»Ja, müssen sie. Glaube ich.«

»Du erwähnst sie mir gegenüber ständig«, erklärt sie. »Sie

mochten Daniela nicht. Sie machen sich Sorgen um dich. Okay, zehn Monate deines Lebens an eine gehässige Frau zu verschwenden war nicht die allerbeste Idee, aber du hast damit niemandem geschadet außer dir selbst. Also hör auf, dich dafür zu entschuldigen, dass du ganz normale Fehler machst.«

Ich weiß gar nicht, was ich sagen soll.

»Und das bedeutet, pack diesen netten Mann bei den Eiern.«

»Das klingt ein bisschen gewalttätig, Rita.«

Sie lacht mir ins Ohr. »Ich bin sauschlecht in Metaphern. Aber liebst du ihn denn?«

»Ich …« Rita hat in vielen Punkten recht. Um die Wahrheit zu sagen, habe ich nicht das Gefühl, Alec *verdient zu haben*. Deshalb fällt es mir schwer, meine Gefühle einzugestehen. »Ich könnte mich leicht in ihn verlieben. Er ist sehr liebenswert.«

Rita schnaubt. »Dann leg auf – und fang damit an! Du brauchst niemandes Erlaubnis, um einen guten Mann zu lieben, der dich gut behandelt. Unterstützt er dich dabei, trocken zu bleiben?«

»Ja«, sage ich sofort. »Er versteht es allerdings nicht. Er weiß nicht, worauf er sich da einlässt.«

»Wie hat er sich denn beim Meeting geschlagen?«

»Super. Danach war er allerdings ziemlich still.«

»Auf einer Skala von eins bis, sagen wir, Weltuntergang: Wie war der Monolog?«

Ich denke darüber nach. »Eine gute Sieben, denke ich. Viel Herzschmerz, aber ohne ernste Folgen. Wobei, die Frau hat versehentlich den Welpen ihres Freunds getötet.«

Rita gibt einen entsetzten Laut von sich. »Ein Welpe ist gestorben, und du gibst ihrer Geschichte bloß eine *Sieben*?«

»Okay, eine Acht? Ich hab geweint.«

»Du weinst immer. Hat Alec geweint?«

»Ich weiß es nicht. Was sollen denn diese ganzen Fragen?«

»Du machst dir solche Sorgen, was er über dich und deine Alkoholsucht denkt. Ich versuche rauszukriegen, ob er tatsächlich irgendwelche negativen Anzeichen zeigt oder ob du diesbezüglich quasi bloß Komplexe hast.«

Ich seufze. »Wahrscheinlich Letzteres. Alec ist unerschütterlich.« Diese Beschreibung ist mir mal aus dem Stegreif für ihn eingefallen. Und er hat mich auch noch nie enttäuscht. Wieso also habe ich ihm so wenig zugetraut?

Ach, genau. Weil ich megaunsicher bin und noch nie in jemanden verliebt war, ohne dass es in einem Desaster geendet hat.

»Wenn er bis jetzt noch nicht das Weite gesucht hat, ist das ein gutes Zeichen.«

»Schätze schon.«

»Schätzt sie«, murmelt Rita. »Hör auf, euch zu sabotieren.«

»Wie meinst du das?« Das ist ziemlich hart, schließlich habe ich gerade erst eine Beziehung hinter mir.

»Du hast ihm einen *Pullover* gestrickt. Das bringt richtig mieses Karma. Willst du etwa das Schicksal herausfordern?«

»Hey! Ich hab den Pulli angefangen, bevor diese Sache mit uns anfing. Ich dachte, ich stricke ihn für einen Freund. Woher weißt du überhaupt von dem Pullover?«

»Hat mir ein Vögelchen gezwitschert. Ich habe Alec neulich kennengelernt. Er hatte ein rechtliches Anliegen.«

»Hatte er? Warum hat er da nicht mich gefragt?«

»Genau das habe ich ihm geraten und ihn rausgeschmissen. Bitte versuch, dir zu erlauben, glücklich zu sein, ja? Ich flehe dich praktisch an.«

»Ich ziehe es in Betracht.«

»Ich möchte zur Hochzeit eingeladen werden.«

»Rita! Beschrei es bloß nicht.«

Sie gackert. »Würde ich niemals. Allerdings hast du ihm einen Pullover gestrickt, guck also nicht mich an, wenn nichts draus wird.«

»Gute Nacht, Rita.«

»Gute Nacht, May.«

Ich gebe den Actionfilm auf und gehe langsam nach oben in mein Zimmer. Hier im Haus fühle ich mich immer noch eingeengt. Aber durch meine Verletzung habe ich null Hoffnung mehr auszuziehen. Im Moment würde ich es nicht hinbekommen, außerdem muss ich mir zuerst mal ein neues Auto kaufen.

Sorgsam tippe ich mit der linken Hand eine Nachricht an Alec. *Ich vermisse dich. Rita hat mich gerade über das* AA-*Meeting ausgefragt. Als sie wissen wollte, wie du es fandest, ist mir aufgefallen, dass ich dich das gar nicht gefragt habe. Weil ich Angst vor deiner Antwort hatte.*

Es dauert eine halbe Stunde, bis er antwortet, weil er hinterm Tresen steht und versucht, Geld zu verdienen. Aber als er dann schreibt, kommt etwas anderes, als ich erwartet hatte.

Kann's nicht erwarten, mit dir zu reden. Kannst du die Haustür für mich offen lassen?

Klar, es liegt aber auch ein Schlüssel unter der Fußmatte. Kommst du nachher vorbei?

Darf ich?

Klar doch. Nur geh leise die Treppe hoch. Sonst jagst du Dylan, Daphne oder Mom einen Mordsschreck ein.

Bis später.

Jetzt bin ich total aufgeregt. Ich freue mich richtig drauf, einfach mit Alec zu kuscheln und mit ihm ein Weilchen zu flüstern. Ich kann ihm gar nicht an die Wäsche gehen, denn dabei wären wir zu laut. Aber das ist mir ganz egal, denn er kommt her. Und ich habe ihn viel zu gern, um so zu tun, als wäre es anders.

Ich schlage eine Stunde Zeit tot, indem ich einhändig dusche und mir die Haare föhne. Dann lege ich mich mit einem Buch ins Bett, weil ich sicher bin, dass ich sowieso nicht werde einschlafen können, bevor er hier ist.

Irgendwann später nimmt eine große Hand das Buch von meiner Brust. Ich mache in der Dunkelheit die Augen auf. »Alec?«

»Ja, Süße.« Er streift seine Schuhe ab und wirft seinen Mantel auf meinen Stuhl. »Ich brauchte mich nicht reinzuschleichen. Dylan guckt unten einen Film. Als ich sagte, dass ich vorbeigekommen bin, um dich zu besuchen, hat er nicht mal mit der Wimper gezuckt. Ich mag ihn lieber als Griff.«

»Möchte ich wetten. Wie spät ist es?«

»Zwei.« Alec wirft immer noch Kleidung von sich. Ich wünschte, ich könnte ihn richtig sehen. Aber kurz darauf stupst er mich an, damit ich rüberrutsche, und schlüpft zu mir ins Bett. Als ich nach ihm fasse, stelle ich enttäuscht fest, dass er immer noch T-Shirt und Unterhose trägt.

Ach, na ja. Seine Arme fühlen sich herrlich an, als er mich an sich zieht.

»Warte«, sagt er. »Dein gesunder Arm muss oben liegen. Dreh dich rum.«

Das tue ich, und dann liege ich in Löffelchenstellung mit dem heißesten Barkeeper von ganz Vermont. »Jetzt erzähl mal«, flüstere ich. »Rita meinte, dass du vor ein paar Tagen bei ihr warst?«

»Ja. Immobilienangelegenheit. Das kann aber bis morgen warten.« Mit der Hand streichelt er über meinen Bauch. »Worüber wolltest du reden?«

Es fällt mir fast nicht mehr ein. »Das AA-Meeting. Wie fandest du es?« Natürlich steckt mehr hinter der Frage. Eigentlich möchte ich wissen, was Alec von mir hält.

»Es war faszinierend. Ich fand die Frau tapfer, die ihre Geschichte erzählt hat. Musst du das auch machen?«

»Klar. Aber nicht bei jedem Gruppentreffen geht es um die Lebensgeschichte von jemandem. Manchmal wird ein Thema ausgewählt, und die Leute schildern Erlebnisse, die sich darum drehen.«

»Was denn so für Themen?«

»Angst. Kapitulation. Akzeptanz. Trauer. Abbitte.«

»Verstehe.« Er gibt mir einen Kuss auf den Hinterkopf. »Welche sind dir am liebsten?«

»Würde sagen, das kommt auf meine Stimmung an. Die Einzelsprecher erzählen eine ganze Geschichte. Wenn die Person besonders einsichtig ist, gefällt mir das am besten.«

»Hast du manchmal einfach keine Lust hinzugehen?«

»Natürlich. Aber wenn es mir so geht, sind das meistens die Tage, wo ich es am meisten brauche.«

»Ah.« Er legt die Hand auf meinen Bauch. »Was noch? Möchtest du, dass ich irgendwann noch mal mitkomme?«

»Vielleicht«, flüstere ich. »Ich glaube, ich wollte einfach nur wissen, ob du es doof fandest oder dir plötzlich klar geworden ist, dass ich voll die Langweilerin bin.«

Ich spüre an meinem Rücken, wie er in sich hineinlacht. »Glaubst du, ich bin nie langweilig?«

»Ja. Ich glaube, du hast Spaßhaben *erfunden*. Ich habe immer Spaß, wenn wir zusammen sind.«

»Aber das liegt nicht an mir, sondern an *uns*. Wir zwei sind einfach eine lustige Kombi. So wie Erdnussbutter und Schokolade.«

»Wie Popcorn und Butter.«

»Wie Käsebällchen und Milch.«

Ich recke den Kopf und schiele ihn an. »Jetzt willst du mich bloß verarschen.«

»Nein, ich mag das. Drei Schnipser in Busenform.« Er schnippt dreimal mit den Fingern, während er die Hand um meine Brust kreisen lässt.

»Wenn du weiter so unglaublich bist, verknalle ich mich noch ein bisschen mehr in dich.«

»Damit kann ich leben.« Als er plötzlich gähnt, wird mir bewusst, dass er gerade eine Achtstundenschicht hinter sich hat und danach noch hierhergefahren ist.

»Ich lasse dich jetzt schlafen«, sage ich. »Hast du genug Platz?« Ich rutsche noch weiter zur Wand.

»Klar«, sagt er und drückt mich. »Gute Nacht, Süße. Schön, bei dir zu schlafen. Da hat sich meine Woche gelohnt.«

Ich recke den Hals, um ihm einen Kuss zu geben. Als er mich anlächelt, macht mein Herz einen Purzelbaum.

Alec wird still, doch ich kann nicht einschlafen. Jede Stelle, wo unsere Körper sich berühren, lenkt mich davon ab. Ich spüre seine starken Schenkel an meinen Beinen und seine Hand auf meinem Brustkorb. Ich kann nicht glauben, dass er hier ist. Es fühlt sich an, als hätte er sich nicht nur in mein Bett, sondern auch in mein Herz geschlichen.

Ich habe ihn gern dort.

Nach einer Weile merke ich, dass eine hübsche Erektion gegen meinen Hintern drückt. Nur zum Test drücke ich leicht den Rücken durch.

»Hmm. Mach das nicht noch mal, es sei denn, du meinst es ernst.«

Ich fasse nach hinten und streichle über den gespannten Schritt seiner Boxershorts.

»Ohhh«, flüstert er. »Ich weiß nicht, ob ich das tun kann, während deine Mutter im Zimmer nebenan ist.«

»Es wäre meine Schwester, die uns hören würde«, wispere ich. »Moms Schlafzimmer ist nach vorne raus.«

»Blamiert deine Schwester dich gern?«

»Leider ja«, sage ich.

»Dann benehmen wir uns lieber.«

»Okay.« Ich seufze.

Einige Augenblicke lang sagt keiner von uns beiden etwas. Aber dann lässt Alec seine Hand zum Gummibund meiner Schlafshorts sinken. Er gleitet mit der flachen Hand an meinem Bauch hinab, bis seine Fingerspitzen die Mulde zwischen meinen Oberschenkeln kitzeln.

»Du willst mich verrückt machen«, flüstere ich.

»Nein. Sei bloß leise.«

Er küsst meinen Nacken, während er die Finger langsam zwischen meine Beine gleiten lässt. Ich entspanne mich, damit er es leichter hat, mich zu berühren. Seine heißen Küsse verwöhnen meine empfindliche Haut, während seine langen Finger wohlig über meine empfindlichste Stelle gleiten.

Es dauert nicht lange, bis ich die Schenkel um seine Hand zusammenpresse, weil ich mehr will.

»Drück die Hüften hoch«, flüstert er mir ins Ohr. Als ich gehorche, zieht er meine Shorts mit einer einzigen fließenden Bewegung hinunter. »Jetzt halt still«, sagt er.

Er bewegt sich hinter mir und zieht seine Sachen aus. Als Alec sich wieder an mich schmiegt, hebt er mein Knie hoch und schiebt sich zwischen meine Beine, bis ich seinen Schwanz fühlen kann.

»Hmmm«, macht er. »Ich will das alles hier. Ich will Flüstergespräche spät in der Nacht. Und Feiertagsbesuche, an denen wir uns stumm in einem zu kleinen Bett anfassen, damit dein Großvater nicht am nächsten Tag am Tisch Witze über uns reißt.«

Mein Herz macht einen Satz, während ich die Wand vor meiner Nase angrinse. Aber er ist noch nicht fertig.

»Ich möchte dich mitten in der Nacht wecken, um zu reden. Und ich möchte morgens beim Aufwachen deine vom Schlafen zerzausten Haare sehen und mit dir Kaffee trinken, wenn wir zu müde sind, um etwas zu sagen. Es wird nicht immer nur eine einzige Party sein, aber es werden immer wir sein«, sagt er.

Ich bekomme feuchte Augen. War ja klar. »Du bringst mich zum Weinen, weißt du das?«

»Auch das wird manchmal vorkommen«, flüstert er. »Ich habe schon gemerkt, dass du nicht immer lustig bist, May. Das ist nämlich niemand. Und trotzdem möchte ich mit dir zusammen sein. Ich kann dir nicht versprechen, dass es immer eitel Sonnenschein sein wird. Aber du musst mir zumindest vertrauen, dass ich es versuchen werde.«

»Ich vertraue dir doch«, sage ich langsam. »Die Schwierigkeit ist, mir *selbst* zu vertrauen.«

»Kannst du *bitte* Vertrauen in dich haben?« Er küsst mich aufs Haar. »Sei nachsichtig mit meiner Kleinen, ja? Sie hatte in letzter Zeit ein paar Probleme, aber das ist nichts, womit wir nicht fertigwerden.«

Mir kullert eine Träne am Nasenrücken hinab und fällt auf das Kissen. »Okay«, sage ich zittrig. »Wenn du mit Herz und Seele dabei bist, bin ich es auch.«

Mit dem Daumen wischt mir Alec zärtlich eine Träne weg. Er legt den Arm um mich und hält mich einfach nur. Ich atme ein paarmal tief durch und entspanne mich.

Es funktioniert. Fast. Weil ich nun mal ich bin und er nun mal er, kann keiner von uns beiden so ganz vergessen, dass wir nahezu völlig nackt sind und sich die relevanten Stellen unserer Körper berühren. Nach einer Weile fängt er also an, die Hüften leicht vor und zurück zu bewegen. Sein harter Schwanz liegt zwischen meinen Schenkeln. Ich kann nicht widerstehen, die Beine zusammenzupressen und mich an ihm zu reiben.

Schließlich geben wir das Theater auf, Alec hebt mein Knie hoch und füllt mich aus. Er macht langsam und versucht, leise zu bleiben. Aber wir sind zu gierig nacheinander, außerdem schlafen alle anderen wahrscheinlich.

Hoffentlich.

Aber Liebe ist eben chaotisch, unvorhersehbar und gelegentlich laut. Und ich möchte es auch gar nicht anders.

29

Alec

Ich wache allein in Mays Bett auf. Helles Tageslicht strömt durch die Fenster herein. Als ich mich aufsetze und mein Handy ausfindig mache, stelle ich fest, dass es schon halb zehn ist.

Kaffeeduft wabert die Treppe hoch; mich rauszuschleichen kommt also wahrscheinlich nicht infrage. Tja. Ich mache mich wohl besser bereit für meinen großen Auftritt.

Ich ziehe mich an und suche dann das Badezimmer, um mich wenigstens halbwegs präsentabel zu machen. Ich stecke mein Hemd in die Hose, als würde das die Shipleys davon überzeugen, dass ich nicht der schlampige Barkeeper bin, für den alle mich halten.

Als ich nach unten gehe, höre ich Stimmen im Esszimmer. Ich stecke den Kopf zur Tür herein und entdecke May an der Kaffeemaschine, wo sie sich einhändig eine Tasse eingießt. »Der war für dich gedacht!«, sagt sie und strahlt mich an.

Die Unterhaltung gerät ins Stocken. Griffins Miene wechselt binnen Sekunden von schockiert zu angewidert. Audrey lächelt nur. Und Daphne kichert.

»Guten Morgen, Alec«, sagt Ruth Shipley gelassen. Als wäre es etwas völlig Normales, dass ich zum Frühstück in ihrem Esszimmer erscheine. »Bitte tu dir selbst in der Küche einen Teller auf. May würde es ja für dich machen, aber mit zwei Händen geht es leichter.«

»Hier, komm mit«, sagt May und stellt den Kaffee ab. Sie führt mich an ihrer gesunden Hand in die Küche. Sobald wir dort sind, bleibt sie stehen und drückt ihr Gesicht an meine Brust.

Als ich die Arme um sie lege, lacht sie leise. »Hast du Griffins Gesicht gesehen?«, flüstere ich ihr ins Ohr.

Sie kichert an meinem Hals. »Ich wollte dir einen Kaffee nach oben bringen und dich vorwarnen, dass Audrey und er hier sind, um mit Mom die Abrechnung zu machen.«

Ich nehme ihr Haar mit einer Hand zusammen und streiche es an ihrem Rücken glatt. »Ich lasse mich nicht so leicht einschüchtern.«

»Ich weiß.« Sie hebt den Kopf und lächelt mich an. »Lass uns Waffeln holen.«

Ich belade zwei Teller mit Eiern, Würstchen und Waffeln. Die Shipleys finden, dass man ordentlich frühstücken sollte. Falls Griffin die Schrotflinte rausholt, mit der er sonst Kojoten verjagt, bin ich wenigstens wohlgenährt, wenn ich sterbe.

»Guten Morgen, mein Junge«, sagt Grandpa Shipley, als ich unsere Teller auf den Tisch stelle. »Erinnere mich gar nicht, dich gestern beim Abendessen gesehen zu haben.«

»Nein, Sir«, sage ich und trinke einen großen Schluck Kaffee. »Da habe ich noch gearbeitet und bin später hergekommen.«

»Wie ein Dieb in der Nacht!«, sagt er fröhlich.

»Grandpa.« May seufzt.

Ich nehme einen Happen von dem wunderbaren Essen. »Die Würstchen sind der Hammer. Macht ihr die selber?«

»Und ob!«, sagt Daphne. »May mag Würstchen offensichtlich auch ganz gern.« Daraufhin lacht sie sich kaputt.

Es fällt mir *echt* schwer, aber ich schaffe es, ein Lächeln aufzusetzen.

»Du kannst immer vorbeikommen«, sagt Ruth, während Griffin finster dreinschaut.

»Also, was ist das jetzt für eine Immobilienangelegenheit, die du für mich hast?«, fragt May. Sie versucht, ihr Würstchen einhändig mit der Gabel zu zerteilen.

»Die Sache ist erst mal reine Spekulation«, sage ich und nehme ihr die Gabel ab. Ich ziehe ihren Teller ein Stück zu mir und schneide ihr Würstchen mit dem Messer in mundgerechte Stücke. »Bevor er starb, haben Hamish und ich vereinbart, dass ich sein Grundstück kaufe. Aber Tad will das wahrscheinlich nicht anerkennen.«

Die Kaffeetasse auf halbem Weg zu seinem Mund, hält Griffin inne. »Im Ernst? Ihr zwei hattet einen Deal?«

»Ja«, sage ich, nachdem ich noch einen Bissen gekaut habe. »Und sein Anwalt hat mich gestern Abend angerufen, als ich in der Bar gearbeitet habe. In der Nachricht auf meiner Mailbox sagt er nicht, worum es geht. Ich brauche eine Strategie, kann aber keinen unterschriebenen Vertrag im klassischen Sinn vorweisen. Deshalb frage ich mich, ob ich überhaupt Argumente auf meiner Seite habe.«

»Was hattest du vor zu bezahlen?«, fragt Griffin.

»Alec, antworte nicht darauf!«, schreit May. »Deine Anwältin möchte nicht, dass du Mitbewerbern die Kaufbedingungen verrätst.«

Griffin quellen die Augen aus dem Kopf. »Du bist nicht seine Anwältin. Du bist *meine*. Außerdem sind wir Geschwister. Hast du das schon vergessen?«

»Sonst ist es beim Frühstück nicht so interessant«, sagt Grandpa. »Daphne, Schatz, ich nehme doch noch eine zweite Tasse Kaffee. Ich kann nich' gehen, wenn's gerade spannend wird.«

May schüttelt Griffin gegenüber mit dem Kopf. »Beim Erwerb dieses Verkaufsraums für Giltmaker vertrete ich dich nicht. Lyle hat einen anderen Anwalt. Und wenn du glaubst, ich würde Alec nicht helfen, herauszufinden, ob er durch Hamishs Tod aus dem Kauf raus ist, hast du dich geschnitten.«

Griffin stellt seine Tasse ab. »Lass uns noch mal von vorn anfangen. Wenn Alec ein Anrecht auf das Grundstück hat, möchte ich das einfach wissen. Ich werde Lyle nicht dabei helfen, den Willen eines toten Manns zu übergehen.« Griffin betrachtet mich. »Wenn es dir gehört, gehört es dir. Dann muss sich Lyle nach was anderem umsehen.«

Ich muss gestehen, dass mich diese Worte überraschen. Griffin *klingt* tatsächlich so, als ob er es ernst meint. Er ist als Mr Gemeinde bekannt. Er ist der Vorsitzende des Bauernmarktvereins. Er stellt Jugendliche aus der Umgebung zu fairen Löhnen ein. Er nimmt während der Saison Essensmarken als Bezahlung für seine Erzeugnisse.

Dennoch entließ sein Dad meinen Dad, den ich danach nie wieder gesehen habe. Er ist arrogant und selbstgefällig, und ich mag ihn nicht besonders. Noch nicht, jedenfalls.

In Wahrheit möchte ich Griffin Shipley nicht zum Feind haben. Nicht, wenn ich mein Leben mit seiner Schwester verbringe. Und nur darauf kommt es an, deshalb fällt mir meine Entscheidung leicht. »Wir haben uns auf einen Kaufpreis von zweihundertundfünfundzwanzigtausend Dollar für das Mühlengrundstück geeinigt.«

»Alles klar«, sagt er ruhig. »Tad hat es Lyle für dreihunderttausend angeboten. Aber Lyle hat noch kein Gegenangebot gemacht. Du solltest Tad lieber davon in Kenntnis setzen, wenn du die Sache weiterverfolgen willst.«

Ich schneide ein Stück Waffel ab und überlege, was ich machen soll. Ich habe weder die Zweihundertfünfundzwanzigtausend noch einen anständigen Businessplan. Aber ich möchte Lyle wirklich nicht als Nachbarn haben.

»Was willst du überhaupt mit dem Gebäude?«, fragt Griffin.

»Eine Kleinbrauerei mit angeschlossenem Ausschank oder ein Restaurant daraus machen. Ich dachte allerdings, ich hätte noch Zeit, mir das richtig zu überlegen. Vor allem möchte ich ein bisschen Kontrolle darüber haben, was nebenan aufmacht.«

»Du hast mir ja erzählt, dass du Bier brauen möchtest«, sinniert Griffin.

»Klar. Aber so weit bin ich noch nicht. Lyle dagegen schon. Wenn ich ihm das Grundstück überlasse, kann er einen Laden eröffnen, der meinem direkt Konkurrenz macht, und ich habe kein Mitspracherecht dabei, wie der aussehen wird.«

»Aber dein Onkel ist doch Lyles größter Investor«, wendet Griffin ein. »Wird er nicht dafür sorgen, dass der Plan für alle aufgeht?«

Also, jetzt wird es peinlich. »Nicht unbedingt, nein. Otto ist immer noch beleidigt, weil ich die *Gin Mill* aufgemacht habe, ohne ihn mit einem maßgeblichen Anteil daran zu beteiligen.«

»Autsch!«, ruft Grandpa. »Otto hat dich bei den Eiern, Junge.«

»Danke für die Veranschaulichung, Grandpa«, sagt May. »Alec, wo kann ich diese Vereinbarung zwischen dir und Hamish nachlesen?«

»Es sind nur ausgedruckte E-Mails. Sie sind in einer Mappe abgeheftet, die in meinem Auto liegt.«

Ehe ich sie aufhalten kann, springt May auf und verschwindet nach draußen. Als sie zurückkommt, klappt sie die Mappe auf dem Tisch auf und fängt an, die Seiten durchzublättern.

»Hab dir ja gesagt, dass es chaotisch ist«, sage ich.

»Stimmt …« Sie blättert um. »Aber du hast einen festgesetzten Kaufpreis sowie einen Zeitrahmen. Mir wäre lieber, es gäbe mehr Konkretes. Aber trotzdem! Ein Richter könnte zu deinen Gunsten entscheiden. Du hast eine Fifty-fifty-Chance.«

»Eine Fifty-fifty-Chance …«, wiederhole ich langsam. »Aber nur, wenn ich es drauf anlege. Wenn Tads Anwalt mich heute abwimmeln sollte, müsste ich also Klage einreichen, um zu verhindern, dass er an jemand anderen verkauft? Das klingt hässlich.«

»Wär's auch«, räumt sie ein. »Ich würde dir helfen. Beziehungsweise Rita, falls da ein Interessenkonflikt bestünde. Aber es wird einige Zeit dauern.«

Ich stoße einen tiefen Seufzer aus. »Weißt du was? Nein. Wenn Tads Anwalt heute scheiße am Telefon ist, werde ich es sein lassen müssen. Tad eine Klage anzuhängen und Lyle ans Bein zu pissen, ist Ressourcenverschwendung. Denn selbst wenn ich gewinne, verliere ich.«

»Stimmt nicht, denn du könntest den Laden an Lyle weiterverkaufen«, schlägt May vor, »fünfzigtausend Gewinn machen und damit deine Bar ausbauen.«

Griffin lacht polternd. »Da hat meine gewiefte Schwester recht.«

Heilige Scheiße. Was ich mit fünfzigtausend alles machen könnte. Aber nur, wenn dafür nicht das Wohlwollen einiger Leute in dieser Stadt und jede Menge Prozesskosten draufgehen. »Ich rufe nach dem Frühstück da an und sehe mal, ob sie mir Gehör schenken. Wobei Tad seinen Anwalt vorgeschickt hat, statt selbst anzurufen. Deshalb hab ich kein gutes Gefühl, was seine Bereitschaft zu verhandeln angeht.«

»Bei dem Anruf muss ich dabei sein«, sagt May, richtet

sich auf und ordnet die Papiere mit ihrer gesunden Hand. »Vielleicht wissen sie, dass du im Recht bist, und versuchen bloß, dich einzuschüchtern.«

Als sie mich anschaut, leuchten ihre Augen vor Entschlossenheit. Sie wird mein Recht verteidigen, kann es sogar gar nicht erwarten.

Womit habe ich ein solches Glück verdient?

Ohne zu überlegen, beuge ich mich vor und küsse sie auf den Mund. »Erinner mich dran, mich nie mit dir anzulegen, Hottie. Es ist viel besser, dich auf seiner Seite zu wissen.«

May lächelt und läuft dann puterrot an. Das ist so süß, dass ich sie noch mal küssen muss. Nur ganz schnell.

»Nehmt euch ein Zimmer!«, ruft Grandpa. »Ach, wartet, habt ihr ja schon. Direkt über mir letzte Nacht …«

»Grandpa!«, sagen mehrere Leute gleichzeitig.

»Tja, keiner hat mir Kaffee nachgeschenkt. Ich kann nichts dafür, was ich dann alles von mir gebe.«

Nach dem Frühstück spüle ich ein paar Teller ab, bis Ruth mich aus der Küche scheucht. May wartet mit einem Festnetztelefon und einem Notizblock am Esstisch auf mich. »Legen wir los«, sagt sie. »Wie lautet die Nummer?«

Wir wählen, und dann schaltet sie auf Lautsprecher. »Kann ich bitte mit Mr Harrison sprechen?«, frage ich, als sich die Kanzlei meldet.

»Guten Tag, Mr Rossi«, sagt der Anwalt, als er den Anruf entgegennimmt.

»Guten Tag, Sir. Sie haben mir gestern eine Nachricht hinterlassen, dass Sie Neuigkeiten zum Mühlengrundstück haben?«

»Ja, das stimmt«, sagt er. »Es gibt ein Testament neueren Datums, in dem Sie erwähnt sind.«

»Ein Testament?« Das ergibt keinen richtigen Sinn. »Ich möchte das Grundstück kaufen.«

»Ich weiß«, sagt er. »Und vor zwei Wochen, kurz vor seiner OP, hat Hamish sein Testament erneuert und eine Klausel über Ihr Erwerbsrecht hinzugefügt. Sie umfasst einige lange Absätze. Ich lese Ihnen das Ganze einfach vor, wenn das in Ordnung ist.«

»Sicher, machen Sie das.«

Der Anwalt räuspert sich. »›In Bezug auf meinen Geschäftssitz in der State Road elf: Sollte besagtes Grundstück zum Zeitpunkt meines Todes noch nicht veräußert worden sein, ist zu berücksichtigen, dass ich eine Vereinbarung getroffen habe, das Gebäude und das zugehörige Grundstück an Alec Rossi, ebenfalls ansässig in der State Road elf, zu verkaufen. Zum Zeitpunkt dieses Schreibens ist Alec noch nicht in der Lage, den Kauf zu dem vorab vereinbarten Preis zu tätigen. Ich räume ihm ab meinem Todestag ein Jahr Zeit ein, um den Kauf zum Preis von einhundertfünfundsiebzigtausend Dollar zu tätigen.‹«

»Ein…hundertfünfundsiebzig?«, stammele ich, während May ganz ungläubig guckt. Und jetzt fällt mir auf, dass Griffin und Audrey schamlos von der Tür aus lauschen.

»So steht es hier«, bestätigt der Anwalt. »Aber es geht noch weiter. ›Für den Fall, dass Alec den Kauf nicht innerhalb eines Jahres tätigen kann, fällt das Grundstück zusammen mit meinen übrigen Vermögenswerten an meinen Sohn Tad. Obwohl ein Jahr ausreichend Zeit sein sollte, um die Finanzierung zu diesem Kaufpreis zu sichern. Darüber hinaus ist zu berücksichtigen, dass dies ein Verkauf unter dem Marktwert ist, der nicht angefochten werden soll. Außerdem ist anzumerken, dass Alec sein vergleichbares Grundstück zum selben Preis gekauft und seitdem dafür gesorgt hat, dass der Marktwert gestiegen ist. Die aktuelle Wertsteigerung der Grundstücke am Colebury River ist fast ausschließlich seinen Anstrengungen zu verdanken. Ich beabsichtige, mein gut verkäufliches Grundstück zum Vorteilspreis in Alecs fähige Hände zu geben und gleichzeitig trotzdem ein Erbe für meinen Sohn zu wahren.›«

Als der Anwalt Luft holt, merke ich, dass May meine Hand umklammert hält.

»›Alec Rossi darf mit dem Mühlengrundstück machen, was er will. Dies schließt auch ein, es gewinnbringend zu verkaufen. Die Nutzung unterliegt keinerlei Bedingungen. Aber ich vertraue darauf, dass Alec eine angemessene Verwendung für die Mühle findet, sofern es eine gibt. Alec sieht sich selbst zwar nicht als genialen Geschäftsmann, doch ich bin da anderer Ansicht. Er hat einen Ort geschaffen, wo sich die Nachbarschaft trifft, statt zu Hause zu hocken und auf ihre Handys zu glotzen. Er hat einen Laden aufgebaut, wo sich Einheimische und Touristen begegnen und wo vor allem Wert auf regionale Produkte gelegt wird. Ich habe viele glückliche Stunden auf Alecs Barhockern verbracht, und nichts macht mich zufriedener, als ihm auf diese Weise zu helfen. Außerdem weiß jeder Kerl, der einem alten Mann Muffins ins Krankenhaus bringt, dass es sich lohnt, sich für die Gemeinde einzusetzen.›«

May schreibt etwas auf ihren Block, aber ich kann ihr Gekritzel nicht lesen. Es liegt vielleicht daran, dass sie keine Linkshänderin ist, oder eventuell auch daran, dass sich mein Blick plötzlich verschleiert.

»Haben Sie das alles verstanden, Mr Rossi?«, fragt der Anwalt.

Ich muss mich räuspern, bevor ich antworte. »Ja, habe ich.«

»In den Schlussbestimmungen wird Ihnen ein Kredit mit einer Zinsrate von acht Prozent angeboten. Bei einer Bank bekommen Sie aber bestimmt bessere Konditionen. Ich schicke Ihnen alles zu, dann kann Ihr Anwalt alles durchgehen.«

May drückt erneut meine Hand.

»Vielen Dank, Sir«, presse ich hervor. »Ich überlege mir, wann und wie ich den Kauf tätigen möchte.«

»Sie haben fast ein Jahr Zeit. Geben Sie mir Bescheid, wenn Sie so weit sind.«

Ich danke ihm noch einmal, und May legt auf. »Wow«, sagt sie.

»Wow«, wiederhole ich.

Griffin lacht leise hinter mir. »Deine Chancen auf den Kauf gefallen mir jetzt um einiges besser.«

Mir auch. »Aber Tad muss eine Hasskappe haben. Da hat mir Hamish aber ordentlich unter die Arme gegriffen.«

»Und ob. Hmm. Wenn ich du wäre …« Griffin verstummt.

Ich drehe mich um und warte darauf, dass er den Gedanken beendet.

»Vielleicht solltest du überlegen, dich mit Giltmaker zusammenzutun?« Griffin zuckt mit den Schultern. »Mach ein Joint Venture daraus. Auf die Art musst du nicht aus dem Nichts eine Brauerei aufbauen, und Geld brauchst du auch nicht reinzustecken.«

»Ja!«, stimmt May zu und richtet sich auf ihrem Platz auf. »Das Gebäude ist dein Investment.«

»Ich bin mir nicht sicher, ob ich das verstehe.« Und ich *hasse* es, das zugeben zu müssen. Ich bin hier immer noch der Dumme.

Nur dass Hamish das nicht so gesehen hat.

»Das Gebäude ist etwa zweihundertfünfzigtausend wert, richtig?«, sagt May. »Nur dass du allein es zum Preis von einhundertfünfundsiebzigtausend in das Unternehmen einbringen kannst. Das ist genauso gut, als würdest du fünfundsiebzigtausend Dollar Eigenkapital mitbringen.«

»Dazu steuern dein Onkel und Lyle ihr Geld bei«, sagt Griffin. »Und ich meinen armseligen Anteil. So würde dir am Ende ein Drittel oder mehr der Firma gehören, ohne dass du einen Dollar investiert hast.«

Jetzt kann ich ihnen folgen. Da gibt es nur ein Problem. »Aber dann müsste ich mit Lyle und Otto zusammenarbeiten.«

»Stimmt«, sagt May. »Aber du wärst Miteigentümer der Brauerei mit Vermonts erfolgreichster Marke. Und du hättest Mitsprache dabei, was in der Nachbarschaft deiner Bar passiert.«

»Entschuldigung, mein Kopf explodiert gerade.«

Alle lachen. Sogar Griffin.

»May?« Ich nehme ihr den Stift aus der Hand.

»Ja?«

»Ich schreibe alles für dich auf. Ich tippe die E-Mails für dich. Aber hilfst du mir bitte, das alles zu klären? Einen Vorschlag für ein Joint Venture zu unterbreiten? Ich glaube, allein kriege ich das nicht hin.« Lustig, wie leicht es ist, das zuzugeben, wenn man es zu jemandem sagt, dem man vertraut.

»Natürlich«, flüstert sie. »Kann's gar nicht erwarten.«

Als ich sie in eine Umarmung ziehe, legt sie das Kinn auf meine Schulter.

Ausnahmsweise gibt Griffin Shipley noch nicht mal ein ungehobeltes Geräusch von sich.

30

May

Zehn Tage später befinde ich mich in einem noblen Brautmodengeschäft in Boston. Ich sitze auf einer absurd bequemen rosa Chaiselongue. Was ganz gut ist, denn ich bin schon eine Stunde hier, und Lark hat erst ungefähr ein Drittel der Kleider durch, die man zum Anprobieren für sie rausgehängt hat.

Ich kann nicht aufhören, auf mein Handy zu gucken. Alec ist garantiert noch nicht aus dem Termin raus, aber ich glotze trotzdem ständig aufs Display. Heute präsentiert er Giltmaker seine Ideen. Wir haben uns stundenlang auf das Gespräch vorbereitet, und ich kann es nicht erwarten, zu hören, was sie dazu sagen.

Aber ich sitze hier auf diesem rosafarbenen Sofa fest. Und wenn die alte Matrone, der das Geschäft gehört, mir noch mal ein Glas Champagner anbietet, nehme ich es vielleicht einfach an.

In Wirklichkeit werde ich das nicht tun. Ich halte mich in letzter Zeit tapfer und fühle mich gut. Wenn die olle Schachtel doch nur einen Wink mit dem Zaunpfahl verstehen würde.

Ich schaue noch einmal verstohlen auf mein Handy. Nur für alle Fälle öffne ich mein Mail-Postfach. Vielleicht hat Alec mir gemailt, statt mir eine Nachricht zu schreiben …

Als sich jemand räuspert, schaue ich auf und sehe Lark in einem weiteren bauschigen weißen Kleid vor mir stehen.

»Ups!«, sage ich und lege das Handy weg. »Dieses ist umwerfend.«

»Ich dachte, du magst diese Taillenform nicht.« Sie wirft mir einen Seitenblick zu.

»Hab ich das gesagt?« Ich stehe auf und betrachte das Kleid mit zusammengekniffenen Augen. So langsam sehen sie echt alle gleich aus. »Wie findest du's?«, frage ich in der Hoffnung, dass sie mir aus der Patsche hilft.

Lark legt den Kopf in den Nacken und lacht. »Guter Versuch, Hase. Eine von uns sollte den Überblick behalten. Um ehrlich zu sein, bin ich mir nicht sicher, ob ich dieses nicht schon anhatte.«

»Oh.« *Puh.* Ich setze mich wieder hin. »Vielleicht sollten wir mittagessen gehen.«

Als sie hört, dass eine potenzielle Kundin gehen könnte, schaltet sich die Ladenbesitzerin ein. »Schätzchen, dieses Modell ist so schön! Aber Sie sollten die trägerfreie Variante probieren. Sie haben die Schultern dafür.«

Aus irgendeinem Grund finde ich das lustig. »Du hast *absolut* die Schultern dafür«, stimme ich zu, ohne eine Miene zu verziehen. »Das habe ich auch gerade gedacht.«

Redet man in Brautmodengeschäften etwa so? Wehe dem Mädchen ohne Schultern!

Als Larks Augen in diesem Moment vor Belustigung funkeln, merke ich, dass ich diesen Kommentar noch vor einem Monat nicht gebracht hätte. Ich hätte Larks Schultern nicht mal im Scherz bewundert, weil ich bei ihr dafür viel zu vorsichtig war. Zu ängstlich, dass ich falsch verstanden werden könnte.

Schwer zu sagen, wodurch sich bei mir der Schalter umgelegt hat. Vielleicht liegt es an Alecs Liebe. Die hat sicherlich geholfen. Aber die Zeit hat auch geholfen – und dass ich mir selbst verziehen habe, jemandem nachgetrauert zu haben, den ich niemals haben kann.

Ich schmachte ihr nicht mehr nach. Ich werde Lark immer lieben, aber nicht so, dass es wehtut.

»Ich schlüpfe schnell in das Trägerfreie, dann sehen wir, ob meine Schultern halten, was sie versprechen.«

»Wunderbar, Schätzchen.« Als die Inhaberin davoneilt, halten wir uns den Mund zu und lachen fast lautlos.

»Ich wünschte, du würdest einfach auf eins zeigen und sagen, dass es perfekt ist«, flüstert sie. »Ich weiß nicht, wie lange ich das noch durchhalte.«

»Sie sind alle ziemlich toll«, sage ich. »Bei deinem Teint steht dir Weiß sogar im Winter. Du solltest einfach anfangen, welche auszusortieren. Brich es auf drei runter, und lass dann deine Mutter entscheiden.«

»Dieses hier ist zu bauschig«, sagt sie und sieht an sich hinunter.

»Zack«, sage ich. »Rausgeflogen.«

»Genau.« Sie macht sich gerade. »Danke, dass du heute mit mir hergekommen bist. Mir war nicht klar, dass es so lange dauern würde.«

Ich lehne mich zurück und lege die Beine auf dem Sofa übereinander. »Ich stehe zu deiner Verfügung. Jetzt zeig mal etwas Schulter. Hopp, hopp!«

Nachdem Lark in der Umkleide verschwunden ist, klingelt mein Handy. Ich gehe sofort ran, obwohl ich mir sicher bin, dass Telefonieren hier nicht erwünscht ist. »Hallo.«

»Dein Freund schlägt sich großartig«, sagt mein Bruder in mein Ohr.

»Mein Freund hat einen Namen.« Der Satz kommt schnippisch heraus. Ich hatte allerdings nicht damit gerechnet, dass Griffin sich meldet, und bin etwas angespannt.

»Ganz ruhig«, sagt er mit einem leisen Lachen. »Alec schlägt sich großartig. Ich bin bloß mal kurz raus, um aufs Klo zu gehen. Ihr zwei habt da echt beeindruckende Diagramme angefertigt.«

»An denen hat er mächtig gefeilt.«

»Ich weiß«, sagt Griffin sanft. »Deshalb erzähle ich es dir ja. Es läuft gut.«

»Danke. Ich bin bloß ein bisschen nervös deswegen.«

»Ich weiß.« Er räuspert sich. »Hör zu, es tut mir leid, dass ich wegen Alec so ein Arsch war. Es hat mich einfach überrascht. Ihr zwei wirkt glücklich.«

Huch. Ich hatte nicht mit einer Entschuldigung meines Bruders gerechnet. »Das *sind* wir, ja. Er ist ein guter Kerl. Die Sache ist die: Ich komme allein klar. Wenn du muffelig Alec gegenüber bist oder wenn Mom und du Kommentare über Daniela abgebt, dann trefft ihr mich damit genauso. Ich habe es satt, behandelt zu werden wie ein kleines Kind oder als wäre ich die reinste Chaos-Queen. Mit dir redet nie jemand so.«

»Ich weiß«, sagt er seufzend. »Es tut mir leid. Ich werde einfach tierisch sauer, wenn jemand meiner Familie blöd kommt. Die sollten es wirklich besser wissen.«

Jetzt lächle ich ins Telefon. »Meistens schon. Du wirst aber nicht durchdrehen, wenn im Kindergarten jemand deiner Kleinen das Spielzeug wegnimmt, oder?«

»Vielleicht doch«, sagt er und lacht.

»Wenn sie Jungen mit nach Hause bringt, werden die eine Heidenangst vor dir haben«, stelle ich fest.

»Sag mal, weißt du da etwa mehr als ich?« Griffin und Audrey wollen das Geschlecht ihres Babys nicht wissen.

»Nö. Nur so eine Vermutung.«

»Vielleicht wird sie gar keinen Freund haben«, meint Griff. »Ich glaube, mir wäre eine Freundin lieber.«

Daraufhin schnaube ich. »Obwohl du meine kennengelernt hast?«

»Ja. Meine Tochter muss jemanden daten, der kleiner ist als ich. Dann kann ich ihn oder sie einschüchtern.«

Ich habe Mühe, nicht laut loszulachen. Offensichtlich ist Griffin noch nie Danielas Ex Tracy begegnet. Wer würde da wohl beim Catchen gewinnen?

Ich lache mich im Brautmodengeschäft halb kaputt.

»Ich sollte wieder reingehen«, sagt Griff.

»Okay!«, stimme ich zu und wische mir Tränen aus den Augenwinkeln. »Sag meinem Freund, dass er mich gleich anrufen soll, wenn es vorbei ist.«

»Er hat einen *Namen*«, erwidert Griff, und ich muss wieder lachen.

»Tschüss, Blödmann.«

»Tschüss, Chaos-Queen.«

Als ich auflege, lächle ich immer noch.

Lark und ich haben das Brautmodengeschäft überlebt und essen Fischtacos in einem kleinen Imbiss. Es war der erste Laden, den wir gefunden haben, Brautkleider kaufen macht nämlich hungrig.

»Gib das her«, sagt sie und greift über den Tisch nach meinem Handy.

»Sorry.«

»Es stört mich nicht, dass ich ignoriert werde. Aber du bist so hibbelig.«

»Es macht mich wahnsinnig, nicht bei dem Termin dabei zu sein. Das ist eine große Sache für Alec.«

Lark sieht mich mit strahlenden Augen an. »Aus dieser Sache mit Alec ist also doch mehr als nur eine Affäre geworden, hm?«

»Das weißt du doch«, grummele ich. Ich habe ihr das schon auf dem Weg von Vermont hierher erklärt, sie will es mir nur noch mal unter die Nase reiben. »Ich hätte dir ja schon früher davon erzählt, aber in meinem Leben geht gerade alles Schlag auf Schlag.«

»Deswegen brauchst du auch eine eigene Wohnung«, sagt Lark. »Hat dir die gefallen, die wir uns gestern angesehen haben?«

»Na klar. Nur dass sie so weit weg ist …«

»Von Alec«, beendet sie den Satz.

»Ich wollte sagen, *von der Arbeit*. Aber das auch.«

»Ach, na ja«, sagt Lark und klaut sich ein Stückchen Avocado von meinem Teller. »Ich hab's versucht. Wenn ich dich schon nicht als Nachbarin haben kann, sollst du wenigstens in der Nähe von deinem Kerl wohnen. Dann solltest du dir aber Wohnungen in Colebury anschauen.«

Das möchte ich, gestehe ich mir selbst ein. In der Nähe von Alec zu wohnen wäre klasse. *Drei Schnipser in Herzform*, meint mein Unterbewusstsein.

Mann, mich hat es voll erwischt.

31

Alec

Als ich mir den Burger schmecken lasse, den Griffin beim Take-away geholt hat, bin ich müde, aber zufrieden damit, wie der Tag bisher gelaufen ist. Im Prinzip haben sich Griffin, Otto, Lyle und ich in einem Raum zusammengesetzt, um unser neues Geschäftsvorhaben zu besprechen.

Ich bringe fünfundsiebzig Riesen an Vorteilswert und fünf Riesen Bargeld ein. Lyle investiert dieselbe Gesamtsumme. Otto steuert fünfzigtausend bei und Griffin fünfundzwanzigtausend. Lyle und mir werden jeweils vierunddreißig Prozent des Unternehmens gehören, Otto einundzwanzig Prozent und Griff elf.

Es war komplizierter als das, weil wir auch berücksichtigen mussten, dass Lyle seine Handelsmarken und den Markenwert behält. Begriffe, die ich nicht kannte, bevor May mir in den vergangenen Wochen Nachhilfe gegeben hat.

Wenn das Ganze klappt, stehe ich mächtig bei ihr in der Schuld. Aber ich werde mich bei ihr für ihre Mühen revanchieren können, ich habe nämlich auch ausgehandelt, dass May alle unsere Unternehmensvereinbarungen und Arbeitsverträge aufsetzen soll.

»Was besprechen wir als Nächstes?«, will Otto wissen.

»Welchen Architekten wir engagieren«, sagt Lyle. »Welchen Bauunternehmer. Die Produktpalette. Einen Koch für unser Speiseangebot.«

Ich wische mir mit einer Serviette den Mund ab. »Leute, ich möchte, dass ihr etwas probiert. Wartet kurz. Bin gleich wieder da.«

Mein Pick-up steht gleich draußen vor der Tür, und die Flaschen, die ich darin liegen habe, sind wegen des Winterwetters schon gekühlt. Ich habe sogar kleine Gläser mitgebracht.

Drinnen stelle ich mein Bier auf den Tisch. »Wie wär's mit einem kleinen Schluck von meinem Selbstgebrauten?«

»Alec«, sagt Otto. Dann schüttelt er nur den Kopf.

Ungläubig wie immer. Aber ihm gehören keine einundfünfzig Prozent, deshalb kann er bloß die Klappe halten.

»Ich probier's«, sagt Griff. Er weiß schon, was jetzt kommt. Wir haben das vorher besprochen, weil ich ihn auf meiner Seite brauche.

Und lustigerweise war er bereit zu helfen.

Ich gieße vier Gläser Bier ein und verteile sie. Als Lyle als Erster probiert, beobachte ich sein Gesicht. Auf seine Meinung kommt es an.

Klar, ich bin gerade voll am Schwitzen. Vermonts erfolgreichstem Bierbrauer mein Selbstgebrautes einzuschenken ist verwegen.

»Es ist … nicht schlecht«, sagt er nachdenklich. »Aber es schmeckt zu dünn. Ich sehe es noch nicht als Produkt. Aber du solltest weiter dran arbeiten.«

Otto zuckt zusammen.

»Was, wenn ich euch sage, dass es nur zwei Volumenprozent hat?« Das ist ein niedriger Alkoholgehalt. »Und wie du schon richtig sagst, ist dieses Bier noch kein fertiges Produkt. Das ist erst der erste Schritt. Ich habe es mit einem speziellen Hefestamm gebraut, durch den wenig Alkohol entsteht. Mein Ziel ist es, alkoholfreie Biere zu brauen, Leute.«

»Und wieso das?«, fragt Griff. Aber die Frage ist nur eine Steilvorlage für mich.

»Deshalb.« Ich stehe auf und gehe rüber zu der Flipchart mit Diagrammen, die May und ich zusammen erstellt haben. Ich blättere zur nächsten Seite um, auf der eine Kurve den Anstieg von Craft-Bieren in Amerika zeigt. Sie sieht aus wie eine Skisprungschanze und klettert in den Himmel. »Das Interesse an qualitativ hochwertigen Bieren war noch nie größer. Das wisst ihr schon. Aber …«

Als ich erneut umblättere, sieht man ein Tortendiagramm mit den Marktanteilen der Hersteller alkoholfreier Biere. Es ist fast komplett in zwei Farben gehalten. »Anders als auf dem Craft-Bier-Markt dominieren bei den alkoholfreien Bieren immer noch zwei der Branchenriesen. Und die haben nicht besonders gute Biere. Der Markt für alkoholfreies Bier ist noch weitgehend unerschlossen. In Vermont wird kein einziges hergestellt.«

»Heilige. Scheiße.« Lyle späht auf das Diagramm. Sogar Otto wirkt beeindruckt.

»Diese Kunden hat niemand im Blick. Wir können das ändern. Ich möchte daran arbeiten, und mir ist klar, dass es dauern wird«, sage ich. »Wir können klein anfangen – mit einem Extragärtank in der Ecke. Griffin wird mir helfen, die beste Prozedur zu entwickeln, um den Alkohol zu extrahieren und unter null Komma fünf Volumenprozent zu kommen. Da kann er seinen Abschluss in Chemie anwenden.«

»Ja, mir gefällt das Projekt«, sagt Griff. »Sogar sehr. Ist 'ne Weile her, dass ich an so was rumgebastelt habe. Das wird Spaß machen.«

»Ich bin interessiert«, sagt Lyle. »Aber wird es ein Produkt der Marke Giltmaker werden?«

»Vielleicht. Vielleicht auch nicht«, sage ich mit Bedacht.

»Das hängt davon ab, ob wir die alkoholfreien Produkte als Joint Venture produzieren wollen. Das würde bedeuten, dass wir uns die Rechte und den Vertrieb teilen. Aber dafür bin ich offen. Dass dieses Produkt überhaupt hergestellt wird, ist mir wichtiger, als meinen Namen auf dem Etikett zu lesen.«

Außerdem werde ich es allein nicht schaffen. Für alkoholfreies Bier braucht man mehr Gerätschaften als für alle anderen Sorten. Wenn Lyle sich nicht mit mir zusammentun möchte, muss ich mit der Idee woanders anklopfen.

»Faszinierend«, sagt Lyle langsam. Er nimmt das Glas, das ich ihm gegeben habe, und trinkt noch einen Schluck. »Wenig gärende Hefe, hm?«

»Es gibt jede Menge Hebel, an denen wir ansetzen können, um es richtig hinzubekommen. Gestoppte Gärung. Umkehrosmose. Man muss rumprobieren.«

Er lehnt sich auf seinem Stuhl zurück. »Ich bin interessiert, Alec. Vielleicht hast du gerade den nächsten Hype erfunden. Ich möchte es ausprobieren. Bitte deine Anwältin, noch einen Vertragszusatz über ein gemeinsames Produkt hinzuzufügen.«

»Mach ich«, sage ich fröhlich. Ich bin so aufgeregt, dass ich beinahe mit den Fingern schnipse und mit den Hüften wackele. Aber ich schätze, bei dieser Truppe hier halte ich mich lieber erst mal zurück. Sie sind noch nicht bereit für die volle Ladung Alec.

»Lasst uns über die Renovierung reden«, sagt Otto.

Ich setze mich in dem Wissen wieder hin, dass ich mir den Platz am Tisch verdient habe.

»Wie wollen wir den Laden hier nennen?«, fragt Griff auf einmal. »Wir brauchen einen Namen.«

»Gedanklich habe ich es immer *Degustationsstube* genannt«, sagt Lyle. »Aber das ist ein bisschen sperrig.«

»Und ein bisschen etepetete«, meint Otto. Wenigstens weiß ich jetzt, dass er andere Leute genauso rundheraus kritisiert wie mich. »Das klingt nach einem Weingut.«

»Welche Bezeichnungen gibt es noch außer *Bar*?«, fragt Lyle. »Schänke. Pub. Kneipe …« Er verfällt in Schweigen.

»Speakeasy«, sagen Griffin und ich gleichzeitig.

»Hm«, macht Lyle. »Das ist mal was anderes.«

»Der Begriff ist uralt«, sagt Otto. »Aber mir gefällt er irgendwie.«

»Speakeasy«, sagt Lyle langsam. »Flüsterkneipe. So wie diese geheimen Bars während der Prohibition, stimmt's? Die haben damals gegen alle Regeln verstoßen.«

»Wir brechen auch alle Regeln«, stellt Griffin fest. »Kleine Brauereien haben in den letzten zehn Jahren die gesamte Bierbranche umgekrempelt.«

»Mir gefällt er auch«, werfe ich nur für den Fall ein, dass jemanden interessiert, was ich denke.

»Das dürfte ein Name sein, den Grandpa super findet«, sagt Griffin. Er kritzelt *Speakeasy* oben auf seinen Notizblock.

Mir ist schwindelig. Ich hätte nie gedacht, dass ich mal Bock hätte, ein Projekt mit anderen Leuten aufzuziehen. Aber das wird spannend.

Und ich kann es nicht erwarten, May alles zu erzählen.

»Alec«, hält Otto mich auf, bevor ich durch das matschige Wäldchen zur *Gin Mill* rübergehen kann.

»Ja?« Ich hoffe, er versaut mir den kleinen Glücksrausch nicht, den ich gerade habe, obwohl ich müde bin.

»Gut gemacht da drinnen.«

Heilige Scheiße. Otto macht mir tatsächlich ein Kompliment. »Danke.«

Hinter ihm winkt Griff mir zum Abschied durchs Autofenster zu, bevor er auf die Straße einbiegt.

Ich erwidere den Gruß, indem ich die Hand hebe. »Hätte nie gedacht, dass ich mal mit Griff Shipley zusammenarbeiten würde.«

»Wieso nicht?«, fragt Otto. »Ihr zwei seid euch sehr ähnlich. Jung und dickköpfig.«

Da muss ich laut lachen. Ursprünglich hätte ich nie gedacht, dass ich auch nur eine einzige Gemeinsamkeit mit Griffin habe. »Danke – glaube ich. Ich hätte nur nie gedacht, dass ich Geschäfte mit der Familie machen würde, die meinen Dad rausgeschmissen hat.«

Andererseits hätte ich auch nie gedacht, dass ich mich mal in jemanden von ihnen verlieben würde.

»Rausgeschmissen?« Otto schielt mich an.

»Sicher doch. Aus der Molkerei. Kurz bevor er für immer von hier verschwunden ist.«

Otto schüttelt langsam den Kopf. »Das hat er vielleicht deiner Mutter erzählt. Aber der Mann hat gekündigt, als sie ihm keine Lohnerhöhung gaben.«

»Wie bitte?« Ich spüre, wie meine Kopfhaut prickelt. Hat er gerade das gesagt, was ich glaube?

»Die Molkerei war damals noch größer. Dein Pa wollte immer mehr, als ihm zustand. Außerdem fragte er, als die Milchpreise gerade im Keller waren, das war nicht besonders klug.«

»Oh.« *Scheiße.* »Aber warum hätte er kündigen sollen?« Das ergibt doch null Sinn.

»War stur wie immer. Der Mann war wütend auf die Welt, weil ihm nicht alles auf dem Silbertablett serviert wurde.«

Scham überkommt mich. Und auch das ergibt gar keinen Sinn. Seine Fehler sind nicht meine. »So bin ich aber nicht«, sage ich bedächtig. »Du sagst immer, ich wäre ihm zu ähnlich. Doch so ticke ich nicht.«

Otto zuckt mit den Schultern. »Heute nicht. Gute Präsentation.«

Mir entweicht ein bitteres Lachen. Nächstes Mal, wenn Otto mir beim Essen das Salz rübergeben soll, werde ich eine Powerpointpräsentation machen, um seine Aufmerksamkeit zu kriegen. »Bis dann, Otto. Ich muss jetzt die Bar vorbereiten.«

»Wir sprechen uns«, sagt er und wendet sich ab.

Verdammter Otto. Er ist nicht gerade ein warmherziger Mensch, aber diesmal hat er sich tatsächlich für mich eingesetzt. In der *Gin Mi*ll wird wieder Goldenpour ausgeschenkt. Otto hat mir geholfen, Lyle davon zu überzeugen, dass ich die Sache mit Smitty geregelt habe. Und er hat dabei geholfen, Lyle und mich wegen Hamishs Grundstück und des Joint Venture an den Verhandlungstisch zu bringen.

Ich werde nehmen, was ich von ihm kriegen kann, und aufhören, mich über die anderen Sachen zu ärgern.

Unterdessen muss ich einen Laden führen und mich mit einem hübschen Mädchen treffen.

»Dann habe ich ihnen das Tortendiagramm gezeigt«, sage ich und blicke lächelnd auf May hinunter. Ich habe sie auf meiner Couch unter mir eingeklemmt. Das scheint sie allerdings nicht zu stören. »Das war, nebenbei bemerkt, Seite *siebzehn* der Präsentation. Eine Seite mehr als die Präsentation von Giltmaker für Otto.«

»Du Streber.« Sie grinst mich an.

»Das wird super. Ich habe auch ihre Zustimmung dazu eingeholt, dass du unsere Rechtsberaterin wirst. Natürlich habe ich die Anwaltskosten im Budget berücksichtigt.«

»Du weißt auch, dass ich dir einen guten Preis machen werde.«

»Klar, aber ich möchte einfach gern mit dir zusammenarbeiten. Ich vertraue dir, dass du das Beste für mich willst.«

Ihre Miene wird weich. »Ich vertraue dir auch. Hab viel zu lange gebraucht, das zu sagen.«

»Mag sein.« Ich küsse sie kurz. »Aber besser spät als nie.«

»Lark war mit mir gestern bei einer Wohnungsbesichtigung«, sagt sie, streckt den Arm aus und fährt mir mit einer Hand durchs Haar.

»Ja? Wo denn?«

»In Norwich. Sie gehört einem Freund von ihr vom Dartmouth College.«

»Hmm. Norwich«, sage ich und versuche, mich für den Gedanken zu begeistern. »Das ist gut eine Dreiviertelstunde von hier entfernt.«

»Ich werde sie nicht nehmen«, sagt sie. »Auf so einen langen Weg zur Arbeit kann ich verzichten. Außerdem ist Norwich teuer, weil das College in der Nähe ist. Aber es war gut, sich mal umzusehen und über die Zukunft nachzudenken. Ich bin froh, dass sie mich dazu gebracht hat.«

»Ich auch«, sage ich zögerlich. »Obwohl …«

»Obwohl … was?«

»Ich hoffe, du weißt, dass ich mich freuen würde, wenn du hier einziehst.«

Sie blinzelt. »Einfach … so?«

»Einfach so«, bestätige ich. »Ich weiß, das geht schnell. Aber ich möchte nicht, dass du irgendwo einen Mietvertrag unterschreibst, ohne dir bewusst zu sein, dass das auch eine Option wäre. Ich werde dich zu nichts drängen, aber es würde mich sehr glücklich machen.«

»Hmm …« Sie fährt mit einer Fingerspitze über meine

Nase. Ich bin froh, dass sie das einfach so machen kann und ihre Hand letzten Endes doch nicht operiert werden musste. »Ich habe dir ja schon mal erzählt, dass ich auf Mitbewohner stehe. Der Gedanke ist also durchaus reizvoll.«

Ich lache.

»Damit wären wir wieder bei den schlechten Witzen. Kennst du den mit der Alkoholikerin, die überlegt, über einer Bar einzuziehen?«

»Nee«, sage ich. »Sie würde über Benito einziehen. Er ist derjenige, der über der Bar wohnt.« Ich lache, sie jedoch nicht. »Ich schwöre bei Gott, dass ich hier wegziehe, wenn das nötig ist. Wir müssen das ja nicht heute entscheiden. Ich werde dich nicht unter Druck setzen. Aber genauso wenig werde ich zulassen, dass uns die Lage meiner Wohnung im Weg steht.«

»Wird sie nicht«, sagt May leise. »Ich glaube nicht ernsthaft, dass die Bar unten eine Rolle spielt. Das war nur Spaß. Allerdings hast du eine Katze, die sich aufführt wie Satan höchstpersönlich.«

»Nicht mehr lange.«

May wirkt erschrocken. »Was machst du mit Bukowski?«

»Nichts Schlimmes. Ich habe ein bisschen was zu dem Thema gelesen. Satan und ich kommen jetzt zwar besser miteinander aus, aber er ist daran gewöhnt, rauszudürfen. Und ich wohne im dritten Stock, oder?«

»Stimmt, da würde jeder unleidlich werden.«

»Gestern im Café habe ich meine Theorie also meiner Schwester erzählt und sie gebeten, ihn zu nehmen. Aber sie hat mir einen Korb gegeben, weil Dave allergisch gegen Katzenhaare ist.« Ich verdrehe die Augen. »Dieser Scheißkerl. Erst schwängert er meine Schwester, und jetzt das.«

May kichert.

»Aber Kieran hatte gerade Schicht. Er hat mitgekriegt, was ich sagte, und meinte, es würde ihm nichts ausmachen, Bukowski zu nehmen. In dem Haus, das er von Zara gemietet hat, gibt es eine Katzenklappe.«

»Juhu, Kieran!«

»Genau. Wenn ich jetzt nachts aufstehe, muss ich keine Angst mehr haben, an den Knöcheln attackiert zu werden.«

»Kieran aber schon.«

Wir lachen beide wie die Irren.

»Es ist schon spät. Wir sollten ins Bett gehen«, sage ich schließlich. Und mit *ins Bett gehen* meine ich, uns gegenseitig auszuziehen.«

»Auf gar keinen Fall!«, ruft May aus. »Ich muss anfangen, rechtsgültige Dokumente aufzusetzen, die dir dauerhaft das geistige Eigentumsrecht an den alkoholfreien Bieren sichern, auch wenn Giltmaker auf dem Etikett stehen wird.«

»Uuuh«, ächze ich. »Sag das noch mal. Ich liebe es, wenn du Anwaltslatein mit mir sprichst.«

»Markenschutz«, flüstert sie.

»Oh, Baby.«

»Fortlaufende Patentgebühren.«

»Ich zeig dir gleich was fortlaufend Patentes.« Als ich die Hüften vorschiebe, lacht sie.

Dann küsse ich sie, und eine ganze Weile lang gibt's kein Gelächter mehr.

32

Alec

Es ist März, und der Schnee schmilzt rasch. Die Nächte sind immer noch eiskalt, aber tagsüber wird es warm.

Mit anderen Worten: Es ist »Matschsaison«, was so ungefähr der peinlichen Teenagerphase eines Vermonter Jahres entspricht. Die Schotterstraßen haben durch das Schmelzwasser tiefe Spurrillen, und die Skigebiete sind nur noch begrenzt geöffnet.

Das einzig Gute ist, dass jetzt auch Sirupzeit ist. Als ich im Farmhaus der Shipleys aus dem Fenster schaue, sehe ich, wie Griffin draußen die Zapfhähne an den Zuckerahornbäumen überprüft. Morgen wird er den gewonnenen Saft in große Fässer gießen und ihn über einem Holzfeuer einkochen.

Qualitativ hochwertiger Ahornsirup bringt mehr als zehn Dollar pro Liter. Aber die Shipleys werden ihren nicht verkaufen. Sie gießen ihn über diese umwerfenden Waffeln, die Ruth backt.

»Okay, ich glaube, das ist die letzte Tasche«, sagt May.

Ich drehe mich wieder zu ihr und der riesigen Reisetasche auf ihrem Bett um. »Sollen wir noch mal durch jedes Zimmer gehen? Hast du alles aus dem Bad?«

»Ja, ich bin fertig.«

»Vergiss nicht deinen …« Ich trete dicht vor sie. »Vibrator«, flüstere ich ihr ins Ohr. »Vielleicht musst du nachher noch damit spielen.«

May dreht den Kopf und gibt mir einen Kuss auf den Hals. »Du bist ein echt schlauer Mann, weißt du das?«

Ich lache, denn May ist die Einzige, die das findet. Aber nur auf sie kommt es an. Ich muss sie ein bisschen mit Liebe überschütten, damit sie weiß, dass ich es zu schätzen weiß.

»Mmm«, macht sie, als ich sie erst auf den einen und dann auf den anderen Mundwinkel küsse. »Ich liebe dich«, flüstert sie. Und das genügt. Ich gehe voll ran und küsse sie richtig.

Als ich ihren Mund mit meinem bedecke, schlingt May die Arme um mich, und ich mache es ihr schnell nach. Jetzt knutschen wir wie die Teenager in ihrem alten Kinderzimmer rum.

»Das reicht«, sagt eine Stimme von der Tür her. Es ist Dylan. »Das Essen steht auf dem Tisch, und zwar nicht dank euch beiden.«

»Na hör mal«, sagt May und löst sich von mir, »du brauchst dir in Zukunft nicht mehr mit mir das Bad zu teilen. Freu dich.«

»Ja«, stimmt Dylan zu. »Außerdem kann ich in der *Gin Mill* oder im *Speakeasy* saufen gehen und hinterher meinen Rausch auf eurer Couch ausschlafen.«

»Gar kein Problem, Mann«, bin ich einverstanden. »Sobald du einundzwanzig bist. Ich werde meine Ausschankgenehmigung nicht zu deinem Vergnügen riskieren.«

»Und das von einem Mann, der früher wilde Partys im Wald veranstaltet hat.« Mays kleiner Bruder winkt uns, mitzukommen. »Macht schon, Mom kriegt schlechte Laune, wenn keiner zum Essen kommt.«

Ich schultere Mays riesige Reisetasche und trage sie hinter Dylan aus dem Zimmer. »Wart's nur ab, du wirst auch eines Tages alt werden und dann tragischerweise die Verantwortung haben.«

Unten stelle ich die Tasche im Fernsehzimmer neben Mays Bücherkisten und folge ihr dann an den Esstisch. In letzter Zeit gehöre ich fest zu der Runde, die bei den Abendessen am Donnerstag zusammenkommt. Meine Schwester und meine Nichte begrüßen mich, als ich ins Zimmer komme.

»Awek!«, sagt Nicole, als ich mich neben May setze. Sie kann jetzt fast das »L« aussprechen. Fast.

»Hallo, Zuckerschnute.« Wenigstens nennt Nicole meinen Bruder immer noch »Deppo«. Ich hoffe, sie hört niemals damit auf. Jetzt muss jemand anders aus meiner Familie der Depp sein, ich bin's nämlich nicht mehr.

Nach dem Essen wird May endgültig bei mir einziehen. Sie hatte eigentlich eine Einzimmerwohnung in der Nähe von Colebury gefunden, die ihr gefiel, aber nachdem sie in sich gegangen war, beschloss sie, dass sie den Mietvertrag nicht unterschreiben wollte. »Der geht über ein ganzes Jahr«, sagte sie. »Dieses Jahr würde ich lieber mit dir verbringen.«

Natürlich gefällt mir diese Entwicklung. Ich habe in letzter Zeit oft bis spätnachts gearbeitet, und auf die Art wird es viel einfacher, Zeit mit ihr zu verbringen.

Audrey kommt mit einer großen Platte Räucherlachs hereingewatschelt. Bei dem Anblick fängt mein Magen an zu knurren. »Als Beilagen gibt's Karotten mit koreanischen Gewürzen, außerdem Erbsenschoten, Spargel und Radieschen mit Pilzen an einer Trüffelvinaigrette.«

»Ich bin tot!«, ruft Grandpa Shipley. »Lautet so das Menü im Himmel?«

Weil ich am dichtesten bei der Tür sitze, springe ich auf und nehme Audrey die Platte ab. Die arme Frau sieht mit ihrem Bauch aus, als hätte sie eine riesengroße Wassermelone verschluckt.

Ruth und Dylan erscheinen hinter ihr mit noch mehr Bergen von Essen.

»Audrey, du hast gekocht?«, kiekst May. »Oh Gott. Hast du nicht morgen Stichtag?«

»Mir war einfach danach«, sagt Audrey. »Ich kann nicht mehr rumsitzen und auf dieses Baby warten.«

»Vielleicht ist das Nestbauverhalten«, sagt May. »Angeblich gibt's so was – zu Beginn der Wehen sollen Frauen den Drang kriegen, zu kochen und zu putzen.«

Audrey reibt sich den Bauch auf diese Weise, wie es Schwangere tun. »Mir geht's ehrlich gesagt nicht so besonders, aber es fühlt sich nicht nach Wehen an, sondern einfach nur nach Rückenschmerzen.«

»Interessant«, sagt Ruth leise, als Griffin hereingerannt kommt.

»Hab ich was verpasst?«, fragt er. »Tut mir leid, dass ich zu spät bin. Wird eine gute Sirupernte dieses Jahr.«

»Deine Frau hat ein Festmahl gekocht und hat wahrscheinlich die ersten Wehen«, sagt Grandpa.

»Was? Im Ernst?« Griff wird blass.

»Er macht doch nur Spaß«, erklärt Audrey und setzt sich hin.

»Ich spreche jetzt das Tischgebet«, sagt Grandpa. »Ich kann's nicht mehr erwarten, die Erbsenschoten zu essen.« Er holt Luft und rattert dann in Lichtgeschwindigkeit ein Gebet herunter. »Alle guten Gaben, alles, was wir haben, kommt, oh Herr, von dir. Dank sei dir dafür. Amen.«

Ich hätte es nicht für möglich gehalten, dass man so schnell beten kann. Aber der alte Mann hat schon eine Millisekunde nach dem *Amen* die Hand an der Serviergabel.

Das ist das Zeichen für meinen Einsatz, und ich serviere die Getränke. Während der Lachs und das Gemüse herumgereicht werden, verteile ich kleine Probierbecher – drei für jeden.

Ich gebe sogar meiner Nichte einen, weil die Becher niedlich sind und sie mich bettelnd ansieht.

»Okay, Freunde. Heute habe ich euch drei verschiedene alkoholfreie Biere mitgebracht, an denen Griff und ich derzeit arbeiten. Keins davon hat schon einen Namen, weil wir unseren Favoriten noch nicht ausgesucht haben. Aber ihr könnt gern Vorschläge machen.«

»Ich kann's gar nicht erwarten!«, meint May. »Ich konnte seit zwei Jahren bei keiner Shipley-Verkostung mehr mitmachen.«

»Seit neun Monaten muss ich den Cider, den wir verkosten, wieder ausspucken«, sagt Audrey. »Also lasst uns anfangen. Her mit dem alkoholfreien Bier. Wobei ich sagen muss, dass es eine Frechheit ist, dass ihr zwei nicht schon früher in meiner Schwangerschaft welches austüfteln konntet.«

»Das macht nichts, Schatz«, sagt Griffin. »Du kannst dann noch während deiner nächsten vier Schwangerschaften welches trinken.«

Alle lachen schallend, nur Audrey nicht, die aussieht, als würde sie Griffin für den Vorschlag gleich eins auf die Nase geben.

Ich esse einen Happen von dem hervorragend gewürzten Fisch und ziehe dann den Pfropfen aus Bierflasche Nummer eins. »Das hier ist ein Hafermehl-Stout. Mal sehen, wie ihr das findet.« May bekommt den ersten Schluck. Ich gieße etwas Bier in einen der winzigen Becher und sage: »Jetzt sei ehrlich. Griffin und ich können das ab.«

»Hmm!«, sagt sie sofort, weil sie eben loyal ist. »Ich liebe es!«

Es ist am einfachsten, einmal rund um den Tisch zu gehen,

also laufe ich herum und schenke Probierschlucke von dem neuen Bier ein. Griffin und ich haben dreißig kleine Chargen gebraucht, bis wir etwas hatten, was wir tatsächlich trinken wollen würden. Und dann noch einmal dreißig, um auf drei verschiedene Sorten zu kommen, die wir probierenswert fanden.

Gott, ich hoffe, das hier wird kein totaler Flop. Aber wenn doch, habe ich immer noch eine Freundin, die mich liebt, und eine gut gehende Bar.

Mehr kann sich ein Mann nicht wünschen. Wirklich.

Am Tisch ist es still, während alle das Bier probieren.

»Es schmeckt … schokoladig«, sagt Audrey.

»Auf eine gute Art?«, frage ich, und sie lächelt.

»Ich schmecke … Noten von Pflaume. Oder vielleicht Feige«, sagt Ruth.

»Schöne Konsistenz«, wirft Dylan ein.

»Ich schmecke bloß *Bier*«, meint Grandpa schnaubend. »Aber es ist verdammt gut.«

Grandpa Shipley schmiert nie irgendwem Honig um den Bart, deshalb habe ich bei dieser Bewertung ein ganz gutes Gefühl.

»Es schmeckt super, Alec«, sagt Jude Nickel am anderen Ende des Tischs. »Wobei ich seit fünf Jahren kein richtiges Bier mehr getrunken habe. Also keine Ahnung, ob meine Meinung zählt.«

»Absolut!«, sagt Griffin lächelnd. »Deine Meinung zählt wahrscheinlich am meisten.«

Ich setze mich hin, um ein bisschen was von den vorzüglichen Speisen zu essen, die May mir aufgetan hat. Erbsenschoten. Wer hätte das gedacht? Unter dem Tisch legt sie mir eine Hand aufs Knie. Als ich sie ansehe, lächelt sie mich glücklich an. »Soll ich das nächste ausschenken?«

»Das wäre toll.« Ich greife unter meinen Stuhl und hebe das India Pale Ale hoch. »Das hier sollte komplett anders schmecken.«

Als May aufsteht und die Runde macht, beobachte ich, was für Gesichter alle machen, während sie probieren.

»Das hier gefällt mir besser«, sagt Audrey. »Es ist kräftiger.«

»Du findest es ja auch gut, wenn dein Mann der starke Part ist«, neckt Griffin sie.

»Nein«, schnaubt sie. »Aber ein starkes Bier ist ganz nett.«

»Schwere Entscheidung«, sagt Jude. »Ich finde das Stout überzeugender.«

»Würdest du es in einer Bar bestellen?«, frage ich ihn.

»Und ob! Bei der Auswahl hier könnte ich Fan von alkoholfreiem Bier werden. Bis jetzt bestelle ich immer bloß Limo.«

Jude ist mein Prototyp von Kunde – einer, der keinen Alkohol trinkt und noch nicht entdeckt hat, dass es gutes alkoholfreies Bier gibt.

Ich esse meinen Teller leer und schenke dann das dritte Bier aus – ein Porter. Und ich kann mir nicht helfen, aber ich habe das Gefühl, dass sich alles zusammenfügt. »Was dagegen, wenn ich euch die neuesten Neuigkeiten berichte?«, frage ich, als Optimismus in mir aufwallt.

»Außer dass meine Enkelin in wilder Ehe mit dir leben wird?«, fragt Grandpa.

»Grandpa, das sagt heutzutage kein Mensch mehr«, sagt Griff. In letzter Zeit verteidigt mich der Mann doch tatsächlich. Ich weiß gar nicht, was ich davon halten soll.

Ich warte kurz ab, ob das Gespräch damit beendet ist, und räuspere mich. »Wir haben ein Eröffnungsdatum für das *Speakeasy* festgelegt. Streicht es euch im Kalender an, wir geben nämlich am dritten Mai eine Privatparty. Am Tag darauf eröffnen wir dann regulär.«

»Das ist ja schon bald«, sagt Ruth. »Bist du nervös deswegen?«

»Natürlich«, gebe ich zu. »Bis dahin können noch tausend Sachen schiefgehen. Aber man muss sich eben ein Ziel setzen. Außerdem hatten die Handwerker bisher noch keine größeren Probleme. Also …« Ich zucke mit den Schultern. »Der größte Vorteil daran, dass ich ein dilettantischer Geschäftsmann bin, ist, dass ich mir wegen Kleinigkeiten keinen Kopf mache.«

Griffin lächelt. »Ändere dich bloß nie, Alec.«

»Bin mir gar nicht sicher, ob ich das könnte.« Ich lächle zurück. »Wie dem auch sei, es gibt einiges zu feiern. Es hat echt Spaß gemacht, die alkoholfreien Biere zu entwickeln und mit Griff und Lyle das *Speakeasy* zu planen.«

Otto erwähne ich nicht, weil es mit ihm weniger Spaß macht. Aber das ist okay so, schätze ich. Immerhin sind wir uns noch nicht gegenseitig an den Hals gegangen.

»Und May hat mir unheimlich geholfen und mich davon überzeugt, dass ich alles schaffen kann, was ich will.« Ich schenke ihr ein breites schnulziges Grinsen. »Sie ist die Beste, die ich kenne. Drei Schnipser in Form einer schönen Frau.«

Als ich mit den Fingern schnipse, verdreht May die Augen.

»Deshalb dachte ich mir, anlässlich dieses bedeutsamen Ereignisses erzähle ich euch meinen allerliebsten ›Kommt ein Typ in eine Bar‹-Witz.«

»Das wird gut«, sagt Dylan.

»Eventuell nicht«, neckt May mich.

»Also, kommt ein Pilz in eine Bar«, sage ich.

»Ein Pilz?«, protestiert Grandpa. »Wie soll das denn gehen?«

»Hör einfach nur zu, Grandpa«, erklärt May ihm.

»Der Barkeeper sagt: ›Solche wie dich bedienen wir hier nicht.‹«

»Ich glaube, den kenn ich schon«, sagt meine Schwester. »Kann ich noch was von dem IPA haben?«

Das Publikum hier donnerstags ist schwierig. Ich gebe Zara die Flasche Ale und versuche fortzufahren. »Er antwortet: ›Wieso nicht? Ich schieße doch nicht wie *Pilze aus dem Boden* …‹«

Alle lachen.

Aber ich bin noch nicht fertig. »Also erwidert der Barkeeper …«

»Ogottogott«, kreischt Audrey und legt ihre Gabel ab. »Ich glaube, meine Fruchtblase ist gerade geplatzt!«

Zuerst denke ich: *Nein, so geht der nicht.*

Dann realisiere ich, dass Griffin von seinem Stuhl aufgesprungen ist. »Lass uns ins Krankenhaus fahren«, sagt er. »Ist dein Koffer im Auto?«

»Tief durchatmen, Schatz«, sagt Ruth. »Alles wird gut.«

»Ich weiß nicht, ob du das immer noch sagst, wenn du die Pfütze hier auf dem Stuhl siehst«, sagt Audrey zittrig.

Audrey Shipley beginnt mitten während meines Pilz-Witzes ihr Kind zu bekommen. Ich fasse es nicht. Ich glaube, es ist mein Schicksal, ihn niemals zu Ende erzählen zu können.

Griff bietet an, Audrey vom Stuhl aufzuhelfen. »Geht es?«

»Klar«, sagt sie und schnappt dann plötzlich nach Luft. »So fühlen sich also Wehen an.«

»Atme«, sagt Zara. »Du hast wahrscheinlich schon den ganzen Tag Wehen. Aber wenn die Fruchtblase geplatzt ist, spürt man es erst richtig.«

»Oh, na supi«, sagt die äußerst schwangere Frau und drückt sich vom Stuhl hoch. »Na dann, Leute. Nächstes Mal, wenn wir uns sehen, ist ein Baby dabei.«

»Ich bin noch nicht bereit, Uropa zu werden«, sagt Grandpa. »Das klingt verflixt alt. Ich glaube, ich brauche zum Trost ein Stück Kuchen.«

Alle wünschen Audrey viel Glück, als sie Griffins Hand nimmt und anfängt, sich Richtung Tür zu bewegen.

»Hast du noch irgendwelche letzten Anmerkungen zu den verkosteten Bieren für mich?«, witzele ich. »Bevor du dieses Kind zur Welt bringst?«

Griffin sieht mich finster an, aber daran bin ich inzwischen gewöhnt.

»Ich komme in einer Stunde ins Krankenhaus nach«, sagt Ruth. »Braucht ihr noch irgendwas aus dem Bungalow, was ihr nicht dabeihabt?«

»Ich glaube nicht«, sagt Audrey mit großen Augen. Sie geht vorsichtig.

»Du solltest dich im Auto auf ein paar Handtücher setzen«, schlägt Zara vor. »Vertrau mir.«

»Ich hol welche!«, sagt Dylan sofort und eilt aus dem Zimmer.

Griff und Audrey verlassen erst das Haus und dann die Einfahrt. Wir anderen mümmeln noch ein bisschen was von dem Essen und räumen dann schnell ab, damit Ruth jederzeit nach Montpelier losfahren kann.

»Wenn du willst, komme ich mit dir, Mom«, bietet sich May an.

»Das ist nett von dir, Liebes, aber fahrt ihr nur, und bringt deine Sachen zu Alec. Das Baby kommt wahrscheinlich erst morgen.«

Diesen Rat nehmen May und ich an. Wir tragen ihr in Kisten verpacktes Hab und Gut aus dem Fernsehzimmer zu meinem Pick-up und laden alles ein.

»Diesmal ohne Müllsäcke«, sagt sie.

»Wir haben eben Klasse«, erwidere ich und klappe nach ihren Bücherkisten die Heckklappe hoch.

Wir steigen ein, und ich starte den Wagen. »Verrätst du mir noch, wie der Witz zu Ende geht?«, fragt May, während ich den Motor warmlaufen lasse.

»Oh, na klar. Der Barkeeper wiederholt, dass er keine Pilze bedient. Und der Pilz sagt: ›Wieso denn nicht? Ich bin *purer Fun*-ghi.‹«

In der Dunkelheit sieht May mich für einen Moment nur blinzend aus ihren schönen braunen Augen an. Dann prustet sie los.

»Der war gut, oder?«

Sie lässt den Kopf hängen, und ihre Schultern beben. »Ja und nein. Der Witz ist schlecht. Aber du bist *funny*.«

»Mehr Fun als jeder andere«, stimme ich ihr zu. »Lass uns nach Hause fahren, dann zeige ich dir, wie viel Fun man mit mir haben kann.«

Das machen wir. Aber erst mal müssen wir uns gleich hier in der Einfahrt minutenlang küssen. Denn wir haben da was Gutes laufen und sehen gar keinen Grund, etwas zu ändern.

Leseprobe

SARINA BOWEN

True North

Wo auch immer du bist

Tuxbury, Vermont
Griffin

»Griffin?«

Meine Mutter setzte sich mir gegenüber an den großen Bauerntisch, während ich den letzten Bissen ihres selbst geräucherten Schinkens aß. Mein Landarbeiter Zachariah und ich hatten uns bereits Käseomeletts und selbst gebackenes Brot mit Butter aus der Milch unserer Kühe schmecken lassen.

Das Frühstück war wie immer hervorragend gewesen, aber was meine Mutter nun sagte, klang sogar noch besser. »Ich habe noch einen Saisonhelfer eingestellt.« Ich hielt mit der Kaffeetasse auf dem Weg zum Mund inne. »Wirklich?«

»Ja. Er fängt heute an.«

»Mach keine Witze.« In dieser Jahreszeit waren wir immer chronisch unterbesetzt, man konnte dem Gras beim Wachsen zusehen, und die Käfer machten sich gierig über unsere Apfelbäume her.

Es war noch nicht einmal neun Uhr, aber Zachariah und ich hatten bereits mehrere Stunden geschuftet. In der Dämmerung hatten wir einige Dutzend Kühe in zwei verschiedenen Ställen gemolken. Nach dem Melken genehmigten wir uns jeden Morgen ein ausgiebiges Frühstück, aber dann ging es zurück an die Arbeit. In den kommenden acht Stunden würden wir eine ellenlange Liste mit Aufgaben und Reparaturen abarbeiten.

Deshalb klang die Aussicht auf eine zusätzliche Arbeitskraft wie Musik in meinen Ohren. Ich stellte die Tasse auf den Küchentisch und sah meine Mutter an. Sie wirkte ungewöhnlich zaghaft, und ich begann, mir Sorgen zu machen. Womöglich wäre ich von ihrem neuen Mitarbeiter nicht begeistert.

»Gestern Abend hat Angelo angerufen«, sagte sie.

Verdammt. Jetzt wusste ich, worauf sie hinauswollte. Angelo war ein liebenswerter Mann, den wir aus der katholischen Kirche in Colebury ein paar Dörfer weiter kannten. Außerdem war er Bewährungshelfer.

»Er bringt heute einen jungen Mann vorbei. Gerade entlassen. Er hat drei Jahre wegen fahrlässiger Tötung gesessen. Es war ein Autounfall, Griff. Er ist gegen einen Baum gefahren.«

Mein Herz schlug schneller, so wie immer, wenn es auf der Farm Schwierigkeiten gab. Ich hätte die zweite Tasse Kaffee nicht trinken sollen. »Gegen einen Baum zu fahren ist nicht strafbar, Mom. Da steckt doch noch mehr dahinter.«

»Nun ja.« Ihr Blick wurde plötzlich ganz sanft. »Bei dem Unfall starb der Beifahrer, der Sohn des Sheriffs. Und er war zu dem Zeitpunkt total mit Opiaten zugedröhnt.«

»Ah.« Das war also der Haken. »Du hast einen Junkie eingestellt?«

Sie sah mich missbilligend an. »Einen Junkie *auf dem Weg der Besserung*. Seit seiner Entlassung vor einem Monat geht er zur Therapie. Angelo meinte, der Junge kann es schaffen, wenn er einen Job findet. Er kann in der Schlafbaracke wohnen. Wenn du mir nichts verheimlichst, ist unser Grundstück ja eine drogenfreie Zone.«

Zachariah prustete los. »Unsere Droge ist Kaffee, Mrs Shipley. Aber davon kommen wir einfach nicht los.«

Sie griff nach Zachs Handgelenk und drückte es liebevoll. Meine Mutter schleppte ständig irgendwelche Streuner an, und Zachariah war ihr bisher bester Fang. Aber nicht alle konnten so sein wie er. Beim Gedanken, mich mit einem Junkie herumschlagen zu müssen, bekam ich Herzrasen. Schließlich hatten wir schon genug Probleme.

Seit dem Tod meines Vaters vor drei Jahren betrieben meine Mutter und ich die Farm gemeinsam. Ich entschied, was wir anbauten und wo wir es verkauften. Aber ohne Zweifel war es Mom, die unsere Farm am Laufen hielt. Sie machte die Buchhaltung. Sie kümmerte sich um das Essen für mich und Zach, meine drei jüngeren Geschwister, meinen Großvater und alle Saisonhelfer, die kamen und gingen. Und wenn in fünf Wochen die Apfelernte begann, kümmerte sie sich um das geschäftige Treiben, das entstand, weil wir Äpfel zum Selbstpflücken anboten. Irgendwie schaffte sie es dabei außerdem, alle Mäuler zu stopfen, wenn sich die Anzahl unserer Mitarbeiter vervierfachte.

Deswegen hatte meine äußerst fähige Mutter jedes Recht, sich schnell für einen Hilfsarbeiter zu entscheiden, das wussten wir beide. Dennoch machte mich ihre Entscheidung nervös.

»Er ist zweiundzwanzig, Griff.« Sie verschränkte die Arme und musterte mich schweigend. »Der Junge soll clean sein. Er nimmt keine Drogen mehr. Aber niemand außer uns wird ihm eine Chance geben. Und wir stellen ihn nur während der Anbausaison und der Ernte ein. Sechzehn Wochen – höchstens.«

Genau. *Die sechzehn entscheidenden Wochen des Jahres.*

Aber ein kluger Mann weiß, wann er seiner Mutter nachgeben muss. Sie hatte ihre Entscheidung längst getroffen, und es wurde immer später. »Na gut«, lenkte ich ein. »Er kann sich in der Schlafbaracke einrichten, wenn er ankommt. Sag mir Bescheid, dann zeige ich ihm alles. Komm, Zach.« Ich stand auf und schnappte mir meine Baseballkappe. Zach folgte mir.

Wir brachten unsere Frühstücksteller in die Küche, wo meine Schwester May aufräumte. Sie studierte Jura und hatte gerade Sommerferien. »Haben die Zwillinge die Hühner rausgelassen?«, fragte ich statt einer Begrüßung.

»Jawohl, Sir«, sagte sie spitz. »Sie sind schon draußen.«

»Danke.« Im Vorbeigehen drückte ich ihren Arm, um mein schlechtes Benehmen wiedergutzumachen. Hin und wieder – und ganz besonders während der Anbausaison – wurde ich zum herrischen Griesgram. Und meine Schwestern waren gut darin, mich sofort darauf hinzuweisen.

»Hey, Griff?«, rief May mir nach, als ich die Tür öffnete. »Soll Tauntaun heute noch geschlachtet werden? Ich brauche ein bisschen Vorlauf.«

Ich blieb im Türrahmen stehen. »Gute Frage.« Das Schwein zu schlachten würde viel Arbeit bedeuten, und eigentlich hatte ich keine Zeit dafür. Aber nächste Woche würde es genauso sein, wenn nicht sogar schlimmer. »Ja, wir sollten es hinter uns bringen, wenn der Tag nicht völlig stressig wird. Ich sag dir Bescheid, damit du rechtzeitig das Wasser aufsetzen kannst.« May salutierte, und Zach ging mit mir nach draußen.

Ich ließ meinen Blick über unser Grundstück schweifen und erspähte die Zwillinge auf der Wiese hinter der Schlafbaracke. Sie stellten den mobilen Elektrozaun um, mit dem wir die Hühner vor Raubtieren schützten, und stritten sich offenbar. Sie waren siebzehn, genau zehn Jahre jünger als ich.

In einem Jahr würde ich für beide die Studiengebühren zahlen müssen, darüber zerbrach ich mir jeden Tag den Kopf. Ich bedachte mein Gut mit dem üblichen kritischen Blick. Das große, in die Jahre gekommene Farmhaus war derzeit gut in Schuss. Im vergangenen Jahr hatten wir das Dach neu gedeckt und dem Haus einen neuen Anstrich verpasst. Aber auf einer Farm läuft ständig etwas schief. Wenn es kein Problem mit dem Farmhaus gab, würde es eins mit der steinernen Schlafbaracke oder einem der Kuhställe geben. Oder mit dem Ciderhaus oder dem Traktor.

Selbst wenn heute mal nichts kaputtging, standen mir einige schwierige geschäftliche Entscheidungen bevor. Wir mussten erneut in die Farm investieren und gleichzeitig noch Geld auf der hohen Kante haben. Ich hoffte, es würde gelingen, die Farm profitabler zu führen, ohne mir einen Haufen Geld zu leihen.

Wenn ich nur wüsste wie.

Seufzend wendete ich mich an Zach. »Willst du lieber die Zäune reparieren oder das Gras mähen?« Es gab mehr als genug Arbeit für uns beide, und ich ließ ihn gerne wählen.

»Entscheide du«, sagte er sofort. Zach war der Traum eines jeden Arbeitgebers. Er arbeitete wie ein Ochse von Sonnenaufgang bis zum Abendessen und beschwerte sich nie, wahrscheinlich wusste er gar nicht, wie das ging.

»Ich mähe«, erwiderte ich. »Aber vielleicht können wir nach dem Mittagessen tauschen. Der Neue kommt …« *Mist.* »Gehst du ein Stück mit mir?«

»Klar.«

Wir gingen über die kreisrunde Wiese hinüber zum Traktorschuppen.

»Wir müssen den Jungen im Auge behalten. Ich habe dich

noch nie gebeten, jemanden auszuspionieren. Aber diese Situation ist ein bisschen merkwürdig.«

Zach grinste. »Sie ist … interessant. Aber Angelo ist kein Idiot.«

Das stimmte. »Muss ich etwas über den Traktor wissen?« Zach war nicht nur ein mustergültiger Mitarbeiter, sondern darüber hinaus noch ein geschickter Mechaniker.

»Der läuft super. Ich mache mir mehr Sorgen um die Melkmaschine in der großen Scheune.«

Ich fluchte unhörbar. Die meisten unserer Milchkühe lebten gegenüber auf dem Grundstück eines Nachbarn. Der Großteil der Milch wurde in einer herkömmlichen Molkerei verarbeitet. Aber auf unserem Grundstück züchteten wir etwa ein Dutzend Bio-Kühe, deren Milch wir Freunden am Ende der Straße verkauften, die Käsespezialitäten daraus machten.

»Macht die Pumpe wieder Schwierigkeiten?« Jeder Farmer besaß in die Jahre gekommene Maschinen. Denn niemand konnte es sich leisten, seine Ausrüstung jedes Jahr durch die neuesten Modelle zu ersetzen wie andere ihre Smartphones. Ich war gelernter Chemiker, kein Mechaniker. Deshalb war es Zachariah, der wie mit Zauberhand auch die zickigsten Maschinen zum Laufen brachte. Und die Melkmaschine war so ziemlich das wichtigste Gerät auf der ganzen Farm.

»Die macht's nicht mehr lange. Die Zahnräder sind abgenutzt, und ich bekomme keine Ersatzteile mehr. Die Chancen stehen gut, dass wir sie noch vor dem neuen Jahr abbauen und verschrotten müssen.«

Ich stöhnte. »Erzähl mir nie, wie meine Chancen stehen.«

»In Ordnung, Han.«

»Danke, Chewie.«

»Keine Ursache.«

Ich lachte leise, dabei hatte ich den Kopf voller Sorgen, als ich zum Traktorschuppen hinüberging. Ich versuchte mir vorzustellen, wie es wäre, einhundert Kühe jeden Tag zweimal über die Straße zu treiben, um sie in der kleineren der beiden Scheunen zu melken. Auf Land, das mir nicht gehörte, in neue Ausrüstung zu investieren, erschien mir nicht gerade clever.

Irgendwie würde ich eine Lösung finden. Ich musste eine Lösung finden.

Sie ist die sündigste Versuchung, die ich je gekostet habe

Sarina Bowen
TRUE NORTH –
WO AUCH IMMER DU BIST
Aus dem amerikanischen
Englisch von
Wiebke Pilz und
Nina Restemeier
384 Seiten
ISBN 978-3-7363-0560-1

Wenn Audrey Kidder ihren Job bei einem Lebensmittelkonzern behalten will, muss sie Griffin Shipley seine Ernte zum halben Preis abschwatzen. Eine harte Nuss, denn der Bio-Farmer aus Vermont ist nicht nur ausgesprochen stur – und attraktiv –, sondern seit ihrer heißen Affäre am College auch alles andere als gut auf Audrey zu sprechen …

»Fantastisch!« USA TODAY